U0564529

作家榜®经典名著

★ ★ ★ ★ ★ ★ ★ ★ ★

读 经 典 名 著 ， 认 准 作 家 榜

大方
sight

李煜诗词全集

[南唐] 李 煜 著　　刘孝严 译注

诗文集

中信出版集团 | 北京

目 录

诗集

九月十日偶书 003

秋莺 010

病起题山舍壁 015

送邓王二十 弟从益牧宣城 021

渡中江望石城泣下 028

挽辞（二首） 033

悼诗 039

感怀（二首） 043

梅花（二首） 049

书灵筵手巾 053

书琵琶背 057

病中感怀 061

病中书事 066

赐宫人庆奴 071

题《金楼子》后并序 074

佚句 079

文集

即位上宋太祖表　090

乞缓师表　098

不敢再乞潘慎修掌记室手表　104

遗吴越王书　110

答张泌谏书手批　114

批韩熙载奏　120

昭惠周后诔　124

送邓王二十六弟牧宣城序　144

却登高文　151

书述　158

书评　166

桃鸠图　北宋·赵佶

诗集

丹枫呦鹿图（局部）　五代　佚名

九月十日偶书

晚雨秋阴酒乍醒[1]，感时心绪杳难平[2]。

黄花冷落不成艳[3]，红叶飕飗竞鼓声[4]。

背世返能厌俗态[5]，偶缘犹未忘多情[6]。

自从双鬓斑斑白，不学安仁却自惊[7]。

江堤晚景图　五代南唐　董源

题注

此诗见《全唐诗》（卷八），具体写作时间不可考，约为晚年之作。

校注

1. 乍：刚。

2. 杳（yǎo）：深远。

3. 黄花：菊花。

4. 红叶：古代诗人常用以比喻女子对情人的怀思，或良缘巧合，或指男女奇缘。唐范摅（shū）《云溪友议》（卷十）载：唐宣宗时，卢渥赴京应举，偶临御沟，拾得红叶，见叶上题诗云："流水何太急，深宫尽日闲。殷勤谢红叶，好去到人间。"后宣宗放出部分宫女，许从百官司吏。卢渥得一宫女，即是题诗于红叶者。飕飗（liú）：象声词，形容风声。

5. 背世：犹背运，不顺利，指人生不如意或仕途不畅。返：同"反"，反而。

6. 偶缘：偶然机遇。此指男女奇缘。

7. 安仁：晋潘岳，字安仁。潘岳《秋兴赋》："斑鬓髟（biāo）以承弁兮，素发飒以垂领。"并序云："余春秋三十有二，始见二毛（白发与黑发掺杂相间）。"后以潘鬓和安仁鬓喻人年未老而鬓发斑白。

赏析 伤秋自伤：人生亦是秋天

此诗表达诗人感于世运时势而忧愤不平的思想情绪，当是诗人晚年的作品。

开头一、二句"晚雨秋阴酒乍醒，感时心绪杳难平"，描写作诗的环境氛围，并直抒胸臆，道出心绪的忧愤不平。这心绪的深远难平，起因于"感时"，是因为对时势有所感触而发。这种心绪应是诗人在亡国被囚的处境下产生的，而诗人的这种心绪在秋阴晚雨的环境氛围下，在酒后才吐出真言。

诗人亡国被囚后的心境处境，开篇即出，给人以强烈的印象。

三、四句"黄花冷落不成艳，红叶飕飗竟鼓声"，描绘秋阴时节黄花、红叶凋零的景象。秋菊本有高洁的气质，然而阴雨之中也显不出艳丽光彩；红叶本是传情之物，秋风之中却竞相发出撕心裂肺的鸣声，竟无一点儿柔媚。

这是在诗人"心绪杳难平"的情境下写出的黄花红叶的景象，冷落凄凉的景象寓有诗人的心绪，是寓情于景、借景抒情的写法。但这种写法与李煜词的委婉含蓄略有不同，感情倾向的表达更为明显直接。

五、六句"背世返能厌俗态，偶缘犹未忘多情"，抒发心中不平，议论世事的不公。世运不济的人还能以傲世表达对世俗万象的郁愤，偶然有奇缘巧遇的人还能自作多情，言外之意是身为国主的自己而今却不能表现出尊贵，也不能随缘谈情说爱，这是多么不正常，多么令人"心绪杳难平"。

这是失国之君的失落感，是特殊人物的特殊心理反应。其中自然怀有对失去自由、处境艰难的愤懑。

最后两句"自从双鬓斑斑白，不学安仁却自惊"，以晋代文人潘岳自比颜容的变化。

《晋书·潘岳传》载："岳美姿仪，辞藻绝丽，尤善为哀诔（lěi）之文。少时常挟弹出洛阳道，妇人遇之者，皆连手萦绕，投之以果，遂满车而归。"时有潘郎之称。而就是这位"美姿仪"的"潘郎"，仅三十二岁就"始见二毛"，鬓发斑白了，年未老而颜容衰，可见潘郎人生变化是多么大、多么快。

在慨叹潘岳的同时，诗人更是在慨叹自己，为自己的鬓白而惊，实则是为自己的人生经历、遭遇处境而惊叹。

全诗表达诗人伤时自伤的郁愤，或直抒胸臆，或借景写情，或借世事反常表达自己的忧愤，或借典故表达未老先衰的悲哀，手法多变，又意绪激切，与李煜后期的思想情绪、艺术风格相近。

茶梅鹨（xī）鶒（chì）图（局部）　五代后蜀 黄筌

秋莺

残莺何事不知秋[1]，横过幽林尚独游[2]。

老舌百般倾耳听，深黄一点入烟流。

栖迟背世同悲鲁[3]，浏亮如笙碎在缑[4]。

莫更留连好归去，露华凄冷蓼花愁。

题注

此诗见《全唐诗》(卷八)。具体写作时间不可考，从诗中流露的时运不济的慨叹看，约为诗人后期的作品。

校注

1. 残莺:衰老体弱的莺。莺,黄莺,又称黄鸟、黄鹏、鸧(cāng)鹒(gēng)。雄鸟羽色金黄而有光泽,雌鸟羽色黄中带绿。鸣声婉转。主食林中昆虫,属森林益鸟,夏季分布于我国和日本,冬迁马来西亚、印度、斯里兰卡等地。

2. 幽林:深邃幽暗的树林。

3. 背世:不合时宜,时运不济。悲鲁:《庄子·至乐》:"昔者海鸟止于鲁郊,鲁侯御而觞之于庙,奏《九韶》以为乐,具太牢以为膳。鸟乃眩视忧悲,不敢食一脔(luán),不敢饮一杯,三日而死。"鲁侯用自己吃饭的方式去喂鸟,不但没有把鸟养好,反而使鸟惊惧而死。后以为典故,比喻违背本性的做法或者表示不耐尘嚣搅扰。此处悲鲁意谓残莺的遭遇也如止于鲁郊的鸟儿一样,因受不了尘嚣的搅扰而死。

4. 缑(gōu):即缑岭,亦称绿氏山,在今河南偃师县。西汉刘向《列仙传》:"王子乔者,周灵王太子晋也。好吹笙,作凤凰鸣。游伊洛之间,道士浮丘公接以上嵩高山三十馀年。后求之于山上,见桓良曰:'告我家,七月七日待我于缑氏山巅。'至时,果乘白鹤驻山头,望之不得到。举手谢时人,数日而去。"缑岭,即指仙人王子乔停留之处。

赏析 时运不济：流连不知秋的残莺

此诗通过背世残莺形象的描写，表达了诗人时运不济的感慨。从思想情绪看，此诗当为李煜后期的作品。

诗以问语开篇，"残莺何事不知秋，横过幽林尚独游"，写出秋莺行止的不合时宜。秋天已经来了，天气已经寒冷了，可是体衰的秋莺因为什么还没有感知秋天的到来呢？为什么它还孤独地在深邃幽暗的树林中横飞呢？这个"秋莺"又是一个老弱的"残莺"，尚不知顺时入流，反而执拗地独自在幽林中横飞。这残莺的行止表现令人琢磨，引人深思。

三、四句"老舌百般倾耳听，深簧一点入烟流"，是从客观的角度描写出残莺的特点。它的鸣叫声已不那么清脆，老舌百鸣，人们倾耳才能听到；它深黄的羽色虽也令人瞩目，但一点深黄却没入滚滚的烟流之中，失去了光彩。"残莺"青春已过，光彩也为烟云淹没。这是进一层写"残莺"的不幸。

五、六句"栖迟背世同悲鲁，浏亮如笙碎在缑"，引用典故，说明残莺的时运不济、不合时宜。飞止到鲁郊的鸟，被钟鼓而食的鲁侯惊吓而死；仙人王子乔停留之处的缑岭，清脆嘹亮、美音如笙的残莺歌喉却破碎了，唱不出缑岭仙曲，残莺又一次失去了表现自己的机遇。残莺的悲剧至此又深入一层。

最后两句"莫更留连好归去，露华凄冷蓼花愁"，与开首两句照应，诗人以劝说的口吻提醒残莺不要不知秋，不要不识趣，而应随时知运，尽快南飞，不要再留恋，因为"露华凄冷蓼花愁"，此时此地环境更加严峻，氛围更加凄凉。这口吻似是劝诫，实又含有忧愤，表现了诗人对现实的绝望。

全诗咏物写人。诗人以残莺自比，表现残莺的时运不济、遭际不幸，则是在表现诗人自己的身世遭际之感。诗中表现了强烈的怨愤情绪，又劝诫残莺"好归去"，寓有南归故国之意，当是李煜失国被俘后的作品，透露了亡国之君的处境遭遇。

此诗借物写人，不够委婉含蓄，未免直露。三、四句语意难解，而五、六句用典也很冷僻，令人难以揣测。音韵不很流畅，有拗口之弊。故此诗亦难称佳作。

十六罗汉像之那伽犀那尊者（局部）　五代前蜀　贯休

病起题山舍壁

山舍初成病乍轻[1]，杖藜巾褐称闲情[2]。

炉开小火深回暖，沟引新流几曲声。

暂约彭涓安朽质[3]，终期宗远问无生[4]。

谁能役役尘中累[5]，贪合鱼龙构强名[6]。

题注

此诗见《全唐诗》（卷八）。依诗中情境推断，当为李煜前期作品。

白莲社图（局部）　南宋　李公麟

校注

1. 乍：刚。

2. 杖藜（lí）：扶杖而行。藜，植物名，一年生草本，其茎古时用作杖，称藜杖。褐：兽毛或粗麻制成的短衣，古时贫贱人所穿。称：符合、适合。

3. 彭涓：彭祖和涓子。彭祖为传说中的人物，姓篯（jiān）名铿，颛（zhuān）项（xū）玄孙，生于夏代，至殷末已八百余岁。殷王以为大夫，托病辞，不问政事。事见西汉刘向《列仙传》和东晋葛洪《神仙传》。旧时以彭祖为长寿象征。涓子，传为春秋时齐隐士，隐于宕山，曾著《天地人经》四十八篇。垂钓于荷泽，能致风雨。彭祖与涓子都有隐逸之趣。

4. 宗远：即宗炳与慧远。宗炳（375—443），南朝宋画家。慧远（334—416），东晋雁门楼烦人，俗姓贾，入庐山，居东林寺。宗炳等人与慧远往来结白莲社，专修念佛法门，誓愿往生西方净土。

5. 役役尘中累：受尘世役使的烦劳。

6. 贪合鱼龙：勉强使鱼龙混杂。

赏析　山居生活：摆脱尘世俗累的超脱

此诗描写山居闲适生活，表达了诗人意欲摆脱尘世俗务之累而求得自然超脱的思想情趣。

一、二句"山舍初成病乍轻，杖藜巾褐称闲情"，交代诗人的经历情趣。山舍刚刚建成，病患又渐渐转好，诗人心情轻松，感到脱下龙袍，"杖藜巾褐"生活的新鲜。诗人身为南唐国主，既喜荒淫奢侈、声色之乐，同时也时有超凡脱俗之想，幻想民间生活的闲适。

三、四句"炉开小火深回暖，沟引新流几曲声"，描绘山居的生活和环境。炉子里生着小火，热气扑满全身，诗人感到暖融融的；水沟又引来新流，流淌声就像在歌唱。诗人"洞晓音律"，故闻见水流之声也仿佛听见了音乐之声。这两句表现诗人的生活情趣生动逼真。

五、六句"暂约彭涓安朽质，终期宗远问无生"，借古人比照自己。彭祖、涓子都拒绝功名利禄，以隐居为乐；宗炳、慧远等人为佛徒，专修念佛法门。彭涓与宗远虽非一教，但都轻视功名俗务，诗人以他们为自己的心志所向，寓有摆脱俗务之想。当然，诗人并不是想放弃权位和帝王生活，而是欲安享人生，不为世事俗务所羁绊。是想在奢侈豪华生活的同时增加一些恬适闲情的点缀和调剂。

七、八句"谁能役役尘中累，贪合鱼龙构强名"，进一步表达了意欲摆脱"尘中累",不求"构强名"的愿望。他希望优游闲适地过帝王的享乐生活,而不愿操心费力地去管理朝政俗务。

此诗的格调不高,表达帝王的心态情趣及生活情景较为真实。虽欲习法自然,却仍有斧凿痕迹,用典亦属冷僻,艺术技巧不高。

江上青峰图　宋 佚名

送邓王二十弟从益牧宣城

且维轻舸更迟迟[1]，别酒重倾惜解携[2]。

浩浪侵愁光荡漾，乱山凝恨色高低[3]。

君驰桧楫情何极[4]，我凭阑干日向西。

咫尺烟江几多地[5]，不须怀抱重凄凄。

题注

此诗见《全唐诗》（卷八）。题下注云："后主自为诗序以送之。其略云：'秋山滴翠，暮堑澄空，爱公此行，畅乎遐览。'"

宋马令《南唐书·邓王从益传》："开宝初，（从益）出镇宣州，后主率近臣饯绮霞阁，自为诗序以送之。其略云……君臣赓赋，可为盛事。"知《全唐诗》题下注节自马令《南唐书》。

李从益出镇宣州在开宝元年（968），时李煜三十二岁。从益本为李煜的八弟，此处称二十弟当为族兄弟统排。

宣州，治所在宣城（今属安徽）。

校注

1. 且维：且系，暂且系住。舸（gě）：大船。

2. 惜解携：痛惜分别。

3. 乱山：众山。

4. 桧（guì）楫：用桧木制的桨。

5. 咫（zhǐ）尺：比喻距离很近。咫，古代长度名，周制八寸，合今制市尺六寸二分二厘。

赏析　手足分别：重设别宴，重斟离酒

　　此诗是李煜为送别二十弟李从益出镇宣城而作，诗中表达了李煜对弟弟的真挚情谊。

　　当时南唐国势日衰，李煜身为国主已无回天之力，终日以奢侈淫乐为事。此次李从益出镇宣城，李煜临江相送，依依惜别，未免有伤凄之感。

　　开篇一、二句"且维轻舸更迟迟，别酒重倾惜解携"，点明送别的主题，表达诗人的惜别之情。他旨意暂系轻舸，重设送别的宴席，重斟离别酒，挚语道相离。这样郑重的送别，除了因是兄弟手足的分别，情有难舍之外，尚有对从益此行寄有重托厚望之意。时宋太祖正谋划削平诸国，南唐形势岌岌可危，李从益出镇宣州是南唐的一次重要部署，故李煜亲为送行。

　　三、四句"浩浪侵愁光荡漾，乱山凝恨色高低"，是即景抒情。临别之时，面对大江，回视群山，兄弟离别之愁，国势衰弱之愁一齐涌上心头，借景物描写表现出来。大江的碧波浩浪，因融入了离愁而光闪动荡，群山因为凝聚了离恨而高低参差，环境景物都被诗人赋予了离愁别恨的情感，情寓景中，借景传情，意境有新意。

　　五、六句"君驰桧楫情何极，我凭阑干日向西"，表达诗人的别离之怨。本是李煜派李从益出镇宣州，这里他却

怨"君驰桧楫情何极"，责怪李从益为什么挥桨开船这样急，这不是李煜的虚伪，而是出于手足的亲情。"我凭阑干日向西"，是诗人的预想，借以表达他对弟弟的思念。怨别与相思相对应，将诗人对从益的真挚情感表达出来。

李煜身为南唐国主，虽政治暗弱，生活腐朽，但情感丰富，此二句表现出他情感世界的特点。

最后二句"咫尺烟江几多地，不须怀抱重凄凄"，是对

千里江山图（局部） 北宋 王希孟

李从益临行的安慰。金陵与宣州相距不远，"咫尺烟江几多地"，男儿相别不挥泪，"不须怀抱重凄凄"，这是情挚意深的话别安慰之语，与开篇系舸设宴、斟酒话别相照应。

全诗情意深笃，意脉贯通，层次清晰，主题集中，手法工巧多变，在李煜诗作中是较好的一篇。

渡中江望石城泣下

江南江北旧家乡，三十年来梦一场。

吴苑宫闱今冷落[1]，广陵台殿已荒凉[2]。

云笼远岫愁千片[3]，雨打归舟泪万行。

兄弟四人三百口，不堪闲坐细思量。

题注

此诗见《全唐诗》（卷八），归为李煜作。但题下注云：《江表志》作吴让皇杨溥诗，题作"泰州永宁宫"。

如系李煜作，诗中有"三十年来梦一场"之句，则此诗当作于宋乾德四年（966），时李煜二十九岁。李煜于宋建隆二年（961）即南唐国主位，至宋开宝七年（974）南唐灭亡，在位14年；而李煜生于晋高祖天福二年（937），卒于宋太平兴国三年（978），活了41岁。故诗中"三十年"只能指三十岁时，而非指在位年数，或生历年数。乾德四年时，李煜即南唐国主位仅六年，南唐又代吴而建，李煜自不当有吴宫冷落之感，故诗意与李煜情境不合。

如系杨溥诗，则当作于吴天祚三年（937）。此年吴齐王徐诰（即李昪）称帝，建都金陵，国号唐，徐诰即是南唐烈祖（前祖），尊吴睿帝杨溥为高尚思玄弘古让皇，即吴让皇。吴让皇不久即卒于丹阳，时年三十八岁。痛失国位，回首如梦，故有"三十年来梦一场"的痛切慨叹。诗中描绘吴宫冷落、广陵荒凉景象也与杨溥情境切近。时吴国据有今江苏、安徽、江西、湖北等省一部分，以广陵（今扬州）为中心，故诗中有"江南江北旧家乡""广陵台殿已荒凉"之叹，乃失位之君的悲叹。

故此诗以杨溥诗为是。

校注

1. 吴苑宫闱：吴国皇家宫殿。

2. 广陵：今扬州。五代十国时吴国据有广陵。

3. 远岫：远山。

赏析 雨打江舟：失位失家泪万行

此诗题为《渡中江望石城泣下》，当是吴亡后，杨溥渡江至金陵时所作。

吴都扬州，在长江北岸，金陵（石城）在长江南岸，故作"渡中江望石城"。痛失国主之位，前望石城，回望扬州，往事不堪回首，遂潸然泪下。

一、二句"江南江北旧家乡，三十年来梦一场"，表达了失国失位之君的惨痛心情。江南江北本是吴国的辖地，而今却成了"旧家乡"。家乡易主，山河变迁，对于吴帝来说确如梦幻一般，回首往事，遂有"三十年来梦一场"的惨痛体验。开篇即倾泻出思乡痛悔之情。

三、四句"吴苑宫闱今冷落，广陵台殿已荒凉"，是诗人因见石城的雄伟而对旧宫的联想。吴国已亡，吴帝失位，"吴苑宫闱"和"广陵台殿"被废弛，变得荒凉冷落。今昔变迁的描写中，诗人的思乡恋国、痛悔怨愤之情即已透露出来。

五、六句"云笼远岫愁千片，雨打归舟泪万行"，是即景写照。云罩远山，雨打归舟，环境氛围是凄冷的，这对心怀千愁万绪的失国之主来说更是雪上加霜，怎么能不触动心怀，深创剧痛，怎么能不潸然泪下呢？"愁千片"与"泪万行"，虽有夸张，却不失真，诗人痛悔愁怨之重表现得十分具体形象。

最后二句"兄弟四人三百口，不堪闲坐细思量"，描写诗人家族的遭际和心情，借以陪衬烘托诗人的心境情绪。"不堪闲坐细思量"一句尤其耐人寻味。亡国之痛，难言之苦，只有他们自己去体会，言语是难以表达的。

全诗明白如话，而情蕴感触却极深剧，触景伤怀，抚今追昔，表达了诗人亡国失家的无限愁恨怨悔。开篇直抒胸臆，继而借景抒怀，终以人物场面烘托陪衬，相互贯通照应，表现了很高的艺术技巧。

玉堂富贵图　北宋　徐熙

挽辞（二首）

一

珠碎眼前珍[1]，花凋世外春[2]。

未销心里恨[3]，又失掌中身[4]。

玉笥犹残药[5]，香奁已染尘[6]。

前哀将后感[7]，无泪可沾巾。

二

艳质同芳树[8]，浮危道略同[9]。

正悲春落实，又苦雨伤丛。

秾丽今何在[10]，飘零事已空。

沈沈无问处[11]，千载谢东风[12]。

题注

此诗见《全唐诗》（卷八）。题下注云："宣城公仲宣，后主子。小字瑞保，年四岁卒。母昭惠先病，哀苦增剧，遂至于殂。故后主挽辞，并其母子悼之。"据此可知此诗是李煜悼念其子仲宣和其后大周后的。仲宣和大周后卒于乾德二年（964），挽辞当作于是年。

宋释文莹《玉壶清话》载："后主煜幼子宣城郡公仲宣，周后所生。敏慧特异，眉目神采若图画。"宋陆游《南唐书·诸王列传》载："后主四年，仲宣才四岁。一日，戏佛前，有大琉璃镫为猫触堕地，划然作声，仲宣因惊痫得疾，竟卒。"仲宣是因惊吓致死的，卒于十月二日甲辰。

宋马令《南唐书·昭惠后传》载："后生三子皆秀巎，其季仲宣，僄宁清峻，后尤钟爱，自鞠视之。后既病，仲宣甫四岁，保育于别院，忽遘暴疾，数日卒。后闻之，哀号颠仆，遂致大渐。后主朝夕视食，药非亲尝不进，衣不解带者累夕。"大周后（昭惠后）于十一月二日甲戌卒，时年二十九岁。

大周后卒后，"煜悼息痛伤，悲哽几躃绝者数四，将赴井，救之获免"（《玉壶清话》）。陆游《南唐书·昭惠传》亦载："后主哀甚，自制诔刻之石，与后所爱金屑檀槽琵琶同葬。又作书燔之与诀，自称鳏夫煜，辞数千言，皆极酸楚。"可见对大周后的死，李煜是极为悲痛的。

大周后是南唐大司徒周宗的女儿，小字娥皇，保大十二年（954），李煜纳为后，时煜十八岁，大周后十九岁。大周后"通书史，善音律，尤工琵琶"。当时李璟赏其艺，"取所御琵琶谓之烧槽者赐焉"（马令《南唐书·女宪传》）。李煜与大周后有很深厚的感情，大周后死后，李煜题词制诔，诗以写志，吟咏数四，左右为之泣下。此挽辞亦可见李煜哀痛欲绝的心情。

校注

1. 珠碎：此处喻仲宣夭亡。

2. 花凋：此处喻大周后之死。

3. 销：通"消"，消散。

4. 掌中身：当指大周后。

5. 玉笥(sì)：饰玉的笥。笥为古代盛饭或衣物的竹器。此指药箱。

6. 香奁（lián）：古代女子盛放梳妆用品的器具。

7. 将：带。

8. 艳质：修洁美好的女子。芳树：佳树。

9. 浮危：飘浮与高耸。

10. 秾（nóng）：花木繁盛的样子。

11. 沈沈（tán tán）：深邃的样子。

12. 谢：辞别。

赏析　珠碎花凋：美好易摧折

挽辞表达了李煜殇子失后的哀苦。

一、珠碎花凋

前二句"珠碎眼前珍，花凋世外春"，先以"珠碎"和"花凋"喻指仲宣夭亡、大周后哀逝二事，悲伤之中带有痛惜惋叹，暗示之中怀有珍爱。

继之"未销心里恨，又失掌中身"二句，则直接表达了自己连遭丧子失后之悲的剧痛。

"玉笥犹残药，香奁已染尘"，是诗人睹物思人，痛感世事变化之剧，深寓人生若梦之慨。

最后二句"前哀将后感，无泪可沾巾"则直抒胸臆，倾泻满腔的哀苦，表现出悲痛已绝、眼泪已干的情境。情真语切，发自肺腑。

二、芳树浮危

仍抒写悼念哀痛之情。

"艳质同芳树，浮危道略同"，将艳质丽姿的大周后与芳树相比，喻其芳洁，又借以议论人与树的浮危生死之道，美好的东西是经受不住意外的摧折打击的，人生不幸的事总是持续不断。

"正悲春落实，又苦雨伤丛"，风雨吹落了春花，也摧折了芳丛。这是借物写人，以芳树的不幸喻大周后和诗人的不幸。

遭受了殇子丧后的不幸，李煜痛感世事变迁："秾丽今何在，飘零事已空。"往昔的盛景繁华不存在了，诸事飘零早已空无。这是剧痛下的失落感和空虚感。

最后以"沈沈无问处，千载谢东风"二句作结，表达诗人哀苦无处诉、无法解、无时终的情境，诗人似乎落入苦海里，永远不得解脱了。

挽辞表达的诗人对爱子、美后的深挚情意以及对他们的猝亡而深哀剧痛的心情是真实的。正因挽辞发自肺腑，情深意挚，所以情感深厚，风格也由委婉含蓄一变而为直接的抒写，与李煜前期作品有了明显不同。因其真实，令一切有相同相似遭遇的人产生共鸣，因而有概括性。

十六罗汉像之注荼半吒迦尊者　五代　贯休

悼诗

永念难消释[1]，孤怀痛自嗟[2]。

雨深秋寂寞[3]，愁引病增加。

咽绝风前思[4]，昏濛眼上花[5]。

空王应念我[6]，穷子正迷家[7]。

题注

此诗见《全唐诗》（卷八）。题下注云："仲宣卒，后主哀甚，然恐重伤昭惠，常默坐饮泣而已。因为诗以写志，吟咏数四，左右为之泣下。"故此诗当作于乾德二年（964）。

参见《挽辞》题注。

校注

1. 永念：永久怀念。

2. 孤怀：我怀。李煜为南唐国主，帝王自称孤。

3. 雨深：形容秋雨漫无边际、连绵不绝的情形。

4. 咽（yè）绝：阻塞绝断。

5. 昏濛：模糊不清的样子。

6. 空王：佛祖，即释迦牟尼。佛教认为一切事物的现象均有其各自的因和缘，事物本身并不具有任何常住不变的个体，也不是独立存在的实体，故称之为空。《大智度论》卷五："观五阴无我、无我所，是名为空。"李煜崇信佛教，故称佛祖为空王。

7. 穷子：找不到途径的人。此为诗人自指。

赏析 殇子之痛：空王应念我

此诗表达对夭亡爱子仲宣的深切哀悼之情。

前二句"永念难消释，孤怀痛自嗟"，直接抒发对夭亡爱子永久怀念、无限悲痛的心情。

"雨深秋寂寞，愁引病增加"，则通过氛围渲染，表现诗人的苦况。愁苦使身体渐衰，病情增加，更使他的精神受到打击。

站在秋风里，除了思子心伤，他别无思想，情思昏昏，眼花缭乱，更看不清外物，这是哀痛至极的表现。

诗人自己陷于哀痛已无力自解，遂求救于他所崇信的佛祖，"空王应念我，穷子正迷家"。他以虔诚的佛徒身份祈求佛祖的救助，这是诗人于绝境中所能想到的唯一的解脱方法了。

诗中深哀剧痛，情挚意切，描写真实具体，是肺腑之作。

九歌书画卷（局部）　北宋 张敦礼

感怀（二首）

一

又见桐花发旧枝¹，一楼烟雨暮凄凄。
凭阑惆怅人谁会，不觉潸然泪眼低²。

二

层城无复见娇姿³，佳节缠哀不自持。
空有当年旧烟月，芙蓉城上哭蛾眉⁴。

此诗见《全唐诗》(卷八)。有注云："后主昭惠后周氏，小字娥皇。年二十九殂，后主哀苦骨立，杖而后起，每于花朝月夕，无不伤怀。"此诗既为哀悼大周后所作，而大周后又卒于乾德二年（964）十一月，并且，诗中又有"又见桐花发旧枝"之句，则此诗当作于乾德二年后第二年春，即乾德三年（965）春。参见《挽辞》题注。

校注

1. 桐花：即桐花树，直立灌木，又称蜡烛果。春季开花，花白色。

2. 潸（shān）然：泪流的样子。

3. 层城：楼阁重叠而出的城，此指南唐宫殿。

4. 芙蓉城：古时传说中的仙境。此当指金陵。蛾眉：亦作娥眉。女子长而美的眉毛，也指女子貌美。亦借为美人的代称。此指大周后。

赏析 睹物怀人：惆怅难自持

此诗为李煜怀思大周后所作。触景感怀，意绪缠绵悱恻。

一、花发旧枝

一、二句写景，"又见桐花发旧枝，一楼烟雨暮凄凄"，描绘了桐花树旧枝新发的景象，表明新一年的春天又已来到人间，然而这春意盎然的景物却被烟雨凄凄的氛围所笼罩，变得暗淡冷清。而楼阁之中，唯见烟雨未见人，颇有人去楼空之意。

桐花发旧枝与烟雨笼空楼，虽都是春天的景象，却含有不同的意蕴，处在矛盾的状态，这既是早春自然景象的真实写照，更是诗人复杂矛盾心境的反映。

三、四句"凭阑惆怅人谁会，不觉潸然泪眼低"，描绘出登临眺望的主人公的心境情态。

他凭依栏杆望到的是旧枝发新芽的初春桐花，感到的是空楼烟雨的冷清，产生的是无限的惆怅。这是触景生情，是对早春自然景象的体会，但这并不是诗人的真意。

"人谁会"即是诗人的点睛，谁能真正理解此时诗人的心境呢？言外之意是无人能理解此时他内心的苦衷。其实他的真意并不是观景，而是怀人。

桐花春天又发新枝，春又到来，而周后却一去不归，人去楼空，唯余寂寞和空冷，诗人真正所感的是寂寞与孤独。心中无限的悲苦无人对语，无处抒发，这种处境心态自然就使得诗人"不觉潸然泪眼低"了。这种情态表现正是此时诗人难言心境的反映。

前首先写眼见之景，后写见景之人。不直写感怀，而借景寓情，通过情态来表现，可谓委婉含蓄，手法高明。

二、空有烟月

侧重怀人。

"层城无复见娇姿，佳节缠哀不自持"，把诗人对大周后的怀思点明。

"空有当年旧烟月，芙蓉城上哭蛾眉"，借助环境氛围描写，烘托出诗人哭悼周后的形象，表达出睹物思人、人去楼空的深切惆怅，情感更为浓烈。

前后二诗相映成篇，上篇写景抒情，偏于含蓄，下篇怀人感旧，意在直发。写景、写情、写人，融合密切，虚实并举，恰到好处，堪称佳作。

梅花绣眼图（局部）　北宋　赵佶

梅竹图（局部） 南宋 马麟

梅花（二首）

一

殷勤移植地，曲槛小阑边[1]。

共约重芳日[2]，还忧不盛妍[3]。

阻风开步障[4]，乘月溅寒泉。

谁料花前后，蛾眉却不全[5]。

二

失却烟花主[6]，东君自不知[7]。

清香更何用，犹发去年枝。

题注

此诗见《全唐诗》（卷八）。题下注云："后主尝与周后移植梅花于瑶光殿之西，及花时而后已殂，因成诗见意。"故此诗作于乾德二年（964）之后，具体时间不可考。参见《挽辞》题注。

校注

1. 曲槛（jiàn）：曲折的栏杆。小阑：即小栏，短栏。
2. 芳日：花开吐芳之日。
3. 盛妍（yán）：繁盛美丽。
4. 步障：用以遮蔽风尘或视线的一种屏幕。
5. 蛾眉：指美女，此指大周后。
6. 烟花主：春天的主人，此指大周后。烟花，泛指春天的景象。
7. 东君：司春之神。《尚书纬》："春为东皇，又为青帝。"《楚辞·九歌》中有《东君》篇。

赏析　梅花依旧香，蛾眉却不全

《梅花》诗二首，并非咏梅，而是怀人。

一、忆昔

回忆往事，抒发物是人亡之慨。诗人与大周后曾殷勤地将梅花移植到曲槛小栏边，并相约待到花开日共赏梅花的芳姿。为此美好的愿望，他们曾共同"劳作"，"阻风开步障，乘月溉寒泉"，这情景充满了温馨的气氛。

然而往事依稀尚在目前，人生却面目全非。相约赏花的甜语还在耳边，而周后却已仙去，留下的只是"蛾眉却不全"的遗憾。往昔情景的美好与今时情景的凄惨构成了强烈的反衬，把物是人非的遗憾传达出来。

二、怨今

设想新奇，以"烟花主"喻指大周后。烟花主已经仙去，司春之神东君却还不知。故使梅花依旧吐放清香，依然旧树发新枝，梅花依旧年年如此，可是春的女主人周后却已离去，这是何等的遗憾。

"更何用"是对东君的责问，也是对梅花的责问。在诗人想来，大周后不在了，春天就失去了女主人，那么春之神令梅花依旧放香发枝，就是毫无意义的了。这是怨天怨物，而实质仍是怀人。

两诗写法不同，但体现其中的对大周后的深切怀念却是相通的。前首侧重忆昔，寓托今昔之感；后首侧重怨今，借以表达痛惜之情。今昔比照，把诗人痛悼怀思之情巧妙地表达出来。

梅花双雀图（局部）　南宋　马麟（传）

书灵筵手巾

浮生共憔悴[1]，壮岁失婵娟[2]。

汗手遗香渍[3]，痕眉染黛烟[4]。

题注

此诗见《全唐诗》（卷八）。作于乾德二年（964）。参见《挽辞》题注。

校注

1. 浮生：世事无定、生命短促。这是对人生的消极看法。憔悴：困苦。

2. 婵娟：（姿态）美好。古代诗文中多用以形容女子，也指月亮。此指大周后。

3. 香渍：沾染的香气。

4. 黛烟：即黛。黛，青黑色颜料，古代女子用以画眉。

赏析　以今思昔：恍惚中仿佛又见到了她

　　此诗抒写诗人对大周后的深切悼念之情。

　　诗人与大周后情感亲密，过着帝后豪华奢侈的生活，但当大周后猝死，诗人被痛苦折磨，遂亦感到生活的无趣。

　　"浮生共憔悴"即是以今思昔产生的感觉。他感到人生短促，世事飘浮不定。而短暂的人生中，自己与大周后却是苦多甘少。这种写法，虽不符合诗人与大周后往昔生活的实际，但符合此时诗人的心境，因此是真实的。

　　"壮岁失婵娟"表达了诗人对痛失大周后的深切惋叹。

　　后二句"汗手遗香渍，痕眉染黛烟"，是见了灵筵手巾，诗人产生的对往昔具体生活情景的回忆。诗人在迷离惝恍的心境下，仿佛又嗅到了大周后汗手染在芳巾上的香气，仿佛又见到了大周后那黛画双眉的样子。

　　全诗篇幅短小而意蕴充实，表达诗人悼念大周后的心情真实感人，与诗人前期的词风格相近，含蓄委婉，情深意长。

枇杷山鸟图（局部）　南宋 林椿

书琵琶背

伕自肩如削[1]，难胜数缕绦[2]。

天香留凤尾[3]，余煖在檀槽[4]。

题注

此诗见《全唐诗》(卷八)。题下注云："周后通书史,善音律,尤工琵琶。元宗(李璟)赏其艺,取所御琵琶时谓之烧槽者赐焉。烧槽,即蔡邕(yōng)焦桐之义。或谓焰材而斫之,或谓因爇(ruò)存之。后临殂,以琵琶及常臂玉环亲遗后主。"可见此琵琶既是中主李璟亲赐之物,又是大周后诀别纪念之物,故李煜极为珍惜,并书此诗于琵琶背。据此,此诗当作于乾德二年(964)大周后亡后,或即在该年。

校注

1. 侁(shēn):众多。肩如削:形容琵琶形状。

2. 绦(tāo):用丝编织的带子或绳子。此指琵琶的丝弦。

3. 天香:天然香气。凤尾:形容琵琶槽的形制如凤之尾。宋苏轼《琵琶》诗:"数弦已品龙香拨,半面犹遮凤尾槽。"

4. 煖(xuān):同"煊",温暖。

赏析 咏物怀人:琵琶上余留的香与温

此诗为咏物怀人之作。

据诗题下注可知大周后"尤工琵琶",李璟因欣赏她的才艺,将自己保存的名为"烧槽"的琵琶赏赐给她。后来,她在临死前又将这把琵琶留给李煜。这把琵琶既是中主赐物，又是大周后与李煜诀别的纪念物。这把琵琶曾伴随李煜和大周后度过十年美好的时光。而今琵琶虽在，弹奏琵琶之人却已仙去，物是人非，睹物伤情，李煜在琵琶背上书写了此诗。

一、二句"侁自肩如削，难胜数缕绦"，描绘琵琶的形制，抒发名琵琶难寻的感慨。琵琶众多，形制相似，但是能有多少真正堪称是"琵琶"，能承托起琵琶的丝弦呢？言外之意，琵琶虽多，而堪称著名者却极少。这种感慨又正是由"烧槽"引发的，是在赞叹"烧槽"的名贵难得。未写其人，先咏其物，以衬托铺垫。

三、四句"天香留凤尾，余煖在檀槽"，虽继续咏物，却暗出其人，赞美"烧槽"的天然材质，描绘檀槽余煖的温馨，把"烧槽"之名贵进一步体现出来。然而这种描写，其实并非纯粹的咏物，而是一语双关，是借物写人。是在回忆大周后丽质天香的形容，是在体验大周后余温尚在的温馨。明写琵琶暗写人，而诗人对大周后的思念之情也因之而出。

本诗委婉含蓄，手法巧妙，堪称佳作。

十六罗汉像之迦哩迦尊者（局部）　五代　贯休

病中感怀

憔悴年来甚[1]，萧条益自伤。

风威侵病骨，雨气咽愁肠。

夜鼎唯煎药[2]，朝髭半染霜。

前缘竟何似，谁与问空王[3]。

题注

此诗见《全唐诗》(卷八)。乾德二年(964),李煜连遭不幸,次子仲宣四岁夭亡,大周后因子殇哀绝而卒,受到巨大打击,"哀苦骨立,杖而后起"(宋马令《南唐书·昭惠后传》)。此诗约为此时作。

校注

1. 憔悴:困顿萎靡的样子。
2. 鼎:古代煮东西用的器物,三足两耳。
3. 空王:佛祖释迦牟尼。佛家重"空"义,故称。

赏析 病未好,髭须却已斑白

此诗抒写诗人病中的感受和情怀。

"憔悴年来甚,萧条益自伤",从形容近年来的萎靡困顿的日渐加剧,到因为孤寂冷落而引起自己内心的伤感,诗人开篇即确定了"感怀"的基调。

"风威侵病骨,雨气咽愁肠",写了诗人因病而不耐风寒雨湿侵袭的情景,表现了诗人的瘦弱哀愁。

"夜鼎唯煎药,朝髭半染霜",是描写诗人病中的情景,终夕食药，病情未见好转，而只是衰老加剧，以至于过夜髭须斑白。

这样的苦况，使诗人更加忧伤迷惘，遂有最后二句的想法："前缘竟何似，谁与问空王？"陷入了求问因果，向释迦牟尼求法的无可奈何的境地。

诗人本来就信奉佛教，此时更以佛教求得解脱，但他仍怀着疑问。不知前缘，自然不知后果，加之"空王"释迦牟尼早已不在人间，到哪里去求问呢？谁代自己去求问呢？一切都没有答案和结局，因此，他仍只得忍受疾病的折磨，仍旧处在迷惘的心境里。结局颇有深长的意味。

十六罗汉像之半诧迦尊者（局部） 五代 贯休

病中书事

病身坚固道情深[1]，宴坐清香思自任[2]。

月照静居唯捣药[3]，门扃幽院只来禽[4]。

庸医懒听词何取[5]，小婢将行力未禁[6]。

赖问空门知气味[7]，不然烦恼万涂侵[8]。

题注

此诗见《全唐诗》（卷八）。约作于乾德二年（964）大周后死后，与《病中感怀》诗同时。

校注

1. 病身坚固：指病体恢复健康。道情：悟道的心情，此指体会佛教教义。

2. 宴坐：闲坐。自任：自我保养。

3. 静居：净室，佛徒讲经之所。此为养病之所。静，通"净"，清洁。捣药：用木杵把药捣碎。

4. 扃（jiōng）：自外关闭门户用的门闩、门环之类，借指门扇。此处意谓关门。

5. 庸医：医术很差的医生。词何取：话中何处可取。

6. 力未禁：力不堪。

7. 赖问：靠问，依靠求问。空门：佛教。佛教宣扬"诸法皆空"，以悟"空"为进入涅槃之门。气味：比喻意趣。

8. 万涂：万途。涂，通"途"。

此诗描绘诗人闲居养病的生活，表达诗人崇佛念空的意趣态度。

开首二句"病身坚固道情深，宴坐清香思自任"，诗人闲居养病，悟出强身健体有很深的"道情"，自思保养身体当以清闲为要。

"月照静居唯捣药，门扃幽院只来禽"，他屏除了杂多政事，唯净心养志。

"庸医懒听词何取，小婢将行力未禁"，他抱怨庸医不肯采纳他说的话，不取他的保养之法，批评柔弱的女子弱不禁风却不思健身保养。

最后二句"赖问空门知气味，不然烦恼万涂侵"，肯定佛教净心空欲的主张，欲以佛徒的"空义"排除人世间的诸般烦恼。结尾"赖问空门"与开头"道情深"相照应，可知其所言之"道情"乃佛教"空义"。

南唐崇佛，始于先主李昪，中主李璟也曾供佛度僧，而后主李煜至于崇佛佞佛。宋郑文宝《江南余载》载："后主笃信佛法，于宫中建永慕宫，又于苑中建静德僧寺，钟山亦建精舍，御笔题为'报慈道场'。日供千僧，所费皆二宫玩用。"此诗中，诗人把保养之道与佛教教义结合起来，依靠佛教经义颐养身体，即可见诗人笃信佛教的程度。

　　此诗描绘帝王闲居养病的生活，表现南唐国主的思想情趣，含有逃世的消极情绪。艺术表现手法也属平平，未有新意。

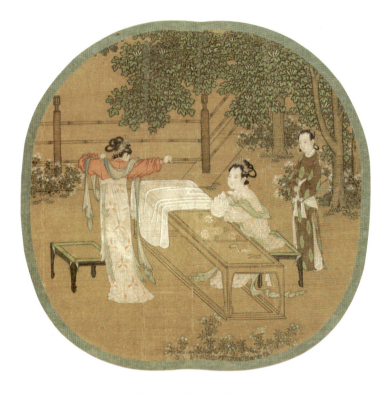

官女图　南宋　刘松年（传）

赐宫人庆奴

风情渐老见春羞，

到处芳魂感旧游。

多见长条似相识，

强垂烟穗拂人头。

题注

此诗见《全唐诗》（卷八）。题下注云："《墨庄漫录》云：'煜尝书黄罗扇上，至今藏在贵人家。'"此诗又作《柳枝》词，详见《柳枝》词解析。

万松金阙图（局部）　南宋　赵伯骕

题《金楼子》后并序

梁元帝谓[1]："王仲宣昔在荆州[2]，著书数十篇。荆州坏，尽焚其书，今在者一篇，知名之士咸重之。"见虎一毛，不知其斑[3]。后西魏破江陵[4]，帝亦尽焚其书[5]，曰："文武之道，尽今夜矣。"何荆州坏、焚书二语，先后一辙也？诗以慨之。

牙签万轴裹红绡[6]，王粲书同付火烧。

不于祖龙留面目[7]，遗篇那得到今朝。

题注

此诗并序见《全唐诗》（卷八）。诗题于《金楼子》后。《金楼子》是梁元帝萧绎的文集，原书 10 卷 15 篇，明后散佚，今存 6 卷 14 篇。萧绎号金楼子，因以名集。此诗具体写作时间不可考。

校注

1. 梁元帝：即梁世祖元皇帝萧绎（508 — 555），原为湘东王，公元 552 年在江陵称帝，改元承圣。

2. 王仲宣：即王粲（177 — 217），字仲宣，山阳高平（今山西邹县西南）人，建安七子之一。十七岁时，诏任黄门侍郎，辞不就。避难荆州，初依刘表，后归曹操，任丞相椽，赐爵关内侯，迁军谋祭酒。魏国建立后，任侍中。博学多识，诗赋见长，有"七子之冠冕"（刘勰语）之誉。著诗、赋、论、议约 60 篇，宋后渐散佚，明有张溥辑本《王侍中集》。王粲滞留荆州约十五年，其间未经大的战乱浩劫，曹操对待文士亦为宽优，梁元帝谓"荆州坏""尽焚其书"，当与史不合，未知何据。荆州：汉武帝时所置十三刺史部之一，辖境约当今湖北、湖南两省及河南、贵州、广东、广西部分地区。东汉时治所在汉寿（今湖南常德东北），其后屡经迁徙，东晋时定治江陵（今县名）。上元元年（760），升为江陵府。

3. 见虎一毛，不知其斑：比喻只见事物的微观局部，不知其宏观整体。

4. 西魏破江陵：公元 554 年，西魏军攻破江陵，梁元帝萧绎归降。后西魏掠空江陵北归。

5. 帝亦尽焚其书：指西魏进攻江陵时，梁元帝萧绎命高善宝将古今图书十四万卷焚毁之事。

6. 牙签万轴：指藏书甚多。牙签，旧时藏书者系于书函上作为标志，以便翻检查阅的牙制签牌。唐韩愈《送诸葛觉往随州读书》诗："邺侯家多书，插架三万轴。一一悬牙签，新若手未触。"裹红绡：指书卷用红丝带系住。红绡，生丝织成的红色薄绸。

7. 祖龙：指秦始皇。《史记·秦始皇本纪》："三十六年秋，使者从关东夜过华阴平舒道，有人持璧遮使者曰：'为吾遗滈（hào）池君。'因言曰：'今年祖龙死。'"南朝宋裴骃《史记集解》引苏林曰："祖，始也。龙，人君象，谓始皇也。"后因以祖龙指代秦始皇。此当指梁元帝萧绎。始皇曾焚书，萧绎也曾焚书。此句意谓焚书之劫后有残留未毁者。

赏析　焚书叹惋

　　此诗咏叹史事。对荆州遭劫、书籍遭焚颇为叹惋。对王粲之作得以侥幸存留颇为庆幸。但词中在咏叹史事时，并没有深入评论，没有表现出深刻的见解，为平平之作。

花卉双禽图　宋 佚名

佚句

（一）

迢迢牵牛星[1]，杳在河之阳[2]。

粲粲黄姑女[3]，耿耿遥相望[4]。

（宋周密《癸辛杂识》）

（二）落花

莺狂应有恨，蝶舞已无多。

（宋陆游《老学庵笔记》云："作此未久，国亡。"）

（三）咏扇

揖让月在手[5]，动摇风满怀。

（宋叶梦得《石林燕语》："宋太祖尝因曲宴，使煜诵
其得意诗。举此。太祖曰：'好一个翰林学士。'"）

（四）

病态如衰弱，厌厌向五年[6]。

（以下元方回《瀛奎律髓》）

（五）

衰颜一病难牵复，晓殿君临颇自羞。

（六）

冷笑秦皇经远略，静怜姬满苦时巡。

（七）

鬓从今日添新白，菊是去年依旧黄。

（以下《翰府名谈》）

（八）

万古到头归一死，醉乡葬地有高原。

（煜岁暮乘醉书此于牖，醒而见之，大悔。不久谢世。）

（九）

人生不满百，刚作千年画。

（宋王楙《野客丛谈》）

（十）

日映仙云薄，秋高天碧深。

（宋叶廷珪《海录碎事》）

（十一）

乌照始潜辉[7]，龙烛便争秉[8]。

（以下唐白居易、宋孔传《白孔六帖》）

（十二）

凝珠满露枝。

（十三）

游扬日已西[9]，肃穆寒初至。

（十四）

九重开扇鹄[10]，四牖炳灯鱼[11]。

（十五）

羽觞无算酌[12]。

（十六）

倾碗更为寿[13]，深卮递酬宾[14]。

题注

　　李煜部分诗作佚句分散存留在《癸辛杂识》《翰府名谈》《野客丛谈》《海录碎事》等书及《白孔六帖》中,《全唐诗》(卷八)辑录一部分,集释如下。

校注

1. 迢迢：遥远的样子。牵牛星：天鹰星座主星,俗称扁担星。此句为《古诗十九首》("迢迢牵牛星")中语。

2. 杳(yǎo)：远得不见踪影。河之阳：银河之阳。银河,又称天河,即天空中成带状的密集的星群。古时以山的南面和水的北面为阳。《春秋穀梁传·僖公二十八年》："水北为阳,山南为阳。"

3. 粲粲(càn)：光亮的样子。黄姑：即牵牛星。古乐府："东飞伯劳西飞燕,黄姑织女时相见。"南朝梁宗懔《荆楚岁时记》云："河鼓、黄姑,牵牛也。"汉班固《西都赋》："左牵牛而右织女。"此处以"黄姑女"与"牵牛星""耿耿遥相望",当是将黄姑星与织女星混,误将织女星作黄姑星。

4. 耿耿：明亮的样子。

5. 揖让：古代宾主相见的礼节,此指拱手。月在手：指扇面展开半圆状,握在手中。

6. 厌厌：体弱,精神不振的样子。

7. 乌照：指日光。《淮南子·精神训》："日中有踆(cūn)乌。"汉高诱注："踆,犹蹲也。谓三足乌。"后以乌指代太阳。

8. 龙烛：绘饰有龙的蜡烛。

9. 游扬：游动。

10. 九重：宫禁。鹄（gǔ）：箭靶的中心。

11. 牖（yǒu）：窗。炳：点，燃。灯鱼：鱼状的灯。

12. 羽觞（shāng）：古代饮酒用的耳杯，为爵（雀）形，有头、尾、羽翼。

13. 为寿：祝寿。

14. 卮（zhī）：古代一种盛酒器。

赏析　动摇风满怀

这些佚句写作时间难以一一推定，全诗意境背景更无从知道。仅依佚句分析，难免臆断。其中体现思想情趣颇为复杂，或望星，或咏落花，或咏扇，或言病，或言人生之道，或描写自然景色，或描绘宫廷生活，或多或少、或明或暗地透露和表现了诗人的思想情趣。

其中"揖让月在手，动摇风满怀"二句，据《石林燕语》载是宋太祖在曲宴之上命诗人诵其得意之诗时作的，诵后宋太祖称诗人"好一个翰林学士"。可以想知身为亡国之君的诗人处境多么尴尬可怜。

又"万古到头归一死，醉乡葬地有高原"二句，据注云是诗人醉后题写在窗上的，而醒后方大惊大悔，而后不久便被毒死。二句透露出身为系囚的失位之君的郁愤心境。

这些佚句虽散杂无章，但对研究李煜诗歌创作及其思想艺术仍有一定的参考价值。

龙宿郊民图（局部）　五代南唐 董源

文集

周颂清庙之什图之执竟（局部） 南宋 马和之

即位上宋太祖表[1]

臣本于诸子，实愧非才，自出胶庠，心疏利禄[2]。被父兄之荫育，乐日月以优游，思追巢、许之余尘，远慕夷、齐之高义[3]。既倾恳悃，上告先君，固非虚词，人多知者[4]。徒以伯仲继没，次第推迁，先世谓臣克习义方，既长且嫡，俾司国事[5]。遽易年华，及乎暂赴豫章，留居建业，正储副之位，分监抚之权，惧弗克堪，常深自励[6]。不谓奄丁艰罚，遂玷缵承，因顾肯堂，不敢灭性[7]。然念先世君临江表，垂二十年，中间务在倦勤，将思释负。

臣亡兄文献太子从冀，将从内禅，已决宿心，而世宗敦劝既深，议言因息[8]。及陛下显膺帝箓，弥笃睿情，方誓子孙，仰酬临照[9]。则臣向于脱屣，亦非邀名，既嗣宗祊，敢忘负荷[10]！惟坚臣节，上奉天朝。若曰稍易初心，辄萌异志，岂独不遵于祖祢，实当受谴于神明[11]。方主一国之生灵，遐赖九天之覆焘[12]。况陛下怀柔义广，煦妪仁深，必假清光，更逾曩日[13]。远凭帝力，下抚旧邦，克获宴安，得从康泰。

然所虑者，吴越国邻于敝土，近似深仇，犹恐辄向封疆，或生纷扰[14]。臣即自严部曲，终不先有侵渔，免结衅嫌，挠干旒宸[15]。仍虑巧肆如簧之舌，仰成投杼之疑，曲构异端，潜行诡道[16]。愿回鉴烛，显谕是非，庶使远臣，得安危恳[17]。

宋太祖坐像　北宋　佚名

今译

下臣我在诸位公子中，实在惭愧自己没有才能，自从学校出来做事情以后，对物利禄位之事很疏淡。蒙受了父亲兄长荫庇爱抚，每天安闲自得地欢度时日，总想赶上巢父、许由的遗迹，敬慕伯夷、叔齐的高尚义节。又倾慕于真挚诚恳，把这些想法都禀告了我的父王，这绝不是虚假之语，人们多有了解。只是由于长兄、次兄相继病逝，兄弟排行次序发生了变化，先父知道我熟悉明了做人的正道，我在弟兄中既年长又是嫡出，使我掌管国家政事。时光急速变化，直到国都临时南迁豫章，我留守建业时，才正式被立为太子，行使监国与抚军之权。深恐不能胜任，经常自己激励自己。我不因为时运不好、处境窘困而退缩，于是辱承先王之业，由于考虑到承继先王之业，不敢因君父丧亡而过度悲伤以致危及生命。可是一想到先王统治江南二十余年，工作中我勤勤恳恳不畏困乏，才稍感有释重负。

下臣的亡兄文献太子从冀，将按父亲意图承继王位，父王已决心让位，可是由于周世宗敦促劝告意切，让位的议论才作罢。直到陛下您显现出上天符命而为帝王时，圣明之情更加深厚，刚向子孙发下誓言，一定要竭诚报答您的关怀和恩德。我一向对名位看得很轻，这不是为了求取好名声，既然已经取得宗庙的祭祀权，怎敢忘却自己应担负的职责。只有坚奉做臣下的仪节，拥戴侍奉上朝。如果略改初衷，萌发背叛之意，不但违背了祖上的愿望，而且会遭到神明的谴责。刚成为一国百姓的主宰，还须依靠九天的荫庇。更何况陛下您广施以恩德安抚远邦之义，又对人民深加覆育爱护，天下诸邦对您美好光彩的依赖，更超过往常。凭借您的力量，安抚我的百姓，就能享受安乐快活，百姓们也会康泰安定。

可是我所担心的，是吴越之国和敝国疆土邻接，如同有深仇大恨，只怕他们在边界上滋生是非，制造事端。下臣我严格约束军队，终究不会先挑起争端，免去寻衅生事之嫌，便免去了对您的麻烦打扰。尽管这样，我仍然担心他们鼓动如簧之舌搬弄是非，造成能使人动摇已很信心坚定的情势，虚构异常之事，秘密实行诡诈之术。希望陛下明察秋毫、洞悉微奸，明晓是非，能够让身在远方的下臣得到安宁，在此直言恳求。

题注

此表见《全唐文》卷一二八。公元961年6月南唐中主李璟卒，李煜嗣位于金陵（今南京），遣中书侍郎冯延鲁入宋，奉此表陈继位奉宋之事，并献贡品若干。《即位上宋太祖表》就是李煜初登王位时给宋太祖赵匡胤所上的表章。

校注

1. 宋太祖：即赵匡胤（927—976），公元960年发动兵变，废后周帝自立，建立宋王朝，公元960—976年在位。

2. 胶痒：周朝学校名。胶为大学，痒为小学。这里指学校。

3. 优游：悠闲自得。巢、许：即巢父和许由，二人均唐尧时隐士，尧曾欲让位给二人，皆避不受。夷、齐：即伯夷、叔齐，商孤竹君的两个儿子。其父欲传位给次子叔齐，叔齐不受欲让给伯夷，伯夷亦不受。后二人逃往周国。武王灭殷后，二人耻食周粟而饿死。

4. 恳悃（kǔn）：诚恳，诚实。虚词：虚假不实的话。

5. 伯仲继没：指李煜长兄文献太子弘冀和次兄庆王弘茂先后病死之事。义方：做人的正道。

6. 豫章：当时郡名，在今江西南昌市。建业：即今之南京。

7. 缵（zuǎn）承：继承。肯堂：语出《尚书·大诰》"厥子乃弗肯堂，矧肯构"，原以建造房屋作喻，言儿子不肯为父亲奠定房基，后以"肯堂"或"肯构"喻子承父业。灭性：指因丧亲过度悲伤而危及生命。

8. 从冀：即史书之弘冀，李璟长子，立为太子。内禅：帝王尚在而传位子弟，此指周世宗南侵时，南唐中主欲让位于太子之事。

9. 帝箓（lù）：古代帝王自称其符命之书，此指登帝位。睿情：皇帝的盛情。

10. 脱屣（xǐ）：比喻看得很轻，不足介意。宗祊（bēng）：宗庙。负荷：承担责任。

11. 祖祢（mí）：祖庙，宗庙。

12. 覆焘：即覆帱（dào），覆被、遮盖。也表恩泽荫庇。

13. 怀柔：以恩德招致安抚。煦妪：指覆育、抚养。清光：美好的光彩。曩（nǎng）日：往日，以前。

14. 吴越：古国名，五代十国之一，所辖地在今浙江省、江苏西南部及福建东北部，存在于公元895—982年。封疆：疆界。

15. 部曲：古代军队的编制单位，此指军队。旒（liú）扆（yǐ）：皇帝的代称。

16. 投杼：比喻传闻可使人动摇信心。

17. 鉴烛：犹明鉴、洞察。

赏析　唯愿安宁

　　上表首先叙述自己疏于利禄、无意于王位的品性及
"伯仲继没"才被推上太子之位，承王位后尽心奉职，犹恐
有负先王之意的心情和做法。

　　然后向宋主表明将一心拥戴敬奉宋主以秉承先王之意、
以尽臣子之责的决心，并希望宋主广施恩德荫庇自己、安
抚远邦、覆育百姓。

　　最后表达了对吴越在两国边境可能挑起事端的担心及
为避免滋事之嫌主动约束军队的做法，并提请宋主对自己
的做法和用意予以明察，对吴越可能摇唇鼓舌搬弄是非的
做法予以注意。

　　此表层次分明，结构严谨，言辞恳切，具有较强的逻
辑力量。然媚事宋主，格调卑下。

秋山图　五代南唐　巨然

乞缓师表

臣猥以幽孱，曲承临照[1]。僻在幽远，忠义自持，唯将一心，上结明主。比蒙号召，自取愆尤[2]。王师四临，无往不克。穷途道迫，天实为之，北望天门，心悬魏阙[3]。

嗟一城生聚，吾君赤子也；微臣薄躯，吾君外臣也[4]。忍使一朝，便忘覆育，号咷郁咽，盍见舍乎[5]？臣性实愚昧，才无异禀，受皇朝奖与，首冠万方，奈何一日自踵蜀汉不臣之子，同群合类，而为囚虏乎[6]？贻责天下，取辱祖先，臣所以不忍也。岂独臣不忍为，亦圣君不忍令臣之为也。况乎名辱身毁，古人之所嫌畏者也。人所嫌畏，臣不敢嫌畏也。惟陛下宽之赦之！

臣又闻，鸟兽，微物也，依人而犹哀之；君臣，大义也，倾忠能无怜乎？倘令臣进退之迹，不至鬼恶，宗社之失，不自臣身，是臣生死之愿毕矣，实存没之幸也。岂惟存没之幸也，实举国之受赐也。岂惟举国之受赐也，实天下之鼓舞也。皇天后土，实鉴斯言。

今译

　　下臣我鄙陋而又昏庸懦弱，承蒙您给予恩惠关照。虽处在荒远偏僻之处，但坚持忠和义，只有一心一意结交天朝圣明君主您。等到受到召唤，是我咎由自取。致使君王您的军队四面包围我国，所到之处没有不被攻克的。我今日处境的危困艰难，实由上天制裁所致，向北遥望您宫殿的大门，一心挂念朝廷。

　　唉！金陵全城的人民，都是君王您的百姓；只有我的躯体，是君王您的藩国臣子。怎能忍心顷刻间便忘了对他们的爱护抚育，让他们号啕大哭、呜咽饮泣，被丢弃不管呢？我的禀性实在愚昧，才能禀赋也没有特殊之处，可是受到贵朝的奖赏恩赐，在各藩国居于首位，为什么一下子就处于前蜀、南汉那种不臣属于天朝之人的行列，与他们同群为一类，而成为陛下的阶下之囚呢？这样长久地被天下人责难，使祖先受辱，这便是我于心不忍的原因啊。难道仅仅我不忍心如此，就是君王您也会不忍心让我这样啊。何况名辱身毁，是古人所厌恶畏惧的。人人都厌恶畏惧的，下臣我怎敢不厌恶畏惧呢？希望陛下您宽恕我、赦免我！

　　下臣我还听说，鸟兽是卑贱的动物，它依顺于人，人尚且还可怜它；君王和臣下是大原则的体现，臣对君王竭尽忠心相待，君王能不加怜悯吗？假如下臣我在行事方面没有丑恶的迹象，国家的败亡，不是由我造成的，这样我平生的愿望也就满足了，这实在是我人生的幸事。哪里只是我个人的幸事，也是全国人民得受恩赐。这不单是全国受恩赐，也是整个天下都欢跃鼓舞相庆的大事。苍天大地，就是我这些话的证明。

题注

公元 975 年秋，宋兵攻金陵城昼夜不息，后主李煜遣徐铉等厚贡方物，请求宋主缓兵，此表即所奏之表。《乞缓师表》意即请求宋军暂缓进攻的表章。

校注

1. 幽屏（chán）：昏庸懦弱。

2. 愆（qiān）尤：过失、过错。

3. 魏阙：古官门外的阙门，此指朝廷。

4. 生聚：此指大众、百姓。外臣：藩国对宗主国君王称自己。

5. 覆育：保护养育。号咷（táo）:即号啕，放声大哭。郁咽:呜咽。

6. 奖与：奖励赠予。蜀汉：五代十国之前蜀和南汉。前蜀为王建所建，存在于公元 907 — 925 年。南汉为刘龑（yǎn）所建，存在于公元 917 — 971 年。

上表先言自己对宋朝竭诚拥戴之忠心及宋主对南唐君民的覆育之恩，然后向宋提出宽赦之求，再以臣事君以忠，君则应加怜爱及存留南唐之意义诸道理，阐述补充自己所提要求的合理性。

上表喻之以理，动之以情，具有撼人心魄的情感力量。

明皇击球图卷（局部）　北宋 李公麟

103

不敢再乞潘慎修掌记室手表

　　昨因先皇临御，问臣颇有旧人相伴否[1]，臣即乞徐元楀。元楀方在幼年，于笺表素不谙习[2]。后来因出外，问得刘铢，曾乞得广南旧人洪侃[3]。今来，已蒙遣到徐元楀，其潘慎修更不敢陈乞。

　　所有表章，臣且勉励躬亲[4]。臣亡国残骸，死亡无日，岂敢别生侥觊，干挠天聪[5]？只虑章奏之间，有失恭慎。伏望睿慈，察臣素心[6]。

从前因为先皇驾临，问我身边还有没有过去的故人相陪，我就请求要徐元榤。徐元榤当时年纪还小，对于奏章文书之事素来不熟悉。后来因外出，寻问刘铄，曾请得广南的故人洪侃。如今，已蒙恩将徐元榤派来这里，就不敢再陈情乞求潘慎修了。

所有的表章，我将亲自动笔来写。我是一个亡国残骸之人，死亡没有固定的日期，难道敢再生非分之念，干挠皇帝的圣听？只是想到在撰写章表之时，偶尔会有失恭慎之态。诚望圣明之君，体察我的忠诚之心。

题注

此表见《全唐文》卷一二八。乞，请求。记室，官职名，掌章表书记文檄之事，或称记室督、记事参军等。这是后主亡国后于囚禁中写给宋太宗赵光义的上表。称"记室"，只是沿用旧称。

校注

1. 先皇：指已故的宋太祖赵匡胤。

2. 笺（jiān）表：指上奏朝廷的表章。谙（ān）习：熟悉。

3. 广南：唐代称岭南道。宋代分置广南东路、广南西路，包括今广东、广西地区。

4. 勉励躬亲：指亲自动笔撰写。

5. 侥觊（jì）：犹言"觊觎"，谓希冀侥幸之义。此指非分之想。天聪：犹言天听，此为颂扬帝王视听聪明之词。

6. 伏望：自谦之辞。睿慈：聪慧仁慈。此指宋太宗。

　　这份手表从文意上看，开篇突兀，似前有残佚，导致文意不完整。文章的中心是对徐元楒的到来向太宗表示谢恩，同时表明，为不失恭慎之态，今后的书信表章，将亲自撰写，以表示自己对太宗的至诚之情。

临韦偃牧放图（局部）　北宋 李公麟

遗吴越王书

今日无我，明日岂有君¹？
一旦明天子易地赏功，王亦大梁一布衣耳²！

今译

　　今天没有我存在，明天难道会有你吗？
　　一旦宋太祖灭掉我们而封赏有功之人，你也只是大梁
的一个贫民罢了。

题注

　　此书见《南唐二主全集》。吴越，五代十国之一。唐朝末年，钱镠（liú）为镇海军节度使，后梁封其为吴越王，自称为吴越国王，拥有今浙江及江苏西南部、福建东北部地区。公元 974 年，宋太祖派使者诏李后主入朝，后主不从。宋太祖大兵压境，攻陷芜湖。吴越王也乘机兴兵进犯常州，为此，李煜给吴越王写了这封信，阐明唇亡齿寒的利害关系。

校注

1. 君：指吴越王。

2. 明天子：指宋太祖赵匡胤。大梁：宋朝的首都，地在今河南开封县地。布衣：指贫民。

花卉草虫图　五代南唐　徐熙

答张泌谏书手批

古人读书，不止为词赋口舌也[1]。委质事人，忠言无隐，斯可谓不辱士子矣[2]。

朕纂承之始，德政未敷，哀毁之中，知虑荒乱[3]。深虞布政设教，不足仰付民望[4]。

卿居下位，首进谠谋，十事焕美，可举而行[5]。朕必善初而思终，卿无今直而后佞。其中事件，亦有已于敕书处分者[6]。

二十八日。

古代人读书，不仅仅是为了作词赋和交谈。归顺而事奉他人之时，正直之言无所隐讳，这才可称得上是不辱没学子了。

我继位之初，德政还未普遍实施，伤于亡父之痛，思虑混乱。深深地感到所布施的政教，还不足以满足百姓的期望。

你身居下位，第一个进献善言。所列举的事情，都是很好的，可以推举而实行。我做事一定会善始且善终，你做事也不要虎头蛇尾。你在谏书中所提的事情，有的已经在敕书中决定了。

二十八日。

题注

　　此文见《南唐二主全集》。谏书，指大臣对国君进行规劝的书信。这是李煜对张泌上书而答复的亲笔信。张泌其人不详，所上之谏书亦不得而知，但从手批文辞看，当为政教之事。

校注

1. 口舌：指交谈。

2. 委质：古代大臣拜见国君，屈膝而委体于地。西汉司马迁《史记·仲尼弟子传》："子路后儒服委质。"唐司马贞《史记索隐》引东汉服虔注《左传》："古者始仕，必先书其名于策，委死之质于君，然后为臣，示必死节于其君也。"此"委质"指归顺之意。
   士子：犹言学子。

3. 纂承：继位。敷：普遍。哀毁：指伤先父丧亡之痛。知：通"智"。

4. 虞：料想。仰付：满足。

5. 谠（dǎng）谋：谠言。《汉书·叙传》师古注："谠言，善言也。"
   十事：指谏书中所言之事。焕美：光明鲜美。

6. 敕（chì）：皇帝的诏令。处分：决定。

赏析　凡事应善始善终

在这封回信中，李煜首先对张泌忠言无隐的行为加以肯定。继而说明自己刚刚继位，百事待兴，但伤于亡父之痛，布政设教之事，未及实行。最后表示自己察纳雅言会善始善终，希望张泌也要始终如一地进献谠谋。

文章虽短，但层次分明，语句简练，反映了作者驾驭文字的功力。

韩熙载夜宴图　宋摹本（局部）　五代南唐　顾闳中

批韩熙载奏

言伪而辨，古人恶之。

熙载俸有常秩，锡赉尚优，而谓厨无盈日，无乃过矣[1]。

今译

言辞虚伪而又善辩，古代人就讨厌这种行为。

熙载的俸禄有固定的标准，朝廷的赏赐也还优厚，却说厨房中未曾有过食物充盈的日子，恐怕是错误的吧。

题注

此文见《南唐二主全集》。韩熙载，当时为翰林学士。从批文看，似乎是对韩熙载要求提高俸禄的答复，文中显露批评之意。

校注

1. 常秩：固定的标准。锡赉（lài）：朝廷的赏赐。过：错误。

願誠素之先達
解玉佩以要之

洛神賦圖（局部）　北宋　佚名

昭惠周后诔

天长地久，嗟嗟蒸民。嗜欲既胜，悲叹纠纷[1]。

缘情攸宅，触事来津。赍盈世逸，乐鲜悉殷[2]。

沉乌逞兔，茂夏凋春。年弥念旷，得故忘新[3]。

阙景颓岸，世阅川奔。外物交感，犹伤昔人[4]。

诡梦高唐，诞夸洛浦。构屈平虚，亦悯终古[5]。

况我心摧，兴哀有地。苍苍何辜，歼予伉俪[6]。

窈窕难追，不禄于世。玉润珠融，殒然破碎[7]。

柔仪俊德，孤映鲜双。纤秾挺秀，婉娈开扬[8]。

艳不至冶，慧或无伤。盘绅奚戒，慎肃惟常[9]。

环佩爰节，造次有章。含颦发笑，擢秀腾芳[10]。

鬓云留鉴，眼彩飞光。情澜春媚，爱语风香[11]。

瑰姿禀异，金冶昭祥。婉容无犯，均教多方[12]。

茫茫独逝，舍我何乡[13]？

昔我新婚，燕尔情好。媒无劳辞，筮无违报[14]。

归妹邀终，咸爻协兆。俯仰同心，绸缪是道[15]。

执子之手，与子偕老。今也如何，不终往告[16]。
呜呼哀哉！

志心既达，孝爱克全。殷勤柔握，力折危言[17]。
遗情昐昐，哀泪涟涟。何为忍心，览此哀编[18]。
绝艳易凋，连城易脆。实曰能容，壮心是醉[19]。
信美堪餐，朝饥是慰。如何一旦，同心旷世[20]？
呜呼哀哉！

丰才富艺，女也克肖。采戏传能，弈棋逞妙[21]。
媚动占相，歌萦柔调。兹嫛爱质，奇器传华[22]。
翠虬一举，红袖飞花。情驰天际，思栖云涯[23]。
发扬掩抑，纤紧洪奢。穷幽极致，莫得微瑕[24]。
审音者仰止，达乐者兴嗟。曲演来迟，破传邀舞[25]。
利拨迅手，吟商逞羽。制革常调，法移往度[26]。
翦遏繁态，蔼成新矩。《霓裳》旧曲，韬音沦世[27]。
失味齐音，犹伤孔氏。故国遗声，忍乎湮坠[28]？
我稽其美，尔扬其秘。程度余律，重新雅制[29]。
非子而谁？诚吾有类。今也则亡，永从遐逝[30]。
呜呼哀哉！

该兹硕美，郁此芳风。事传遐祀，人难与同³¹。

式瞻虚馆，空寻所踪。追悼良时，心存目忆³²。

景旭雕甍，风和绣额。燕燕交音，洋洋接色³³。

蝶乱落花，雨晴寒食。接辇穷欢，是宴是息³⁴。

含桃荐实，畏日流空。林凋晚箨，莲舞疏红³⁵。

烟轻丽服，雪莹修容。纤眉范月，高髻凌风³⁶。

辑柔尔颜，何乐靡从？蝉响吟愁，槐凋落怨³⁷。

四气穷哀，萃此秋宴。我心无忧，物莫能乱³⁸。

弦尔清商，艳尔醉盼。情如何其，式歌且宴³⁹。

寒生蕙幄，雪舞兰堂。珠笼暮卷，金炉夕香⁴⁰。

丽尔渥丹，婉尔清扬。厌厌夜饮，予何尔忘⁴¹？

年去年来，殊欢逸赏。不足光阴，先怀怅怏⁴²。

如何倏然，已为畴曩⁴³？

呜呼哀哉！

孰谓逝者，荏苒弥疏？我思姝子，永念犹初⁴⁴。

爱而不见，我心毁如。寒暑斯疚，吾宁御诸⁴⁵？

呜呼哀哉！

万物无心，风烟若故。惟日惟月，以阴以雨⁴⁶。

事则依然，人乎何所？悄悄房栊，孰堪其处[47]？

呜呼哀哉！

佳名镇在，望月伤娥。双眸永隔，见镜无波[48]。

皇皇望绝，心如之何？暮树苍苍，哀摧无际[49]。

历历前欢，多多遗致。丝竹声悄，绮罗香杳[50]。

想涣乎忉怛，恍越乎悴憔[51]！

呜呼哀哉！

岁云暮兮无相见期，情瞀乱兮谁将因依[52]？

维昔之时兮亦如此，维今之心兮不如斯。

呜呼哀哉！

神之不仁兮敛怨为德，既取我子兮又毁我室。

镜重轮兮何年？兰袭香兮何日[53]？

呜呼哀哉！

天漫漫兮愁云暗，空暖暖兮愁烟起[54]。

蛾眉寂寞兮闭佳城，哀寝悲氛兮竟徒尔[55]。

呜呼哀哉！

日月有时兮龟蓍既许，箫笳凄咽兮旂常是举[56]。

龙輴一驾兮无来辕，金屋千秋兮永无主[57]。

呜呼哀哉！

木交枸兮风索索，鸟相鸣兮飞翼翼[58]。

吊孤影兮孰我哀？私自怜兮痛无极！

呜呼哀哉！

夜寤皆感兮何响不哀？穷求弗获兮此心隳摧[59]。

号无声兮何续？神永逝兮长乖！

呜呼哀哉！

杳杳香魂，茫茫天步。抆血抚梓，邀子何所[60]？

苟云路之可穷，冀传情于方士[61]。

呜呼哀哉！

天地长久，可叹百姓。嗜欲过度，悲哀就要纷扰。顺着情理之所寄托，探究事体的来龙去脉。钱财过剩，世风就趋于逸乐；喜乐的事少，人们就都力求殷勤。鸟飞兔奔，夏茂春凋。人随着年岁的增长而心境日渐开阔，但也会有记住了过去而忘记现在的情形。景物残坏，河岸崩颓，世事变迁有如河川奔流。客观万物交相感应，古之人还为之伤感。突兀地梦见高唐神女，虚而不实地夸赞洛水女神。歪曲事实构陷他人和平抑别人的虚空捏造，自古以来都令人忧思。而我的心已经毁伤，喜乐与忧愁也都有了节制。苍天为什么要降罪于我，惩罚我们夫妻！

（周后）身材窈窕世所罕比，为何在世上竟这样没福？润洁如玉，光莹如珠，却陨落而破碎。仪容柔和，德性俊美，风度超卓，罕其比并。腰肢细美而秀挺，姿态轻盈而美好。娇艳而不娇冶，聪慧而不狡诈。扎束衣带所戒者何？谨慎恭肃而不越轨。环佩之饰遵循节度，行止造次颇有章法。含情而笑，甜美而秀媚。镜照云鬓，明眸闪光。眼神有如春天一样妩媚，爱语情话随风飘香。环佩显示着异彩，金饰闪耀着光亮。仪容和婉从不犯颜，待人谦和平等可以教育四方。这样完美的人为何独逝于杳冥之境，留下我一人将居于何方！

从前我们新婚之时，兴致浓浓感情笃厚，无须媒人多余的话语，占卜卦象命相相投。归妹之卦可得白首，阴阳之爻相投，卦象相协。上下之心相投，情意殷殷同结共好。相互拉着手，共誓白头偕老。可是现在如何？往日对天的盟誓，终于未能实行！呜呼哀哉！

志向心意相互通达，孝爱之心能够两全。含情握着柔细的手，力挫中伤之言。往昔情爱绵绵不断，今时哀伤之泪涟涟。怎么能硬下心肠，阅览这哀辞之篇。绝艳容易凋零，价值连城的东西容易破碎。实在地说我心宽能容，可壮岁之时仍有时神志不清。都说实在之美可比为饭食，能够慰充早晨的饥饿。为什么一日之间，心心相印的夫妻竟成为隔世之人？呜呼哀哉！

你也称得上是多才多艺，歌舞表演是你的专长，下棋也表现出你棋法的高超。优美的舞蹈应和着乐器的节拍，唱起歌来柔婉的音调萦绕。长柄的摇鼓发出沉实的鼓声，而精美的乐器传出悠扬的美音。翡翠的龙杖一举，舞衣的红袖就像飞花一般舞动。这情景令人神采飞扬，情驰天际，思寄云涯。乐音忽高忽低，节奏时弱时强，真的达到了精深的境界，没有任何地方出现细微的差错。令精通音律的人崇拜，使通达乐舞的人赞叹不止。演奏大曲时间很长，曲至三段则歌舞并作而节拍急促。手中拨子迅速利落地弹奏，吟唱商调的歌与琵琶的羽调相配合。又能创制一般的乐曲，往往能变换陈旧的旋律。删掉繁音促节，造成新的乐章。《霓裳羽衣曲》，本已隐遁消失于世。齐国的音乐失去了应有的节度韵味，尤其损害了孔子倡导的雅正。故国旧有的乐曲，湮没遗失令人痛心。我考定乐曲的价值，你探究它的隐秘。斟酌残余的乐谱，重新加以雅制。这样的事，除了你还有谁能够胜任？实在是我志同道合之人。如今却溘然而逝，永远地消失在渺冥之中。呜呼哀哉！

具有这样的硕美之才，展示如此好的风范。事迹流传到远方，他人很难与之齐同。瞻视空出的寝房，追寻你的踪影已是徒然。深夜里悼念你，心存目忆。早上太阳升起，日光照在雕花的屋脊，微风吹拂着你的绣阁。群燕交鸣，色彩斑斓。蝴蝶飞舞，落花飘散，雨过天晴，寒食节来临。车与车相接连的欢宴已经停止。桃树结实，担心时日空流。树木花草凋零，淡红的莲花在风中舞动。穿着轻薄如烟的舞衣，容颜修美如白雪晶莹。细眉如月，高髻飘风。你的表情柔婉和顺，各种乐曲你都能应和而舞。蝉鸣之声传达出无尽忧愁，槐树凋零让人哀怨又生。四季尽是哀痛，汇集在这秋宴。如果我的心中没有忧愁，外物就不能将它扰乱。琵琶弹出清商之曲，醉后的眼神更加美艳。纯情表现在何处？就在那歌舞欢宴之时。冬日布置蕙草兰花的绣房，雪花飘飞而生寒气。傍晚落下珠帘，金炉里燃放着香气。你脸色红润，眉目间透出婉媚。长长的夜饮，我怎么能够忘记。年复一年，尽欢尽乐。好事不久长，乐极悲生。为什么这么突然，欢乐已成为过去！呜呼哀哉！

谁说对死去的人，感情会越来越淡？我心中思念着你，会永久像初婚时那样。思念而不能相见，我心如火焚。无论寒暑都将折磨我，我怎么能承受得了。呜呼哀哉！

自然万物没有情感，风烟依旧飘散不变。日行月移，阴雨变幻。诸事都像往常，而人将如何？房栊寂寥，谁能安居其间？呜呼哀哉！

好名声会久存，遥望明月会为嫦娥伤感。你的双眸长闭，铜镜再也见不到你眼中的秋波。除了焦虑绝望，我的心能怎么样？傍晚的树林更暗，我心中的悲哀更无边际。以前种种欢乐的情景，一一又重现眼前。而今丝竹音乐之声已消，衣饰罗绮的香气也已不存。想到永别之悲，神志恍惚，容颜憔悴。呜呼哀哉！

年纪已高啊再无相见之期，神志昏乱啊又将依靠谁？这在过去也曾有如此之想，可是现在的心绪啊不如过去。呜呼哀哉！

天神残酷啊，以怨为德，已经让我的儿子夭逝，又毁掉了我的家室。我与你何时才能重聚，就像破镜重圆？何时你与我才能兰香合和？呜呼哀哉！

漫漫天际布满愁云，四周昏暗愁雾笼罩。你在冥府中孤独寂寞，除了悲哀缠身再无他欢。呜呼哀哉！

日月运行是有规律的，这从龟蓍卦象已得到证明。箫管奏出哀乐，铭旌高举。一驾丧车却无驾辕之马，藏娇金屋将永久无人居住。呜呼哀哉！

大风呼呼地吹，树木已经弯曲，鸟儿飞翔，相对而鸣。我孤身单影谁来同情？暗里自思自怜，悲痛无限！呜呼哀哉！

夜半醒来都是因为思念，哪有片刻不心怀哀痛？苦心思虑仍不得解脱，我的心已经被摧残破碎。哭号已经无声，还用什么继续表达悲哀？你的魂灵永远离去，与我再不能相聚！呜呼哀哉！

冥冥中你的香魂，在茫茫天路上行走。我扶着你的棺材满面泪流，我们什么地方再得相会？假如说天路尚可通达，希望由方士为我们传情。呜呼哀哉！

题注

此诔文见《全唐文》卷一二八。周后是南唐司徒周宗之女。十九岁时入宫为李煜之妻。李煜即位后，立其为国后，宠嬖专房。公元 964 年十一月，周后病死，赐谥号曰昭惠。

洛神赋图（局部） 北宋 佚名

校注

1. 嗟嗟：叹词。蒸民：即烝（zhēng）民，百姓。嗜（shì）欲：嗜好，欲望。胜：过大。纠纷：纷扰。

2. 攸（yōu）宅：所居。此为寓寄。来津：来龙去脉。津，过渡。赀（zī）：通"资"，钱财。鲜：少，不多。殷：多。

3. 逞：放任。

4. 阙景：残坏之景。颓岸：塌毁的堤岸。昔人：指周后。

5. 诡：奇异，突兀。高唐：指战国楚宋玉《高唐赋》中所言楚王遇高唐美女之事，此借指梦中与周后相遇。洛浦：洛水之滨。此用三国魏曹植《洛神赋》中路遇洛水女神宓（mì）妃之事，继续申明前意。构屈：歪曲事实构陷他人。构，造成。平虚：平抑虚空不实之词。悯：忧郁。

6. 苍苍：指上天。辜：降罪。伉（kàng）俪（lì）：夫妻。此指李煜与周后。

7. 窈窕：身材苗条。禄：福。玉润：形容肌肤白细如玉。珠融：像珍珠一样纯正亮洁。殒（yǔn）然：突然而亡。

8. 仪：仪表风度。俊德：美德。纤秾：细美。婉娈（luán）：相貌姿态美好。

9. 冶：艳丽多姿。绅：衣带。戒：束缚。

10. 环佩：古人身上佩带的玉饰。爰：语气词。节：合于节度、标准。造次：进止行为。

11. 鉴：铜镜。

12. 瑰姿：艳丽的姿容。禀：持。婉容：美貌。均教：扩展教化。

13. 乡：向。

14. 昏：同"婚"。燕尔：宴尔，美好。劳辞：多余的话。筮（shì）：占卜。违报：谎报。此言二人命相相合。

15. 归妹：《易》卦名，指兑下震上。兑为少女，故称妹。以嫁震男，故称归妹。爻（yáo）：《周易》中组成卦的符号称爻。分为阳爻与阴爻，含有交错变化之意。兆：卦象。俯仰：上下。绸缪：谓情意殷勤。

16. 偕老：同老。

17. 克：能。危言：故意说吓人的话，此指构害他人之言。

18. 盷（miǎn）盷：当为"绵绵"之意。哀编：哀祭之文。

19. 连城：指物之贵重者。醉：神志不清。

20. 信美：确实之美，实在之美。一旦：突然。旷世：隔世。

21. 肖：似。采：同"彩"。弈棋：对局下棋。

22. 占相：应和音乐的节拍。鼗（táo）：长柄的摇鼓，俗称拨浪鼓。

23. 翠虬（qiú）：翡翠饰的龙形玉杖，用以指挥乐队。虬，古代传说中有角的小龙。云涯：云际。

24. 微瑕：细小的缺点。

25. 仰止：赞叹不已。

26. 商、羽：古代音乐五音中的音调。

27. 《霓（ní）裳（cháng）》：即《霓裳羽衣曲》。唐代著名宫廷乐舞，著名法曲。传为唐开元中西凉节度使杨敬述所献。初名《婆罗门曲》，经唐玄宗润色并制歌词，后改用此名。一说唐玄宗登三乡驿，望女儿山，作此曲前半部分，后吸收杨氏所献之曲续成全曲。其舞、乐及服饰等都着力表现虚无缥缈的仙境和仙女形象。据宋马令《南唐书·女宪传》载，唐之盛时，《霓裳羽衣》最为大曲。（南唐）后主（李煜）独得其谱，大周后辄变易讹误，颇去注淫，繁乎新声，则制成新《霓裳羽衣曲》，清越可听。时在北宋建隆四年（963），即大周后病逝的前一年。

28. 齐音：指战国时齐地之歌。湮坠：埋没。

29. 稽：考证。程度：斟酌、估量。

30. 子：你，指周后。有类：有了同类，指周后与自己同样知晓音律。遐逝：讳指死亡。

31. 该：具备。郁：浓盛的样子。遐祀（sì）：即久远。祀，年。

32. 式：语气词。瞻：望。虚馆：指周后的故居。

33. 甍（méng）：屋脊。绣额：疑为绣阁之讹。绣阁是古代妇女的华丽居室。洋洋：美盛。

34. 寒食：节令名。清明前一天（一说清明前两天）。相传起于晋文公悼念介子推之事，因介子推抱木而焚死，就定于此日禁火寒食。接辇（niǎn）：形容辇车一辆接一辆。辇，皇宫中人拉的小车。

35. 箨（tuò）：草名。《山海经·口山经》："（甘枣山下）有草焉，葵本而杏叶，黄华而荚实，名曰箨。"

36. 莹：映照。凌风：乘风。

37. 辑：和同，齐一。靡（mǐ）：没有。

38. 四气：四时之气。

39. 弦：弹奏。盼：眼神。

40. 蕙幄：有芳香气味的内室。珠笼：疑为珠帘之讹。

41. 渥丹：润泽的朱砂，此形容脸色红润。清扬：指眉目之间的美。《诗经·野有蔓草》："有美一人，清扬婉兮。"《毛传》："清扬，眉目之间，婉然美也。"厌厌：安静而和悦。《诗经·湛露》："厌厌夜饮，不醉无归。"《毛传》："厌厌，安也。"

42. 怅怏：指内心若有所失的状态。

43. 倐（shū）然：突然。畴囊（nǎng）：从前。

44. 荏苒：形容时间推移渐进的情形。姝子：美女，此指周后。

45. 毁如：烈火燃烧的样子。

46. 风烟：喻岁月。

47. 房栊（lóng）：窗户。

48. 镇：长久。

49. 皇皇：通"惶惶"，内心不安的状态。

50. 历历：谓分明可数。丝竹：指代乐曲，此指音乐。绮罗：丝质衣服。杳：消失。

51. 忉（dāo）怛（dá）：悲痛。恍越：恍惚，指神志不清。

52. 瞀（mào）乱：昏乱。

53. 神：谓天神。取我子兮又毁我室：据宋陆游《南唐书》载，周后所生次子仲宣于乾德二年（964）因惊吓而死，卒年四岁。周后闻仲宣夭亡，哀伤过甚，不久即卒。重轮：重圆。兰：香草。

54. 暧（ài）暧：日光昏暗的样子。

55. 蛾眉：喻美女。

56. 龟蓍（shī）：用龟甲与蓍草问卜。既许：谓卦象吉利。箫笳：

139

乐器，此指送葬时的哀乐声。旗（qí）：灵旗。

57. 龙辀（ér）：丧车。金屋：华丽的居室。

58. 枸（gōu）：弯曲。索索：风吹动树木枝条而发出的声音。

59. 寤：醒来。隳（huī）摧：言悲伤已极。

60. 天步：犹言天路，即登天之路。抆（wěn）血：犹拭泪。櫬
    （chèn）：棺。

61. 穷：尽。冀：希望。方士：古代从事求仙炼丹的人。

赏析 花凋玉碎：偕老之人已生死相隔

　　在这篇诔文中，作者淋漓尽致地表现了对大周后的思
恋之情。

　　开篇从周围的事物写起，为下面的抒情作铺垫。写高
唐神女、洛水宓妃，既暗喻周后之美，又表现出一种痛失
美人的哀伤。

　　继而对周后的服饰、相貌、身材、神情等加以多角度
的描绘，于赞美之中，现出伤逝之情。周后知音律、善歌
舞，后主喻为知音，因此诔文中于此大加描写、赞扬，既
有歌舞场面的正面描写，又通过他人之口，侧面赞叹周后
的技艺之精。

最后，作者以感伤的笔调，写出了人去楼空，睹物思人的惆怅之情，在望天路之可通，冀方士来传情中，表现出一种无法实现的希望。

全文语言流畅，句式整齐、协韵。于行文中注意变换句式来表达自己的感情，文情并茂，表现了作者高超的写作水平。

合乐图（局部） 五代南唐 周文矩（传）

送邓王二十六弟牧宣城序

秋山的翠，秋江澄空，扬帆迅征，不远千里[1]。之子于迈，我劳如何[2]？夫树德无穷，太上之宏规也；立言不朽，君子之常道也[3]。

今子藉父兄之资，享钟鼎之贵，吴姬赵璧，岂吉人之攸宝[4]？矧子皆有之矣[5]。

哀泪甘言，实妇女之常调，又我所不取也。临歧赠别，其唯言乎[6]？在原之心，于是而见[7]。

噫！俗无犷顺，爱之则归怀；吏无贞污，化之可彼此[8]。刑唯政本，不可以不穷不亲；政乃民中，不可以不清不正。执至公而御下，则佞自除；察薰莸之禀心，则妍媸何惑[9]？武惟时习，知五材之难忘；学以润身，虽三余而忍舍[10]。无酣觞而败度，无荒乐以荡神[11]。

此言勉从，庶几寡悔。苟行之而愿益，则有先王之明谟，具在于缃帙也[12]。

呜呼！老兄盛年壮思，犹言不成文，况岁晚心衰，则词岂逮意[13]？

方今凉秋八月，鸣根长川，爱君此行，高兴可尽[14]。况彼敬亭溪山，畅乎遐览，正此时也[15]。

今译

　　秋天的山峰鲜明苍翠，秋天的江水清澈见底。扬起风帆即刻出征，不以千里为远。你远行前往，我内心会怎么惦念呢！德行的培养是没有尽头的，这是最高等的远大规划；著书为万世不朽之业，这是君子永恒的途径。

　　如今你借助父兄的资本，享有贵族之家的地位，吴国的美女、赵国的和氏璧那样的玉器，难道是一般人能以之为宝的？况且你都具有这些东西了。

　　哀伤的泪水与甜言蜜语，实在是妇人之流的老一套，又是我所轻视的。临近离别之时赠物送别，难道不是赠言更好吗？处于根本上的想法，由此而能显露。

　　啊！民间没有猛悍与柔顺之别，抚爱他们，就会归顺于你；官员们没有廉洁与腐败之别，教化他们就可分出彼此。在刑罚中只有为政是根本，不可以不亲自兢兢业业地做；政务是百姓心中敬仰的东西，不可以不清廉不正直。执政公平到顶点而统御下民百官，那么谄媚奸邪的事自然就没有了；仔细审察善恶之人的品行资质，那么对美丑之别还有什么分不清呢？武艺只有按时练习，方知五才难忘；读书可使自身受益，即使是寒冬深夜，阴雨不断之时也不能停止。不要贪杯而败坏军纪，不要沉湎声色而动摇本性。

　　这些话使你受勉励而听从，差不多就不会有后悔之事了。如果能照此去做并能受益，那么有先王的明训，全部都包在书套里。

呜呼！老兄盛年才思敏捷之时，况且言语不能成文，那到了年岁大些才思迟钝的时候，言辞难道能出口成章吗？

想必在这凉秋八月之时，在长江中击船而歌，你此行前往，兴致可尽。何况那里的敬亭山景色宜人，可以心情舒畅地游览，正在此时。

题注

此序见《全唐文》卷一二八。

公元 962 年，李煜即位，大赦境内，对朝臣重加封号。封原邓王李从善为韩王，封其弟李从益为邓王。公元 968 年，邓王李从益出京镇守宣州，后主在绮霞阁为之饯别，赋诗而自为序以送之。

牧是治理之义。宣城，汉代为丹阳郡，隋时改为宣州，大业初复名宣城郡，唐武德三年复名宣州。府治在今安徽宣城市。

校注

1. 的翠：鲜明苍翠。澄空：水色清澈。

2. 之子：指邓王李从益。于：语气词。迈：前往。

3. 树：建立。太上：最上一等的。常道：永恒的途径。

4. 藉：借。父兄：指其兄长李从善。钟鼎：喻贵族之家。吴姬：吴国的美女。赵璧：赵国的和氏璧。攸宝：所贵重。

5. 矧（shěn）：况且。

6. 歧：指分别之时。

7. 原：根本。

8. 俗：民间。犷：猛悍。贞污：廉洁与腐败。

9. 恬（xiān）佞（nìng）：谄媚奸邪之事。薰莸（yóu）：薰，香草；莸，臭草。比喻善恶之人。禀心：犹言禀性，指人的品性资质。妍媸（chī）：美与丑。

10. 武：指习武之事。时：按时。五材：勇、智、仁、信、忠。《六韬·论将》："太公曰：'将有五材十过。'"学：读书。润身：使自身沾益而有光荣。《礼·大学》："富润屋，德润身，心广体胖。"三余：谓冬者岁之余，夜者日之余，阴雨者时之余。此泛指空闲时间。

11. 酣觞：指饮酒贪杯。度：标准。荒乐：指沉湎声色。

12. 谟（mó）：教诲，此指文章。缃帙（zhì）：包书的套子。

13. 迨：及。

14. 鸣榔（láng）：击船舷作声。此谓击船以为歌声节拍，即叩舷而歌之义。

15. 敬亭：即敬亭山，一名昭亭山。山上有敬亭，相传为南朝齐谢朓赋诗之处，山以此名。山高数百丈，千岩万壑，为近郊名胜。地在今安徽宣城县北。

听琴图（局部） 北宋 赵佶

赏析 临别劝勉：修行无止境

这是一篇临别赠言，通篇为劝勉之辞，言中亦有告诫之意。其中心是告诫要执政公平，确保一方安定，同时对于加强个人修养，对邓王提出了一些劝告。

层楼春眺图（局部） 北宋 燕文贵

却登高文

玉斝澄醪，金盘绣糕，茱房气烈，菊芷香豪[1]。左右进而言曰："维芳时之令月，可藉野以登高[2]。矧上林之伺幸，而秋光之待褒乎[3]？"

余告之曰："昔时之壮也，情槃乐恣，观赏忘劳[4]。悄心志于金石，泥花月于诗骚[5]。轻五陵之得侣，陋三秦之选曹[6]。量珠聘伎，纫彩维艘[7]。被墙宇以耗帛，论丘山而委糟[8]。岂知忘长夜之靡靡，累大德于滔滔？怆家艰之如毁，萦离绪之郁陶[9]。陟彼冈兮企予足，望复关兮睇予目[10]。原有鸰兮相从飞，嗟予季兮不来归[11]。空苍苍兮风凄凄，心踟蹰兮泪涟洏[12]。无一欢之可作，有万绪以缠悲。於戏[13]！噫嘻！尔之告我，曾非所宜。"

　　玉壶里盛满清澈的美酒，金盘中堆满精美的食物，茱萸气味浓烈，秋菊白芷香气逼人。身边的人上前进言说："在这美好的日子，可以郊游而登高，何况还有山上的林木等待驾临，秋景在等待您赞赏呢？"

　　我告诉他们说："从前身体健康的时候，任情欢乐，欢游观赏忘记疲劳。在金石文字上倾注心血，粉饰花月于诗骚。以五陵得侣为轻，以三秦选曹为陋。以斛量珠来买妾，缝缀彩帛装饰楼船。损耗丝帛来装饰墙宇，论邱山而沉溺于美酒。难道不知忘记了靡靡长夜纵情欢乐，会把大德付诸东流吗？悲伤国家的艰难如心中燃火，忧思积聚被离愁别绪所牵累。登上那高高的山岗啊踮起后脚跟，眼望边关啊转动我的双目。原野上空有鹈鸪鸟啊相从而飞，嗟叹我的兄弟啊不得来归。天空苍苍啊凉风凄凄，心凝结啊泪涟涟。没有一件欢乐的事情发生，却有千头万绪来缠绕着伤悲。呜呼哀哉！你们所告诉我的事情，不是应该做的。"

题注

此篇见《全唐文》卷一二八，公元 971 年，宋灭南汉，屯兵于汉阳，李煜恐慌，派韩王李从善前去朝贡，愿削去国号，改称江南国主。宋太祖不从，有意招李煜前来，故将李从善扣留，授官以宠之。

李煜经常登高北望，泣下沾襟，因而作此文以见意。

"却"为推辞之意。

校注

1. 玉斝（jiǎ）：古代一种酒器。澄醪（láo）：清澈的美酒。绣糕：精美的食品。茱（zhū）房：即茱萸，植物名，生在山谷，其味香烈。古代风俗，阴历九月九日重阳节相约登高，佩戴茱萸，以祛邪避灾。晋周处《风土记》："九月九日律中无射而数九，俗于此日……折茱萸房以插头，言辟恶气而御初寒。"（《太平御览》卷三十二引）芷：白芷，香草的一种。

2. 芳时之令月：指重阳节。令，美好。藉：借。

3. 幸：指帝王驾临。褒：赞美。

4. 槃：快乐。

5. 悁（yuān）：忧愁。金石：金指钟鼎之属，石指碑碣之属。此指铭刻在金石上面的文字。泥：粉饰。诗骚：指词赋之类。

6. 五陵：指汉代皇帝寝陵中最著名的五座，即长陵、安陵、陵陵、茂陵、平陵。此谓豪门贵族聚居之地。三秦：秦汉时项羽入关，三分秦关中之地，以秦降将章邯为雍王，领咸阳以西之地；

司马欣为塞王，领咸阳以东至黄河之地；董翳为翟王，领上郡之地，合称三秦。曹：指政府官员。

7. 量珠聘伎：晋石崇为交趾国采访使时，用三斛珍珠买妾绿珠。后人因称纳妾为量珠之聘。绝彩维艘：指缝缀彩帛以装饰楼船。

8. 丘山：积酿酒所余的糟淬堆积成山。委糟：指沉溺于酒。汉王充《论衡·语增篇》："纣为长夜之饮，糟丘、酒池，沉湎于酒，不舍昼夜，是必以病。"

9. 怆：悲伤。萦：拘牵、牵累。郁陶：忧思积聚。

10. 企：跂起后脚跟。复关：边关。睇(dì)：转动。鸰：即鹡鸰鸟。《诗经·常棣》："脊令在原，兄弟急难。"郑笺："水鸟，而今在原，失其常处，则飞相鸣，求其类，天性也。犹兄弟之急于难。"

11. 季：指其弟李从善。

12. 踯(zhí)躅(zhú)：徘徊。

13. 於戏：同"呜呼"。

赏析　国家艰难，无心登高

文中表现的是一种忧思之情。

由于宋兵压境，李从善又被扣留，使作者在九九重阳佳日，即使面对着美酒佳肴，面对着群臣的邀请，也无心外出登高观赏。由于国事、家事的纷扰，不免于"心踟蹰兮泪涟洏"。

文章简洁，且注意用典，以"量珠聘伎""原有鸩兮"等表现前后两种反差的心情。

摹王羲之《兰亭序》（局部） 唐 冯承素

天會稽山陰之蘭亭脩稧事

也群賢畢至少長咸集此地

有崈山峻領茂林脩竹又有清流激湍

滿映帶左右引以為流觴曲水

列坐其次雖無絲竹管弦之

盛一觴一詠亦足以暢敘幽情

是日也天朗氣清惠風和暢仰

觀宇宙之大俯察品類之盛

所以遊目騁懷足以極視聽之

书述

壮岁，书亦壮。犹嫖姚十八从军，初拥千骑，凭陵沙漠，而目无全虏[1]。又如夏云奇峰，畏日烈景，纵横炎炎，不可向迩，其任势也如此[2]！老来书亦老，如诸葛亮董戎，韦叡接敌，举板舆自随，以白羽麾军，不见其风骨，而毫素相适，笔无全锋[3]。噫！壮老不同，功用则异。惟所能者，可与言之。

书有八字法，谓之拨镫[4]。自卫夫人并钟、王，传授于欧、颜、褚、陆等，流于此日[5]。然世人罕知其道者。孤以幸会，得受诲于先王[6]。奇哉，是书也！非天赋其性，口授要诀，然后研功覃思，则不穷其奥妙，安得不秘而宝之[7]？所谓法者，擫、压、钩、揭、抵、拒、导、送也。此字亦有颜公真卿墨迹尚存于世。余恐将来学者无所闻焉，故聊记之[8]。

擫者，擫大指骨上节，下端用力欲直，如提千钧[9]。压者，捺食指，著中节旁。钩者，钩中指，著指尖，钩笔令向下。揭者，揭名指，著指爪肉之间，揭笔令向上。抵者，名指揭笔，中指抵住。拒者，中指钩笔，名指拒定。导者，小指引名指过右。送者，小指送名指过左。

人在壮年之时，书法也有气势。如同霍去病十八岁从军出征，初次率领千名骑兵，越过沙漠，而眼中没有可恐惧的敌人。又如同夏季的云，奇特的山峰，烈土酷暑，纵横炎炎，不可以向前靠近。大概书法中的任势也如此！年纪一大，书法的风格也显得苍老。如同诸葛亮和戎，韦叡接敌，举板舆自随，以白羽扇指挥军队；不能看见其强劲的地方，而与平常相适应，运笔无全锋。唉！壮年老年不同，功用就有差别。只有能做到无差别的，才可以和他谈书法。

写字有八字法，称之为拨镫。自从卫夫人与钟繇、王羲之，传授于欧阳询、颜真卿、褚遂良、陆柬之等人，流传至今日。但世人很少知道他们写字的手法。我因为侥幸遇到，又在先父那里受过教诲。这种书法是非常不同寻常的。如果不是有先天的禀性，亲口传授要诀，然后下功夫研讨，深入地考虑，就不能穷尽它的奥妙，怎么能不隐秘地将它当作宝物？所谓书法，就是擫（yè）、压、钩、揭、抵、拒、导、送。这字还有颜真卿的墨迹尚且存留于世。我担心将来学书法的人无处见闻，因此姑且将它记下来。

擫，是擫大指骨上节，下面用力欲直，如提千钧。压，是捺食指，放在中节旁。钩，是钩中指，着指尖，钩笔使其向下。揭，是揭名指，将笔着在指肉间，揭笔使其向上。

抵，是名指揭笔，中指抵住。拒，是中指钩笔，名指拒定。导，是小指引名指过右。送，是小指送名指过左。

题注

此篇见《南唐二主全集》。这篇《书述》写作时间不详，是研究书法理论的作品。从文中表现的情趣看，大约是亡国前吟诗弄画时之作。

校注

1. 嫖姚：劲疾的样子。汉代名将霍去病曾任嫖姚校尉，故后人称之为霍嫖姚，此即指霍去病。凭陵：仗势侵犯。此意所向无敌。

2. 迩（ěr）：近，靠近。

3. 董戎：即和戎，指诸葛亮安抚西南地区少数民族之事。董，成。麾：指挥。风骨：指书法上的内在功力。

4. 拨镫：书法名称。其法为主指实掌虚，指不入掌，使虎口间空圆如马镫，俾易于拨动。

5. 卫夫人：名卫铄，字茂猗，卫恒的侄女，汝阴太守李矩之妻，世称卫夫人。工于书法，尤善隶书，师于钟繇。王羲之少时，曾从之学书。钟：指钟繇，字元常，三国时人。善书法，工正、隶、行、草、八分，尤长于正、隶。与胡昭并师刘德升草书，世传"胡肥钟瘦"。王：王羲之，字逸少，晋代人。书法备精诸体，草、隶、正、行皆能博采众长，自成一家。世称"书圣"。欧：欧阳询，唐代人。善书法，初仿王羲之，而险劲过之，结构严整，笔锋劲道，八体皆能。颜：颜真卿，字清臣，唐代人。书法善正、草书，笔力沉着雄厚，为世所宝，称"颜体"。褚（chǔ）：褚遂良，字登善，唐代人。书法工楷、隶。少学虞世南，后祖述王羲之。陆：陆柬之，别名陆学士，唐代人。书法善隶、行、草书，与欧阳询、褚遂良齐名。

6. 先王：指李煜之父李璟。

7. 覃（tán）思：深思。

8. 聊：姑且。

9. 千钧：古以三十斤为一钧，谓极其重。

赏析　书有八字法

　　文章的前半部分讲人的书法风格随年纪而发生变化，只有那些能自成一体的人，才可以称得上能谈书法。后半部分具体讲八字法，叙述具体详细，是研究古代书法理论的珍贵资料。

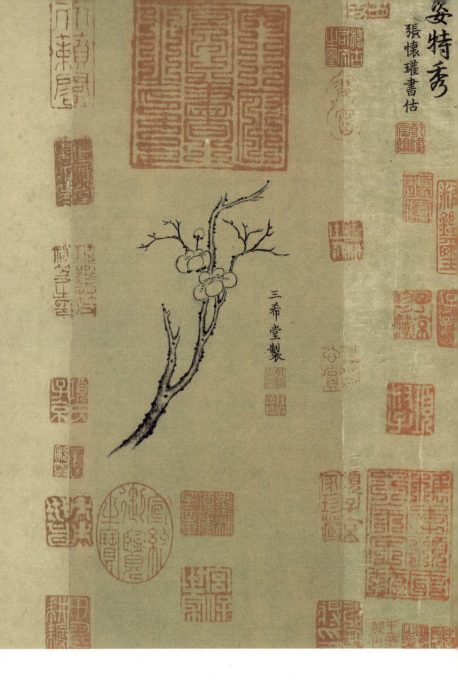

三希堂製

張懷瓘書估

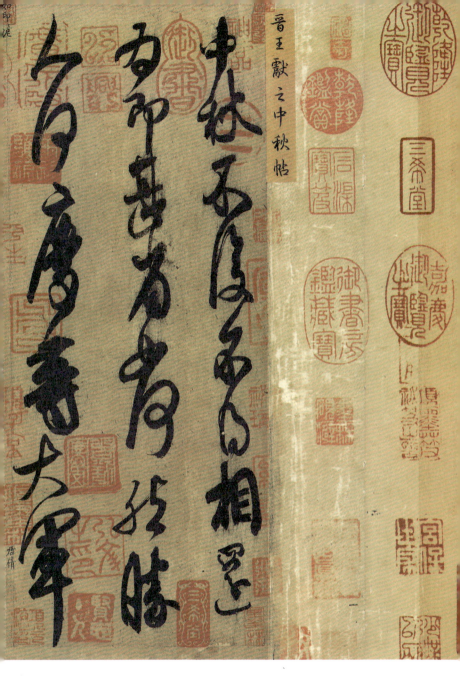

晉王獻之中秋帖

中秋貼手卷（局部）　東晉　王献之

163

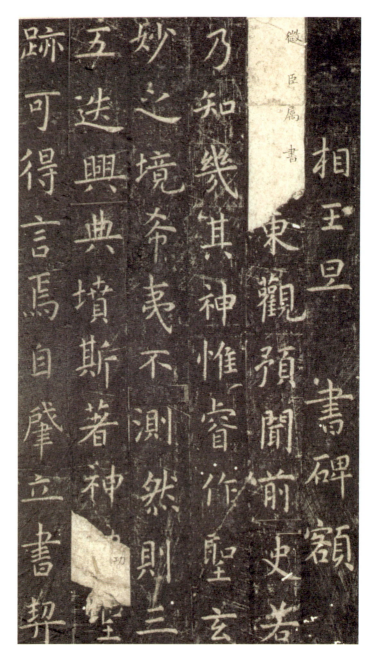

相王旦。書碑額若

微臣屬書東觀預聞前史

乃知幾其神惟睿作聖玄

妙之境希夷不測然則三

五迭興典墳斯著神聖

跡可得言焉自犛立書契

孔子庙堂碑　唐 虞世南（北宋拓本）

164

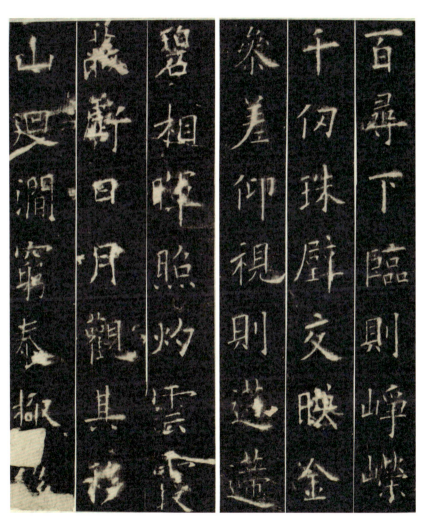

山迴澗窈寮泰
崚嶄日月觀其
碧相暉照灼雲霞
崇差仰視則迢遞
千仞珠壁交映金
百尋下臨則崢嶸

九成宫醴泉銘　唐　欧阳询

165

书评

善法书者，各得右军之一体[1]。

若虞世南得其美韵而失其俊迈[2]；欧阳询得其力而失其温秀；褚遂良得其意而失其变化；薛稷得其清而失于拘窘[3]；颜真卿得其筋而失于粗鲁；柳公权得其骨而失于生犷[4]；徐浩得其肉而失于俗；李邕得其气而失于体格[5]；张旭得其法而失于狂[6]；献之俱得之而失于惊急，无蕴藉态度[7]。

善于法书的人，各自得到王羲之的一种风格。

比如，虞世南得到了那种美韵而失去了那种俊迈；欧阳询得到了那种力度而失去了那种温秀；褚遂良得到了那种创意而失去了那种变化；薛稷得到了那种清秀而失于拘窘；颜真卿得到了筋力而失于粗鲁；柳公权得到了风骨而失于生犷；徐浩得到了那种似肉的东西而失于平白；李邕得到了气而失于体格；张旭得到了那种要领而失于狂猛；王献之从各个方面都掌握了，却失于惊急，没有含蓄宽容的态度。

题注

此篇见《全唐文》卷一二八。此篇与上篇可能为同时之作。

校注

1. 法书：可作为书法典范的字。右军：指王羲之。因其官至右军将军，故称"王右军"。

2. 虞世南：字伯施，唐代人。善书法，师沙门智永，偏工行草，晚年轻正楷，与欧阳询齐名，并称"欧虞"。

3. 清：清秀。拘窘：拘束，放不开。

4. 柳公权：字诚悬，唐代人。书法擅长楷书，结体劲媚，法度谨严，世称"颜筋柳骨"。犷：粗猛。

5. 李邕（yōng）：字泰和，唐代人。书法初学王羲之，后来自成风格，时称"书中仙手"。

6. 张旭：字伯高，唐代人。善草书，时称"草圣"。

7. 献之：指王献之，字子敬，王羲之之子。书法上与王羲之并称"二王"。蕴藉：含蓄宽容。

赏析　善法书者

　　这是一篇著名的书法理论专论。作者站在更高的角度上，以王羲之为宗，对其以前的著名书法家进行了客观的评价，指出其创作中的得失之处，虽然有些地方有失公允，但不失为一家之言，表现了作者在书法理论研究中较深的造诣。文中的评语简练，对每个书法家的评语只有一句，概括力极强，且运用了形象性的词语进行比喻说明，使人易于理解。

大唐　太宗文皇帝
製三藏聖教序
蓋聞二儀有象顯覆
載以含生四時無形
潛寒暑以化物是以

大唐三藏圣教序　唐　褚遂良

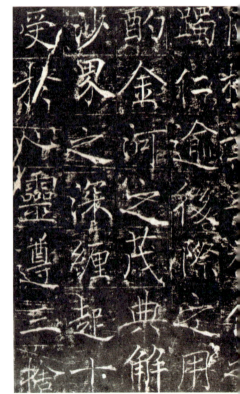

信行禅师碑　唐　薛稷

於四依有禪師法号楚金
姓程廣平人也祖父並信
著釋門慶歸法胤母高氏
久而無姓夜夢諸佛覺而
有娠是生龍象之徵無取

171

唐故光祿大夫檢校兵

部尚書兼衢州刺史充

本州團練使贈太子少

師上柱國梁國公李公

墓誌銘并序

玄秘塔碑　唐　柳公权

歲依崇福寺道悟
禪師爲沙弥十七
正度爲比丘繇安
國寺具威儀於西

云麾将军李思训碑　唐　李邕

唐故雲麾將軍右武
衛大將軍贈秦州都
督彭國公謚曰昭公
李府君神道碑并序
觀夫地高以族才秀
華德名昭宣沖用

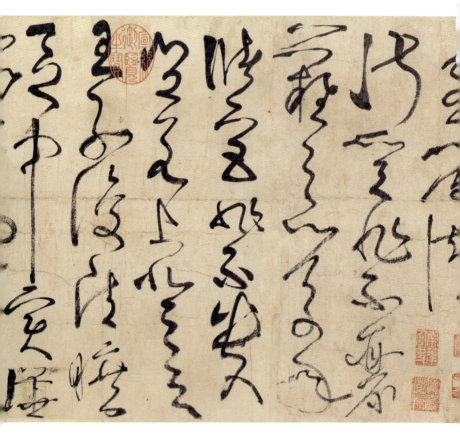

草书古诗四帖（局部） 唐 张旭

174

作家榜®经典名著

★ ★ ★ ★ ★ ★ ★ ★

读经典名著，认准作家榜

大
方
sight

李煜诗词全集

[南唐] 李煜 著　刘孝严 译注

词集

中信出版集团 | 北京

目 录

导 读 01
诗人与王者

序 言 14
流水落花春去也

词集

虞美人 004
春花秋月何时了

乌夜啼 013
昨夜风兼雨

一斛珠 019
晓妆初过

子夜歌 026
人生愁恨何能免

更漏子 033
金雀钗

临江仙 040
樱桃落尽春归去

望江南 050
多少恨

望江南 056
多少泪

清平乐 061
别来春半

采桑子 068
亭前春逐红英尽

喜迁莺 073
晓月坠

蝶恋花 082
遥夜亭皋闲信步

乌夜啼 090
林花谢了春红

长相思 095
云一绢

捣练子令 100
深院静

浣溪沙　105
红日已高三丈透

菩萨蛮　110
花明月暗笼轻雾

望江梅　118
闲梦远

菩萨蛮　127
蓬莱院闭天台女

菩萨蛮　134
铜簧韵脆锵寒竹

阮郎归　139
东风吹水日衔山

浪淘沙　146
往事只堪哀

采桑子　153
辘轳金井梧桐晚

虞美人　159
风回小院庭芜绿

玉楼春　166
晚妆初了明肌雪

子夜歌　173
寻春须是先春早

谢新恩　178
金窗力困起还慵

谢新恩　181
秦楼不见吹箫女

谢新恩　188
樱花落尽阶前月

谢新恩　193
庭空客散人归后

谢新恩　197
樱花落尽春将困

谢新恩　201
冉冉秋光留不住

破阵子　206
四十年来家国

浪淘沙令　217
帘外雨潺潺

补遗

三台令　229
不寐倦长更

开元乐　233
心事数茎白发

渔父（二首）　238
阆苑有情千里雪
一棹春风一叶舟

捣练子　243
云鬟乱

柳枝　247
风情渐老见春羞

忆王孙（四首）　252
萋萋芳草忆王孙
风蒲猎猎小池塘
飕飕风冷荻花秋
同云风扫雪初晴

后庭花破子　259
玉树后庭前

乌夜啼　266
无言独上西楼

长相思　271
一重山

浣溪沙　275
转烛飘蓬一梦归

更漏子　280
柳丝长

南歌子　285
云鬟裁新绿

鹧鸪天（二首）　288
节候虽佳景渐阑
塘水初澄似玉容

青玉案　295
梵宫百尺同云护

秋霁　299
虹影侵阶

导　读

诗人与王者

一、伤心诗行：动摇风满怀

诗人与王者，是两种不同的能量，甚至常常是对立的。一旦二者集于一身，便如强大的正负电流相撞，激起浩大的光涌。南唐后主李煜(937 — 978)，正是这种独特的结合体。

唐末五代十国七十多年间，群雄割据，兵火连连，政权更迭频繁，从帝王到庶人，都难免有浮生梦幻之感。就连创建宋朝的赵匡胤，做皇帝后都对大臣发出如此感慨："天下自唐季以来数十年间，帝王凡易八姓，战争不息，生民涂地，其故何也？"（宋李焘《续资治通鉴长编》）

天潢贵胄之身，给了李煜浑身文艺教养和富贵风流；恰逢流离乱世，却让他养成一种天真与忧愁。富贵气与亡国恨，让李煜卓绝的文艺天才发挥到极致，成为闪耀的诗歌巨星。

李煜的祖父李昇，从别人那里占得政权，盘踞长江中下游的富庶之地，建立了南唐。江山传给了李煜之父李璟，史称中主，也是位诗人，仅四首作品传世，却有"细雨梦回鸡塞远，小楼吹彻玉笙寒""青鸟不传云外信，丁香空结雨中愁"这样的千古名句。面对日渐强大的北方政权，从李璟时代开始，南唐就采取顺服自保的策略。李煜即位后，局面勉强维持了十几年，他虽然步步退守以求瓦全，但最终还是被赵匡胤的军队给灭了。

五代十国时期还时兴"禅让"，和平让位的情况不少。刀光剑影、明争暗斗之余，似乎更需要"体面"地上台或退场，所以胜出者杀戮废帝的情况并不多见。赵匡胤陈桥兵变取代后周柴氏称帝，却给了柴氏后人免死的"丹书铁券"；他灭了南唐，虽然给李煜封了个"违命侯"，也总算没有杀他。赵匡胤与赵匡义兄弟俩乃武人出生，亦好风雅。据传，李煜降宋北上后，赵匡胤久知他好吟诗，就命他举一得意之句。李煜回的是《咏扇》诗中一联："揖让月在手，动摇风满怀。"赵匡胤礼待之，对人夸他"好一个翰林学士"。（宋叶梦得《石林燕语》）

赵匡胤暴亡，弟弟赵光义即位。出于统治的目的，宋太宗抑武崇文，任期里组织编有《太平广记》《太平御览》

《文苑英华》等大型书籍。他也好书画诗赋，但就现存诗作看，可以说质木无文。世传宋太宗被李煜《虞美人》之类作品中的故国哀思激怒，才决意毒杀他。不知他毒杀李煜的动机里，是否有妒忌诗才的因素？在倡导"升平诗歌"的宋太宗眼里，李后主的泪干肠断之诗，本身即是罪过。

今天看来，似乎南唐、甚至整个五代十国割据战乱几十年，最终只是作为李煜那些伤心诗行的注脚而存在。伟大的语言艺术品，常常以人间的残酷作为养料，甚至作家也会被经由身心破茧而出的杰作毁弃。

二、圣人之相与迷途之子

宋人对李煜作为国主不乏同情，对他作为诗人则欣赏有加。这至少有两方面原因：一是宋朝长期偏安东南，尤其到了南宋，与南唐的政治处境有相似处；二是宋代文风炽盛，词人代出，李煜父子的作品影响甚巨，从欧阳修到王安石，许多人都称美李家父子卓越的诗才。

李煜生平，与他的诗文一样值得品读。北宋马令与南宋陆游先后撰写的两部《南唐书》，对他都有较为详细的记录。其他许多文献里，零星留下不少关于李煜生平与创作的细节。私事、情事、家事、国事……不同层面细节的汇集，可想见诗文背后血肉丰富的作者形象。

李煜相貌非凡，"丰额骈齿，一目重瞳子"（宋欧阳修《新五代史》）。按古人相术观，这是圣人面相，比如孔子据说就是"骈齿"；重瞳子也是标准的人杰征兆，据记载虞舜和项羽都是重瞳子。非常之人，也许更难摆脱命运宰制。

李璟儿子多，李煜是老六，太子本轮不到他做。他痴迷诗文、书画、音律、棋弈，就是不想争做太子。但命里就该他继大位，他的哥哥们都因为各种厄运死掉了。不经意间做了国主的他，依然有憨玩不羁的一面。据宋陶穀（gǔ）《清异录》记载的八卦，有一次他微服逛青楼，遇一僧人在此拥香怀玉，把酒弹唱，僧人不知来者何人，二人遂一见如故。李煜乘醉开和尚的玩笑，挥毫题壁云："浅斟低唱偎红倚翠大师，鸳鸯寺主，传持风流教法。"

李煜这个人有真爱情。

他先后有两任国后。第一任昭惠后周氏，与李煜一样，也是天才艺术家。马令《南唐书》说她年纪轻轻即"通书史，善音律，尤工琵琶"。李煜获得一份《霓裳羽衣曲》的乐谱，惜其演奏之法已失传。昭惠后居然能旧曲新演，“变易讹谬，颇去洼淫，繁手新声，清越可听”。按现在的说法，她似乎情商很高，被册封国后之际，“虽在妙龄，妇顺母仪，宛如老成”。可惜天妒巾帼，二十九岁时，就与幼子先后病逝了。去世前夕，她坚持“沐浴正衣装，自内含玉”，可谓端庄自爱。李煜为此伤痛以至“哀苦骨立，杖后而起”。他为昭惠后写的长篇诔文，悲叹“苍苍何辜，歼予伉俪”，回忆一起吟商逞羽、修文游艺之情景种种，诉说了相爱之深：“我思姝子，永念犹初。爱而不见，我心毁如。”全文读来，令人动容，可谓至情至性，感天动地，让人想起曹雪芹笔下贾宝玉悼晴雯的《芙蓉女儿诔》。

昭惠后去世后，她妹妹成为国后，史称小周后。后主与她早有相好，他有首《菩萨蛮》据说就写二人幽会：“花明月暗笼轻雾，今朝好向郎边去。刬袜步香阶，手提金缕鞋。”为避人耳目，提鞋微步，可谓细腻传神。

还有一位黄姓嫔妃，地位不高，颇得后主青睐。马令《南唐书》说她不仅美貌，且有艺术天赋，“书学技能，皆出于天性”。平日负责掌管宫中书籍字画，金陵城陷之际，她奉后主密令，一举烧掉了包括钟繇、王羲之墨迹在内的书籍字画上万卷。

小周后和黄氏，后来都随后主降宋，下场可想而知。

许多记载说李煜好佛法。隋唐以来，承平既久，佛教在中国传播日广，好佛者甚众。金陵繁华，一直是佛教重地。李煜喜诵经礼佛，在境内崇修佛寺，于禁中建舍养僧人，还自称"钟山隐居""莲峰居士"。他与昭惠后所生之子仲宣病夭，恐卧病的国后扛不住，李煜以此诗表达了自己的郁结：

> 永念难消释，孤怀痛自嗟。
> 雨深秋寂寞，愁引病增加。
> 咽绝风前思，昏濛眼上花。
> 空王应念我，穷子正迷家。

末联中"空王"之对"穷子"，奇特而工整。李煜自视为迷途之子，希望得佛祖（空王）指引。另一首《病中感怀》里亦有类似诗句："前缘竟何似，谁与问空王？"由此可见他沉迷佛法之深。以修行或隐居的心态处理国事，其结果可以想见。

金陵城破前夕，群臣惊惶，后主尚能晏然自安，聆听沙门讲经。马令《南唐书》载："金陵受围，后主召小长老问祸福，对曰：'臣当以佛力御之。'乃登城大呼，周麾数四。后主令僧俗军士念救苦菩萨，满城沸涌。"佛法如何能消除家愁与国恨？失魂落魄的李煜赐死了小长老，可谓绝境中的鲁莽之举。

面对强宋的威逼包围，李煜所主的广大而富庶的南唐，此前或许也有翻盘的可能。马令和陆游都记录过一个令人扼腕的细节。马令的描述如下："冬，有商人上密事，请往江陵窃烧皇朝战舰，国主惧事泄，不听，商人遁去。"

这里说的，是宋太祖开宝四年（971）冬天的事。此前，北宋已灭了后蜀、南汉等南唐周边国家，对南唐已是志在必得。这位南唐爱国商人，很像司马迁笔下密劝韩信拥兵自立的谋士蒯（kuǎi）通。长久以来，给李煜出谋划策抵御宋军的臣子，也不乏其人，却因后主的幼稚、胆小或猜忌，都没什么好下场。

开宝八年（975），北宋破金陵城，李煜出城向宋将曹彬纳降。李煜本与臣子亲随约好"死国"，但最后时刻，他却放弃了这一念头。曹彬告诉李煜，到北边俸禄有限，恐不够用度，请他即刻回宫整理财物，随身带上。部将很担心李煜回宫后自杀，曹彬笑答："彼能出降，安能死乎？"李煜携家人部属渡江北上，途中有诗云："云笼远岫愁千片，雨打归舟泪万行。"

李煜作为国主却一路屈膝自保，贪生投降，可怜可悲，甚至被耻笑；而细察李煜的历来言行，不选择"死国"，除胆怯之外，或许也有些天真的仁念与不忍。客观地看，他不管个人名节，至少免去更多无谓杀戮甚至屠城的悲剧。陆游在《南唐书》里也表扬他"尊事中原，不惮卑屈，境内赖以少安者十有五年。"

三、李煜词的"神秀"魅力

李煜的书法、绘画和音乐作品早已失传，确定为他所作的词只有三十余首传世（部分还有残缺），以及零星诗文若干，换言之，我们今日所见李煜作品，只是他平生创作的零头。有一些后人归于他名下的作品，虽有争议，却说明他在后世的巨大影响。

近代以来，中国屡遭侵犯，无论反抗还是革命，充满阳刚气的豪放词，似乎更能鼓舞人心，因此李煜没那么受欢迎。王国维的《人间词话》十分推崇李煜，算是异数。《人间词话》写于清朝崩塌前夕，列强围掠中国，华夏文化面临千年未有之挑战；王国维有强烈的末世敏感与愁郁，他喜欢叔本华，推崇李煜，以"悲剧"解《红楼梦》，与最后选择自杀，都有相通处。王国维非常准确地定义了李煜与之前两位代表性词人的本质区别："温飞卿之词，句秀也；韦端己之词，骨秀也；李重光之词，神秀也。"

因"神秀"之魅力，李煜的词很打动当代人。或许，身处后现代社会的人们，更能体会李煜词中的颓靡劲儿与虚无感。

李煜寥寥可数的作品，何以有如此独特的魅力？我以为至少有如下几个原因：

首先，李煜的作品充满自传性。

在李煜之前，文人词多拟女主人公表达闺阁怨思。精心雕琢甚至过度修辞，无论是"句秀"还是"骨秀"，读多了，往往只剩语言本身的绮丽乃至粉腻。当然，闺怨表达很可能暗含其他心绪，比如李璟词中虚拟的闺怨，也有人解作国家危机的隐喻。李煜的词，无论是前期那些富贵风流甚至狎昵的文字，还是后期亡国伤痛之作，它们最大的魅力在于，作品不仅有语言修辞本身，还有鲜活的经验。换言之，此前的文人词里，常常是对女性情感一厢情愿的表演；而到了李煜，他自己成了主人公之一。

比如在短剧般的《一斛珠》里，那位"一曲清歌，暂引樱桃破"的女子近旁，显然是作为观看者的"檀郎"，我们可以将他视为李煜本人；《喜迁莺》（"晓月坠"）里，直接就写男主人公思念女性。《浣溪沙》（"红日已高三丈透"）、《玉楼春》（"晚妆初了明肌雪"）这两首表现南唐宫廷奢侈生活的词里，主人公也是作者本人。清人陈廷焯批评李煜这类作品"风雅疏狂，失人君之度矣"（《云韶集》），但这种"疏狂"形象，恰是作品之魅力所在。

在李煜那些亡国遗恨主题的词中，他自己更是核心主人公，质言之，此前模拟女声为大宗的词，在李煜这里变成了以男声为主，这被文学史家视为革命性变化。表演固有千般好，却不如以自身经历再现说法；更何况，李煜有一段亡国之君的生活，有机会用一身才华来表达亡国的绝望、痛苦和悔恨。他没有在国都金陵沦陷时自杀或他杀，而是投降，多活了两年。这两年，似乎就是专门为文学史而活的；没有这两年，唐宋词史必将大大减色。

王国维《人间词话》里说词至李后主，"遂变伶工之词而为士大夫之词。"说得好，但无论伶工之词还是士大夫之词，都可以部分"复制"和"传承"，以亡国之君的身份写绝妙好词，千古之下，唯李煜而已。

李煜作品的魅力，也在于他表达的克制与简约。

李煜软禁于汴京的最后两年里，他显然陷于彻骨悔痛，但作品中并未见呼天抢地之状。记得法国作家蒙田曾归纳过，西方古典诗文描写极度悲伤之人，常常会说他／她们伤心得变成石头。在著名的古典雕塑拉奥孔群像中，特洛伊祭司拉奥孔绝望的哀号，也因其静默而魅力无穷。

李煜词里，也有类似静默化处理手法。

比如《乌夜啼》起句"无言独上西楼，月如钩"，前半句似有万千愁苦，后半句却直接转移到"月如钩"这一不圆满的静默物象上。"寂寞梧桐深院，锁清秋"，也是以梧桐之寂寞指代作者寂寞。接下来的"剪不断，理还乱，是离愁。别是一般滋味在心头"，对压不住的离愁，诗人继续尽力"剪"之、"理"之。"别是一般滋味"，并非指离愁本身，而是剪理离愁而不能的"滋味"。总之，全篇似乎都是对情绪的转移或克制，而非直接宣泄。

《虞美人》（"春花秋月何时了"）可谓图像、绘画和音律三美兼具，或许跟李煜长期浸淫书法、绘画、音乐有关。通篇字词句准确、流畅、简明，情绪都收敛于"春花秋月""东风""月明""雕栏玉砌"等意象里。末句最精彩，以流水喻愁绪，多一"春"字，便一扫陈旧感，独特的形象脱颖而出，有了多重意义：愁如春水，边流边涨；同时也隐指"故国"的江南春。

李煜词的另一种魅力，在于他迷人的修辞形式。

他降宋后的词，有一核心语义逻辑：现实境遇与故国之思的纠结感。这体现为两种主要的修辞形式：醒与梦的交替出现；眼前景物触发故国回忆，有时是季节物候引发，许多时候则以"月"来联通。

佛教在中国的传播，促进了文学中梦幻主题的发达。对好佛的李煜来说，梦是回到故国最好的通道。囚禁于生活中的他更愿意活在梦里："往事已成空，还如一梦中"（《子夜歌》）、"多少恨，昨夜梦魂中：还似旧时游上苑，车水流水马如龙，花月正春风"（《望江南》）、"雁来音信无凭，路遥归梦难成"（《清平乐》）、"欲睡朦胧入梦来"（《采桑子》）、"闲梦远，南国正芳春"（《望江梅》）、"梦里不知身是客，一晌贪欢"（《浪淘沙令》）。

眼前景物触发故国回忆，也是李煜词常见的组织逻辑。比如"春花秋月何时了，往事知多少"（《虞美人》）、"高楼谁与上？长记秋晴望"（《子夜歌》）、"别来春半，触目柔肠断"（《清平乐》）、"往事只堪哀，对景难排"（《浪淘沙》）、"依旧竹声新月似当年"（《虞美人》）。

由上也可以说，李煜之前，词的主题多以闺阁与外界之间的空间关系为核心；而李煜那些脍炙人口的作品，则多以今与昔或醒与梦为主，是以时间关系为核心。

李煜存世文字不多，却生动无邪地表现了他从"落花狼藉酒阑珊，笙歌醉梦间""春殿嫔娥鱼贯列"的富贵生活现场，到"一旦归为臣虏，沈腰潘鬓消磨"；从无限的天真风流欢喜，到悲切欲绝的命运切换过程。"天上人间"的巨大生命落差激起的迷思，通过他的赤子心肠挫于笔端。这些文字可用来表达、慰藉甚至把玩中国人的种种遗恨，也足以代言人类反复遭遇的繁华与无常的变幻。

西方文学中把荷马、但丁、莎士比亚、歌德等称为诗人之王，在中国文学中，这个称号因李煜而有了独绝的定义。

颜炼军[1]

2021 年 5 月 30 日于杭州

---

1. 颜炼军：文学学者、诗评家。中央民族大学文学博士，浙江大学中文系博士后，伦敦大学亚非学院访问学者。2013 年至今任教于浙江工业大学人文学院。著有《象征的漂移：汉语新诗的诗意变形记》《诗的啤酒肚》《世上谩相识》等，编有《张枣诗文集》（五卷）等。曾获第二届"教育部名栏·现当代诗学研究奖"、首届"扬子江评论奖"等。

序 言

流水落花春去也

在中国历史和文学史上，南唐二主李璟、李煜，特别是李煜，是引人瞩目和令人叹惋的人物。他们身处五代十国那个动荡的时代，以南唐国主的身份，参与到文学创作中。

一、身处乱世的文人君主

中主李璟：西风愁起绿波间

李璟（916—961），字伯玉。初名景通，改名瑶，后名璟。交泰初避（后）周讳（太祖郭威名璟），又改璟为景。是南唐先主李昪（biàn）的长子。

李昪是徐州人，曾为大将军徐温养子，故冒姓徐，名知诰。先此，唐末以淮南节度使杨行密统辖原淮南地区，杨行密死，权力即落入大将军徐温手中。徐温先推杨行密的次子杨隆演为吴王，建立吴国，自己任大丞相。及杨隆演死，徐温又立杨行密的四子杨溥为吴王。徐温死后，其养子徐知诰控制了政权，代吴自立，国号初为齐，继改为唐，史称南唐。徐知诰即位后即去徐姓，复原姓李，名昪，是为南唐先主（又称前主）。

后晋出帝天福八年，南唐升元七年（943），先主李昪死，子璟嗣，是为中主，改元保大。（后）周世宗显德五年、南唐中主中兴元年（958），李璟在周的威逼下，被迫去帝号，称国主，用周年号，尽献南唐江北之地与周，南唐遂为周的附属国。宋建隆二年（961），中主李璟死于南唐南都南昌（今江西南昌市）。谥明道崇德文宣孝皇帝，葬顺陵，庙号元宗。在南唐主位十九年。

史称李璟天性儒懦。宋龙衮《江南野史》称他"音容闲雅，眉目若画。尚清洁，好学而能诗。天性儒懦，素昧威武"。宋史温《钓矶立谈》称他"神采精粹，词旨清畅""天性雅好古道，被服朴素，宛同儒者"，说他"时时作为歌诗，皆出入风骚"。惜无别集行世，所作传世有限。后人辑得其所作书、表、小札等十余篇（其中有疑非李璟之所作者）。《全唐诗》录其七律诗一首，另有残诗、断句；传世词有《应天长》《望远行》等四首。

后主李煜：梦里不知身是客

李煜（937 — 978），字重光，初名从嘉。号钟隐，又称钟山隐士、钟峰隐者、钟峰白莲居士、莲峰居士。系李璟第六子。美风仪，"广颡隆准，风神洒落"（《钓矶立谈》），宋陆游《南唐书·五代史记》也说他"广颡丰颊骈齿，一目重瞳子"。他幼而好古，"为文有汉魏风"（宋陈彭年《江南别录》），天资聪颖，精通六经，洞晓音律，工书善画，于诗词文章样样精通。

宋建隆二年（961），中主李璟死，他随即嗣位，史称后主。在位疏于政事，不恤民困，喜奢侈，崇浮屠，耽于声色，终至亡国失位。

宋开宝八年（975），宋军攻破金陵（今南京），李煜奉表纳降，第二年被押至宋都汴梁（今开封），受宋封为右千牛卫上将军、违命侯，成为"亡国残骸"，开始了悲苦悔恨、"以眼泪洗面"（宋王铚《默记》）的生活。其痛苦怅悔时于诗词中表现出来，终遭忌讳，宋太平兴国三年（978），被宋朝统治者以牵机药毒死，年仅四十一岁。死赠太师，追封吴王，葬洛阳北邙山。著文集三十卷，其集早已散佚，今可考见者，文十余篇，诗有十八首并部分佚句，词三十余首。其为君之道不足与道，但其词作却受到后人的重视，得到很高的评价。明胡应麟《诗薮·杂编》称其"乐府为宋人一代开山"；明王世贞《弇州山人词评》

认为词"《花间》犹伤促碎，至南唐李王父子而妙矣"。王国维《人间词话》更称"后主之词，真所谓以血书者也"。今之学者普遍认为李煜词为宋初婉约词开山，在中国词史上有杰出的成就。

二、南唐二主作品集演变

有关南唐二主（李璟、李煜）词集的著录最早见于宋尤袤《遂初堂书目》。该书《乐曲类》载有《李后主词》，但未载李璟词，《李后主词》条下也未标出附李璟词。此后许久未见有关南唐二主词的著录，直至南宋末年，有陈振孙《直斋书录解题》著录长沙书坊百家词本《南唐二主词》，计一卷。云："中主李璟、后主李煜撰。"今存《南唐二主词》最早的刻本是明万历庚申（1620）春吕远刻墨华斋本，中有谭尔进序，题作"明谭尔进抑之校"。继后有清康熙时侯文灿亦园藏本原刻《名家词集》本，光绪时金武祥《粟香室丛书》复刻侯文灿本、刘继增《南唐二主词笺》（刘继增自序作于光绪庚寅〔1890〕中秋，现行本为民国七年〔1918〕无锡公立图书馆校印本），宣统时有沈宗畸《晨风阁丛书》本王国维校补《南唐二主词》

（1909）。后又有江山刘毓盘校勘（民国十年，1921），管孝先辑《南唐二主全集》（民国十九年，1930，上海商务印书馆）、唐圭璋编注《南唐二主词汇笺》（1936，正中书局）、王仲闻《南唐二主词校订》（1957，人民文学出版社）、詹安泰《李璟李煜词》（1958，人民文学出版社），以及傅正谷与王沛霖的《南唐二主词析释》（1987）等。

三、博采众长：大珠小珠落玉盘

呈献于读者面前的这本《李煜诗词全集》，后附《李璟集》，汇集了前人校勘和研究成果，并加以补充完善，使之更适于今天广大读者的阅读习惯和欣赏水平。编撰本书用意不在成一家之言，立一己之功，而求博采众长，成雅俗共用的一个好版本。

在内容编排上，《李煜诗词全集》共分为三册，第一册为李煜的词集，第二册为李煜的诗文集，第三册附录《李璟集》、詹安泰《李璟李煜词赏析》《南唐二主世系图》和《南唐二主年表》。二主词作顺序参照王仲闻《南唐二主词校订》编排，其中疑非二主所作，仍依《南唐二主词》本保留，以存其原貌，而在"题注"和"赏析"中加以说明；诗依据《全唐诗》中辑二主诗顺序；文依据管孝先《南唐二主全集》辑二主文顺序。

就校注译析方面，在字词的校订上，前人已做了大量细致的校勘工作，基础已奠定，故本集不另行重校，而以唐圭璋《南唐二主词汇笺》、詹安泰《李璟李煜词》和王仲闻《南唐二主词校订》为基础，合并过录，取三者之长，集三者之优，芟繁求精，使词的校勘更为准确全备。而注释则有取舍修正和补充，释词更为易懂。诗文则完全用新校注。校注用新式标点，语言力求简洁、准确、明白，更适于今日读者的习惯。

所辑词、诗，分篇设为"题注""校注""赏析"，文的部分则增加"今译"。"今译"将原作译为白话文；"题注"说明作品出处、写作时间背景、真伪考订等；"校注"考校文字、解释词语典故；"赏析"分析作品题旨、思想内容、写作风格、艺术技巧和成就，力求吸收近现代专家学者的研究成果，并体现校注者的个人见解体会，以为读者的参考借鉴。

刘孝严

2021 年 3 月

争禽图　南宋　佚名

词集

长江万里图（局部） 南宋 赵黻

虞美人

春花秋月何时了[1]？
往事知多少[2]。
小楼昨夜又东风[3]，
故国不堪回首月明中[4]。

雕栏玉砌应犹在[5]，
只是朱颜改[6]。
问君能有几多愁[7]？
恰似一江春水向东流[8]。

题注

此词调名，一作《虞美人影》。调名下注："《尊前集》共八首，后主煜重光词也。"题作"感旧"。

此词是李煜被俘到汴京（今河南开封）后所作。具体年代有人认为是被俘后第二年（977）正月作，有人以为是公元978年作。当时，李煜遭亡国之难，受阶下之辱，痛悔交加，思念故国，作此词以寄慨。宋马令《南唐书》注云："后主乐府词曰'故国梦重归，觉来泪双垂'，又'小楼昨夜又东风，故国不堪回首月明中'，皆思故国者也。"宋陆游《避暑漫抄》载："李煜归朝后，郁郁不乐，见于词语。"此词以亡国之君抒发故国之思，为宋太宗所忌，李煜因之蒙祸。宋王铚《默记》载，南唐旧臣徐铉奉宋太宗之命前往探视李煜，故主李煜"忽长叹曰：'当时悔杀了潘佑、李平。'"宋太宗闻言，"遂有秦王赐牵机药之事"。又载李煜在寓所"因七夕命故妓作乐，声闻于外。太宗闻之大怒。又传'小楼昨夜又东风'及'一江春水向东流'之句，并坐之，遂被祸云"。

校注

1. 春花秋月：一作"春花秋叶"，指代一年中美好的时光，亦以指代一年。何时了：何时才是完结的时候。了，完结，了结。
2. 往事：过去的事情，亦指过去印象深、值得回忆的事情。此指李煜亡国之前帝王生活中值得回忆和留恋的事。知多少：意谓多多少少都记得，即记得很清楚，记得很多。
3. 小楼：一作"小园"，指李煜被俘后在汴京的寓所。东风：指春风。

4. 故国：已灭亡的国家，此指南唐。不堪：不能忍受。回首：
   一作"翘首"，回想追忆。全句是说在明洁的月光下，回想起
   故国往事，心如刀绞，难以忍受。

5. 雕栏玉砌：雕花绘彩的栏杆，白玉砌成的台阶，用以指代华
   丽的宫殿。应犹：一作"依然"。

6. 朱颜改：红润的容颜变得憔悴，此借指人事发生了巨大变迁。
   朱颜，红颜。

7. 问君：作者自问，假设之词。能有：又作"那有""还有""却
   有""都有"。几多：一作"许多"。

8. 恰似：又作"恰是""却似"，正像。江：指长江。

赏析　往事知多少：李煜的故国旧梦

　　这首词是作为亡国之君的李煜思念故国、悔恨往昔的
抒怀之作。

　　宋太祖开宝八年（975），宋军攻破金陵（今南京），后
主李煜出降，南唐灭亡。开宝九年（976）正月，李煜被俘
至汴京（今开封），过着废君软禁的生活。宋太宗对这位南
唐旧主虽然生活待遇上还算宽优，但在政治上却深怀疑忌，
监束甚严。李煜虽有优裕的生活条件，但身为废君系囚，

并无自由。当时他抚今追昔，怀念故国，痛悔交加，"日夕只以眼泪洗面"（《乐府纪闻》引后主《与故人书》）。

约在被俘后的第二年（977。一说被俘后第三年，978），李煜在赐第（寓所）借七夕生日之机"命故妓作乐"，声闻于外，而所作此《虞美人》词也传于宋太宗耳中，因之宋太宗大怒，遂命秦王廷美赐牵机药给李煜，李煜次日而卒（宋王铚《默记》）。

李煜因生日"燕饮声伎"、作词抒怀，而引致杀身之祸，本质是政治斗争，是"（宋）太宗衔其有故国不堪回首之词"（明陈霆《唐余记传》）。可见此词含有深刻的政治背景和敏感的政治内容。宋马令《南唐书》注引述此词中"小楼昨夜又东风，故国不堪回首月明中"句时，也称是"思故国者也"。

词的上片，侧重抒写词人囚居生活的处境和感受，表现了词人对故国往事的怀念，抒发了亡国君主的痛悔之情。

开首二句"春花秋月何时了？往事知多少"，语言朴素而含蕴丰厚。

"春花秋月"，是美景，是良辰，是时光的流转变化，也是描绘李煜降宋后生活的环境处境。此时的李煜虽然还可以享受"春花秋月"的闲适，有着优越的生活条件，但作为亡国之君，他并没有行动的自由，在"春花秋月"的环境中，他过的是囚居的生活。这里不是他的故国宫阙，他身处异境，这良辰美景不但不能使他产生欢愉和亲切的心情感受，反而只能勾起他的痛悔、羞耻和怨愤，使他产生逆反的复杂心态，"何时了"就是这种心态的真实描绘。他对身处"春花秋月"的现实环境不是留恋，而是烦恼；对"春"与"秋"中"花"与"月"周而复始的变移不是怀着希望，而是感到沮丧、怨愤，甚至绝望。这情与景的对立矛盾，是亡国之君对现实幽囚环境的厌恶与对昔日帝君繁华生活的依恋相互交织的真切反映。

"往事知多少"，与"春花秋月何时了"的心态感触一脉相承而又深入发展，是抚今追昔，由今溯往，又是对"何时了"心态成因的一种解释。正因为词人心怀往事，缅怀故国，所以才对亡国后自己所处的"春花秋月"产生逆反心理，产生烦恼、耻辱、怨愤的心情。昔与今的对比，情与景的对立，把亡国之君的词人心情处境真实而细腻地描绘出来。

三、四句"小楼昨夜又东风，故国不堪回首月明中"，是深入具体的描绘，词人的处境与心情得到了进一步的揭示。

"小楼"，在一般人可以是一处普通的居所，但对曾为一国之君、曾居"凤阁龙楼"的词人来说，"小楼"只是他的幽囚之所，身居"小楼"正反映着他身世处境的变化。在幽囚的"小楼"里，词人又一次迎来了东风吹拂的春天。春天和东风对于自由人来说是美好的季节环境，会给他们带来欣喜和欢乐，而对亡国之君、阶下之囚的词人来说，只意味着是一个新的、令人更加痛苦绝望的年头的开始。

获得自由、恢复往昔的繁华是不可能的，摆脱对往昔的追忆痛悔也是不可能的。词人不能不缅怀追想"故国"，然而回首故国所引起的又只能是痛悔交加，因而又自然地产生惧怕回首故国的心理，造成心理的巨大矛盾。

触景生情，见物思人，东风与明月都触动词人的情怀，引动词人的遐思，但又都安慰不了词人破碎的心，抚平不了词人激动的心绪。这矛盾的令人绝望的处境心境蕴含着词人无限的忧痛悲愁，令人为之感动，为之落泪。

上片抒写词人亡国之悲由一般至具体，借景抒情，情景相衬，今昔比照，于质朴中传达出丰富深切的情感。

下片舒展想象，进一步刻画渲染词人物是人非之慨，传达词人深重的亡国之痛。

"雕栏玉砌应犹在"，是说南唐虽亡，南唐旧日的宫阙应还存在。"雕栏玉砌"，应是南唐旧主对旧日居处宫殿的具体描绘，是实写。既是据往日的观察和印象对宫殿的刻画，又是用以指代南唐政权。"应犹在"则是词人的推测和意愿，自觉不自觉地暗含着词人对旧宫的留恋。

在幽囚小楼、东风报春的特定环境里，亡国之君的词人心中还想着往日居处的"雕栏玉砌"的旧宫，希望它还留存，这是"不堪回首"的回首，不该奢望的奢望。这种按捺不住的推想和思绪并不能给词人以鼓舞和安慰，"只是朱颜改"一句道出了词人物是人非的凄凉冷落的心境，推想旧宫依旧繁华，而实际宫主却已憔悴衰老，亡国之君不会再现往昔的红润容颜，不会再有复苏的希望。

复国、复位、复容，已是绝无可能，这必然导致词人绝望后无限的哀怨和愁恨。"问君能有几多愁，恰似一江春水向东流"就是这种心绪自然、真实的描绘。人采用设问的形式，又通过比喻手法，造成跌宕曲折，而把自己难以名状的无限愁怨具体生动地描绘出来，使全词抒情达到顶点，并造成无限情思，供读者去体味。

这首词把季候景物变化与国家命运变迁、人物命运变化交织在一起，情与景相交融，今与昔相比照，白描与夸张相结合，相互映衬，多方面、多角度地抒写词人的故国之思、亡国之痛。

全词抒情深沉，蕴意丰厚，概括了具有亡国之痛的人们相通的痛苦感情，使全词主题具有高度的概括性。此词手法高妙，丰富而善变化。有白描，有工笔；有全景，有特写；有概括，有点染；有实，有虚；有近，有远；有收，有放；有问，有答。语言质朴而含蓄，笔法跳脱而意脉贯通。情真意挚，悲剧氛围强烈，比喻生动，形象鲜明，具有突出的艺术特色。

尤为后人所称道的是结尾以水喻愁的名句，更使此词流传百代而不绝。但自古诗词中以水喻愁者不乏其人，并非自李煜始。

李煜之前，唐代诗人李白即有名句"请君试问东流水，别意与之谁短长"（《金陵酒肆留别》），"抽刀断水水更流，举杯销愁愁更愁"（《宣州谢朓楼饯别校书叔云》）。唐代诗人刘禹锡也有佳句"水流无限似侬愁"（《竹枝词》）。

李煜之后，宋代寇准有"愁情不断如春水"（《江南春》），欧阳修有"离愁渐远渐无穷，迢迢不断如春水"（《踏莎行》），秦观有"便作春江都是泪，流不尽，许多愁"（《江城子》），等等，可见诗词以水喻愁已有了传统。

诸家名句各有佳处，而李煜之句，借鉴李白诗句的情韵而别创新意，以其特殊的身份处境、情绪感受，借一江（长江）春水来比愁，与南唐故都金陵在长江边相结合，不仅关合自然贴切，而且形象鲜明壮阔，与诸家名句相比，其抒写的词人亡国之痛、故国之思则更为深沉，更具摧动人心的艺术力量。

宋代陈郁《藏一话腴》指出李煜的"问君能有几多愁？恰似一江春水向东流"之句，是在李白的"请君试问东流水，别意与之谁短长"之句基础上"略加融点"，锤炼而成，所以更加"精彩"。明代著名文学家王世贞更称此名句是"情语也"，称"后主直是词手"（《艺苑卮言》）。李煜因之也获得"千古情种"的雅称。

千百年来，李煜的这个名句已广为人知，遍受称誉，产生了深远的影响。

坐看云起图　南宋　夏圭

乌夜啼

昨夜风兼雨，

帘帏飒飒秋声[1]。

烛残漏断频欹枕[2]，

起坐不能平[3]。

世事漫随流水[4]，

算来梦里浮生[5]。

醉乡路稳宜频到[6]，

此外不堪行[7]。

题注

此词调名，又作《锦堂春》。

校注

1. 帘帏：帘子和帐子。帘，一般以竹编织而成，用以遮挡窗户。帏，通"帷"，一般以纱、布制成，属帐幕之类。飒飒：形容风雨之声。

2. 漏断：漏壶中的水已经滴尽，表示时间已经很晚。漏，古时计时器。古人计算时刻，用铜壶盛水，壶底穿一小孔滴水，中间立一刻有标度的箭，壶水渐滴渐少，箭上刻度逐渐显示出来，以此计时。断，一作"滴"。频：频繁，时常。攲（qī）枕：头斜靠在枕头上。攲，通"敧"，斜、倾斜。全句是说蜡烛燃烧将尽，漏壶断滴的夜深之时，词人常常头斜靠在枕头上。这是忧愁难寐的情状。

3. 不：吴本二主词空格。平：指内心平静。

4. 世事：指人世间的各种事情。漫：徒然，枉然。全句意谓人间诸事都像流水一样白白地流逝了。

5. 梦里：一作"一梦"。浮生：指人生短促、世事变化不定。浮，此为空虚、短暂之意。

6. 醉乡：人醉酒时的情状。传唐代王绩酷喜饮酒，曾著《醉乡记》。宜：应当。此句意谓人在酒醉时能忘掉世事烦恼，因此当多饮酒浇愁。

7. 不堪行：不能行。

此词抒写词人孤独危苦、无可奈何的处境心情以及借酒浇愁、消极避世的人生态度，从词的内容情境看，此词约为词人在国亡被俘后所作。

上片侧重表现词人的处境及情态。

从回忆昨夜的情景入手，描绘出一个凄凉寒苦的景象：深秋之夜，黑暗中秋风夹杂着寒雨，敲打着帘帷，发出飒飒的秋声。这是令人感到心寒恐惧的环境氛围，而词人正处于这种环境中，并且是孤独一人，只有残烛漏壶相伴。

夜已深，漏滴已断，无人相伴，在令人寒彻心骨的氛围里词人怎么能安然入睡呢？他时而斜靠在枕上，时而又坐起，起起坐坐，频频轮换，这是因为他心内烦忧，难以平静。他的"频欹枕"和"起坐"不平的表现是其心境不宁的反映。

这样的心态表现是寒夜风雨的环境勾引起来的，但又是因为词人原本就是这样的心绪，方能被这样的环境所影响。正因为词人原本是处于危苦忧愁的心境，在寒风夜雨的环境中才更加感到自己的孤独，才会与客观的环境产生共鸣。环境的凄凉冷落对词人心境的危苦忧愁起着烘托渲染的作用，而词人频频欹枕起坐的行为表现则更进一步传达出词人心绪的不平。

这里词人把写景与写人结合起来，把人物行为动作描写与人物心理刻画结合起来，不仅诗情浓厚，而且画面具体，形象鲜明。在质朴自然的语言中，蕴有词人深切的心理情感的内涵，给人以真情实感。

词的下片，侧重抒写词人的人生感触和心态情绪。

正是因为词人处在忧愁之境，加之寒夜秋雨的刺激，所以他的思绪便由近况的孤独危苦转至世事人生。在词人看来，漫漫世事不过像流水一样，是过眼烟云，东流逝水，永无停止，不能留存，因此人生也就空浮，也不过如同梦幻一般，是虚空的。这种人生如梦的感触既是对词人往昔帝王生活、惨痛的亡国经历的慨叹，也是词人痛定思痛，对人生前途的一种消极态度，反映了词人消极颓废的世界观和人生观。

正是基于这样的人生观和世界观，词人才表达了否定一切而想借酒浇愁的消极的人生态度："醉乡路稳宜频到，此外不堪行。"在词人被幽囚的特定环境下，是消极避世的人生态度，但也是身无自由、无可奈何的被迫选择。这种消极的人生态度内里蕴含着词人政治悲剧的现实因素。

通观全词，词人以简洁朴素的语言描绘了自己在寒夜秋雨景况下的心态表现及对世事人生的思考。写景、抒情与议论相结合，情调虽未免低沉，情绪态度未免消极，却表现了词人的真情实感、深切体验，并含有相当的现实内容，这使此词具有一定的认识价值，对了解词人的心情处境有一定帮助。

韩熙载夜宴图 宋摹本（局部） 五代南唐 顾闳中

一斛珠

晓妆初过[1]，

沉檀轻注些儿个[2]。

向人微露丁香颗[3]，

一曲清歌[4]，

暂引樱桃破[5]。

罗袖裛残殷色可[6]，

杯深旋被香醪涴[7]。

绣床斜凭娇无那[8]，

烂嚼红茸[9]，

笑向檀郎唾[10]。

题注

此词调名，一注"商调"。又题作"咏佳人口""咏美人口""美人口"。此调又名《一斛夜明珠》《醉落魄》《怨春风》《醉落拓》《梅梢雪》《章台月》，属双调。

清毛先舒《填词名解》云："唐玄宗在花萼楼，会夷使至，命封珍珠一斛，密赐梅妃。妃不受，赋诗云：'柳叶双眉久不描，残妆和泪污红绡。长门尽日无梳洗，何必珍珠慰寂寥？'付使者曰：'为我进御。'上览诗不乐，令乐府以新声度之，号《一斛珠》。曲名始此也。"

李煜所作《一斛珠》为此调所见之始。

校注

1. 晓妆初过：指晨起梳洗打扮完毕。晓，一作"晚"。

2. 沉：带有润泽的深绛色。檀（tán）：浅绛色。唐宋时闺阁女子多以檀描绘口唇或眉端。《花间集》阎选《虞美人》词中有"臂留檀印齿痕香"之句，毛熙震《后庭花》词中有"歌声慢发开檀点"之句，均描绘到以檀注唇的情形，此处亦写以檀注唇。轻注：轻轻点画。些儿个：即少许意。为当时方言，与"些子儿"意同。此句描绘女子略点沉檀、薄施唇红的情形。

3. 丁香颗：指牙如丁香子。一说指女人舌头。丁香，植物名，又名"鸡舌香"，古时用以指代女人舌。又云丁香子如钉，长三四分，可含于口中。此句描绘歌女开口歌唱，微露齿舌的情态。

4. 清歌：清脆响亮的歌声。也指不用乐器伴奏的独唱。

5. 引：使得。樱桃破：指女人张开娇小红润的口。古人常以樱桃喻女子口唇。唐白居易诗有"樱桃樊素口，杨柳小蛮腰"之句（唐孟棨［qǐ］《本事诗·事诗》）。破，张开。唐韩偓（wò）诗《袅娜》云："着词但见樱桃破，飞盏遥闻豆蔻香。"此句描写歌女张开小口歌唱的情形。

6. 罗袖：质地轻薄的丝衣的袖。裛（yì）残：指香气消失将尽。裛，熏蒸，此指香气。殷色：深红色。可：意近"可可"，即隐约不清、模模糊糊的样子。此句说歌女丝制衣袖的香气已经消散殆尽，深红的颜色也变得模糊不清。

7. 杯深：指酒杯斟酒斟得很满，引申意谓饮酒过量。旋：随即。香醪（láo）：香酒。醪，一种汁滓混合的醇酒。浣（wò）：沾污。此句说酒喝得过了量，酒杯也被酒渍污了。

8. 绣床：铺着织绣的床，指歌女的床。凭：倚靠。娇无那（nuò）：形容娇娜无比、不能自主的样子。无那，无限，非常。

9. 嚼（jiáo）：用牙齿磨碎。红茸（róng）：一作"红绒"，刺绣用的红丝线。

10. 檀郎：西晋文人潘岳貌美，小名檀奴，后世文人因以檀郎作为女子心爱男子的美称。唐李贺诗："檀郎谢女眠何处？"（《牡丹种曲》）明曾益注："潘安小字檀奴，故妇女称呼所欢为檀郎。"唾：将口中含物吐出。

赏析　一曲清歌：晓妆初过的清晨

这是一篇从女性角度描写男女欢情的艳词。从情调风格看，此词当为李煜前期的词作。

词的上片，侧重描写歌女为情人精心打扮和献歌传情的情景。

词的头二句"晓妆初过，沉檀轻注些儿个"，不仅点明了梳妆的时间，而且描绘了歌女梳妆打扮的动作情态。词人不是面面俱到地精雕细绘，而是选取"点唇"的细节，以点带面地表现出歌女理妆打扮时的精细和认真。这样的动作情态富有心理活动的特征，从中可见这个歌女欣喜欢愉的心情。

"向人微露丁香颗"，是展示歌女打扮完毕，准备为情人歌唱的情态，她是那样的娇艳和矜持，欣喜之时还伴随着少女的羞涩。词人对歌女情态的描绘是精细准确、生动传神的，以"丁香颗"比喻歌女的口齿，寓誉其美洁之意，立意清新。

"一曲清歌，暂引樱桃破"二句，不仅写出了歌女歌喉的清亮优美，歌曲的婉转动听，而且描绘出歌女歌唱时情态的妩媚动人。仍是摄取富于特征性的部位描写，突出歌女"口"的特征，以"樱桃"加以比喻，虽取唐代诗人白居易"樱桃樊素口"的比喻方法，然而由明喻转为暗喻，由静态变为动态，手法亦有创新。

词的下片，描写歌女与情郎欢饮调笑的情态。

从下片开头"罗袖裹残殷色可"的描写看，歌女与情郎的欢会时间已经很长，罗袖的熏香已经消散殆尽，由于光线的暗淡，深红色的丝衣也显得有些模糊，说明天色已晚。在朦胧之中，歌女更显示了本身的娇媚动人。

从"杯深旋被香醪涴"看，歌女与情郎的欢会是极为开心的，她已没有欢会前的娇羞，为情投意合，她也忘情地贪杯，以致饮酒过量。

"绣床斜凭娇无那"，更至于不胜酒力，斜倚绣床，这既是娇态，也是失态。而正是这种失态，方可见出歌女的天真欢愉。

"烂嚼红茸，笑向檀郎唾"，描绘歌女在情郎面前撒娇，甚至放肆，但正是这样的行为表现，可以见出歌女的天真无邪，这种细节的描写生动逼真，细腻活脱，使全词涌动着青春的活力。

全词通过歌女的梳妆点唇、含笑歌唱、饮酒撒娇、唾茸调笑等一系列动作情态，表现其与情郎欢会的欣喜愉快，虽未免艳冶，但格调尚属健康，而表现技巧娴熟精到，在李煜早期词作中尚不多见。

四景山水图之秋　南宋　刘松年

子夜歌

人生愁恨何能免？

销魂独我情何限[1]。

故国梦重归[2]，

觉来双泪垂[3]。

高楼谁与上[4]？

长记秋晴望[5]。

往事已成空，

还如一梦中[6]。

题注

此词调名，又作《子夜》《菩萨蛮》。

《子夜歌》又名《菩萨蛮》《重叠金》《花间意》《梅花句》《花溪碧》《晚云烘日》《巫山一片云》，双调，原为唐教坊曲名，后用为词牌，该调始见于李白词。词分上下两片，共8句44字。

校注

1. 销魂：灵魂离开肉体，此处形容极度愁苦悲伤。独我：只有我，偏我。何限：何所能限，即无限。

2. 重归：一作"初归"。全句意谓梦中又回到故国。

3. 觉来：醒来。

4. 谁与上：一作"谁共上"。全句意谓有谁同自己一道登上高楼。

5. 长记：久记。秋晴望：晴朗的秋天远望的情景。

6. 还如：仍然好像。

赏析　言空未必空，仍在一梦中

这是李煜在南唐国破、入宋后抒发亡国哀思的作品。

宋马令《南唐书·后主书第五》注云："后主乐府词云
'故国梦重归，觉来双泪垂'，又云'小楼昨夜又东风，故
国不堪回首月明中'，皆思故国者也。"

李煜入宋后，抚今追昔，痛悔昔日行径，追忆往事，
愁恨满怀。而面对囚居生活，预想未来前程，更感到悲哀
和绝望，遂有空虚梦幻之感，心绪沉闷，此词即是表达他
的这种心情处境。

词的上片抒写词人亡国的愁情和故国难回的悲痛。

起始二句词人以直白的方式抒发自己的满怀愁绪。

"人生愁恨何能免"，是词人对普遍人生景况的概括，
也是为了表达自己特殊的人生感受做铺垫和映衬。写普遍
的人生多忧多艰，是为了突出表达自己的人生悲剧。对一
个历经繁华而终成阶下囚的亡国之君来说，他的人生经历
和心绪变化自然与普通人不同，他的愁和恨更大，更具有
特殊的意义和内涵。不仅有他自己经历的生活变迁，有他
个人命运的悲剧，更含有国家命运的悲剧。

融合着对往昔的痛悔，对现实的哀怨，对前途的绝望
等极为复杂的思想情绪，"销魂独我情何限"，正是词人特
殊心态心绪的表达。

三、四句"故国梦重归，觉来双泪垂"，由直抒胸臆转为具体情境的描绘。词人因思念故国而成梦，梦中重游故国，醒来更加思念故国因而双目垂泪，这是思国思乡心绪流程的情与态的具体表现。

透过词人感思成梦、故国重游及梦醒垂泪的情态表现，人们可以更具体也更深刻地体会词人与众不同的"愁恨"。这情况既是失国之君的故国之思引发的，也是词人现实中没有自由的处境造成的，这种描写暗含着今昔的强烈对比，包含有对梦境不长久的叹惋，对梦境未成现实的伤感，表现出词人故国难归的悲恨。

词的下片描绘词人对往事的回忆，表达词人世事空幻的人生感触。

"高楼谁与上"一句虽为问句，却写出了词人现实处境的孤独与寂寞，语气中也透露出难言的怨愤。这种处境自然是与亡国失位的政治变迁联系着的，是其政治悲剧的一个结果。这现实的孤独悲苦与往日"秋晴望"的闲适平静形成了今昔比照，而"长记"正是词人内心活动的记述，是词人对往昔美好生活的回忆。

现时处境的孤独凄冷，更激起他对往昔宫廷享乐生活的回忆。词人选取往昔秋高气爽、登高远望的场面指代旧日帝王的宫廷享乐生活情景，描绘既朴素简括，而又含蕴复杂丰富，给人以联想的余地。

词人主观上对往昔生活的长记难忘与现时客观处境的冷酷严峻构成了不可调和的矛盾，词人无法改变现实，无法达成主观愿望，因此，词人面对不可调和的矛盾，只有寻求精神上的解脱。

"往事已成空"，说明词人已经意识到形势不可逆转，一切都已过去，往事只堪回忆，并不会再重现。往事已空，回忆往事也只是空想，以回忆往事度日的生活也自然如同处于梦幻之中。

"还如一梦中"继"往事已成空"的感触之后，真实传达出词人的人生若梦的心态处境。这里的"梦"与"故国梦重归"中的"梦"有所不同。"梦重归"的"梦"描绘了具体的梦境，借以表达词人怀念故国的愁情；而此处的"梦"是一种比喻，是借梦的"幻"来说明往事的"空"，表达词人的人生感触和认识，实际传达的是词人的人生哲理。

词的下片由词人现时处境的描绘引出对往事的回忆，又从对过去世事人生的总结，导出人生如梦的认识。其中可以体会出词人极度悲凉绝望的心绪及其消极的人生态度。

全词将普遍的人生情形与词人特殊的心绪经历相比照，将词人现时的处境与往昔的生活相对比，又使虚幻的梦境与冷酷的现实相反衬，不仅真实地表达了作为亡国之君的词人极为复杂的心绪和极度悲凉的心境，而且也表现了词人深切的人生感触和对人生的认识。不仅有情，而且有理；不仅令人感动，也令人深思，因此具有很强的艺术概括力。

此词表达的情调是消极低沉的，但作为一个亡国之君的内心情态的真实抒写与剖析，又蕴含相当的现实内容，因此具有一定的认识价值，这是这首词为后人重视的一个重要原因。

花篮图（局部）　北宋　赵昌

更漏子

金雀钗[1]，红粉面，
　　花里暂时相见[2]。
知我意，感君怜[3]，
　　此情须问天。

香作穗[4]，蜡成泪[5]，
　　还似两人心意[6]。
山枕腻[7]，锦衾寒[8]，
　　夜来更漏残[9]。

题注

《更漏子》又名《无漏子》《独倚楼》《付金钗》《翻翠袖》，属双调。始见于后蜀赵崇祚编《花间集》唐温庭筠词。全词上下两片，各6句，总计46字，平仄韵转换格。

此词见《花间集》，温庭筠作。按：《花间集》于后蜀广政三年（940）辑成，其时李煜仅3岁，不可能作此类词，所作亦不可能收入《花间集》，故此词非李煜所作甚明。

校注

1. 金雀钗：呈雀形的金钗，是古代妇女的一种头饰。

2. 暂时：一作"暂如"。

3. 怜：爱。

4. 香作穗：指香已燃尽，变成了成段穗状的香灰。穗，约指灯花、烛花之类，此指香灰。

5. 蜡成泪：指蜡已点完。蜡泪，指蜡烛燃烧时滴下的蜡油。

6. 还似：一作"还是"。

7. 山枕：一作"珊枕"，堆如山状的枕，意即高枕。腻：腻烦、厌烦。

8. 锦衾（qīn）：锦被。

9. 夜来：一作"觉来"。更漏残：指天快亮之时。更，古时夜间以更计时，每更约为两小时，一夜分为五更。残，尽。

这是一首表达少女痴情之爱和相思之苦的作品。

词的上片描绘少女与情郎欢会的情景及心理。

为了与情郎欢会，少女做了精心打扮，戴上了金制的雀钗，用红粉细致地匀了面颊，可以想见她的容貌更加艳丽。这样的动作表现含有丰富的心理特征，可以推想她心情的紧张、愉快。但是，她虽下了功夫巧为装扮，然而她与情郎选在花间的约会却不能持续长久，欢会是短暂的，可见这是未能公开的聚会，是暗中私约。

尽管是私相约会，两人的情感却很深沉真挚，少女对情郎的"知我""怜我"不仅深知，而且很感激，可见两者彼此相知，情深意厚。"此情须问天"，更以指天明誓的发自内心的语言把少女对爱情的忠贞坚定表达得更为强烈。

词的下片，侧重描绘少女对情郎的思念。

正是基于对情郎的痴爱，所以少女对欢会的短暂才会有不满足、颇为憾恨的感觉，因此也就造成她不尽的相思。这种思绪和心理，词中先用以物衬人的手法加以表现。

"香作穗，蜡成泪"，这是女子所见到的景象，这景象不仅说明时间已晚，已是夜尽天明，而且也透露出少女处境的孤独和心境的凄凉。

肺腑之言无处诉，有情之人难相会，只能空对无心无识的燃香和蜡烛，少女内心的悲苦是可想而知的。正是如醉如痴的心态，她发现了香灰成穗、蜡烛成泪的物象与她和情人心境的相似之处。

"还似两人心意"，比喻十分贴切恰当，既是少女因情解物，又是少女借物言情，而且还由此及彼，从自己联想到情郎。这种写法不仅构思巧妙，而且意蕴深厚。

下片的前三句借写景和比喻已传达出少女的心境和处境，同时也可从侧面看出少女彻夜未眠、直瞩燃香蜡烛的情态。继之后三句则进一步通过环境及少女情态描绘，烘托和表现少女的相思之苦。

夜深人寂，少女更感到孤独悲苦，她倚靠在垫得很高的枕上时间已经很久，已感到心意烦腻，铺盖"锦衾"仍感觉不到温暖，这时光是多么难熬，然而少女正是在这样的心境下彻夜未眠。

"山枕腻"，不仅写出了少女的情态，而且传达出了少女的心理感受；"锦衾寒"，不仅反映了少女处境的凄冷，而且表现了少女的心境，是物我交融的写法。

"夜来更漏残"，烘托了少女心境的凄凉，侧面也表现了少女彻夜未眠直眼注视时移漏残的情态。这种写法简洁而含蓄，给人以想象的空间和回味的余地。

此词虽可断为非李煜所作，但能混入李煜词中，并流传下来，这是因为从此词的情调和表现手法上看与李煜词颇为相近。

表现女主人公对爱情的挚诚忠贞以及相思之苦都还比较真实，手法上写人与写景相结合，情与景相交融，情意真切而手法含蓄，确与李煜词风格相近。李煜词《菩萨蛮》写其与小周后私约情景之句"奴为出来难，教君恣意怜"，在情调意境上确与此词有一致之处。

写生蛱蝶图 北宋 赵昌

临江仙

樱桃落尽春归去¹，
蝶翻轻粉双飞²。
子规啼月小楼西³，
玉钩罗幕⁴，
惆怅暮烟垂⁵。

别巷寂寥人散后⁶，
望残烟草低迷⁷。
炉香闲袅凤凰儿⁸，
空持罗带⁹，
回首恨依依¹⁰。

题注

此词调名，又作《瑞鹤仙令》，别名《雁后归》《鸳鸯梦》《庭院深深》《采莲回》《画屏春》《想娉婷》《谢新恩》等。原为唐教坊曲名，后用作词牌。全词上下两片，共 10 句 58 字，用平声韵。

此词作者，据宋蔡绦《西清诗话》所载定为南唐后主李煜。宋陈鹄《耆旧续闻》云："余家藏李后主《七佛戒经》及《杂书》二本，皆作梵叶，中有《临江仙》，涂注数字，未尝不全，其后则书太白诗（清张宗橚 [sù]《词林纪事》引作"词"）数章，似平日学书也。"虽言及后主学书之事，并未否定《临江仙》系李煜所作。而此记之前，陈鹄载："蔡绦作《西清诗话》，载江南后主《临江仙》云……"明言此词为李煜所作。

此词写作时间，后人看法也有分歧。《西清诗话》以为是"后主围城中作此词，未就而城破"。而《按实录》则认为："开宝七年（974）十月伐江南，明年十一月破升州。此词乃咏春，决非城破时作。"但《按实录》又云："然王师围升州既一年，后主于围城中春作此词不可知，方是时，其心岂不危急！"

按：《西清诗话》云："后主围城中作此词，未就而城破……"与词中咏春主题并不矛盾，正如《按实录》所云虽非城破时作，但"围城中春作此词"也未可知。就词中借伤春而传达危苦之情，与李煜面临危境的心绪也相契合，词为李煜所作当不容疑。

校注

1. 落尽：一作"结子"。春归去：又作"春光归""春光去""春光尽"。

2. 轻粉：一作"金粉"，指代蝴蝶的翅膀。

3. 子规：鸟名，即杜鹃。古代传说蜀帝杜宇号望帝，为其臣相所逼，逊位后隐居山中，其魂化为杜鹃。此鸟啼声凄厉，又时常于夜间啼叫，令人生悲，事见宋乐史《太平寰宇记》。古代诗人骚客等抒写心境悲苦时常借用它，唐白居易即有"其间旦暮闻何物？杜鹃啼血猿哀鸣"（《琵琶行》）之句。啼月：在月夜里啼叫。

4. 玉钩罗幕：又作"玉钩牵幕""曲阑珠箔""曲栏金箔""曲琼金箔""画廉珠箔"。罗幕，轻薄的丝帘。

5. 惆怅：因失意或失望而悲伤。暮烟垂：又作"卷金泥""捭（掩）金泥"。

6. 别巷：又作"门巷""门掩"。寥：一作"寞"。散：一作"去"。

7. 草：一作"柳"。低迷：一作"凄迷"，模糊不清。

8. 炉：一作"烬"。闲袅：香烟缭绕缓慢升腾的样子。

9. 持：拿着。罗带：丝带。罗，又作"裙""双"。

10. 恨依依：形容愁恨绵绵不断的样子。恨，一作"故"。又，诸本二主词缺末三句，今据宋陈鹄《耆旧续闻》所载补足。又宋张邦基《墨庄漫录》载刘延仲补后三句为："何时重听玉骢嘶，扑帘飞絮，依约梦回时。"又有宋康与之所补后三句："闲寻旧曲玉笙悲，关山千里恨，云汉月重规。"（《阳春白雪》卷三）

赏析　空持罗带：伤春又为谁

　　对于此词的内容和意境的理解长期以来存在着很大的分歧。

　　宋蔡绦《西清诗话》云："后主围城中作此词，未就而城破。"又云作此词时，李煜的残稿"点染晦昧"，又"心方危窘"，故作此词当有深刻的用意。

　　宋陈鹄《耆旧续闻》卷三引述此词后又记苏辙曾为此词题词，以为"凄凉怨慕，真亡国之声也"。

　　近人解此词，也有人认为："全词意境，皆从'恨'字生出：围城危急，无力挽回，缅怀往事，触目伤心。"故以为此词是李煜"寓危亡之痛"的作品（江苏古籍出版社《唐宋词鉴赏辞典》，1986，唐圭璋主编，许永璋撰文，P118—119）。

　　《按实录》认为此词"决非城破时作"，而是否"于围城中春作此词，不可知"。认为此词意在"咏春"，与围城时李煜"其心岂不危急"不甚合，言外之意似不认为此词有晦昧危窘的深意。

　　今人傅正谷、王沛霖《南唐二主词析解》（天津古籍出版社，1988）则认为："此词是描写暮春时节，一个少妇独处小楼因丈夫远游不归，终日思念愁恨的心情，并无国破家亡的感情的影子，绝非围城中危急存亡时之作。"

　　我认为此词意境确实是表现思妇孤独的处境和愁恨的

心绪，并没有明显的"危亡之痛"寓在其中。但据此推断此词"绝非围城中危急存亡时之作"，也缺乏根据。

在围城之初，李煜仍沉湎于宫廷享乐生活，"犹未辍乐"（宋高晦叟《珍席放谈》下引建康伶人李琵琶语），写出这样的思妇之词也是可能的。而借思妇的愁恨传达出他内心的某种危急感和愁恨也是可能的，因此，断言此词"并无国破家亡的感情的影子"也是不恰当的。

对于此词内容意境的理解仍应以"围城"为背景，在全面把握李煜处境心情的基础上，应对全词作实事求是的分析。

词的上片抒写女主人公独处伤春的惆怅。

首句"樱桃落尽春归去"，点明了时间，布置了环境氛围，春末的景象已暗含女主人公伤春的情感。

"蝶翻轻粉双飞"虽使花落春归的景象增加了生气和活力，但对伤春的女主人公来说却非但不能感到欣悦，反而增加了烦恼。面对比翼双飞的蝴蝶，女主人公怎么能不生出人不如蝶的懊恼恨憾呢？

花落春归、蝴蝶双飞，是女主人公的所见之景，也是触景自伤自恼的内心感触的再现，情与景交融在一起。

第三句"子规啼月小楼西"，仍是写景，但已由前二句的白日景观转为暮晚景观，由视觉的观察转为听觉的感受，由远景转至近景，在春归花落的氛围中描绘出女主人公的居处环境。

"子规啼月"为"小楼"进一层着上暗淡凄凉的色彩和氛围，女主人公处境的孤独已经借以表现出来，而她心境的悲惨也让人可想而知。意境随着时间的由昼至暮，变得更加黯然。

第四句"玉钩罗幕"是转写内景，天黑了，外面的景物已不可见，女主人公才将视线转到室内身边。

"惆怅暮烟垂"，在暮烟笼罩下，在孤独的环境中，她怎能不倍感惆怅呢！

至此，女主人公的身影虽然仍未正面出现，但从她的视觉之所察，听觉之所感，从她所处的环境氛围以及她满怀惆怅的心境描写中，女主人公独处小楼、痴望远人、愁容伤感的影像已隐约而出。

词的下片，承上片描写女主人公寂守空帏、回首怀恨的处境心情。

"别巷寂寥人散后"一句，描绘了初夜人散、四周寂寥的景象，进一步渲染了女主人公寂寥孤独的环境氛围。

当此夜深人寂之时，女主人公仍未上床入睡，她还痴怔怔地望着窗外，但此时窗外黑夜里的景象是望不见的，她"望残"所见的不过是"烟草低迷"的景象，其实这种景象也不是她的真实所见，而是她在迷惘神痴之时的一种幻觉，是眼际仿佛出现的景象。这一句将夜望的女主人公思念过度、略已痴呆麻木的精神状态表现得十分逼真。

夜望的失望使女主人公又回视到室内的陈设。"炉香闲袅凤凰儿"，最引起她注意的首先是那轻烟袅袅的炉香，那升腾的香烟又使她仿佛看见凤凰在展翅双飞。这也是神痴迷惘的幻觉，这幻觉寄托着她对双凤齐飞的渴望，寓托着她对与远人相会的希求。她此时的精神状态是痴迷专注的，无论什么景象都会令她产生幻想。

远望近看，望外观内，都最终令她失望，她更无法排遣满怀的愁绪了，她不知如何是好，只是"空持罗带"，木怔怔地站在夜静人寂的小楼中，思前想后，只有满怀的愁和恨绵绵不断。这"空持罗带"的情态，含有极丰富的心理特征，是寂守空帏、朝思暮想、愁恨满怀、神痴意迷的女子特有的情态表现，这种描写简洁而生动，形象又逼真。

当宋军围城、国家临危之时，身为南唐国君的李煜虽思保国，却无良策，终日为国忧愁，深怀痛悔。此词中女主人公孤苦无依的处境，面对春归暗夜寂寥的形势，满怀的愁恨怨怅等与李煜此时的政治处境、心境心态是类似和相通的。

当此之时，借女主人公的危苦愁恨传达出自己处境心绪的悲哀是可以理解的。但就全词具体意境来看，并非李煜的政治隐喻之作，而是描写了一位女性的相思愁恨、孤独寂寞的心态处境。

全词借女主人公的视觉和听觉写出暮春的环境，又通过景物环境的描写映衬出女主人公寂守空帷的形象，为抒写女主人公满怀愁恨的心境营造了令人伤感、凄凉惨淡的氛围。情景交融，物我相衬，虚实结合。描写极有层次，上片写景，视线由外而内，由远及近，时间由昼至暮；下片写景仍是由外而内，由远及近，时间则自暮入夜。而上、下片末句以怅、恨点睛，直抒胸臆。全词笔法灵活多变，意境含蓄，意脉贯通，形象鲜明而传神，显示了高超的艺术技巧和艺术水平。

清明上河图（局部）　北宋　张择端

望江南

多少恨，

昨夜梦魂中：

还似旧时游上苑[1]，

车如流水马如龙[2]，

花月正春风[3]。

题注

此词调名，又名《梦游仙》《梦江南》《梦江梅》《江南好》《忆江南》。

此词与李煜词《望江南·多少泪》，诸本二主词合为一词，以为双调。今从《尊前集》分开。

校注

1. 还似：一作"还是"。上苑：古代供帝王玩赏、打猎的园林。

2. 车如流水马如龙：语出晋袁宏《后汉纪·孝章皇帝纪》上。形容车子接连不断，像流水般驰过；马匹一匹接一匹，像龙一样络绎不绝。用以记车马之盛。

3. 花月正春风：形容春日鲜花开放，春夜月光清朗，春风微拂的情景。

赏析　梦中彼时，花月春风

李煜国亡归宋后，亡国之痛与自悔自恨萦绕心间，发而为词，则多悲怨之作，此词即为其一。

起句"多少恨"，开门见山，直抒胸臆，道出词人浓重的愁恨。这是词人梦醒后的心境。由梦而引发出"多少恨"，这梦是怎样的梦？给人造成悬念，为下文描绘梦境做好铺垫。

从因果关系看，"多少恨"与下句"昨夜梦魂中"是因果倒置，似乎是因为"昨夜梦"而引发了"多少恨"。而实际上则是互为因果。正是词人怀着"多少恨"，方魂牵梦绕，造成了"昨夜梦"，因此梦醒后才激起了更浓重的"多少恨"。

在这种直白朴素的描写中，词人将内在心境与外在处境的尖锐矛盾包蕴其中，揭示出亡国之君特殊的心态，暗示了词人危苦不自由的处境。造成了虚实相生的艺术效果。

词的后三句是描写梦中情景。

"游上苑"，即是帝王的奢侈享乐，往往也标志着国家的强盛。梦中重现君游上苑的景况，不仅反映了词人对往昔繁华生活的留恋，更寓有亡国之君的故国之思。

词人极力渲染君王游览上苑的盛况，"车如流水马如龙"一句，语言朴实而比喻形象，生动地再现了南唐宫廷往昔群臣影从、妃嫔随列、昼夜尽欢的情景，又以花好月圆、春风拂煦加以衬托和渲染，南唐旧事的繁华可谓写足。

这梦中再现的故国往事，当梦醒之时自然消逝，旧梦重温必然导致无限的恨憾，从而进一层交代出"多少恨"产生的原因。

词里梦中与梦后景况的对比描写也寓有深意，梦中往昔的盛况与现实现今的凄凉境地恰成反衬。

此时的词人已成大宋的阶下之囚，虽有赐第可居，却没有自由，往昔的繁华生活已如黄粱之梦一去不归，他实际是过着以泪洗面的生活。这种窘危之境中的旧梦及梦后的愁恨，是亡国之君自悔自责、亡国之痛的表现，也是留恋故国、绝望现实的复杂心态的表现。

值得注意的是"车如流水马如龙"一句，话很直白朴素，却蕴有深意。此语出自晋袁宏《后汉纪》，原意本是用以形容外戚势焰之盛，有讽刺外戚奢华之意。李煜借语用典，写梦中南唐盛事，暗寓借历史影射南唐并自悔自责之意。

此词仅五句二十七字，简洁的文字却包容了深刻的思想内容，语言含蓄，情感深沉，给人以想象和回味的余地。如果不是有亡国的惨痛经历，如果不是词家高手，是很难写出这样的作品的。

蜂花图　北宋　赵昌

望江南

多少泪，

断脸复横颐[1]。

心事莫将和泪说[2]，

凤笙休向泪时吹[3]，

肠断更无疑。

题注

参见《望江南·多少恨》。

校注

1. 断脸：一作"沾袖"。颐：人的下巴。全句形容眼泪纵横交流的情状。

2. 和泪说：一作"如泪滴"，边流泪，边述说。

3. 凤笙：相传秦穆公时，箫史善吹箫，穆公女弄玉倾慕他，穆公便将弄玉许配给他。后弄玉从他学吹箫，其声清亮，引动了凤，夫妇遂驾凤飞去。后人以凤笙形容美笙。休向：不要向。泪时吹：又作"月时吹""月明吹"。

赏析　泪时吹笙更断肠

此词约与《望江南·多少恨》同时创作，都是李煜国亡归宋后的作品。

第一、二句"多少泪，断脸复横颐"，描绘词人满面泪痕纵横的情状；第三句"心事莫将和泪说"点明词人落泪的原因，是因为怀有"心事"而落泪。从眼泪纵横的大悲大痛的表现，可以想见词人的"心事"之重。

作为一个已成阶下之囚的亡国之君，李煜此时的心情是极为复杂的，国破家亡之悲，误国失家之悔，拘囚被辱之苦，故国恢复之想，种种复杂的心情搅在一起，使他心事翻腾，难以止泪。但在拘系之下，正是"人方为刀俎，我为鱼肉"的境况，李煜只能有落泪之悲，而内心的想法和痛苦却无法表达出来。

"心事莫将和泪说"一句，把他的心态处境描绘得极其逼真。此时的他，"心事"只能借泪水流露，而不能由言语来表达。他是不自由的，处在被拘囚监视之中，他不能不谨小慎微，他不能不含愤缄口。

第四句"凤笙休向泪时吹"，借用箫史和弄玉的传说来反衬词人此时的心境。凤笙清亮的美音引来了仙凤，托载着一对情人飞去，这美好的情景与词人眼下痛苦不自由的心态处境是多么不同，这强烈的反差，怎能不使词人更加感到悲凉呢?

"肠断更无疑"一句,直抒胸臆,道出了词人的"断肠"之悲,表达词人的悲愤达到了顶点。

据宋王铚《默记》载"后主在赐第……命故伎作乐,声闻于外","凤笙"之想当是词人触眼前景而生联想,抒发自己满怀的愁绪。"休向"是词人的祈求语,词人本拟作乐排解忧愤,而乐声却又引动词人生成更大的痛苦,徒增亡国之悲,所以他怕在落泪时吹笙。

他的处境是艰难的,他的心绪是复杂的,所以他的心态是矛盾和扭曲的。这种描写是深细逼真的。

据宋陆游《避暑漫抄》载,李煜归宋后曾在给金陵旧宫人的信中言及自己的处境是"此中日夕,只以眼泪洗面",此词即是他这种心情处境的写照。

词中把形容情态描绘与内心情境的刻画相互配合,把含蓄的表现与直抒胸臆结合起来。手法灵活,富于变化,而意脉贯通,给人以深刻的印象。语真句实,在朴实的语言里,蕴寓着词人深沉的感情和体验,可谓沉痛淋漓之作。

腊梅山禽图（局部） 北宋 赵佶

清平乐

别来春半[1]，
触目柔肠断[2]。
砌下落梅如雪乱[3]，
拂了一身还满。

雁来音信无凭[4]，
路遥归梦难成。
离恨恰如春草[5]，
更行更远还生[6]。

题注

此词题一作"忆别"。

校注

1. 春半：即半春，春天的一半。全句说相别已有半春，意思是时光过得很快。

2. 柔肠：一作"愁肠"，温柔的心肠。

3. 砌下：一作"砌半"。砌，台阶。

4. 雁来音信无凭：古代有凭借雁足传递书信的故事。《汉书·苏武传》："天子射上林中，得雁，足有系帛书。"此句意谓雁虽来却未传来书信。无凭，没有凭信，指没有书信。

5. 恰如：又作"怯如""却如"。

6. 更：愈加。

赏析　离恨如春草，生生不尽

此词描写怀人伤春的情形，表达深重的离愁别恨。

词的上片一、二句"别来春半，触目柔肠断"，开门见山，直抒胸臆，道出离愁别恨之重。与远人别离已有半春，睹物自伤，触景生情，令人柔肠寸断。抒情主人公的满怀愁恨仿佛放开闸门的蓄水，直泻而出。

继之三、四句"砌下落梅如雪乱，拂了一身还满"，描绘了一个伫立梅树下怀念远人的抒情主人公形象。"落梅"正是暮春景象，而这"落梅"纷纷扬扬飘散在台阶下，又为站在台阶上企盼远人的抒情主人公布置了环境氛围。

这一句虽没有直接描写抒情主人公的形象，但从"砌下"和"落梅"的描写，我们已可想象出抒情主人公此时伫立台阶、凝神企盼的情形。在梅花飘落的暮春，他不仅感到这梅花飘散的情形有似雪花的飞扬，而且更感到暮春飘梅也有如飘雪那样寒冷，像雪花乱飞那样令人心烦意乱。

这一句对暮春景象的描绘是鲜明突出的，是富于动态的，而对抒情主人公情态心绪的表现又是含蓄的，是置人影于景中，寓人情于景中，这一句也为下一句"拂了一身还满"做了铺垫，为描绘抒情主人公的形象布置了环境氛围。

词人并没有对抒情主人公加以细致刻画，而只写他拂梅的动作，就使他活跃起来，一个在飘梅如落雪的境界中拂梅伫望的形象就生动地展现出来，而这个形象又不是刻板的形貌，而是神态的脱出，若实若虚，给人以想象的余地。

这人与景的映衬，极具诗意美感。这幕春飘梅的景况，正是拂梅的抒情主人公因"别来春半"，而"触目柔肠断"的客观环境。

抒情主人公因怀伤春之情，所以才更加触景伤情，而以这样的心情观察和描绘身边的环境景物，又会融情于景物中。景物愈鲜明，情绪也就体现得更饱满。正因为抒情主人公以深切的体验观察描写景物，所以这里的景物描写也才更逼真，更有诗意，更有情在。

词的下片，先反用鸿雁传信的典故表达失望的情绪。都说鸿雁可以传递书信，为什么偏偏却是"雁来音信无凭"呢？有雁无信，对一个巫盼远人信息的人来说该是多么令人失望！

传书的大雁令人失望，而归乡之梦也因路遥而难成。这又是进一层的悲哀。感思成梦，在梦中与远人相聚，或者还可以给伤春怀人的抒情主人公以一丝安慰，然而却又是"归梦难成"，抒情主人公的离愁别恨实在是难以排解，反而是愈来愈浓重。

"离恨恰如春草，更行更远还生"，恰当而自然的比喻把抒情主人公的离愁别恨集中表现出来。

以"春草"喻"离恨"，是以具体形象之物喻抽象难言之情，是近取远比，是由此而及彼，不仅突出了"春草"的特性而强调了"离恨"，而且紧扣季节氛围，使比喻成为全词意境的有机组成部分，堪称入化。

总括起来，此词上片先开门见山，直抒胸臆，表达抒情主人公的离愁别绪，确立全词的意脉和主题。继而采用以情观景，借景抒情，以景衬人之法，把抒情主人公的离愁别恨加以渲染。下片则通过反用鸿雁传信、感思成梦的典故传说，一步更进一步地把离愁别恨推向高潮，最后以贴切形象的比喻，把愈来愈重、无法排解的离恨表达出来。全词篇幅虽小，但情蕴深厚；笔法多变，而层次清楚，意脉贯通，描绘精确，显示了高度的艺术水平。

荷亭弈钓仕女图（局部） 五代南唐 周文矩

采桑子

亭前春逐红英尽[1]，

舞态徘徊[2]。

细雨霏微[3]，

不放双眉时暂开[4]。

绿窗冷静芳音断[5]，

香印成灰[6]。

可奈情怀[7]，

欲睡朦胧入梦来。

题注

此词调名下，一注"羽调"。此词题一作"春思"。

校注

1. 亭：一作"庭"。春逐红英尽：是说春光随着红花的飘落而完结。红英，红花。

2. 徘徊：此处形容飞舞回旋的样子。

3. 细：一作"零"。霏（fēi）微：一作"霏霏"，迷蒙不清的样子。

4. 不放双眉：即紧锁双眉。

5. 芳音：又作"芳英""芳春"，即佳音、好音。

6. 香印：即布香，打上印的香。唐王建《香印》诗："闲坐印香烧，满户松柏气。"可见"香印"与"印香"同义。古时富贵之家为使室内气味芬芳，常燃香。

7. 可奈情怀：无可奈何的心情。可奈：一作"可赖"，犹无奈，亦即无可奈何。

赏析　双眉难开：又负春光

　　这首词描写暮春时节少妇怀人伤春、百无聊赖的心境情态。

　　上片写女主人公春尽时节触景生愁的情状。

　　"亭前春逐红英尽"，春尽花落本是自然现象，而怀人的少妇对此却有特殊的感受，全词即以少妇的感触来描绘暮春的景象。本是红花随春尽而落，少妇却感到春光是随红花飘落而逝，这一精细的描写把少妇伤春的情绪突现出来。一个"逐"字使"春"有了活力。

　　"舞态徘徊"的描写则使"红英"更具魅力，暮春落花纷飞的景象因之生动地展现出来。而这季候景观的变化又是在"亭前"发生的，这就不单是自然现象，而是联系着人事。这是"亭"中人对暮春景象的观察和感受，季候景物的变化触动了少妇的情怀，才对春尽落花尤其敏感，尤为伤感。

　　"细雨霏微"，又使春尽花落的景象增加了一层迷蒙和凄冷，又更触动少妇的愁怀。

　　"不放双眉时暂开"形象地刻画出了怀愁少妇紧锁双眉、愁思难解的情态。少妇的愁眉不展，是因春尽花落、细雨霏微的景象而触发的，是触景而生愁。

词的下片描写少妇寂守空帷、佳音断绝、寂寞孤独、百无聊赖的境况。

"绿窗冷静"，写出了少妇居处环境的凄冷孤寂，这与其说是描写客观景象，不如说是在表现少妇的心境感受。"芳音断"接续"绿窗冷静"，一方面是进一层表现少妇的不幸，孤寂之中又与怀人断绝音讯；另一方面也是暗示正因为"芳音断"，少妇才倍感"绿窗冷静"。这里景物环境描写是与人的遭遇的描写结合在一起的。"绿窗""芳音"都切合少妇的生活环境和性格特点。

"香印成灰"，表面是写物，暗里仍是写人，是写寂守空房的少妇凝视"香印成灰"的情状。而这百无聊赖的情状正是与少妇无可奈何的情怀相联系的。"香印成灰"是借物写人，是侧出暗写，而"可奈情怀"则是直白的表达，是正出明写。

"欲睡朦胧入梦来"，描写少妇精神迷离、昏昏欲睡的情状，借以通过具体描写表现出少妇极度的忧愁伤感。

总观全词，词人把写景与达情结合起来，在暮春的环境中描写了一个寂守空帏的少妇孤寂悲苦、百无聊赖的心情处境。不仅注意景物环境的衬托渲染，而且突出人物形象情态的描写。对少妇心理心境的描写有正面直白式的，也有侧出暗写式的，把少妇伤春怀人的愁绪表现得淋漓尽致。

长春花鸟（局部）　五代后蜀 黄荃

喜迁莺

晓月坠[1]，宿云微[2]，
无语枕频欹[3]。
梦回芳草思依依[4]，
天远雁声稀[5]。

啼莺散[6]，余花乱[7]，
寂寞画堂深院[8]。
片红休扫尽从伊[9]，
留待舞人归[10]。

题注

此词调名，又名《鹤冲天》《万年枝》《春光好》《雁归来》《早梅芳》《喜迁莺令》《烘春桃李》，属双调，始见于《花间集》唐韦庄词，全词上下两片，10句47字。

校注

1. 晓：一作"晚"。坠：一作"堕"。此句说早晨残月已经西坠。

2. 宿云：一作"宿烟"，夜间的云。微：隐匿、消散。

3. 枕频敧（qī）：即频敧枕，频频地斜靠着枕头。频，一作"凭"。敧，斜靠。

4. 梦回：梦醒。芳草：此指代所怀念的人。汉淮南小山《招隐士》诗"王孙游兮不归，芳草生兮萋萋"，五代前蜀牛希济《生查子》词"记得绿罗裙，处处怜芳草"，均以"芳草"指代所怀念的人，此处亦然。依依：依恋的样子。

5. 稀：少。

6. 啼莺：即黄莺，其羽黄，善鸣，鸣声婉转动听，故称啼莺。

7. 余花：此处指晚春尚未凋谢的花。

8. 画堂：用彩画装饰的厅堂。

9. 片红：此处指落地的花瓣。休扫：不要扫。尽从：完全听任依从。伊：他，此处指代片红。此句意思是说，不要把落花扫掉，任由它散落在地上。

10. 舞人：抒情主人公所怀念思恋的女子。

赏析 落红不扫待伊归

这是一首抒写伤春怀人之情的词作，当是李煜前期的作品。抒情主人公是一位男子，在暮春时节，他深深地思念着自己倾慕的女子。

词的上片，描写抒情主人公因梦境牵惹而生成的无尽相思。

开头两句"晓月坠，宿云微"，描绘出清晨残月西下、夜云消散的情景，点明了时间，布置了氛围。从"月""云"，可知抒情主人公正仰视天空；从"坠""微"，可知抒情主人公凝视天空已经很久，缓慢的月移云散，他都觉察出来了。月坠云微的景象不仅画面鲜明，而且有动感。从"晓""宿"，又可知这正是夜尽晨来的时候，景象中体现出清晨寥廓清凉的气氛。

这是写景，其实又是写人，是写抒情主人公对晨空的观察与感受，从他凝望月坠云微的情态，可以想见他此时的心境，无疑对着云月寄托着自己的相思，而这相思又掺杂着淡淡的凄凉和哀愁的心绪。

从景物描写的角度看，词人选取云、月集中描绘，特点突出，形象鲜明；从氛围布置的方面看，月坠云微的晨晓景象和清冷色调，也烘托了抒情主人公的淡淡愁绪。明写景，暗写人，情融于景中。文笔清淡，而意境深远。

"无语枕频欹"，承"晓月坠，宿云微"二句，转写抒情主人公的行为情态。手法上由前二句写人的侧出暗写，转为正面直白的描绘。

"无语"描绘出抒情主人公内心痴迷而有苦难言的情状，"无语"虽是表现，却蕴含丰富的内心活动；"枕频欹"，描绘的是抒情主人公心烦意乱、坐卧不安的情状，从他的动作行为可知其心境的不宁。"无语枕频欹"，通过人物的表情和动作揭示出抒情主人公内在的感情世界，透露出他的心境情绪，同时也使他的形象活跃起来，给人造成深刻的印象。

前三句抒情主人公的情态表现看似突兀反常，实则是词人故设悬念。"梦回芳草思依依"一句，就使这个悬念有了实处。

原来是他梦见了自己倾慕的女子，醒后引动了无尽的相思，正是这无尽的相思才促使他坐卧不宁，使他如醉如痴。

这里，词人先写抒情主人公梦醒后的情状，而后方才点出"梦"，加以解释，这是用了倒叙的方法。写"梦"又不是具体描绘梦境，而又强调"梦回"，点明梦醒后抒情主人公因梦而引发的浓重的相思之情。

词人避实就虚，不实写梦境，给读者以想象的空间，让读者去推想梦中的情景；而又避虚就实，把描写的重点放在梦醒后抒情主人公的情态表现上，而不以梦境描写为主，这不仅节省了笔墨文字，更使人物形象突出，造成以实映虚的艺术效果。

词人写"梦回"之"思依依"，是直白的，而表达抒情主人公所怀恋之人时却用了"芳草"相代，这又是含蓄的，这种描写很符合抒情主人公的心情处境。他所倾慕的女子在远方，与他只能梦中相会，他的思恋无处表达，他的倾慕无法倾诉，他不能直说自己怀念之人，所以用"芳草"指代，既委婉含蓄，又可寄托自己的思念和倾慕。这手法借鉴了古人芳草怀人的传统，而又明暗相结合，有了新意。

从结构情境看，"梦回"与首句的"晓月"是相照应的；"思依依"又与"无语枕频欹"相关合着，这种照应关合全无硬接痕迹，非常真实自然。

上片最后一句"天远雁声稀"，仍是借景寓意的写法。

正因为抒情主人公梦回陷入"思依依"的情境，而又无可告语之人，无奈之下只好再去寻索聊可寄托心意的地方。他望天，天是空阔淡远的，无以附托；他观雁，雁却稀少难得。

古代素有鸿雁传书之说，后成典故。此时抒情主人公寻雁不得，意味着他所盼望倾慕之人的音信不可得。无雁传书，音信不通，抒情主人公该多么失望呢！而这种失望又恰恰是他"思依依"的延续。

从景观描写看，天远雁稀的景象已不是夜尽拂晓的景象，而是白日和傍晚的景象。

上片景物描写以天空为背景，境界阔大，是从仰视的角度描绘，为写人抒情布置环境氛围。

下片转写近景，描绘画堂深院的具体环境，并表达期待所倾慕的女子归来的愿望。

"啼莺散，余花乱"，描绘的是暮春景象。

鸣声婉转的黄莺已经飞散隐去，树林中听不到它们美妙的歌唱；树上残余的花朵也没了生气，零散杂乱地分布着。这说明最美好的时光已经过去，眼下呈现的是一片衰败的景象。这是实景的描写，但也蕴含有抒情主人公的心境感受。

正是在这暮春残败的氛围中，一座"画堂深院"展现在人们面前，它与莺散花乱的氛围构成了巨大的反差，是那样的不谐调。"画堂深院"的环境不仅是精致的，而且是沉寂的。在这幽深寂静的"画堂深院"中，一个孤寂的身影隐现其中，他的心境是那样"寂寞"，画堂的精美、深院的幽静都不能使他为之所动，相反，这"寂寞"倒是给"画堂深院"笼罩了凄凉之雾，使这精美的住居变得更加黯然。

最后两句"片红休扫尽从伊，留待舞人归"，通过细节的描写，传达出抒情主人公企盼所思之人来归的强烈愿望。

他情愿落花片红任随其便，从其自然之态，而不希望人为地改变自然景观之真貌，他愿意就以这样的心境景观迎接自己倾慕的女子。这种心愿，蕴含着抒情主人公极其真挚而深厚的感情，具有感动人心的艺术力量。

唐代诗人白居易曾用"落叶满阶红不扫"的诗句描绘安史之乱后，归居长安、思念杨贵妃的唐明皇独处深宫的心情，李煜的"片红休扫尽从伊"，从主观的角度表达抒情主人公的心愿，真切感人，堪与白居易的名句比肩。

总之，全词意在抒写伤春怀人的愁绪，以抒情主人公为主，以他所倾慕的女子为辅，通过抒情主人公梦后的心理情态描写，以及景物环境描绘，从不同方面强化了主题。词中描绘的抒情主人公感情真挚，形象鲜明，情态心理真实动人。场景画面清晰而富于诗意，给人以充分联想的空间，艺术是成功的。

秉烛夜游图　南宋　马麟

蝶恋花

遥夜亭皋闲信步[1]，
乍过清明[2]，
早觉伤春暮[3]。
数点雨声风约住[4]，
朦胧淡月云来去[5]。

桃李依依春暗度[6]，
谁在秋千[7]，
笑里低低语[8]？
一片芳心千万绪[9]，
人间没个安排处。

题注

此词作者，一说为宋李冠（世英），一说为宋欧阳修。

校注

1. 遥夜：即长夜。亭皋（gāo）：水边的亭子。皋，水边地。闲：一作"闭"。信步：一作"倒步"，随意散步。

2. 乍过：又作"才过""过了"，刚过。清明：清明节，二十四节气之一，在每年的 4 月 4 日、5 日或 6 日。

3. 早觉：一作"渐觉"。伤春暮：一作"春将暮"。

4. 约：约制、约束。全句说雨声被风声遮住。

5. 云来去：指云飘浮不定。

6. 桃李：一作"桃杏"。依依：又作"依稀""无言"，鲜花盛开的样子。春暗度：指春光在不知不觉中悄悄过去。春，又作"风""香"。

7. 谁在：又作"谁上""人上"。

8. 笑里：一作"影里"。低低：一作"轻轻"。

9. 一片：一作"一寸"。芳心：一作"相思"，指女人之心。千万绪：一作"千万缕"。

赏析　月夜闲步：芳心没个安排处

这首词抒写一位青年女子伤春自伤的情怀。

词的上片描写女主人公月夜闲步、独自伤春的情形。

起句"遥夜亭皋闲信步"，描绘出女主人公的活动情态及活动环境。在夜里，她独自一人到水边亭中散步，看似安闲，实则是排遣无聊烦恼、孤独寂寞的心绪。

二、三句"乍过清明，早觉伤春暮"，揭示了女主人公特殊的心理感受。清明节刚过，正在春盛，她却有了"春暮"之感，并因之而生伤春之情。"乍过"与"早觉"相对应，揭示出女主人公心理感觉与客观实际的反差。

这两句也是对起句"遥夜亭皋闲信步"的解释。正因为女主人公怀着伤春之情，心绪缭乱孤寂烦恼，难以安睡，所以，她才在深夜到水边亭中来散心。

这里，词人对女主人公情态心理的描写运用了白描手法，但仍能造成含蓄的意境。情态与心理相谐和，女主人公的形象也就隐约展现出来。

上片后二句"数点雨声风约住，朦胧淡月云来去"，描绘女主人公月夜闲步所见到的景象及所引起的感触。

"数点雨声风约住"，说明雨很小，用"数点"来形容，很具体形象。雨声被风声遮住，风来雨停，这是景物环境的变化。

这一句不仅交代女主人公是雨后夜里出游，而且说明她密切注意到气候的变化，说明她的观察很细，可以想见在数点细雨之时，她就已经为孤寂烦恼所缠绕了，所以一旦风起雨住，她便出来排遣烦乱的心绪。

这一句也是平直的描写，却准确把握了特定时间景物变化的特点，并且侧重从听觉而不是视觉来反映气候景观的变化。

古人历来善用风雨的意境来传达人的伤春之情，词人在这里实际上也借鉴了这种手法。这种风来雨住的景象变化，是反映女主人公特殊的心态感觉的。

"朦胧淡月云来去"一句，写月夜雨后天空的影像很准确、很形象。夜月被雨后的湿气笼罩着，天空一片朦胧，朦胧状态中的"月"用"淡"来描绘，是极恰当的。

"云来去"，不仅描绘出层云飘忽不定的动态，写出淡月在云间相对运动的景象，而且，与前句的"风"相照应，明写云动，暗写风吹。

总之，上片后二句从视觉和听觉两个方面描绘出伤春女子月夜漫步时所见景象，其中幽暗的境界里蕴有女主人公独特的思想感受和内心寂寥伤感的情绪。女主人公的伤春情怀是寓于"朦胧"的月夜景观中的。

词的下片，写随着春光的流逝，女主人公产生了强烈的自伤情绪。

"桃李依依"，写出春光的盛美。可以想见，桃红李白，花簇烂漫，正是春光宜人的景象。然后热中生冷，在宜人春光、桃李盛开之际，"春"却悄悄溜掉了。"春暗度"中的"暗"字，说明春光是在人们不知不觉中流逝的，而这为人所不觉的"春""度"，却为女主人公所觉察，她不仅观察了"桃李依依"的景象，而且觉察到了"春暗度"的情形，可见她是精细、敏感的女子。

　　对于"春暗度"的敏感，也正是源于"伤春"的情怀。"桃李依依"虽好，但偏又是"春暗度"的令人失望，这也恰如女主人公正处青春妙龄，却又没个归宿，没有理想的婚配，因而青春年华白白流逝的处境心态。

　　这种描写的背后暗含着女主人公强烈的身世之感，实际上表达的是女主人公芳龄未嫁的愁苦心绪，是伤春，也是伤己。

　　下片二、三句"谁在秋千，笑里低低语"，本是一句话，依调分为两句。描绘出月夜情侣欢会玩乐、低声笑语的情景，也是从听觉展示出来。

　　一个"谁"字，反映出"笑里低低语"的情形在女主人公心里所引起的波动。这种"笑里低低语"的浓情蜜意的情形，与此时伤春自伤、孤独寂寥的女主人公的处境心态恰成比照，从而借"谁"笑语欢情，反衬出女主人公自己的愁苦忧伤。这种"以乐景写哀"的手法，造成鲜明的映衬，可以达到"一倍增其哀"的艺术效果。

下片末二句"一片芳心千万绪，人间没个安排处"，直抒女主人公胸臆，表达出极度烦乱悲怨的思想情绪。"没个安排处"，一语双关，既是言愁之多，人间难盛载；又是兼说女主人公自己芳龄未婚，还没有个适当的归依之处。

这两句主要是伤己，但在情绪上与伤春是一致的。女主人公本是由伤己而伤春，但词人却从伤春写起，至篇末方才点明"伤己"的主旨。

全词词意含蓄，情意悱恻，把女主人公伤春自伤的情绪表现得淋漓尽致。词人注意运用正侧相间、明暗互补的手法，既描绘出女主人公的情态，也刻画出她的心理。情与景相结合，朦胧月夜的环境氛围烘托出女主人公孤寂忧伤的心绪，借乐写悲，也造成强烈的艺术效果。

溪山春晓图（局部） 北宋 惠崇

乌夜啼

林花谢了春红[1]，

太匆匆！

无奈朝来寒雨晚来风[2]。

胭脂泪[3]，留人醉[4]，

几时重？

自是人生长恨水长东[5]。

题注

此词调名，又作《忆真妃》《相见欢》。

校注

1. 林花：林中的各种花。谢：辞别。红：指春季里鲜艳的红色。全句意思是说林中的各种花朵已经凋谢飘落。

2. 无奈：一作"常恨"。雨：一作"重"。晚：一作"晓"。

3. 胭脂泪:红泪，血泪。胭脂，古代妇女的化妆用品，因其色红，亦泛指红色。女人落泪，泪流过搽（chá）过胭脂的面颊，即成胭脂泪。

4. 留人醉：一作"相留醉"。

5. 自是：一作"到了"。

　　这首词抒写人生失意的无限怅恨，约是李煜亡国入宋后的作品。

　　词的上片，通过对春花因遭受寒雨晚风的侵袭而匆匆凋零景象的描绘，寄托了词人好景不长的伤感。

　　起句"林花谢了春红"，描绘出春残花谢的衰败景象。春尚未尽，而林中繁花却已凋残，这种景象的描写深蕴着词人好景不长的叹惋。

　　"太匆匆"一句三字，把这种叹惋伤感的情绪加以强调，把词人恋春惜花之情传达得更为强烈。

　　上片末句"无奈朝来寒雨晚来风"，交代了林花匆匆谢了春红的原因。

　　句中的"朝"与"晚"是复指，即朝朝暮暮之意。"朝来寒雨晚来风"，即是朝朝暮暮寒雨晚风交相而来。林花的匆匆凋谢正是受到了这"朝来寒雨晚来风"的侵袭摧残的结果。

　　林花和朝雨晚风本无情，是自然现象，但词人运用"无奈"使其人格化，表现出一种叹惋的情调。似乎是林花对寒风冷雨的侵袭感到无可奈何，其实是词人对风雨促花凋、好景不常在的深沉的叹惋。

词的下片，抒写伤别离恨。

"胭脂泪"，描绘出抒情主人公的情态，搽有胭脂的面颊布满泪痕，这是极度伤心的样子。

"留人醉"，相别难舍，留恋沉醉，描绘出相别难堪的情状。

"几时重"，以问语表达再逢的愿望和对再逢之难的忧虑。

离别令人垂泪沉醉，这是人生中不幸之事，故词末以议论作结，"自是人生长恨水长东"，点明伤别生恨的词旨。以水喻恨，形象表现出怨恨无穷无尽，比喻自然贴切。

这里的"人生长恨"既包括抒情主人公的伤别之恨，亦蕴有词人的亡国之悲，失位之痛；同时也应包括在人生路上有过各种恨事的人的共同体验。因之"人生长恨"具有极强的概括性，具有社会的普遍意义。

此词情调幽婉哀怨，语言清新，以写景写物始，以写人写恨终，情寓于景，情景相映衬，意境深邃，形象鲜明，主题深刻，结句的议论不仅比喻切当，而且令人深思，发人深省。

天女献花图（局部） 南宋 刘松年

长相思

云一緺[1]，玉一梭[2]，

淡淡衫儿薄薄罗[3]，

轻颦双黛螺[4]。

秋风多[5]，雨相和[6]，

帘外芭蕉三两窠[7]，

夜长人奈何[8]！

题注

此词调名，一作《长相思令》。题一作"佳人"。

校注

1. 云：指女子蓬卷如云的头发。一绱（wō）：即一束。绱，又作"髻""窝""罗"。一说，绱读为 guō，青紫色的绶带（丝带），明沈际飞《草堂诗余续集》注云："《史记》：二千石佩青绱绶。绱，绶文也。"汉许慎《说文解字》："绶，紫青色也。"此处"绱"指饰发用的紫青色丝带。

2. 玉：指插在女子头上的玉簪。梭：原是织布用的梭子，此处用以比喻玉簪。

3. 淡淡：形容颜色浅淡。衫儿：又作"春衫""春山"。古代女子穿的短袖上衣，又称衫子或半衣。罗：丝罗，此指罗裙，即用丝罗制成的裙子（下裳）。

4. 轻颦（pín）：微皱双眉。黛螺：又作"翠娥""黛蛾"，古代女子画眉用的螺形黛墨，又称螺黛，以其作画眉用，故借指女子眉毛。黛，古代女子画眉用的青黑色颜料。

5. 秋风：一作"风声"。

6. 雨相和：指雨声与风声交织在一起，相互应和。相，又作"如""声"。和，一作"多"。

7. 帘：一作"窗"。两：一作"四"。窠（kē）：一作"棵"，通"棵"。

8. 人：一作"争"。

赏析　风雨夜漫长

此词描写女子秋夜愁思的情状。

上片侧重写人，描绘出女主人公的衣饰和容态。

写她蓬卷如云的青发，形如梭样的玉簪，写她淡雅的衣裙，以及她微皱双眉的情态，一个少妇的形象便勾画出来了。通过发式、头饰、衣裙的描写，衬托出女主人公的容貌。对女主人公的容态也不作泛泛描写，而重点描绘微皱双眉的情形，突出其神态，并与悲秋愁思的主题相照应。

词的下片，侧重写景，借景烘托女主人公无尽的愁思。

秋风寒雨相交织，雨打芭蕉生愁思，女主人公在凄寒的秋夜里，孤独地听着雨打芭蕉的声音，怎能不引起万千的愁绪？

"夜长人奈何"，集中点明了女主人公孤独寂寞、无可奈何的心境，点出了女子悲秋愁思的主旨。

此词颇重形象描绘和景物环境描写，写人写景均为表达悲秋愁思的主旨，上下片虽各有侧重，但相互照应。

全词情蕴含蓄，表现女主人公的满怀愁思却不点出愁思的起因和具体内容，只是通过形容情态描绘和环境氛围布置烘托出一种无尽的愁思，供人体味。

摹捣练图（局部）　北宋 赵佶

捣练子令

深院静，小庭空，

断续寒砧断续风[1]。

无奈夜长人不寐[2]，

数声和月到帘栊[3]。

题注

此词调名，又作《捣练子》《深院月》《深夜月》。题又作"闻砧""秋闺""本意"。

《捣练子》，即咏捣练，乃唐词本体。词为单调，5句27字，内容多为思妇怀念征夫。

此词调名下注，又作"出《兰畹曲会》""出《兰碗曲会》"。

此词作者，一作南唐冯延巳。

校注

1. 寒砧（zhēn）：夜深天寒，砧受寒凉，故称。此指寒夜中的捣衣之声。砧，捣衣石。古代妇女捣衣时因看到衣服就常引起对离家丈夫的思念，故古代诗人往往以"砧"作为引动别情的东西。

2. 无奈：一作"早是"。不寐：一作"不寝"，指不能入睡。

3. 数声：几声，指捣衣之声。和月：伴随着月光。到：传到。帘栊（lóng）：挂着竹帘的格子窗。此句是说捣衣之声伴和着月光传到窗子里。

赏析　长夜无眠：谁在月下捣寒衣

　　此词表现主人公因捣衣之声而引起的长夜无眠、难于宁静的心境。

　　"深院静，小庭空"，从感觉和视觉着笔，描绘出庭院的环境。院深而静，庭小而空，氛围冷凄空寂，这是主人公的感觉和观察，也为全词点染了气氛。

　　"断续寒砧断续风"，进一步从心理和听觉上渲染凄冷的氛围。砧是古代妇女捣衣的用物，捣衣之时，思妇往往更加思念远离在外的丈夫和亲人。词中以"砧"作为引动别情之物，又以一"寒"字点染，更造成凄冷的境界，这"寒"字概括了秋夜的寒，也概括了主人公别离之苦的心寒。

　　孤寂之中的主人公听到捣衣之声更感到凄凉冷落。风寒袭人，砧声不断，主人公心寒意冷，方难以入睡，"无奈"更强调了"夜长人不寐"的苦状，既不能入睡，又不能有所作为，只得在孤独寒冷的小庭深院中熬夜，只能在月下窗前寂听断断续续的几声捣衣声，这情境是多么凄惨。

　　清石涛论作画之法曾说："墨之溅笔也以灵，笔之运墨也以神。"（《画语录》）

　　此词表现主人公的凄苦难宁的心境，并未实写其如何

"不寐"，如何难以宁静，而是借其视觉、听觉来写人。情寓于景中，寄托于言语之外，手法婉转含蓄。

词虽小，但蕴意深远，在凄婉哀怨的情调中传达出主人公难以名状的无限苦情。

文笔清新自然，写景准确而富于特征，氛围布置烘托主人公的心境恰到好处，而言外之意更耐人品味。

花篮图　南宋 李嵩

浣溪沙

红日已高三丈透[1]，
金炉次第添香兽[2]。
红锦地衣随步皱[3]。

佳人舞点金钗溜[4]，
酒恶时拈花蕊嗅[5]。
别殿遥闻箫鼓奏[6]。

题注

此词调名下注："此词见《西清诗话》。"

校注

1. 红日：一作"帘日"。三丈透：指太阳升起已有三丈多高。三丈，一作"丈五"。此句意思是说太阳已经高高升起。

2. 金炉：一作"佳人"。金制或铜制的香炉。次第：依次。香兽：匀和香料制成的兽形的炭，始用于晋代羊琇（xiù），事见《晋书·羊琇传》。

3. 红锦地衣：红色锦缎制成的地毯。地衣，即铺在地上的纺织品，类地毯。随步皱：随人脚步的移动而打皱，此用以形容舞女舞蹈时红锦地毯跟着舞女舞步打皱的情形。

4. 佳人：美女，此指善舞的官女。舞点：又作"舞點""舞急""舞彻"，按乐曲节拍舞蹈。金钗溜：头上的金钗滑脱了。金钗，古代妇女头饰的一种，又称金雀钗。

5. 酒恶（ě）：一作"酒渥"，指饮酒已有醉意。亦称"中酒"，为当时方言。宋赵令畤（zhì）《侯鲭录》卷八载："金陵人谓'中酒'曰'酒恶'，则知李后主诗云'酒恶时拈花蕊嗅'，用乡人语也。"时拈：常常拈取。拈，又作"沾""将"。花蕊：指花朵。

6. 别殿：古代帝王所居正殿之外的宫殿。遥闻：一作"微闻"。

赏析　红日已经高升，而欢宴还未结束

此词描绘封建帝王的享乐生活，是李煜前期作为南唐主时的真实写照。

词的上片，表现帝王奢侈的生活和通宵达旦的享乐情景。"红日已高三丈透，金炉次第添香兽"，红日已经高高升起，帝王还没有结束通宵的宴乐，金炉还继续不断地添加着和有香料的炭，这炭都是经过加工的，制成了兽形。"红锦地衣随步皱"，地上铺着红色锦缎的地毯，美人在地毯上轻移莲步，翩翩舞动，锦缎地毯因而起了波皱。这是帝君通宵达旦观舞取乐情形的真实写照。

"佳人舞点金钗溜"一句，以词人的视觉写出美女的舞姿。可以想见，为了满足帝王的享乐，美女时而腾挪，时而回旋，随着音乐的节奏不停地舞动着，以至于发结松动，金钗滑脱。而此时的帝王仍在贪赏歌舞、饮酒作乐，以至于醉酒仍不止，还要以花之芳香来解酒。"酒恶时拈花蕊嗅"，词人真实地写出了作为帝王的姿态。最后一句"别殿遥闻箫鼓奏"，从侧面渲染了宫廷歌舞箫鼓管弦之声势。

此词上片侧重环境氛围描写，下片画龙点睛绘出美女和词人不同情态，相互映衬，最后又加侧面烘染，手法含蓄而又形象鲜明，给人以想象回味的余地。

韩熙载夜宴图 宋摹本（局部） 五代南唐 顾闳中

109

菩萨蛮

花明月暗笼轻雾[1]，

今朝好向郎边去[2]。

刬袜步香阶[3]，

手提金缕鞋[4]。

画堂南畔见[5]，

一向偎人颤[6]。

奴为出来难[7]，

教君恣意怜[8]。

题注

此词调名，又作《子夜啼》《子夜》《子夜歌》。题又作"与周后妹""幽欢""闺思"。

校注

1. 笼轻雾：笼罩着薄雾。笼轻，一作"朦胧"。笼，又作"飞""水"。

2. 今朝好向：又作"今宵好向""此时欲往"。今朝，此时，此刻。郎边：一作"侬边"。

3. 刬（chǎn）袜：以袜贴地。刬，一作"衩"，铲平、削平。步香阶：又作"出香阶""下香阶""步香苔"，走过飘散香气的台阶。

4. 手提：一作"手携"。金缕鞋：金线绣花鞋。

5. 画堂南畔：一作"药阑东畔"。画堂，绘饰华丽的堂屋。南畔，南边。

6. 一向：又作"一晌""执手"，同"一晌"，即一时，霎时间。偎：一作"畏"。

7. 奴：一作"好"，古代女子自称，亦作奴家。出来：又作"去来""出家"。

8. 教君：又作"教郎""从君"，让君、让你。恣意：任意。怜：爱。

赏析　花明月暗：正好与有情郎相会

这是一首描写男女私相幽会的爱情诗。

词的上片描绘女主人公赴约的情景。

"花明月暗笼轻雾"一句点明了幽会的时间和环境。在花开的季节里，在布散薄雾的月夜，环境氛围充满着温馨，这正是情人相会的好时机，所以女主人公选定这个时刻与情人相会。"今朝好向郎边去"，写出了女主人内心的活动。这一句不仅交代了女主人公正处在情网中，内心时刻想着与情郎相聚，而且说明了首句"花明月暗笼轻雾"的环境氛围描写是透过女主人公的视觉表现出来的，因而具有主观感受的色彩。

在景物环境的描写中，暗含着女主人公心理情感的因素，寓女主人公的相恋之情于花明月暗、薄雾迷漫、月色朦胧的景物环境中，既是以氛围烘托爱情，又是融情于景物描写之中。正是女主人公心中想着与情郎相会，方才细心观察，终于发现了"花明月暗笼轻雾"的好时机并且决定在这个时间去与情郎相会。

从中我们可见女主人公恋情之诚之痴，看出她处事的谨慎小心，因此也透露出她与情郎的恋情是一种私情，是不能公开的，月夜轻雾的朦胧境界才是她与情郎幽会最好的环境和机会。

上片三、四句"划袜步香阶，手提金缕鞋"是描写女主人公赴约会时的动作情态。正因为是私相幽会，特怕被别人发现，所以精灵的女主人公便只穿着袜子走路，而把金线绣鞋提在手中，小心地轻轻地移动着脚，唯恐发出声响，惊动别人。这种情态描写不仅把女主人公的形象活画出来，而且特别符合此时女主人公的心理，符合女主人公的身份与处境，描写既朴实又生动具体。

词的下片描绘女主人公与情郎幽会、痴情相爱的情景。"画堂南畔见"，点明了幽会的地点，看来是精心安排和选择的地方，也许是经常幽会的老地方，这地方既幽雅又稳便，所以女主人公一旦见到情郎哥，便不顾一切地投身到他的怀抱中。"一向偎人颤"的表现是急切、炽热和大胆的。"偎"的动作把女主人的主动、与情郎的柔情蜜意表现出来；"颤"，把女主人公内心的激动和急切相会造成的心态反应表现出来。

在与情郎相聚、相亲相偎的激动亢奋的状态中，女主人公向情郎表达了自己最炽烈的爱情，说出了知心话："奴为出来难，教君恣意怜。"不仅道出了自己的处境之难，也表现了女主人公为爱情而奉献的精神，表现了女主人公性格中的坦直与倔强。

全词以描写女主人公为主，通过她的心理、行为和语言表达她对爱情的热烈追求和痴诚奉献，同时也表现出她的爱情受到了难以名状的原因的阻碍，遇到了很大的困难，但她仍坚强乐观，痴情不移。全词表达的情感是真诚热烈的，女主人公的形象很鲜明，叙述的层次很清晰，环境氛围的布置很得体，用近于口语的词句表现女主人公的心理、动作情态，朴实而清新，显示出很高的艺术技巧。

宋马令《南唐书》卷六《女宪传》载："后主继室周后，昭惠之母弟也，警敏有才思，神彩端静（原注：二后之貌，见《周宗传》）。昭惠感疾，后常出入卧内，而昭惠未之知也。一日，因立帐前，昭惠惊曰：'妹在此耶？'后幼，未识嫌疑，即以实告，曰：'既数日矣！'昭惠恶之，返卧不复顾。昭惠殂（cú），后未胜礼服，待年宫中。明年，钟太后殂，后主服丧，故中宫位号久而未正。至开宝元年，始议立后为国后。……后自昭惠殂，常在禁中。后主乐府词有'衩袜步香阶，手提金缕鞋'之类，多传于外，至纳后乃成礼而已。翌日，大酺（宴）群臣，韩熙载以下，皆为诗以讽焉，而后主不之谴。"说明此词涉及李后主的宫闱秽事。

明沈际飞《草堂诗余续集》眉评及清沈雄《古今词话》等也均认为此词是李后主为小周后所作，是描写李后主与小周后的宫闱秽事。

据此，此词所写女主人公当是李后主昭惠后（大周后）之妹小周后，那位情郎当是词人李后主，是李后主拟小周后的口吻写出自己与小周后的私情，实属宫闱秽事。

但此词的艺术效果却超出了宫闱秽事的范畴，就客观效果而言，此词更近于一般的爱情诗，人们从中体会出的并不是一个帝王与一个女子的私情秽事，而是一个热恋中的女子与情郎痴诚相爱的情景，这就使此词具有了超出词人原意的内容和意义。

李后主虽然是个皇帝，但他又确实是一个富于情感的人，对大周后和小周后都有颇为深挚的情感。在一夫多妻的时代，帝王与妃嫔的关系并不是平等的和专一的，李后主对大周后跟小周后都有宠爱和真挚的情感是可以理解的。

当李后主把与小周后的真挚情感和实际的生活情景艺术地表现在词作之中，表现为女主人公与情郎的欢情幽会的场面时，词作就显示出其自身的存在，显示出词作的客观效果，加之读者各自不同的欣赏趣味，此词在后人眼中，主要是作为爱情诗而受到赞赏，而词意本身的秽事私情的内涵却被淡化了。

总之，此词虽起于写实，但本质上是艺术创作的结晶。尤其在艺术描写方面，借助景物环境和氛围布置的烘托，通过女主人公的语言、行动和心理描写塑造出鲜明的女主人公形象，又以男子情郎相映衬，层次鲜明，主题集中，艺术技巧是高超的，很有审美价值，是李后主词中写情爱的代表作。

千里江山图（局部） 北宋 王希孟

望江梅

闲梦远，

南国正芳春：

船上管弦江面绿[1]，

满城飞絮滚轻尘[2]，

忙杀看花人[3]。

闲梦远，

南国正清秋[4]：

千里江山寒色远[5]，

芦花深处泊孤舟，

笛在月明楼。

此词调名，又作《望江南》《忆江南》。此词上、下片，又分作两首。

校注

1. 绿：一作"渌"。

2. 飞絮：随风飘飞的柳絮。滚：又作"辊（gǔn）""混"。此句比喻柳絮像细微的尘土一样在空中地上翻滚。

3. 忙杀：一作"愁杀"，忙死。

4. 清秋：一作"新秋"。

5. 寒色：指秋色。远：一作"暮"。

赏析　远梦江南：芳春与清秋

　　这首词借描绘江南景色，抒发词人深切的故国之思、哀怨之情，是李煜亡国入宋后的作品。

　　词的上片描绘江南春天的景象。但词人并不是采用即景实写的手法，而是借助梦境加以曲折表现。

　　起句"闲梦远"，看似直白，实则深含蕴意。

　　"闲"字，对一个已成阶下囚的亡国之君李煜来说，包括了他政治生涯的结束，反映出他的政治悲剧。他已经不能发挥政治作用，不能像往昔那样发号施令，而只能"闲"着，不能有大的作为。一个"闲"字反映了李煜生活处境的巨大变化，反映出他作为阶下囚的难堪处境。

"闲"与"梦"有着密切的关系，闲极无聊，感思成梦，这"梦"是由"闲"而生成，因而这梦就与词人的心情处境、遭际变迁相关联。

"远"字把"闲梦"的意蕴又深化一步，表现出"梦"之长，梦境之大，也含有所梦者的远去。

这一句，由词人的当今现实处境写起，把词的境界引向梦幻之境中的往昔，不仅暗示了词人的身世变迁之感，而且也透露出隐微的怀故恋旧之情。

第二句"南国正芳春"，在梦境中概括描绘江南春季的景象。

着眼于"南国"，境界是阔大的，词人曾为南唐国主，写江南春景称谓"南国"，与他的身份及思想习惯是相关联的，而为阶下囚之时，"南国"一词又何尝不蕴含着南唐旧主对故国的缅怀和留恋呢？

"芳春"，写出江南春天的景象和气息，虽然不是具体描绘，但给人以联想的余地，从"芳"字，我们仿佛看到江南春天鲜花盛开的景象，仿佛嗅到鲜花芬芳馥郁的香气，甚至也仿佛可见游春赏花、簪花敷粉的美人。"芳"点出了"春"的特点，染出了"春"的色彩，透出了

"春"的气息和活力。

一个"正"字表达出词人情感的趋向，江南正在美好季节，而言外之意，这"芳春"美景，身系异地的旧主却不能享受，不能游赏，这潜于内心深处的遗憾是从字里行间透露出来的。

"南国正芳春"是概括江南景物特点，点明季节，这也是总写。继之三句则加以具体描绘，也是分述，从三个方面细致展示"芳春"的美景。

先写春江，"船上管弦江面绿"，既写出了春江的自然景观，绿波荡漾的景象，又描绘了往昔繁华的生活。画船游舫，丝竹之声飘荡在水波之上，令人心醉。这种场面色调鲜明，自然美景与人间乐事相辅相成，春意融融，人心欢悦，这梦中景象是词人往昔生活的折光再现，这种描写中透露出词人多么强烈的怀旧情绪。

继而写山城，不是面面俱到地铺排描写，而是抓住富于典型特征的景象集中描绘。"满城飞絮滚轻尘"，把"飞絮"之多、之广，其势之大，形象逼真地描绘出来，明写出柳絮飞舞的动态，也暗写出春风拂动的生气。絮飞尘滚正可给人以强烈的感受和印象，使人感到春天的气息，感受到春天的温暖。

最后"忙杀看花人"一句，写人，写游人游春观花的情景。也是概括粗笔的勾勒，但一个"忙杀"却把花如海，人如潮，游人流连忘返，个个尽兴而游的情景表现出来。

词的下片描绘江南秋色。仍以"闲梦远"领起，仍是于梦境中展现南国秋景。

"南国正清秋"一句点明时间、地点，仍是写南国，而时间则由春转为秋。

一个"清"字概括了南国秋高气爽的季节特点。

"正"字是强调"秋"的时间，更是体现出词人强烈的时间感受，可以看出词人对江南清秋的景色有着多么鲜明的印象，而这种感受和印象，正是身处异地、亡国失位的南唐旧主怀思故国、留恋故乡的思想情绪的流露。

这一句是对江南秋色的总括，对下面的分述有举纲张目的作用。

末后三句，与上片写法一样，继总括描写之后从三个方面入细描绘江南秋色。

"千里江山寒色远"，是描绘临江远眺所见的江南景色。

"千里江山"，境界阔大，气象恢宏，是从大处着笔。放眼极目，所见江山千里，词人此时的心境可以推想而知，该是异常的激动。这"千里江山"对亡国之君的词人来说，何尝不是故国疆土的代名词呢！

词中所说的"千里江山"，实际上是词人心中朝夕不忘的故国故土，而今在梦中，这故国故土的"千里江山"却被"寒色"所笼罩。这"寒色"是写景敷色，描绘出"千里江山"秋晚的具体的景象特点，同时又是写景寄意，透露了词人心境的寒凉。

"远"字既是照应"千里",又是描绘"寒色",同时又是暗示词人远离故国的感触。

总括"千里江山寒色远"一句,不仅气势博大,境界弘阔,而且寓意深刻,意境深远。

"芦花深处泊孤舟",仍是临江所见,但视点已由巨入细,时间则由暮晚而至夜深,描写由总括转为具体,但仍是写远景。既写景,又写人。

"芦花"是秋晚江南的景物,词人以"芦花"点染秋景,也寄托着词人的怀旧之情、身世之感。既引发词人的故土之思,又触动词人命运难测的身世之感。

词人不仅熟悉江南一草一木,而且颇善托物寄意。

一个"泊"字,暗示出夜已深,舟已停,人已寂。"舟"虽为物,实则以物代人,"舟"而"孤"泊,这境界是凄苦沉寂的。在秋晚黑暗的夜里,在飘动的芦花深处停泊一叶孤舟,那舟上之人的心境该是多么孤独寂寞,该是多么凄凉寒苦。而这凄凉悲苦的舟人的心境,与在异国被拘系难归故土的词人的心境不又是相通的吗?

这孤舟夜泊的景象,这寒夜芦花的环境氛围,与前二句"清秋""寒色"的描写又是一脉相承的,只是随着时间的推移,境界更为暗淡,而传达的心绪更为凄凉,情调更为低沉。

"笛在月明楼"一句转写词人身边的近景,表面看这一句是月夜景物的静态描写,实际则是对楼中吹笛人的动态描绘。从秋晚月光照射的江楼上传来了笛声，这境界本身就是凄冷的。而这种境界更令人产生种种的联想，是谁在秋夜到江边来吹笛？月下吹笛传达的该是怎样的一种心境？这笛声又该是怎样的一种旋律和音色？

笛声低沉缓慢，如泣如诉，最适于表现忧伤哀怨的情绪，故古时诗人骚客往往借描绘笛声或听笛的感受抒发离别之思、哀怨之情。唐代诗人杜甫的诗句"吹笛秋山风月清，谁家巧作断肠声"（《吹笛》），即是很好的例子。

"笛在月明楼"一句，传达的也正是词人哀怨凄凉的情绪。秋夜江边的"月明楼"是孤立凄凉的，在这种环境氛围中吹笛人的心绪自然也是孤独凄凉的，而笛声则也是如泣如诉、哀怨伤感的。这笛声发自吹笛人的心声，也激荡着听笛人的心扉。

"笛"在"月明楼"中，所言既实又虚，或可谓写吹笛人的情形，或可谓写听笛人的感受，或可谓两相映衬，但这都不影响对这句词所传达的词人心境意绪的理解。一个身系异国的江南旧主在秋夜月下楼畔闻笛传达的哀怨，不仅是个人身世的失落感，更应是国破家亡的痛悔，应是失国之君对故国故土的思念怀恋。

一支"笛"，置于"月明楼"中，不仅使表物的名词具有动词的意义，而且还将秋景的描绘从视觉转为听觉与视觉的结合，在孤寂暗淡的氛围中又增加了无限的凄凉，给人造成联想与回味的余地。

总之，此词上、下两片相互照应，都是借梦幻以写现实，通过景物描写以寄意，传达词人失国之痛、故国之思的哀怨，表现词人现实处境的凄惨与孤独。上片集中描写江南春景，下片集中描写江南秋景，但上、下片意脉相通，实际是表现词人一年四季不尽的愁思。上、下片均以"闲梦远"领起，继之总括春、秋景观特点，再继之分别从三方面具体描述。场景描绘鲜明而又含蓄，意绪表达集中而又委婉；写人写物，或实或虚，或明或暗，手法变化灵活而没有斧凿痕迹，氛围谐和而意蕴深远，堪称蕴藉含蓄婉约词作的典范。

蓬莱仙馆图（局部） 南宋 赵伯驹

菩萨蛮

蓬莱院闭天台女[1]，

画堂昼寝人无语[2]。

抛枕翠云光[3]，

绣衣闻异香[4]。

潜来珠锁动[5]，

惊觉银屏梦[6]。

脸慢笑盈盈[7]，

相看无限情[8]。

题注

此词描写情郎幽会少女，当与李后主《菩萨蛮·花明月暗笼轻雾》为姊妹篇，似仍写他与小周后间的情事。

校注

1. 蓬莱院：形容幽美如蓬莱仙境一般的庭院。蓬莱，我国古代传说中的仙山名。《史记·封禅书》："……使人入海求蓬莱、方丈、瀛洲。此三神山者，其传在渤海中，去人不远；患且至，则船风引而去。盖尝有至者，诸仙人及不死之药皆在焉。"天台女：指代仙女。天台，山名，在今浙江天台县北。相传汉代刘晨、阮肇二人曾入天台山采药，遇二女子，留居半年，归家时发现已过了七世，方知二女子为仙女。后人遂以"天台女"指代仙女。此处指像仙女一样美丽的女子。全句的意思是在仙境的庭院里留住了仙女，比喻在美如仙境的庭院里留住了貌若天仙的美女。

2. 画堂：本为汉代宫中的殿堂，后指绘饰华丽的堂屋。昼寝：白日睡觉。人无语：一作"无人语"。

3. 抛枕：形容人熟睡时头偏离开了枕头。翠云光：指妇女卷曲光亮的青发。云，云鬟，形容妇女的发鬟浓黑卷曲如云的样子。

4. 异香：指女子身上散发出的香气。

5. 潜来：暗中来，偷偷地来。珠锁：一作"珠琐"，以珍珠连缀而成或有珍珠镶饰的门环，门动时可以发出清脆的声响。

6. 惊觉：惊醒。银屏梦：此指好梦。银屏，一作"鸳鸯"，白色且有光泽的屏风。

7. 脸慢：一作"慢脸"。慢，同"曼"，形容美好。《楚辞·招魂》："蛾眉曼睩。"王逸注："曼，泽也。"用以形容貌美。盈盈：形容美好的样子。

8. 相看：仔细看。

赏析　画堂幽会：相看无限情

此词是从男性主人公角度写的男女幽会的情词。

上片描绘男主人公初入美人居处所见的景况。

"蓬莱院闭天台女"，既写出了美女居处庭院环境的幽雅美好，又透露出男主人公对环境和情况的熟悉，表明他造访的用意是与美女相会。

"画堂昼寝无人语"，进一步描绘出美女居处环境的幽雅，透露出美女优越的生活条件和地位，她不是一个平民女子，而是一个画堂藏娇的贵家女子。但她虽有优越的生活条件，却也很寂寞无聊，"昼寝"和"无人语"暗示出她的处境和心境。

"抛枕翠云光，绣衣闻异香"，是男主人公初入美人居室所见到的景象。他们不是正式的夫妻，而他可以这样直入美人的居室，看到美人的睡容卧态，感受到美人芳香的气息，说明他们之间的私情很深，往来毫不避忌。

男主人公以欣赏的眼光描绘出美人昼寝的仪态，又以异性特有的敏感感受到美人的体香，这种描写既有帝王对美女的贪恋心理，也有情人对所爱者的心理。

下片描写美人醒后与男主人公调情的情景。仍从男主人公的角度展开。

"潜来珠锁动"中，"潜来"是对美女而言，未事先告知即来，表现男主人公特有的情趣，意在求得意外惊喜的效果；"珠锁"再一次暗示美女居处环境的典雅华贵。这一句是男主人公进入美人居室的细节描写。可以想见，他是那样的小心谨慎，想不惊动美人，却又偏偏惊动了美人。

"惊觉银屏梦"一句写得既准确又含蓄。"珠锁动"即能"惊觉"梦，说明美女"昼寝"是在朦朦胧胧、似睡非睡的状态，这是苦盼情人、倦怠而乏的睡况；"银屏梦"含蓄地点出美女也在切盼男主人公的到来。

这正与男主人公的心情相合，因此才有"脸慢笑盈盈，相看无限情"的和谐。情人相会，四目相对，一个满面春风、笑态相迎，一个目注神痴、贪看不足，彼此更在内心中感到无限的柔情。

这首词写男主人公到美女居处幽会，主要通过男主人公的所见所感写出彼此的真情，这与《菩萨蛮·花明月暗笼轻雾》写女主人公与情郎相会恰成比照，相得而异趣，说明李煜写情词善于变化手法，艺术技巧纯熟。

韩熙载夜宴图 宋摹本（局部）　五代南唐 顾闳中

菩萨蛮

铜簧韵脆锵寒竹[1]，

新声慢奏移纤玉[2]。

眼色暗相钩[3]，

秋波横欲流[4]。

雨云深绣户[5]，

未便谐衷素[6]。

宴罢又成空[7]，

梦迷春雨中[8]。

题注

此词调名，一作《菩萨鬘》。题一作"宫词"。

校注

1. 铜簧：乐器中用铜片制成的薄叶，吹乐器时能够发出声响。韵脆：音响清越。锵：形容乐器发出的声音响亮。寒竹：主指箫笛一类竹制管乐器。全句意思是说管簧乐器吹奏出清越响亮的乐曲。

2. 新声：新谱制的乐曲。移纤玉：指纤细白皙的手指在管弦乐器上移动弹奏。

3. 眼色：眼神。

4. 秋波：一作"娇波"，比喻美女的眼睛像秋水一样清澈明亮。

5. 雨云：此指男女欢情做爱，典出战国楚宋玉《高唐赋》。绣户：雕饰华关的庭户，此指精美的居室。

6. 未便：一作"来便"。谐：谐合。衷素：心情。素，通"愫"，本心、真情。全句意思是说未能马上就使心情谐合一致。

7. 宴罢：指欢乐之后。

8. 梦迷：一作"魂迷"。春雨：一作"春睡""春梦"。

此词是李煜前期帝王淫逸生活和空虚灵魂的实录。描写他赏乐调情、雨云欢聚的情形及空虚无聊的心境。

词的上片写赏乐调情的情景。

"铜簧韵脆锵寒竹"一句，不仅写出了乐曲的音韵特色、演奏乐器的特点，而且也表现出词人对乐曲演奏的赏析和品评，反映出词人有很深的音乐修养。

"新声慢奏移纤玉"，进一步描写演奏乐曲的情形，乐曲是新制的，是慢奏缓拍的，可以想见是属于靡靡之音一类。"移纤玉"是描绘纤细如玉的手弹奏乐器的情态，可知是一位女性，也可推知是一位美艳的女子。这女子的弹奏与"铜簧韵脆锵寒竹"的音调相应和，可知是合奏。这演奏的"新声"是李煜帝王生活的一部分。

据宋马令《南唐书·女宪传》载：李煜曾经得到唐乐《霓裳羽衣曲》的曲谱，后由大周后"变易讹谬，颇去洼淫"，制成"新声"，"清越可听"。宋陆游《南唐书·昭惠后传》亦载，大周后"尝雪夜酣燕，举杯请后主起舞。后主曰：'汝能创为新声则可矣。'后即命笺缀谱，喉无滞音，笔无停思，俄顷谱成，所谓《邀醉舞破》也"。

此处所言"新声"当与大周后所制"新声"有关。但"移纤玉"的演奏者却不一定是大周后，也可能是一位宫女。李煜素来"性骄侈，好声色"，词中所写应为当时李煜纵情享乐生活的真实写照。

上片三、四句"眼色暗相钩，秋波横欲流"，是写词人眼见的奏乐女子的情态。从"秋波"看，奏乐女子自然是个美女，从"眼色暗相钩"看，似乎这女子在向词人献媚邀宠，实则是词人把自己的心理移置到奏乐女子的身上。

上片从词人赏乐的感受和观察写出乐曲的特点，描绘出奏乐人的神情动态。刻画奏乐女子形象不是面面俱到，而是重点写其纤玉般的手和秋波欲流的眼神，并通过她演奏的乐曲表现她的美艳多情和精于音律，是传神写貌的表现手法。

下片直写词人雨云之欢的不谐及空虚迷茫的心境。

作为一个帝君，李煜前期沉湎于酒色之中，他以帝君的权威可以任意践踏蹂躏娇好的女性，他见"纤玉"手的奏乐女子，便可"雨云深绣户"，满足自己的淫欲。

但他又偏偏是个多情的种子，还需要情感的满足和心理的平衡。"未便谐衷素"表现的就是对虽行淫欲而未能通情知心的一种遗憾。他也是有思想的，在醉生梦死的生活中也思考人生，在纵欲尽欢之后，他也有"宴罢又成空"的恐惧与伤感，也有"梦迷春雨中"的颓丧和无聊。

仙姬文会图（局部）　五代南唐 周文矩

阮郎归

东风吹水日衔山[1]，
　　春来长是闲[2]。
落花狼藉酒阑珊[3]，
　　笙歌醉梦间。

佩声悄[4]，晚妆残，
　　凭谁整翠鬟[5]？
留连光景惜朱颜[6]，
　　黄昏独倚阑[7]。

题注

此词调名下注："呈郑王十二弟。"于篇末注："后有隶书'东宫书府'印。"此词调名，又名《醉桃源》《碧桃春》。题一作"春景"。

此词又见于南唐冯延巳《阳春集》，调名作《醉桃源》；又见于宋欧阳修《近体乐府》。王仲闻据欧阳修《近体乐府》罗泌跋、罗泌校语等考定："《阮郎归》既收入（冯延巳）《阳春录》，据崔（公度）跋当有延巳亲笔。延巳卒时，后主尚未嗣位。后主呈郑王十二弟之作，延巳焉能书之。此词殆为延巳所作。后主曾录之以遗郑王，后人遂据墨迹以为煜作。"

校注

1. 吹水：一作"临水"。日衔山：山峦包藏着落日。

2. 长是闲：一作"长自闲"，总是闲。

3. 落花：又作"林花""薄衣""荷衣"。狼藉（jí）：形容纵横散乱的样子。阑珊：衰败、衰落，此指过尽。

4. 佩声悄：又作"春睡觉""春睡起"。佩，即环佩，古人衣带上所系玉饰一种。悄，声响低微。

5. 凭谁：一作"无人"。整翠鬟：梳理头发。翠鬟，绿色的发髻。翠，翡翠鸟，其毛色翠绿。鬟，古代妇女一种环形发髻。

6. 留连光景：珍惜时光。惜：一作"喜"。朱颜：容颜红润，亦指青春。

7. 独倚阑：独自依靠栏杆。独，一作"人"。

此词抒写孤独女子的伤春哀愁。

上片侧重描绘女主人公闲居无聊、寄意醉梦笙歌的生活情景。

一、二句"东风吹水日衔山，春来长是闲"，描绘了春日傍晚东风吹拂、绿水泛波、日衔远山的景象。

这本来是美好的景色，但女主人公的心情却没有因景物的美好而舒心畅快。"长是闲"，是女主人公的现实处境，也是她的心态心境。正因为"闲"，她才有时间仔细观察"东风吹水日衔山"的春景，而观景又是她度"闲"的一种方式。

两句中，前句写景，后句写情，女主人公伤春之情已从景物描写中透露出来。

三、四句"落花狼藉酒阑珊，笙歌醉梦间"，直接描绘女主人公醉生梦死的生活。

"落花狼藉"，进一步点染出暮春败落的景象，任"落花狼藉"则又从侧面反映出女主人公心境的懒散。

在"落花狼藉"的氛围环境中，女主人公正借酒浇愁，靠欣赏歌舞消磨时光，沉湎于醉乡梦境之中。可见女主人的"闲"实则是"烦"。暮春的景象使女主人公陷入更深沉的颓废境地之中。

词的下片侧重表现女主人公伤春自伤的情绪。

"佩声悄，晚妆残，凭谁整翠鬟？"既是描绘女主人公的形容仪态，又是抒写她的心境。

她佩带在身上的玉佩很少发出声响，是借物声写人态，说明女主人公身体绵软，懒动腰肢。

"晚妆残"，说明天色已晚，晚妆因醉酒而不整，这是醉梦醒来的情状。虽知妆残，女主人公却无意再整翠鬟，无意重新打扮梳理，这更见女主人公心意的懒散，情绪的低落。

这"凭谁整翠鬟"的自问，透露出女主人公孤独寂寞、忧怨哀苦的心境。

这种形容仪态的描写简洁而富于神韵，给人以联想的余地。虽不是精工细描，但女主人公的形容却已展示出来，而且其声、其心理也都表现出来，手法是高超的。

最后二句"留连光景惜朱颜，黄昏独倚阑"，点明女主人公伤春自伤的心态，描绘出她为排遣哀愁而"黄昏独倚阑"的情景，使伤春自伤的主题进一步突出。借助生动的画面和形象动作，给人造成联想的空间，把女主人公伤春自伤的哀愁融于景物场面的描写中。

此词把写景与写人结合起来，既重景物画面的描绘，又重人物形象及心理的刻画，景物环境氛围的烘托与直接的抒情相结合，艺术技巧是较高的。

寄語重門休上鑰
夜潮留向月中看

月夜看潮图（局部） 南宋 李嵩

浪淘沙

往事只堪哀[1]，

对景难排[2]。

秋风庭院藓侵阶[3]。

一行珠帘闲不卷[4]，

终日谁来？

金锁已沉埋[5]，

壮气蒿莱[6]。

晚凉天静月华开[7]。

想得玉楼瑶殿影[8]，

空照秦淮[9]。

题注

此词调名下有注："传自池州夏氏。"题又作"感念","在汴京念秣陵作"。

校注

1. 只堪哀：只能使人悲哀。

2. 难排：难以排遣。

3. 藓侵阶：苔藓布满在台阶上。藓，苔藓。侵，侵蚀、蔓延。苔藓本不应生在台阶上，却生在了台阶上，故曰"藓侵阶"。此种情形暗示台阶上久无人行。

4. 一行：又作"一任""一片""一桁（hàng）"，一挂。闲：静。

5. 金锁：又作"金剑""金敛"。已：一作"玉"。沉埋：深埋。"金锁已沉埋"句用《晋书·王浚传》事，传载三国末时晋军伐吴，吴军以铁锁横江妄图阻挡晋水军，但终归失败，吴国亡。此处用其事说明用以阻挡晋军进攻的铁锁链已经沉埋在江底，成为历史往事，言外之意是说抵抗宋军是不可能的，而且也已成为往事。

6. 壮气：雄壮的气概。蒿莱：野生杂草，此用作动词，指淹没在蒿莱之中。此句的意思是当年的雄壮气概久已消沉。

7. 天静：一作"天净"。

8. 想得：想到。玉楼瑶殿：精美华丽的殿堂楼阁，此指南唐旧日宫殿。玉和瑶均为美石。

9. 秦淮：即秦淮河。是长江下游流经南京市区的一条支流，传说是秦始皇时为疏通淮水而开凿的，故称秦淮。秦淮系金陵（南京）胜地，南唐时河中有画舫游船，岸边有歌舞馆。

赏析　往事堪哀

此词抒写词人孤独衰苦、悔痛哀怨的心情，是词人入宋后怀念故国、追昔痛今心态的真实反映。

词的上片侧重表现词人孤独衰苦的心情处境。

开首二句"往事只堪哀，对景难排"，直抒胸臆，倾泻出词人自己满怀的哀愁，为全词定下了抒情的基调。

这"哀"是因"往事"而起，是与词人的亡国之痛联系在一起的，是基于现实的处境而引发出来的，这就使词人的"哀"具有了更深刻的历史背景和现实内容，也使全词具有了突出的时代感。

正因为是政治悲剧引发的哀愁，所以才"对景难排"，不是观景赏心所能开解的。况且所见的景象又是"秋风庭院藓侵阶"的景象，萧瑟的秋风，空寂的庭院，布满苔藓的石阶，这景象只能勾惹起悲秋的情绪，不仅不能宽慰词人满怀的愁绪，反而只会使词人更加忧伤。

这种描写是情景相交融的。词人满怀哀愁之情而观景，想借景解忧，但景却是秋景，只令词人生悲，触景伤情写出的"秋风庭院藓侵阶"的景象就蕴含了词人悲凉的心境。这景与情的抒写是相互促进的，人事与景物是相互映衬的，而往事与现实又构成了相互比照。

这种写法不仅寓意深，而且技巧高妙，朴素真切的语言准确精细地表达出词人此时的心情处境，而且自然、不见雕琢痕迹。

上片四、五句"一行珠帘闲不卷，终日谁来"，进一步描写词人处境的孤独，心意的灰冷和行动的懒散。

一任珠帘垂遮，无心去卷起，因为无人来往，这是词人入宋后软禁拘囚生活的真实写照。在寂寞、孤独、无聊的心境后面，是失位失国的废君政治和人生的不自由，这种心境是与词人的特殊身份、地位、处境和遭遇联系在一起的。

词的下片侧重表现词人对往昔的痛悔和对故国的怀恋。

"金锁已沉埋"是将孙皓的旧事重提，但词人的用意显然不是讥讽孙皓，而是影射自己。孙皓铁锁横江未免灭亡的历史虽然已经成为陈迹，而南唐亡国的沉痛却绞咬着现今词人的心。

词人作为南唐的亡国之君，对自己亡国的遭遇感受自然最为深切，他的哀愁也主要源发于此。但他的处境又不允许他直白地抒发亡国之痛，遂借东吴的亡国之君孙皓的典事来表达。

孙皓虽为无道的昏君，但面对王浚率领的晋国水军楼船，采用了铁锁横江的办法，以求阻挡晋军的进攻，虽然未免失败，但还有铁锁横江的举措载入史册。词人言及于此，言外之意，自己面对宋军的进攻，连孙皓的举措也没有，该是何等的羞惭。

"壮气蒿莱"，是词人的自责与自悔。在赵宋屡屡威逼南唐之际，词人作为南唐国主虽然一直卑弱怯懦，甚至献媚邀安，但内心也并不是不想抵抗，甚至也曾暗中准备作军事斗争，但终未能付诸实施，他的这种"壮气"是真的淹没在野草蒿莱之中了，所以，终于酿成了亡国的悲剧。

"金锁已沉埋，壮气蒿莱"是全词的核心和重点，是词人最沉痛的自白。

下片最后三句描写词人对故国故都的怀念。

"晚凉天静月华开"，是写词人眼下现实的处境。秋晚寒凉，寂静月夜，词人孤独一人，此时方可对月寄意，遥想到南唐旧宫的"玉楼瑶殿"的影像，回忆往昔繁华奢侈的宫廷生活。

此时，他的心境是可想而知的，留恋、痛悔、哀苦，各种心情交织在一起。然而铁一般的现实是无情的，南唐已经灭亡，繁华已成往事，历史不会重来，他的怀想和依恋也不能得以实现和满足，"玉楼瑶殿"的影像只能在幻想中倒映在秦淮河的水面上，如镜中影、水中花，是虚幻不可及的，这自然是令人悲哀的。这想象中的旧殿景象，正是令词人更为悲哀与绝望的。

这种虚写的景物浸含着词人心境无限的悲凉，这与上片开首"往事只堪哀，对景难排"又是回扣照应的，可见词人笔法的精细周密。

词的上片写白日的近景，下片写夜间的远景，由近而及远，由实而入虚。全词情与景相交融，今与昔相比照，典事与亲历相结合，集中表达了词人的亡国之痛。

此词笔法多变，而意脉贯通，传达词人孤独哀苦、痛悔悲愁的情绪可谓淋漓尽致，是李煜后期词作中的佳作。

溪山秋色图（局部） 北宋 赵佶

采桑子

辘轳金井梧桐晚[1]，

几树惊秋[2]。

昼雨新愁[3]，

百尺虾须在玉钩[4]。

琼窗春断双蛾皱[5]，

回首边头[6]。

欲寄鳞游[7]，

九曲寒波不溯流[8]。

题注

此词调名，又作《丑奴儿令》《罗敷令》。题一作"秋怨"。此词调名下有注："二词墨迹在王季宫判院家。"按，"二词"指此首并下首《虞美人·风回小院庭芜绿》。

校注

1. 辘（lù）轳（lú）：一种汲取井水用的滑车。金井：井栏上有雕饰的井，此指庭院园林中的井。此句以梧桐金井说明时已晚秋。这种手法古代诗人常用，例如李白《赠别舍人弟台卿之江南》诗："去国客行远，还山秋梦长。梧桐落金井，一叶飞银床。"又王昌龄《长信秋词》诗也有"金井梧桐秋叶黄"之句。

2. 几树：多少树，此泛指梧桐树。惊秋：一作"经秋"。全句意思可有两种理解。其一相当于秋惊几树，即是说秋风惊动了多少梧桐树；其一是说梧桐叶落，人们为秋天的到来而感到吃惊。二说语意角度不同，但均可通。

3. 昼雨：白天下的雨。昼，一作"旧"。新愁：又作"和愁""如愁"。

4. 百尺：此为约指，极言其长。虾须：即帘子。帘的形象类虾须状，故称"帘"为"虾须"。《类编草堂诗余》注云："虾须，帘也。"宋苏易简诗有"虾须半卷天香散"之句，用法同。在：一作"上"。玉钩：玉制的帘钩。

5. 琼窗：雕饰精美的窗。春断：一作"梦断"，此指春情断绝，

即男女相爱之情断离。蛾：一作"娥"，即蛾眉，妇女长而美
的眉。

6. 回首：回望。边头：指偏近的地方。唐姚合《送僧游边》诗：
"师向边头去，边人业障轻。"

7. 鳞游：即指书信往来。鳞，鱼鳞，指代鱼。乐府《饮马长城
窟行》："客从远方来，遗我双鲤鱼。呼儿烹鲤鱼，中有尺素书。"
后人遂称书信作"双鲤"或"鱼信"。

8. 九曲：形容黄河河道的曲折多弯。唐卢纶《送郭判官赴振武》
诗："黄河九曲流，缭绕古边州。"此指代黄河。曲，一作"月"。
溯：逆流而上。

赏析　秋风惊树：旧愁未去而新愁又起

此词传达女主人公悲秋自伤的情怀。

词的上片侧重写女主人公悲秋的伤感。

"辘轳金井梧桐晚，几树惊秋"二句，通过景物环境描
写点出悲秋的主题。

词人借鉴前人的表现方法，以梧桐金井说明时已晚秋，
为全词抒情布置好了氛围。从景物描写开笔转而写人，"几
树惊秋"，借景传情，点出女主人公对环境的感受。"惊"

字一字传神，将物我关合在一起。梧桐叶落使女主人公突然感到秋寒的到来，这种心理上的变化是因秋景而起，是女主人公对景象季节变化的特殊感受和心态反应。

其实这"惊秋"又何尝不是女主人公的身世感触呢？秋来天寒叶凋，使人"惊"；人老颜暗，年光流逝之人的"秋"难道不更使人"惊"吗？这"惊"字传达的似乎是突然短暂的内心感受和心态反应，而实际则是女主人公内心长久积蕴的情感触发的表现，既是惊异，又含惊恐，是复杂心态的反映。

上片三、四句"昼雨新愁，百尺虾须在玉钩"，进一步点染悲秋的主题。

秋寒的季节，白日连绵不绝的冷雨，淋淋漓漓，令女主人公又增新愁。这"新愁"自然是相对于旧愁而言，是旧愁未绝而新愁又起，是剪不断理还乱的愁，是悲秋之愁，其实也是悲人之愁。

"百尺虾须在玉钩"是写窗和窗饰，其实又是在写人，是写窗内之人，是写窗内之人在观景，是明写物而暗写人，而这一句也点明了上片前二句所描绘的"辘轳金井梧桐晚，几树惊秋"的景象皆是女主人公卷帘望外之所见，与前二句相关合。以"百尺虾须"形容窗帘，形象而又有些夸张，而以虾须与玉钩搭配也很契合。

上片是女主人公触景生情，望物悲秋。

下片则侧重表现女主人公人生的不幸。

"琼窗春断双蛾皱","琼窗"暗示出女主人公家境的富裕,她悲秋自伤的原因不在生活的窘困,而在于"春断",在于春情的断绝,是因为情欢的不谐,是爱情悲剧造成的。

但女主人公又是痴情的,尽管她与心上人已经"春断",情人已离己远去,她却仍然企盼旧缘重续,她"回首边头",怀着痴情远眺身在偏远边地的心上人。但她却再一次受到打击,遭遇更大的不幸。

"欲寄鳞游",她想托寄书信表达心意,却又音讯阻隔,信问不通,心迹无法表白。"春断"无法再续,美好的愿望不能实现,这又是多么令人沮丧和悲哀呢!词人借"鱼传尺素"的典故,又通过九曲黄河加以渲染,把女主人公深沉无尽的悲哀传达出来。

女主人公的悲哀,是情感生活的悲剧造成的,也是客观环境的严酷造成的。"九曲寒波不溯流"一句含蕴深厚,既是写景,又是写情,也暗含写事,借写黄河寒波不逆流的景象,暗示出女主人公"欲寄鳞游"而不能的客观原因,透露出女主人公内心的不平和苦痛。

全词通过景物环境描写、人物情态动作描写,并借用传说典故,从多方面传达女主人公悲秋自伤的思想情绪。词意含蓄,手法精细,颇得婉约之旨。

韩熙载夜宴图 宋摹本（局部） 五代南唐 顾闳中

虞美人

风回小院庭芜绿[1]，

　　柳眼春相续[2]。

凭栏半日独无言，

依旧竹声新月似当年[3]。

笙歌未散尊前在[4]，

　　池面冰初解[5]。

烛明香暗画堂深[6]，

满鬓清霜残雪思难任[7]。

题注

此词调名下，题一作"春怨"。

校注

1. 芜：丛生的杂草。

2. 柳眼：柳树早春生发出的嫩叶，好像人睡眼初睁，故称柳眼。唐李商隐《二月二日》诗："花须柳眼各无赖，紫蝶黄蜂俱有情。"又唐元稹《寄浙西李大夫》（四首之一）："柳眼梅心渐欲春，白头西望忆何人。"春相续：年年春天接续不断。

3. 竹声：风吹竹林发出的声响。新月：初升的月亮，又每月初一的月亦称新月。似当年：与往年相似。

4. 笙歌：此指乐曲。尊前：又作"尊罍""金罍"。尊和罍（léi），均为古代酒器。这句的意思是说乐曲演奏未完，酒宴未散，仍在继续。

5. 池面冰初解：池水冰面初开，是初春景象。

6. 烛明香暗：形容夜深时的情形。烛，蜡烛。香，熏香。画堂：又作"画楼""画阑"，绘饰精美的居室。

7. 满鬓清霜残雪：比喻鬓发已如清霜残雪一样白了，谓年已衰老。思难任：一作"思难禁"，忧思令人难以承受，意即极度忧伤。

赏析 凭栏无言：今非昔比的人生

此词抒写伤春怀旧的情绪，在生机勃勃的春景中寓托了诗人深沉的往事不堪回首的苦痛之情，当是李煜后期的作品。

词的上片，从眼前的春景引出对往事的回忆。

前二句"风回小院庭芜绿，柳眼春相续"，是对眼前春景的描绘。风吹草绿、春柳发芽，小院充满了生机，一派春意盎然的景象。但"风回"与"春相续"又暗示出这春景并不只是眼前的景象，而是年年如是，春春如是的。每年春风都来，所以今年春风又来就是"风回"；年年春天柳树都生新叶，所以是"春相续"。这就把眼前景与往昔景做了比较，表达出岁岁年年春景相似的感触，词人的心境也就在春景的描写中透露出来。这两句景物描写不仅交代了时间、地点，布置了氛围，而且寓托了词人对景物的感受，写的是词人的眼中之景，心中之景。

"凭栏半日独无言"表现的是词人孤独寂寞的情状，透露出词人复杂的心境和哀怨怅惘的情绪。在春意盎然的景象中，词人并没有轻松愉快地去游春，去到春的氛围中赏心悦目，相反，他却孤独一人凭倚着栏杆默想沉思，竟至于半日无言。"凭栏"方可见春意盎然的景象，交代出一、二句所描绘的春景是词人"凭栏"之所见；"凭栏半日"，则不仅观景，亦是思景，所以才能体会出"风回""春相续"的年年景若此的规律，把景观与景的发展规律结合起来。"独"，揭示了词人处境心态的孤独寂寞；"无言"，是词人的外在表现，然而这"无言"的背后却是深沉的思索，是有复杂的心绪在背后的。这既透露了词人苦不堪言的愁绪，也包含有对往昔的留恋。这"半日"的"无言"包含有极为丰富和复杂的心理情感内容，可供读者去思考和联想。

上片最后一句"依旧竹声新月似当年"，仍是今昔比照描绘出春天的景象。自然景观的竹和月依旧年年如此，这种景象观感只是表层，在半日无言、凭栏相望的心境中，词人的言外之意显然是另有所指，寓托有人生的感慨。词人无限的心绪正是寓托在"竹声新月""依旧""似当年"的感叹之中的。

上片明以写景为主，实则以景寓托词人的景物观感，寄托词人深沉的人生感慨。但上片写词人的感叹是暗写的，是在字里行间、景物氛围中透露出来的。

下片虽仍有景物描写，但退为次要，而以今昔比照、忆旧思今、抒发人生感慨为主。

下片"笙歌未散尊前在，池面冰初解"二句，描绘初春时节赏乐饮酒的欢乐场面。春日方暖，笙歌长聚，饮酒尽欢，多么快乐，然而这情景并不是今，而是昔，是词人对往事的回忆。这昔日的欢乐恰与今日的"凭栏半日独无言"相比照，今非昔比的人生感叹便透露出来。这种回忆包含着词人对往昔享乐生活的无限依恋与叹惋之情。年年岁岁景相似，岁岁年年人不同，这种人生感触对于亡国之君的词人来说是太强烈了。

最后二句"烛明香暗画堂深，满鬓清霜残雪思难任"，描写词人的现实处境。幽微的烛光，缭绕的香烟，使本已空荡的画堂显得更加幽暗深邃，在这样一种环境氛围中，满鬓皆白的词人却承受着无限忧思的煎熬，这是何等的苦况。

至此，词人把满腔的怨愤都发泄了出来，词人通过幽暗深邃的画堂环境背景烘托出词人的形象，又以"清霜残雪"为喻，写出词人的鬓发之白，显示出词人因世事变迁而发生的形容和心境的变化，最后正面揭示词人"思难任"的心境情绪，点出全词"春怨"的主旨。

词中写景与抒情相结合，借助伤春传达出深沉的人生感触。写景抒情能前后照应，今昔比较，又以环境氛围烘托词人垂暮的形容，以比喻反映词人因世事沧桑而发生的变化，手法纯熟，结构严谨，形象鲜明，是艺术上非常成熟的作品。

合乐图（局部） 五代南唐 周文矩（传）

玉楼春

晚妆初了明肌雪[1]，

春殿嫔娥鱼贯列[2]。

笙箫吹断水云间[3]，

重按霓裳歌遍彻[4]。

临春谁更飘香屑[5]？

醉拍阑干情味切[6]。

归时休放烛光红[7]，

待踏马蹄清夜月[8]。

题注

此词调名，又作《木兰花》《春晓曲》《惜春容》。题一作"宫词"。

校注

1. 晚妆：一作"晓妆"。初了：刚刚结束。明肌雪：形容肌肤明洁，白滑似雪。

2. 春殿：一作"春破"，即御殿，以其盛大豪华而称"春殿"。唐李白《越中览古》诗有"宫女如花满春殿"之句。嫔娥：一作"嫦娥"，此指宫中女子。鱼贯列：指嫔娥按次序排列成行的样子。

3. 笙箫：又作"凤箫""笙歌"。吹断：一作"声断"。水云间：又作"水云闲""水云中"，即水云相接处，谓极远。

4. 重按：一再按奏。霓裳：《霓裳羽衣曲》的简称。唐白居易有《霓裳羽衣舞歌（和微之）》诗，对此曲歌舞有生动的描绘。此曲于天宝之乱后散佚，李煜曾得此曲残谱，其昭惠后周娥皇与乐师曹生又按谱寻声，补缀成曲。歌遍彻：唱完大遍中的最后一曲。遍，大遍，又称大曲，即是整套的舞曲。宋沈括《梦溪笔谈·乐律》云："所谓大遍者……凡数十解，每解有数迭者。"又云："《霓裳曲》凡十二迭，前六迭无拍，至第七迭方谓之迭遍，自此始有拍而舞。"白居易《霓裳羽衣歌》自注云："《霓裳曲》十二遍而终。"《霓裳羽衣曲》结尾称曲破，曲破又有多遍，而"彻"即是曲破部分的最后一遍。唐元稹（字微之）《连昌宫词》有"逡巡大遍凉州彻"之句，即其义。

5. 临春：一作"临风"。香屑：香粉。

6. 阑干：栏杆。情味：一作"情未"。

7. 休放：一作"休照"。烛光：一作"烛花"。

8. 待踏：一作"待放"。

赏析　春夜宴乐：乐声飘散于云水之间

　　此词描写词人春宫游宴享乐的情形，是其前期帝王生活的写照。

　　词的上片集中描绘春夜宴乐的情景，首先从嫔妃宫女整妆写起。

　　"晚妆初了明肌雪"点明了时间，也显示了嫔娥宫女装扮之盛。词人选择"晚妆初了"的特定时刻，突出描绘嫔妃宫女的光彩照人。以"雪"喻其肌肤的白皙滑腻；以"明"字强调其容颜的光彩夺目，简洁而逼真。这是描写嫔妃宫女晚妆刚结束的情态，从她们的装扮可以想见晚宴该是何样的盛况。

　　"春殿嫔娥鱼贯列"，展示了晚宴的盛大场面，可以想见众多嫔妃宫女的训练有素，表演的秩序井然，并可由此推想，这样的表演绝非一次。

三、四句"笙箫吹断水云间，重按霓裳歌遍彻"，集中描绘奏乐歌舞的情景。笙箫奏出优美的旋律，悠扬的乐声飘荡在春夜，消失在水云相接的天际。演奏是彻夜不断地进行，演奏表现仙界仙女情韵的《霓裳羽衣曲》，一定要演完大遍中的最后一曲，做到尽欢尽兴。

《霓裳羽衣曲》本是唐代的宫廷乐舞曲，传为开元年间西凉节度使杨敬述所献，初名《婆罗门曲》，后经唐玄宗润色并配制歌词，曲调更为优美。其曲分为散序、中序、曲破三部分。散序只器乐演奏，不歌不舞；中序有拍，又名拍序，且歌且舞；曲破为全曲高潮，繁音促节，声调铿锵；结束时转为慢拍，舞而不歌。其舞、乐及服装都力求表现缥缈的仙境和仙女的形象，是宫廷供皇帝欣赏寄意的乐舞。

词人让嫔娥乐工们在宫中演奏此曲，有其特殊的因由。据宋马令《南唐书·女宪传》载："后主昭惠后周氏，小字娥皇……通书史，善音律，尤工琵琶。……唐之盛时，《霓裳羽衣》最为大曲，罹乱，替师旷职，其音遂绝。后主独得其谱……后辄变易讹谬，颇去洼淫，繁手新音，清越可听。"可知词人（后主）在宫中令人演奏的《霓裳羽衣曲》是词人与大周后共同改制而成的，由此可知，演奏此曲时词人是多么得意。

应当指出，词中描绘嫔娥晚妆和表演的情形看似是客观的，实则是有主观色彩的，词人以欣赏自得的眼光心境来描写，其字里行间、场面意境中就蕴含了词人的审美情趣和主观情感，运用的是景中有情的表现方法。

词的下片，描写词人乐终醉归的情形。

"临春谁更飘香屑，醉拍阑干情味切"，勾画出词人醉后的情态。词人醉酒神志恍惚，似清醒而非清醒，方有闻香不知出自何处何人之问。

这一句描绘词人醉酒时的神情可谓惟妙惟肖，他似乎感受到了风，闻到了香，是清醒有知觉的，但又不知出自何处何人，说明他又是不清醒的，处于神思恍惚之中。而"醉拍阑干"则是词人醉后的情态，处在酒后的亢奋之中，拍打着栏杆虽是失态，却是真情表现，所以"情味切"是逼真的描写。

这两句不是醉酒之人是感觉不出的，更是描绘不出的。这不仅反映出词人有深切的醉酒体验，而且反映出词人驾驭语言的能力确实高超。

"归时休放烛光红，待踏马蹄清夜月"，侧重刻画词人醉归时的心理状态。词人虽在醉乡，但他仍未忘记月夜寄兴。离开了歌舞场，他又要体味月夜踏青的风光，追求另一番清静自在的境界。如果说宴饮歌舞的描写是其帝王享乐生活的写照，那么月夜踏青的描写则是体现了他作为文人词家的雅兴逸致。

此词描写了词人一次春夜宴饮歌舞的全过程，从嫔娥晚妆准备演奏始，中间展示了歌舞宴饮的场面，终以词人的月夜醉归。词人能准确地表现出场景的转换和词人心境情绪的变化。词中描绘的是词人帝王的享乐生活，表现的是词人追求享乐的思想情趣，带有较为浓厚的富贵气和脂粉香。

此词描绘逼真，文笔生动，比喻切当，对比鲜明，显示了词人很高的艺术技巧，对后人是有借鉴意义的。

仙姬文会图（局部）　五代南唐 周文矩

子夜歌

寻春须是先春早[1]，

看花莫待花枝老。

缥色玉柔擎[2]，

醅浮盏面清[3]。

何妨频笑粲[4]，

禁苑春归晚[5]。

同醉与闲评[6]，

诗随羯鼓成[7]。

题注

此词调名，一作《菩萨蛮》。

校注

1. 先：一作"阳"。此句是说要寻春就应该在春天到来之前。

2. 缥（piǎo）色：青白色，浅青色，此指青白色的酒。玉柔：如玉一般洁白柔嫩，此指女人洁白柔嫩的手。擎（qíng）：举。

3. 醅（pēi）：未过滤的酒。"盏面"：其后本缺一字，一作"盏面清"。盏，酒杯。此句说酒浮上杯口。

4. 此句前二字本空缺，一作"何妨"。粲（càn）：露齿而笑，一说大笑。《春秋穀梁传》昭公四年："军人粲然皆笑。"注："粲然，盛笑貌。"

5. 禁苑：一作"禁院"，禁苑是封建帝王的苑囿，禁止随便进入，故称。春归晚：春天过去较晚，意思是春景有较长的时间可以玩赏。

6. 同醉：一作"闲醉"。闲评：一作"闲平"，随意评议品评。

7. 羯（jié）鼓：又作"叠鼓""揭鼓"，唐代很盛行的一种打击乐器，形状像漆桶，置于牙床上，两头均可击，又名两杖鼓。据说南北朝时经西域传入内地。羯，是中国古代少数民族之一，此鼓因出于羯，故称羯鼓。

赏析　寻春看花：莫负了春光

　　此词描写词人与美人饮酒赋诗、寻欢作乐的情形，是词人宫廷享乐生活的写照，当是李煜前期的作品。

　　上片一、二句"寻春须是先春早，看花莫待花枝老"，是词人的议论，是词人生活体验的经验之谈。表面上，词人是在议论怎样寻春看花，实则是在说明如何及时行乐。句中的"春"与"花"，暗中关合着春容花貌的女子，是喻美女的青春美貌。所以，这两句实际上是表达词人及时行乐的思想。这两句是全词的主旨所在，确定了全词的基调。

　　三、四句"缥色玉柔擎，醅浮盏面清"，是描写饮酒的情形。写了酒色，写了敬酒美人的肤色和动作，这也是词人眼中所见的景象，因此在描写中就透露出词人的得意神态。

　　词的下片写词人与美人调笑作乐、放饮赋诗的情形。

　　"频笑粲"，表现出词人与美女调笑作乐、放纵无羁的情状。"频"字表明他们的放纵大笑是何其多、何其久。在欢笑行乐之时，词人感到心满意足，沉湎在美人醇酒的氛围中，他仿佛自己也年轻了，仿佛他永在美好的春天里，"禁苑春归晚"，就是这种心态的反应。

　　"春归"本是由自然界变化的客观规律所决定的，早晚

蜂花图（局部）　北宋　赵昌

是一定的，可是沉湎于酒色之中的词人整日花天酒地，与美人共乐，主观上便产生了某种错觉。这句体现的词人心态是逼真的。

"同醉与闲评，诗随羯鼓成"，描写词人与美人谈说赋诗的情形。他们同在醉乡，言谈随意，君王酒后失态已无威仪，随着羯鼓之声，击鼓赋诗又是词人的一种享乐，一个文人皇帝的特色便显现出来了。

　　此词通篇表达词人及时行乐的思想。开头两句"寻春须是先春早，看花莫待花枝老"，虽是寻春看花的经验之谈，但抛开词人及时行乐的思想，也还有一定的哲理性，对人是有启发的，在告诫人们珍惜青春年华方面是有积极意义的。此词先总括议论，继而分述行乐生活，在写法上也有特点。

谢新恩

金窗力困起还慵[1]。

（余缺）

明皇斗鸡图　南宋　李嵩

此词调名下有注："以下六词墨迹在孟郡王家。"据《宋史》卷四六五载，"孟郡王"，即孟忠厚，字仁仲，隆祐太后（孟氏，哲宗赵煦的皇后）兄，宋高宗绍兴七年（1137）封为信安郡王。

六词中首篇仅存一句，余缺。

校注

1. 金窗：有铜饰的华美的窗。慵（yōng）：困倦。

赏析　金窗力困起还慵

此词仅存此一句。描写抒情主人公睡醒伫立窗前，仍怀倦意的情态。

仙山楼阁图　南宋　赵伯驹

谢新恩

秦楼不见吹箫女[1]，
空余上苑风光[2]。
粉英金蕊自低昂[3]。
东风恼我，
才发一衿香[4]。

琼窗梦笛残日[5]，
当年得恨何长[6]！
碧阑干外映垂杨[7]。
暂时相见，
如梦懒思量。

题注

此词实《临江仙》调。

校注

1. 秦楼：秦台，即凤凰台，故址在今陕西宝鸡东南，传秦穆公女弄玉曾居于此。吹箫女：指弄玉。据东汉时人著《列仙传》载："箫史者，秦穆公时人，善吹箫，能致孔雀、白鹤于庭。（秦）穆公有女，字弄玉，好之，公遂以女妻焉。日教弄玉作凤鸣。居数年，吹似凤声，凤凰来止其屋。公为作凤台，夫妇止其上。一旦，皆随凤凰飞去。"后人遂以"凤去楼空"作为楼中人去、睹物思人的代语。

2. 空余：只剩下。上苑：古代供帝王打猎、游赏的园林。风光：风景、景色。

3. 粉英金蕊：白花黄蕊，此用以指各种颜色的花。金蕊，一作"含蕊"。自低昂：自然随意高低起伏之状。

4. 才：仅仅。发：送。衿（jīn）：又作"矜""枝"，通"襟"。

5. 琼窗：精美的窗。笛：又作"个""留"。

6. 得恨：抱恨。

7. 碧阑干：以碧玉装饰的栏杆。

赏析 人去楼空：相思有多长

　　这首词表达对一个女子的思念之情。从以秦楼吹箫女指代所思女子推断，此词可能是词人怀念大周后的作品。

　　词的上片传达词人"不见吹箫女"后的苦恼，采用借典喻事、即景抒情的表达方法。

　　首句"秦楼不见吹箫女"，引述秦穆公时萧史和弄玉的传说，借以暗示词人与所怀思的女子的特殊关系。

　　萧史和弄玉因为相同的爱好与情趣而结为夫妇，并且双双驾着神凤飞去，他们的情爱是美好的、和谐的，这与词人和大周后琴瑟相谐、感情亲密有共同之处。但"不见"则是强调人去楼空的景象，表达的是睹物怀人的情绪，这又恰是大周后死后词人的真实情境。

　　开篇引用典故，影指所怀思之人，表达思念之情，手法虽委婉，情绪却很强烈。这一句点明了全词的中心事件，交代了词人怀念苦恼心境的根源，奠定了全词的情调，有统括全词的作用，并引出词人"空余上苑风光"的叹惋。

　　"上苑"既是帝王游赏的场所，其"风光"之阔大豪奢是不言而喻的，但是上苑风光虽在，琴瑟相谐的人已离去，无人相伴观赏，这风光也变得毫无情趣。人去苑空的怅惘和孤寂，从这景物的观感中强烈地表现出来。这一句与首句构成明显的因果关系，具有浓重的抒情色彩。

"粉英金蕊自低昂"一句，是对"上苑风光"的具体描绘，帝王园囿之中正是万紫千红、粉黄相映的景象，各色花朵竞相开放，高高低低，既自然又有层次，显示出帝王上苑的气派和繁盛。这景象应使人赏心悦目，但词人却是另一番心境，繁花盛开并未使他开怀怡情，反而令他烦恼痛苦。

　　"东风恼我，才发一衿香"，表现了词人特殊的景物观感。东风送暖传香，本是自然给人的赏赐，却引得词人"恼"烦，这反常的心态感受其实根源就在于"不见吹箫女"。这种景物观感与"粉英金蕊自低昂"的景象相关联，又与"不见吹箫女"的事件相照应。东风本是无情的自然现象，"东风恼我"，是采用了拟人化的手法，借客观表现词人的"主观"。风"发一衿香"的写法也变抽象为具体形象，于质朴自然的描写中表现了词人高超的技巧。

　　词的下片表达词人梦忆往事引起的怅恨。

　　"琼窗梦笛残日"一句中，"琼窗""笛""残日"，都是当年与所怀思的女子共同生活的环境和经历的内容，也是今日梦中呈现的景象，这今与昔、实与虚的对比，更强烈地触动了词人的心绪，梦忆当年，流连往事，引出无限的怅恨，无限的思念。

　　"当年得恨何长"，当年相知相爱之深，方有今日怅恨怀思之长，才有今日"恨何长"的叹恨。往事不堪回首，只能映现在梦幻之中，而怅恨却储蕴在心里。

现实中，词人虽仍生活在"碧阑干外映垂杨"的苑囿美景中，但"暂时相见，如梦懒思量"，那梦中"暂时相见"的情景，已使词人心中难以承受。"懒思量"表达的是词人苦欲相思而又不敢相思的特殊心态，是一种极度相思的表现形态。

词的上片借典言事，即景写情，又以客观景物烘托词人叹恨怅惘之情；下片借虚言实，以梦写情，情景映衬，表达词人今昔缠绵不绝的深情。全词手法多变，技巧娴熟，意脉贯通，转换过渡自然，照应烘托严密得体，手法委婉含蓄，而表达词人怅恨思念又情真意挚，是一首颇具功力的作品。

盥手观花图（局部）　宋 佚名

谢新恩

樱花落尽阶前月，

象床愁倚薰笼[1]。

远似去年今日恨还同[2]。

双鬟不整云憔悴[3]，

泪沾红抹胸[4]。

何处相思苦？

纱窗醉梦中[5]。

题注

清刘继增笺云："此阕字句敚（脱）误，无别本可校。"

校注

1. 象床：以象牙为饰的床。薰（xūn）笼：一作"熏笼"。古代贵族女子生活用具，用以盛香草薰放香气。薰，一种香草，也泛指花草香。《东宫旧事》："太子纳妃，有漆画熏笼二，大被熏笼三，衣熏笼三。"薰，通"熏"。

2. 远似：一作"远是"。

3. 鬟（huán）：古代女子梳的环形发髻。云憔悴：指云鬟蓬松状。

4. 抹胸：俗称"兜肚"，掩在胸前的小衣。又称金诃子，《太真外传》："金诃子，抹胸也。"

5. 醉：一作"睡"。

赏析　花落阶前：去年今日恨还同

这首词表达女子对男子的思念。

上片首句"樱花落尽阶前月"，描绘出暮春月夜樱花飘零的景象，渲染出伤春的情绪，为下句描绘抒情女主人公的情态布置好氛围。

"象床愁倚薰笼"，在月色朦胧，樱花散落阶前的环境中，一个女子正孤独地满怀愁绪地倚在象床的薰笼上。从"象床""薰笼"的描写，可知这位女主人公是一个贵族女子，她生活条件优越，内心却为愁苦所折磨，只能独依床头，斜靠在薰香笼上。

这情态的刻画是极真切的，而其"愁"的渲染却还似嫌未足，故词中又补叙一句"远似去年今日恨还同"，交代女主人公的"愁""恨"不是偶然和短暂的，而是久长的，非止一年的。这样，女主人公的相思之苦、离别之恨就更深沉地表现出来了，使"象床愁倚薰笼"的女主人公的情态有了更深刻的心理揭示。

下片"双鬟不整云憔悴，泪沾红抹胸"，仍是描绘女主人公的情态。"女为悦己者容"，相爱的人离开了自己，自己还有什么心思梳洗打扮呢？无意梳理双鬟云鬓，首如飞蓬，这情态表现出女主人公对所思之人的忠诚挚情和无尽相思，"泪沾红抹胸"则更是思极而悲的表现。

词中描绘出古代女子特有的情态表现，把女主人公的愁绪进一步透露出来，最后以"何处相思苦？纱窗醉梦中"的设问句作结，以醉梦把"相思苦"推向更浓重的氛围中。

这首词集中表达女主人公"愁""恨""思"的情绪，借助景物环境氛围，突出了女主人公心绪情态的描写；在今昔的联系对比中，在虚实的映衬下，突出了女主人公对所思之人的无尽思念。意绪表现很真实，形象刻画很生动，环境氛围布置也很得体，技巧手法有可以借鉴之处。

楼阁图 南宋 夏明远

谢新恩

庭空客散人归后，

画堂半掩珠帘[1]。

林风淅淅夜厌厌[2]。

小楼新月，

回首自纤纤[3]。

（下缺）

春光镇在人空老，

新愁往恨何穷。

（下缺）

（金窗力困起还慵，）

一声羌笛[4]，

惊起醉怡容[5]。

题注

此词调名，一作《临江仙》。此词有缺文。

校注

1. 珠帘：一作"朱帘"。

2. 淅淅：风声。厌厌：久长的意思。

3. 纤纤（xiān）：细小。

4. 羌（qiāng）：中国古代民族。原住在以青海为中心，南至四川，
   北接新疆的一带地区。东汉时移居今甘肃一带。

5. 怡容：喜悦的面容。此句下注一作"下缺"。

赏析　客散人归：新愁旧恨无穷无尽

　　这首词残缺歧异，难以详析。

　　约略上片描绘聚会后月夜庭院空寂的景象。从画堂珠帘、庭院小楼的描写，可见是富贵的家庭环境。客散人归、珠帘半掩、凤鸣夜漫的描写，构成了月夜空寂的环境氛围，透露出主人公寂寞惆怅的心境情绪。

　　下片抒发主人公时移人老、新愁旧恨的情绪，表现出消极悲凉的情调。

　　上片侧重景物环境的描写和氛围的布置，情景交融。下片侧重议论抒情，又以春光羌笛做渲染烘托，词意集中而又含蓄。

花鸟图　北宋　赵佶

谢新恩

樱花落尽春将困[1]，

秋千架下归时。

漏暗斜月迟迟[2]。

花在枝。

（缺十二字）

彻晓纱窗下[3]，

待来君不知。

题注

此词有缺文。

校注

1. 樱花：一作"樱桃"。困：止。

2. 漏暗：一作"漏"。漏，古代计时器。"漏暗"下注："二字又疑是'满阶'。"

3. "彻晓"以下一作断句并分段。

赏析　暮春情事：斜月拂枝来相会

　　此词缺字不全。约略描写男女私会的情景。

　　暮春时节，樱花已经飘落，这时年轻的女子戏罢秋千，天时已晚，她乘着月色，拂动花枝去与情人幽会。当已拂晓天明，她离开了情人，而何时再相会，或许不能预定，或许故意不告诉情人。

　　此词虽写暮春情事，却没有伤春的情绪，词中女主人公的表现是快乐轻松的，加之春夜月色花香的氛围描写，词中透露着活泼的情调。

秋菊图（局部） 宋 佚名

谢新恩

冉冉秋光留不住[1]，

满阶红叶暮[2]。

又是过重阳[3]，

台榭登临处[4]。

茱萸香坠[5]，

紫菊气，飘庭户[6]。

晚烟笼细雨。

嗯嗯新雁咽寒声[7]，

愁恨年年长相似[8]。

题注

　　此词分段有歧异。《历代诗余》注："单调，五十一字，止李煜一首，不分前后段，存以备体。"清徐立本《词律拾遗》作"补调"，末注："此词不分前后迭，疑有脱误。叶本（即清叶申芗《天籁轩词谱》）于'处'字分段。"

校注

1. 冉冉（rǎn）：慢慢地。秋光：秋日时光。

2. 红叶：此指飘落的枯叶。

3. 重阳：节令名。农历九月初九为"重阳"，又叫"重九"。

4. 榭（xiè）：建在高台上的敞屋。

5. 茱（zhū）萸（yú）：植物名，可入药。中国古代风俗，阴历九月初九重阳节，佩茱萸囊以去邪辟恶。唐王维《九月九日忆山东兄弟》诗："遥知兄弟登高处，遍插茱萸少一人。"香坠：一作在此分段。

6. 紫：一作在此分段。

7. 噰噰（yōng）：噰，通"嗈"，鸟和鸣声。寒：一作"愁"。

8. 似：一作"侣"。

赏析　重阳悲秋：愁恨年年长相似

这首词描写重阳节习俗，表达词人悲秋的情绪。

词的开头二句"冉冉秋光留不住，满阶红叶暮"，表现了强烈叹惋的情调。时光不停地流转，红叶飘落阶前，秋暮已至，人是阻止不了这自然的变化的。

继而描写重阳登高、佩茱萸驱邪的习俗，似是表现人们对邪恶的抗争。

但紧接着，这重阳菊花的节日气氛就为晚烟细雨、新雁悲声构成的悲凉氛围所笼罩，把词人悲凄的心绪渲染出来，最后点明词旨"愁恨年年长相似"，表现悲秋的主题。

后半部分的议论抒情与环境氛围的描写配合自然，情与景相交融。全词有曲折波澜，描绘真切具体，只是情调未免低沉，悲秋的气氛稍重。

长江万里图（局部） 南宋 赵黻

破阵子

四十年来家国[1]，
三千里地山河[2]。
凤阁龙楼连霄汉[3]，
玉树琼枝作烟萝[4]，
几曾识干戈[5]？

一旦归为臣虏[6]，
沈腰潘鬓消磨[7]。
最是仓皇辞庙日[8]，
教坊犹奏别离歌[9]，
垂泪对宫娥[10]！

题注

宋袁文《瓮牖闲评》卷五载："苏东坡记李后主去国词云：'最是仓皇辞庙日，教坊犹奏别离歌，挥泪对宫娥！'以为后主失国，当恸哭于庙门之外，谢其民而后行；乃对宫娥听乐，形于词句！余谓此决非后主词也，特后人附会为之耳。观曹彬下江南时，后主豫令宫中积薪，誓言若社稷失守，当携血肉以赴火。其厉志如此，后虽不免归朝，然当是时更有甚教坊，何暇对宫娥也！"袁文据苏轼《东坡志林》所言，又据部分史事推测，以为此词非李煜词，乃后人伪作，今人多不从此说。

詹安泰《李璟李煜词》中说："有人为了要回护他（李煜）在国家沦亡的关头，不该全无心肝的还在'垂泪对宫娥'，因而认为这决非李煜词；并说他当曹彬下江南时，曾令积薪宫中，誓言若国家沦亡，当携家人赴火死，来证实这词系出于后人的伪作（袁文《瓮牖闲评》）。这种离开作者的生活实践和作品的具体表现来谈作品的真伪，是不妥当的。'几曾识干戈'已经不是任何一个人都说得出了，'垂泪对宫娥'则尤非一般没有帝王生活体验的士大夫们所能设想得到。李煜有没有发过誓要与国家共存亡，发过誓后是否就会实践，这一些暂且不论（马令《南唐书》是这样记载过的），但他降宋则是无可否认的事实。所以我认为像这样鲜明地刻志着李煜的个性和作风的作品，是不应该看成是伪作的。"

詹安泰的看法可代表今人对此词作者的看法。

校注

1. 四十年来：又作"三十余年""二十余年""三十年余"。南唐于公元 937 年建国，至公元 975 年灭亡，即李煜作此词时，恰为 38 年，言"四十年来"是举其约数，中国古代诗词常见此种用法。家国：中国古代行政单位。国为诸侯的领地，家为卿大夫的食邑，诸侯国内有卿大夫的食邑。这里"家国"指南唐王朝。

2. 三千里地：又作"数千里地""数千里外"。宋马令《南唐书》称南唐"共三十五州之地，号为大国"。其所辖疆土包括今江苏、安徽、江西、福建四省部分地区，在五代十国中为大国。三千里地，言南唐山河地域之广，是约数。

3. 凤阁龙楼：饰凤绘龙的楼阁，指古代帝王所居的宫殿楼阁。凤阁，一作"凤阙"。霄汉：指高空。霄，云霄；汉，河汉，即天河。此句极言王宫楼阁的华丽壮观、高入云霄。

4. 玉树琼枝：一作"琼枝玉树"。形容树如玉，枝如琼，喻树木之美好。琼，美玉。烟萝：形容女萝被雾气笼罩着。烟，指雾气。萝即女萝，是一种分枝茂密的隐花植物。

5. 几曾：何曾。识：一作"惯"，见识。干戈：古代兵器。干，盾牌；戈，一种长柄横刃的武器。此以干戈指代战争。此句意谓不曾经历过战争。

6. 一旦：一天。臣虏：又作"臣妾""臣仆"，被虏称臣，即成为臣下和俘虏。史载，开宝八年（975）十一月二十七日夜，宋军攻破金陵（今南京），李煜"开门奉表纳降"，成为俘虏，时年三十八岁。

7. 沈腰：沈即南朝梁时诗人沈约（441—513）。唐李延寿《南史·沈约传》载，沈约在其仕途坎坷之时，曾给友人徐勉写信，称自己年老多病，腰肢日瘦。后遂以"沈腰"指代人体消瘦。
潘鬓：指西晋诗人潘岳（247—300）。潘岳作《秋兴赋》，说自己三十余岁，鬓发就已斑白，后遂以"潘鬓"代称鬓发斑白，以示年老体衰。消磨：逐渐地消耗或毁灭，此指岁月消磨。以上两句说，一旦做了俘虏，在愁苦中度日，消磨岁月，腰肢就会变瘦，鬓发就会斑白。

8. 最是：特别是。仓皇：匆忙慌张。辞庙：古代帝王在庙中供奉祖先，"辞庙"即是辞别祖先，即是离开了祖先创建的国家。史载，开宝八年（975）十一月二十七日夜，宋军攻破金陵（南京），李煜投降，次年正月初四，被押送至汴京（开封）。"辞庙"事当在此期间内。

9. 教坊：古代管理宫廷音乐的官署。唐初设置于宫禁中。开元二年（714），唐玄宗又置内教坊于蓬莱宫侧，京都（长安）置左右教坊。犹奏：一作"独奏"。

10. 垂泪：一作"挥泪"。宫娥：即宫女。古代帝王纵情淫乐，宫娥常至数千人。李煜宫娥亦多，现可考知其名者即有黄保仪、流珠、乔氏、庆奴、薛九、宜爱、意可、窅（yǎo）娘、秋水、小花蕊等。

赏析　国破家亡：只能垂泪对宫娥

这首词当是李煜被俘、南唐灭亡后所作。

南唐自始祖李昪建国，经中主李璟，至后主李煜为宋所灭，计约 38 年。

开宝八年（975）十一月二十七日夜，宋大将曹彬攻破南唐都城金陵（今南京）。时后主李煜还在凤阁龙楼的宫中宴乐，当曹彬"整军成列，至其宫城"之时，他并无抵抗的表现，而"开门奉表纳降"，南唐国灭亡。

次日清晨，奉曹彬之命，李煜辞别金陵宫阙，被押往汴京（今河南开封）。当时的情景颇为凄惨，据宋马令《南唐书》载："煜举族冒雨乘舟，百司官属仅千艘。煜渡中江，望石城泣下，自赋诗云：'江南江北旧家乡，三十年来梦一场。吴苑宫闱今冷落，广陵台殿已荒凉。云笼远岫愁千片，雨打归舟泪万行。兄弟四人三百口，不堪闲坐细思量。'"宋龙衮《江南野史》也载："后主与二弟、太子而下登舟赴阙，百司官属仅千艘。将发，号泣之声溢于水陆。既行，后主于舟中泣数行下，因命笔自赋诗云……"李煜感于时势变迁，心境危苦，有诗作以记之。

开宝九年（976）正月初四，李煜一行被押至汴京，开始了臣虏"以眼泪洗面"的生活。此词即是在这种背景下写成的。

词的上片，描绘南唐家国历史风貌，追忆往昔帝王豪华生活，寓托国破家亡的悔恨。

开头两句"四十年来家国，三千里地山河"，概括了南唐的历史和疆域，字里行间蕴含着词人痛切的感慨和极为复杂的心情。回顾国家历史，咏叹祖国山河之壮美，对亡国之君李煜而言是蕴含着他对"家国""山河"的眷恋之情的。在这回顾与咏叹中，更包括了他自己的自责与愧悔。

这样一份有着近四十年历史，有着广阔山河的祖宗创下的基业，竟断送在自己手上，何以告祭祖宗，何以面对臣民？自己又何以自安，何以回首往事？这沉痛复杂的思绪都蕴含在对家国历史和壮美山河的回顾与咏叹中。

三、四句"凤阁龙楼连霄汉，玉树琼枝作烟萝"，是李煜对往昔帝王宫廷生活的回想追忆。在他的心目中，南唐旧日的宫殿，雕龙绘凤，高耸云霄；繁荫美树，烟笼雾罩。不仅气势壮观而且迷离幻奇；不仅有帝君的华贵，而且有隐士的逸趣。旧日宫殿与李煜生活的情趣是谐和的。

李煜不仅是个追求奢侈豪华生活的君主，又是一个向往隐逸生活的"隐士"。他取号钟隐，又称钟山隐士，他不仅把宫廷的华贵与隐士的淡逸结合起来，而且能以君主与隐士的双重眼光欣赏和描绘宫廷的景象。"凤阁龙楼"和"玉树琼枝"再现了南唐宫廷的华贵，而"霄汉"和"烟萝"却又展示了隐士处所的恬适。在对旧宫的描绘中，他自觉不自觉地将两种审美观结合在一起，这就显出了李煜词作特有的风格。

这种回忆与追想，不可否认包含有他对旧宫的留恋，对往昔帝王生活的眷恋，但考虑到李煜身为臣虏、深负痛疚的特别状况，这种留恋与眷恋显然并不是主要的。而主要的则是这种描写构成了对现实自身处境的比照，意在透露现实处境多么的悲惨，因而比照中也就包含有李煜的自悔与自责。

"几曾识干戈"是上片的点题，是李煜对历史悲剧的反思与总结。南唐山河历史的变迁，旧日宫廷的换主，在李煜看来根源就在于未曾经历战争洗礼。词人并非主要指南唐人民少经战乱，久享和平，因而不能应对征战，造成国破家亡的悲剧，而主要是痛定思痛的自责，是指作为南唐国主的自己没有军事指挥的才能，不善于组织和赢得战争，因而痛失了祖宗留下的基业。

李煜身为一国之君，不致力于政事，而是在书法绘画、吟诗作词上下功夫；他豪侈淫乐，求仙思隐，以致荒废朝政。

宋陆游《南唐书·后主本纪》载："后主以军旅委皇甫继勋，机事委陈乔、张洎（jì），又以徐元瑀、刁衎（kàn）为内殿传诏。而遽书警奏（警急军书）日夜狎至（接连送来），元瑀等辄屏不以闻。王师（宋军）屯城南十里，闭门守陴，后主犹不知也。"任用非人，受奸臣蒙蔽至此。

而城中被围，李煜并不思抗敌，而是"方幸净居室听沙门（僧）德明、云真、义伦、崇节请《楞严》《圆觉》经。"群臣皆知亡国在旦暮间，他仍听张洎的胡言，以为"北师（守军）已老，将自遁（逃）去"，而益"自安"（陆游《南唐书·后主本纪》）。昏聩若此，怎么能不国破家亡呢？

此时李煜自言"几曾识干戈"不仅是他自己的真实写照，更是他痛苦的自悔自责。

上片结合大好河山的痛失作历史的反思，下片则通过国破家亡的惨剧预测自己黯淡的前景。

"一旦归为臣虏，沈腰潘鬓消磨"，是李煜国破家亡、沦为臣虏后对前景的预想。国家政治的悲剧，作为帝君他自己政治地位的变化，他已冷静现实地考虑自己的处境前程。他已预感到自己"一旦归为臣虏"，今后的前景就是在痛苦中消磨时光，不仅身体消瘦，而且鬓发斑白，自己将很快衰老。这里虽然主要是考虑自己，但他的这种遭际也一定程度上概括着南唐旧臣遗民的思想情绪。

这种对于未来的预想既然是与自己的处境变化联系在一起的，所以李煜于词的最后又自然地对自己最悲惨的经历加以追忆："最是仓皇辞庙日，教坊犹奏别离歌，垂泪对宫娥！"城破国亡，李煜被迫离开金陵，离开祖宗创业立基之地，离开祖宗祭祀之地，这于南唐是国家悲剧，于李煜是个人悲剧，是他人生路上最严重的转折，是他一生最为惨痛的事件。这种政治悲剧是生死的诀别，哪里是一般

的别离曲所能表现的呢！

　　然而令李煜尤感悲伤的是，此时并没有悲壮的事件发生，而只有旧宫教坊的乐工演奏着别离歌，国破家亡之悲竟然没有人深切地体会出。而身不由己的李煜，无限的惨痛自悔也不能向人表白，没有志同道合者，不能接触旧臣遗老，他只能"垂泪对宫娥"，对身边仅有的宫女们表白。

　　国破家亡之悲，孤独不被理解之悲，有苦难言之悲，集合在一起，灌注在对惨剧的追忆中，因之造成了摧折人

长江万里图（局部）　南宋 赵黻

心的艺术力量。

这首词起于南唐灭亡的严峻现实，发自亡国之君李煜的肺腑，因之具有强烈的现实政治内容，表现了词人痛切真实的思想感情。这样的词只有有切身感受经历的人方能写出，因此体现了李煜鲜明的人物个性和特殊作风，在李煜的词作中，此词是较好的一篇。

花卉四段图之四（局部）　北宋　赵昌（传）

浪淘沙令

帘外雨潺潺[1]，
春意阑珊[2]。
罗衾不耐五更寒[3]。
梦里不知身是客[4]，
一晌贪欢[5]。

独自莫凭栏[6]，
无限关山[7]。
别时容易见时难[8]。
流水落花春去也[9]，
天上人间[10]。

题注

此词调名，一作《浪淘沙》。题又作"怀旧""春暮怀旧"。

校注

1. 潺（chán）潺：本为形容水缓缓流动的样子，此处形容雨声。

2. 阑珊：一作"将阑"，凋残、衰败。

3. 罗衾（qīn）：用丝绸做成的被子。不耐：又作"不暖（煖、暝）""不奈"，经受不住。五更寒：天快亮时的寒冷。五更是一夜里最寒冷的时刻。

4. 身是客：李煜自指国家灭亡、身为臣虏的处境身份。是客，一作"似客"。

5. 一晌贪欢：贪恋一时的欢乐。一晌，又作"一向""一饷"，一时，片刻。

6. 莫凭栏：又作"暮凭栏""倚栏杆"，不要靠着栏杆（远眺）。凭，靠。

7. 无限关山：指原属南唐的疆土。关山：一作"江山"，泛指关隘山川，此指国土。

8. 别时：指李煜城破投降，被俘押离金陵送汴京（今开封）之时。见时：指李煜身为囚俘，被拘汴京，思念故国，欲见旧地之时。此句化用《颜氏家训》"别易会难"语。宋胡仔《苕溪渔隐丛话》后集卷三十九引《复斋漫录》："《颜氏家训》云：'别易会难，古今所重。江南饯送，下泣言离。北间风俗，不屑此事，歧路言离，欢笑分首。'李后主盖用此语耳。故长短句云：'别时容易见时难。'"

9. 春去：又作"归去""何处"。

10. 天上人间：此句是问春的去向，是去往天上，还是去往人间。问句有迷惘之意。

赏析　故国欢梦：别时容易见时难

　　这首词是李煜亡国后的作品。身为臣虏系囚，往事不堪回首，思念故国，心情哀痛，这首词正是李煜这种处境心情的真实写照。

　　词的上片采用倒叙的方法，通过梦中片时的欢乐与梦醒后伤春心寒的惨状的对比，透露出词人凄凉的心境。

　　"帘外雨潺潺"是词人梦醒后听觉对帘外景物的感受，"春意阑珊"是词人听到雨声后对环境氛围的感受，伤春之意已经透露出来。

　　"罗衾不耐五更寒"是词人对自己现实生活处境的描绘，五更正是天亮前最寒冷的时刻，词人虽有"罗衾"仍难以御寒。

　　词人虽为系囚，但毕竟曾为南唐国主，宋王朝在生活上仍给予一定的优待，"罗衾"即可见其一斑。但这样的生活待遇与往日帝王的奢侈自然难以相比，更重要的是心情，"一旦归为臣虏"（《破阵子》），又冠以"违命侯"的封号，过着虽有"罗衾"却无自由的囚徒生活，那心境是难堪至极的，情绪是低沉的。

"五更寒"，虽是气候寒凉的形容，但也反映着词人心境的寒凉，暗寓着词人内心中的凄凉哀痛。

在表现手法上，本是词人不堪"五更寒"，却说是"罗衾"不耐，以本无感觉的客体"罗衾"代替有感觉的主体词人，这是拟人化手法，也是一种衬托，借外物而衬托词人的主观感受。

以上三句是词人梦醒后现实中的见闻感受，已表现出浓重的凄凉痛苦。为继续梦中情景的描写做了铺垫。

上片后两句"梦里不知身是客，一晌贪欢"，透露了"梦里"的情景，当是欢乐自由的场面，梦里词人也沉浸在享乐之中。这情景是词人往昔帝王奢侈生活的重现，是词人于幻境中的愿望。在梦中他仍然是帝王，仍然过着享乐生活，这有意无意地流露了他对往昔帝王生活的留恋。

但是词人的头脑又毕竟是冷静的，"梦里不知身是客"，现实中他是深知自己处境的，所以词人并不正面直接描绘梦中的景象，而是梦醒之后谈出对梦中情景的感受和体验，写出自己"一晌贪欢"的表现，并不言及具体的场面，这种写法正是词人头脑清醒的表现。既委婉含蓄，又痛切深况，身世之感及自责自悔的心情均已透露出来。在身为系囚的状态下，他的故国重归之梦是为宋王朝绝对不能容忍的，因此，他不描写梦中的欢乐场面，是聪明的做法，是保存自己所必须的。

这梦里的"欢"，与梦醒后的"寒"又恰成对比反衬，幻境中的"欢"更反衬出现实之中的"寒"，把一位亡国之君凄惨难堪的景况凸显出来。

下片集中刻画词人亡国后的心理感受，表现对于故国故土的怀念以及悲惨迷惘的心境。

"独自莫凭栏，无限关山"二句，含有极复杂的思想内容，表现的是亡国之君身为系囚状态下的语气和心态，表面似乎在劝止他人，实际则是表现自己。

凭栏远眺，对于身处异地的亡国之君来说自然是要望故国故乡的"无限关山"，但故国故乡而今成为宋朝的疆土，眺望故国故乡只能加重作为亡国之君的痛悔忧伤，因此，他必然欲望而又不敢望。因此，他才有"莫凭栏"的想法。其实，李煜哪里是不想凭栏远眺，而是现实的无情迫令他不得不如此。这种内心深处的复杂矛盾是外界客观环境造成的，是失国之君所特有的。

应当指出"独自莫凭栏，无限关山"两句所表现的对于故国故土的怀念，虽然是一位亡国之君的思想情感，但在特定的历史条件下，与同样遭到亡国之痛的南唐人民的思国恋乡的爱国主义情感是有相通之处的，这种思想感情也能引起其他遭遇类似创痛的人们的共鸣。这种思想情感的表现，也是李煜真实思想情感的体现。

故国的"无限关山"欲望而不敢望，想见而不得见，词人的思绪自然地流注到往昔刻骨铭心的悲剧上。

"别时容易见时难"，虽是化用《颜氏家训》中"别易会难"的成句，但是于浅易中注入了深刻的现实内涵，成为词人对于自己国破家亡惨剧的高度概括。

这里的"别时"，当指金陵（今南京）城破、南唐灭亡，李煜投降、沦为臣虏，并被押离金陵之时，这是南唐和李煜个人的大悲剧发生的时刻。"见时"，当指词人被拘汴京（今开封），身离故国，沦为臣虏，思念故国，欲归旧地之时。"别时"已经发生过，"见时"却没有出现；前者"容易"后者"难"，这是词人政治悲剧后的悲剧，是词人无限苦痛后的更大的苦痛。

"别时容易见时难"，对于亡国之君的李煜来说，含有特别深刻的现实政治内容，同时，它也含有相当普遍的哲理意味，概括了离愁别恨相当普遍的现象，因此，能够触发人们的同感，引起人们情绪上的共鸣。这是李煜发自内心、结合切身经历概括出来的真切深刻的警句，打动了千百年来无数读者。

下片最后两句"流水落花春去也，天上人间"，与上片开头"春意阑珊"相照应，加强了伤春的主题。表现了逝者如斯、时不再来的慨叹，流露了亡国之君凄苦绝望的情绪。伴随着"流水落花"的自然变化，美好的春天离去了，但是"春"何处去了呢？是去了"天上"，还是去了"人间"，词人迷惘了，回答不了了，留待读者去思考。

其实这种"春去"的景象与词人的迷惘，并不是仅对自然景象变化而言的，它还有更深层的意蕴，是暗喻世事变化、好景不长，寓有亡国之君痛切的身世之感。往昔豪侈的帝王生活的"春"而今已如"流水落花"，一去不复返了，往昔的岁月何处去寻呢？是到天上，还是到人间？他迷惘不知所措，找寻不出答案，因此也只得就此作结。这种欲言又停、戛然而止的结束，反倒给人留下思索的余地，造成余味无穷的艺术效果。

全词的基调是哀怨感伤的，流露了亡国之君的伤春自伤、凄怨痛悔的消极情绪。但全词又蕴含有丰富深刻的现实内容，有着对世事人情哲理性的艺术概括，因此有相当的认识价值。

词中塑造了一个失去故国、沦为臣虏的亡国之君的形象，揭示了他复杂的心理活动，表现了他特殊遭遇处境下的特殊心态和思想情绪，这是词人对自我的真实剖析和写照。

词中又以具体鲜明的艺术形象表达思想情绪及心理活动等抽象的内容，如以"流水落花"形容春去的景象，并

青山绿水图（局部）　南宋 刘松年

暗喻人生欢乐的一去不归等，都显示了鲜明的形象性。

词的表现手法灵活，把梦中之乐与梦醒之寒相比照，把"别时容易"与"见时难"相比照，虚实相映，苦乐相间，映衬鲜明。运用比喻手法，借伤春表达人生失意及国破家亡之悲的情绪，含蓄而深刻。

词的语言精练自然，音韵和谐流畅，"别时容易见时难""梦里不知身是客"等句具有很高的概括性。

总体来看，此词表现了很高的艺术技巧，具有鲜明的艺术特色。

梅竹图（局部）　南宋 马麟

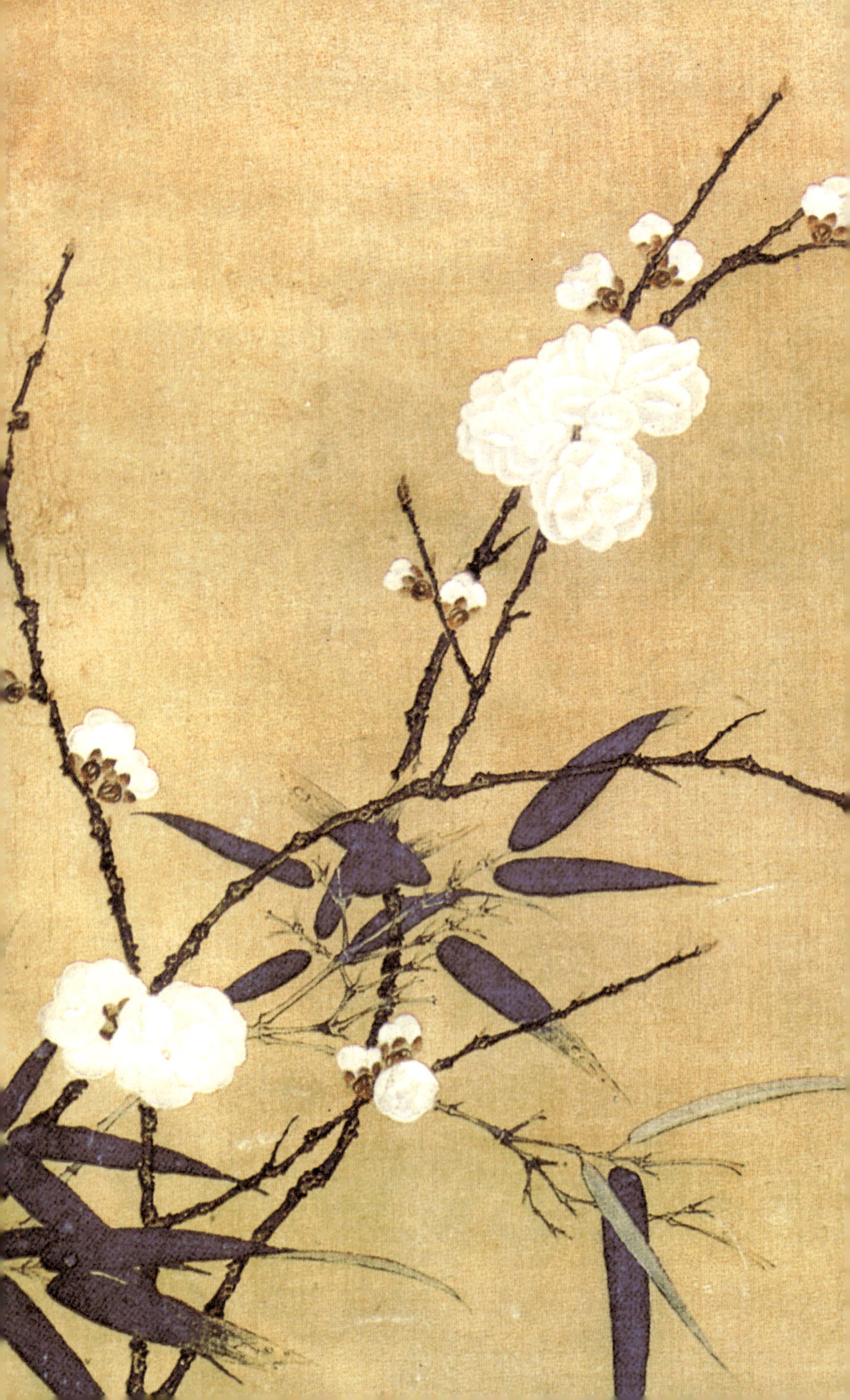

补 遗

戴胜图（局部） 北宋 赵佶

三台令

不寐倦长更，

披衣出户行。

月寒秋竹冷，

风切夜窗声。

题注

此词作者，一说为韦应物，一说为唐无名氏。清沈雄《古今词话》云"传是李后主《三台词》"，无据。

赏析　披衣夜行：秋夜凉

此词描写抒情主人公秋夜难眠的情景，抒写其凄凉孤寂的心绪。

前二句"不寐倦长更，披衣出户行"，描写抒情主人公长夜难眠，心忧难忍，披衣出门散步的情形，侧重于情态表现的描绘，而透露其心态情绪，其动作表现极富心理活动的特征。

后二句"月寒秋竹冷，风切夜窗声"，表面是写景，描绘寒月夜的景象，实则融情于景，借景写人，写出抒情主人公"出户行"之所见所感。在秋寒月夜凄冷的氛围中透露出抒情主人公心境的忧伤凄苦。

词人通过抒情主人公的体感和耳闻，写出秋夜的环境，造成凄凉的氛围，以烘托抒情主人公的悲凉心境，手法委婉含蓄。

溪山瑞雪图（局部） 北宋 高克明

开元乐

心事数茎白发[1]，

生涯一片青山[2]。

空林有雪相待[3]，

野路无人自还[4]。

题注

此词作者，又作唐顾况，题作"归山"；此词又见《苏东坡集》，邵长光辑录《二主词》。

校注

1. 数：一作"千"。茎：根。

2. 生涯：人生的经历状况。青：一作"春"。

3. 空林：一作"空山"。相待：相等、等待。

4. 野路：一作"古路"。自还：一作"独还"。

赏析　野路独行

此词抒写词人抑郁不平的遭际心绪，表达词人凄冷孤寂的情怀处境。

前二句"心事数茎白发，生涯一片青山"，点明心事不宁，抑郁多愁而使自己白发渐增，以及生活经历坎坷不平的处境遭际。

"心事"是内里，"数茎白发"是外表；"心事"是因，"数茎白发"是果。以"青山"喻"生涯"，表现"生涯"的多起伏、多坎坷、多艰难。

后二句"空林有雪相待，野路无人自还"，描绘了萧条冷落的环境景象，烘托出词人孤寂的处境情怀。

寒冷的冬天，树叶落尽，已成空林，积雪不化，可以想见林中的萧条空寒。荒僻的野路无人行走，只有词人独行，而词人也因情绪的低落"自还"，这情景是极其凄惨的。借助景物氛围烘托出孤寂的词人形象，表达词人孤独的情绪，虽手法委婉但情绪强烈。

此词与李煜其他词作相比，言词用语未免直露，风格似有不同，是否李煜所作，难以考定。

雪渔图（局部） 五代 佚名

渔父（二首）

一

阆苑有情千里雪[1]，

桃李无言一队春[2]。

一壶酒，一竿身[3]，

快活如侬有几人[4]。

二

一棹春风一叶舟[5]，

一纶茧缕一轻钩[6]。

花满渚，酒盈瓯[7]，

万顷波中得自由。

题注

此词调名，一作《渔歌子》。题一作"题供奉卫贤《春江钓叟图》"，并注云"金索书，不知书名抑书法也"。《宣和画谱》云："李氏（李煜）能文善书画，书作颤笔樛（jiū）曲之状，遒劲如寒松霜竹，谓之'金错刀'。"如"金索书"即"金错刀"，即是李煜书法。

校注

1. 阆苑有情千里雪：一作"浪花有意千重雪"。阆苑，传说中的神仙住处。

2. 桃李：一作"桃花"。

3. 身：又作"鳞""轮"。

4. 快活：一作"世上"。

5. 棹（zhào）：摇船的用具。

6. 纶：一作"轮"。茧缕（lǚ）：丝线，此指渔弦。茧，一作"蠒"，为"繭（茧）"的异体字。

7. 盈：一作"满"。瓯（ōu）：装酒的器具。

赏析　一叶轻舟：赏花饮酒的隐逸之乐

此词（二首）表达词人隐逸求闲的情趣。词中描绘富于情韵的自然环境和隐士垂钓酌酒的闲适生活，表现出对于自由快活隐逸生活的满足。

一、有情千里雪

词人以"阆苑"指代隐逸生活的环境，使环境着上神异的色彩；以"有情"点出"阆苑"的特点，赋予无情之物以有情，是拟人化的手法，也是词人对于环境的独特感受。

写"桃李无言一队春"，也是词人主观的感受。"桃李无言"语似平淡，但"一队春"却造语奇特，表现出桃李无限的春意，这种情形与"千里雪"相对应，一陆一水，一细一巨，对仗工巧，景中含情。

"一壶酒，一竿身"，场面具体，形象鲜明，而"快活如侬有几人"一句则更坦然地表现了隐逸之士的情趣襟怀。

二、自由万顷波

第二首描绘隐士弄舟垂钓、赏花饮酒的情形，意在表现寄意浩渺、求得自由的心愿志趣。以"春风"渲染弄桨荡舟的轻松氛围，以江渚之花与万顷波相映衬，构成美好的境界，从而突出弄舟垂钓、赏花饮酒的隐士形象，把隐士渴望轻松自由的意趣志向表现出来。

二词写景寄意，形象鲜明。用词无华，而造语工巧，字里行间无不透露出隐士对于自由快活的隐逸生活的向往。其情趣与李煜前后期思想情趣均不甚同，王国维说此词"笔意凡近，疑非后主作也"，颇有道理。然乏实据，故仍存之。

摹捣练图（局部）　北宋　赵佶

捣练子

云鬟乱[1]，晚妆残，
带恨眉儿远岫攒[2]。
斜托香腮春笋嫩[3]，
为谁和泪倚阑干？

243

题注

此词题又作"春恨""闺情"。调名下注："出升庵《词林万选》。"

此词作者，一说为宋田中行。

校注

1. 云鬟：像乌云一般的鬟发。

2. 岫（xiù）：山。攒（cuán）：聚在一起。这句是说因愁带恨的双眉像远山一样聚在一起。

3. 春笋：指女人的尖细像春笋样的手指。笋（sǔn），一作"笑"。嫩：一作"懒"，柔软细嫩。

赏析　泪洒阑干都为谁？

这首词描绘女子相思的情景。

前三句"云鬟乱，晚妆残，带恨眉儿远岫攒"，描绘女主人公因离愁别恨的缠绕而无意梳理打扮、双眉紧蹙的情形。

"女为悦己者容"，在封建时代是女子忠于所欢男子的传统美德，当所欢男子远别，女主人公心意烦乱，无意打扮，致使乌云般的鬓发散乱不整，晚妆也脂粉残落，而且双眉蹙像远山聚在一起。

这三句词人是着重于女主人公形容形态的描写，借以传达女主人公的离别之恨。

"斜托香腮春笋嫩"，表现出女主人公是年轻美貌的女子。

结尾"为谁和泪倚阑干"，以问语点出相思之人，把相思主题显现出来。

此词通过女主人公形容情态抒写其离恨思情，基本上是采用古代诗词传统中常用的手法，但以"远岫攒"喻"带恨眉儿"的情状，以问语点明词旨作结的手法则有新意。

柳鸦芦雁图（局部） 北宋 赵佶

柳枝

风情渐老见春羞[1]，
到处芳魂感旧游[2]。
多见长条似相识[3]，
强垂烟穗拂人头[4]。

题注

明顾起元《客座赘语》："江南李后主尝于黄罗扇上书以赐宫人庆奴，云：'风情渐老见春羞，到处销魂感旧游。多谢长条似相识，强垂烟态拂人头。'扇，宋时犹传诸贵人家。'见春羞'三字新而警。"

此词调名，又作《杨柳枝》。乐府横吹曲有《折杨柳》曲，后借旧曲度为新声，入教坊曲，唐教坊曲即有《杨柳枝》。

校注

1. 风情：男女相爱的情怀。
2. 芳：一作"消"。旧游：往昔游览经行之处。
3. 多见：一作"多谢"。长条：指垂柳下垂的枝条。
4. 烟穗：形容垂柳枝叶下垂为雾气笼罩的样子。穗，一作"态"。

赏析　羞见春：风情渐老

此词描写年过青春、风情渐衰的女子伤感怀旧的情形。据《客座赘语》，此词是李后主写了赐给宫女庆奴的。

开首"风情渐老见春羞，到处芳魂感旧游"二句，直接抒写女主人公人老色衰、伤感怀旧的心态。

"风情"虽是男女相爱的情怀，但作为宫女，为君王宠幸爱悦者只能是色相容颜，这里所说的"风情渐老"实际上是指宫女自己人过青春，颜容失去光彩的情景。

"见春羞"即"羞见春"，自觉花容月貌已失，与春光明媚不相谐和，自惭形丑。容颜渐衰的宫女因自羞自愧而"到处芳魂感旧游"，产生强烈的怀旧之感。她游览往昔经历之处，回忆往昔的芳春之时，这是她现实中失落感的曲折反映。

三、四句"多见长条似相识，强垂烟穗拂人头"，是宫女怀旧的一个具体场面，是她"感旧游"的一个特定镜头。

词人并未铺叙"感旧游"的行踪，而是选取一个特别的情形加以集中描写。以"长条"和"烟穗"写出垂柳枝叶的繁茂，以"似相识"而照应"感旧游"，以"多见"和"拂人头"展示宫女伫望和抚弄柳枝的情态，造成人与柳的比衬。柳枝依旧，烟穗葱郁，一片生机，而人却已衰老，今非昔比，人不如柳的叹惋从场面的描写中透露出来。

全词虽只四句，却表现了宫女伤感怀旧的心理。侧面透露出宫女不幸的遭际。虽未正面描写宫女的形容，却将宫女的神态显示出来，那个自惭颜老、伤感怀旧、拂柳叹惋的宫女形象仿佛活现在我们的面前。情与景相结合，今与昔相照应，心理描写与情态描写相表里，情深意长。

莲池水禽图之一　五代南唐　顾德谦

忆王孙（四首）

一

萋萋芳草忆王孙[1]，
柳外楼高空断魂[2]，
杜宇声声不忍闻[3]。
欲黄昏，
雨打梨花深闭门[4]。

二

风蒲猎猎小池塘[5]，
过雨荷花满院香，
沉李浮瓜冰雪凉[6]。
竹方床，
针线慵拈午梦长[7]。

三

飕飕风冷荻花秋[8]，

明月斜侵独倚楼，

十二珠帘不上钩。

黯凝眸[9]，

一点渔灯古渡头。

四

同云风扫雪初晴[10]，

天外孤鸿三两声[11]，

独拥寒衾不忍听[12]。

月笼明，

窗外梅花瘦影横。

题注

《忆王孙》四首题署不一。第一首一说为秦观词，第二首一说为周邦彦词，第三首又说为康与之词、范仲淹词，第四首一说为欧阳修词。

今人王仲闻认为《忆王孙》四首"乃宋李重元所作"。王仲闻指出："《清绮轩词选》题李重光作，殆以'重元'与'重光'字形相近致误。"王氏引清沈雄《古今词话·词辨》（卷下）云："李甲字景元，即讹为中主之作。一如李重元《忆王孙》四首，便推为后主词矣。"又，《历代诗余》（卷二）亦以此四首词为李甲所作。

校注

1. 萋（qī）萋：形容草长得茂盛的样子。

2. 楼高：一作"高楼"。

3. 杜宇：即杜鹃，此鸟鸣声悲切。

4. 深：一作"空"。

5. 猎猎：风声。

6. 沉李浮瓜：典出《文选》曹丕《与朝歌令吴质书》："浮甘瓜于清泉，沉朱李于寒水。"意思是将甜瓜和红李经过泉水冷浸之后即可成消暑佳品。

7. 慵（yōng）：困倦。

8. 荻（dí）：生长在水边的一种草本植物，状似芦苇。

9. 凝眸（móu）：形容眼睛一动不动的样子。眸，本指瞳仁，此指眼睛。

10.同云：彤云，下雪前密布的阴云。

11.孤鸿：孤雁。

12.衾：被子。

赏析　四季苦相思

《忆王孙》词四首，虽疑非李煜所作，但词作风格却又与李煜词相似。四首分咏一年四季的景物，而以相思的主题贯穿，情思绵绵，意绪重重。

一、春

此词题又作"春景""春词""春"。词中抒写女主人公对意中人的深切思念。

春天来了，春草长得很茂盛，可以想见已是暮春，而此时"忆"所怀之人，可知主人公正为情人的远别而陷入思念，或许她正忧恨芳草阻路，恼恨心上人不得回归。"王孙"，点明女主人公的怀思之人是贵家的公子，或许也暗示出女主人公与这位"王孙"之间有着不可逾越的阻隔，只能心意相通，而不能身躯相亲。

"柳外楼高"，暗示出"王孙"的可望而不可及，这更增加了女主人公心境的悲凉，欲舍不能，欲求难得。"空断魂"，点明了这种处境心情。

前二句是即景抒怀，表达出对心上人强烈的思念。后三句则借环境氛围描写，烘托出女主人公心境的悲凉和处境的孤寂。

黄昏天暗，雨打梨花，杜鹃悲鸣，一片凄冷中女主人公无处消忧，无人对语，而只能"深闭门"地独处，受着相思愁苦的熬煎。

伤春相思融合在一起，词旨含蓄，手法巧妙。

二、夏

此词又题作"夏景""夏词""夏"。描绘抒情女主人公苦夏的情景。

小院池塘，风吹着香蒲发出猎猎的声响，雨后荷花的清新芳香正飘满庭院，这夏日雨后的景象是美好的，红李甜瓜正浸在冰凉的泉水中，等待着主人公去享用。

可是，女主人公却无心赏景，无意享用瓜李，她连针线也懒得动，而是夏日午间躺在竹制方床上长睡。这是苦夏的懒散，也是心绪的低沉无聊。

先写景，后写女主人公的处境情态，相互配合。

三、秋

此词又题作"秋景""秋词""秋"。

首句"飕飕风冷荻花秋"，布置了秋风寒凉、荻花纷飞的环境氛围。

"明月斜侵独倚楼"，勾勒出女主人公月夜倚楼远眺和相思的情态。她独自一人，无人对话，心意只能寄托给可望而不可即的明月，她内心显然为愁思所折磨。

"十二珠帘不上钩"是描绘居室的景象，仍是寂寞和孤独。

她的一双眼睛总是盯在古渡渔灯的一闪光亮，既是顾盼，又是可望而不可即。内心隐忧难以名状，借助环境氛围和情态表现传达出来。

四、冬

此词又题作"冬景""冬词""冬"。描绘寒冬雪后情景。

密布的阴云被冷风吹走，雪后初晴，这时偏又传来失群的孤雁三两声鸣，这情形使拥被而坐的女主人公不仅感到身凉，更感到心冷。

"不忍听"，既是悲雁，更是悲己。孤雁的悲哀正是触动了她悲凉的心境，令她为己而悲，为雁而悲。

最后二句"月笼明，窗外梅花瘦影横"，明是写景写物，实则是写人写情。朦胧月光里，梅花瘦影横，烘托女主人愁苦悲凉的心绪，更是女主人公形象的比照，梅花的身影实际上是女主人公身姿的投影。

四首词分咏一年四季不同季节的景象，从不同方面表达女主人公惆怅悲苦的情怀。情景交融，形象鲜明，意绪缠绵，手法委婉，不失为佳作。

妆靓仕女图　宋　苏汉臣

后庭花破子

玉树后庭前，

瑶草妆镜边[1]。

去年花不老，

今年月又圆。

莫教偏，

和月和花[2]，

大教长少年[3]。

题注

今人王仲闻指出《后庭花破子》乃是金元小令，非为词调。又考《遗山乐府》，王氏以为"此词乃金元好问所作"。

校注

1. 瑶草：一作"瑶华"。

2. 和月和花：一作"和花和月"。

3. 大教：又作"大家""天教"。

赏析　少年希望：花开不谢，月圆不缺

此词抒写人生感怀，表达人生希望。

开篇写景。"玉树后庭前"是描绘庭院中的景象，"瑶草妆镜边"是说明居室内的陈设。

从环境陈设可以想见主人公生活在一个富贵的家庭。环境陈设又是通过主人公的观察描写出来的，联系下二句可知"玉树后庭前"是描绘月夜庭院的景象。

月光照在树上，树木显出碧绿的颜色，仿佛变成了"玉树"，庭院前后也都洒满了柔和的月光。虽未明点出

"月"，但从庭院夜景却已显现了月的身影光亮。

"瑶草妆镜边"并不是描写主人公照镜理妆，而是交代花开的位置，也是主人公赏花的地点，主人公在妆镜边观赏着芳草花放的情形。既在镜边赏花，那开放的花和主人公的花容月貌就难免不映照在镜中，并形成相互间的比照。

从庭院到居室，表现了主人公的动态；从览月以赏花，可以想见主人公正沉浸在月夜美景之中，正怀着深沉的思索。这两句似是平淡的描写，实则构思巧妙，含蕴丰富。

三、四句承前二句，抒写主人公览月赏花的感怀。

"去年花不老"，是将今年之花与去年以至往年之花比照，说明花是年年开放，年年芳艳不衰；"今年月又圆"，是将今年的圆月与去年以至往年的圆月相比照，说明年年月总是要圆的。

"去年花不老"，花艳不衰，是写不变，然而又暗含着时间的推移，掩住了花谢，因此寓有"变"的因素；"今年月又圆"，同样都是说月圆，是相同，但随时间的变化，月圆是由月缺变化而来，仍是不变与变的交织。

这两句虽是主人公览月赏花，触景生情，却蕴有更深刻的象征意义和概括性。不仅是对花开花放、月缺月圆历年异同变化的概括，更是对世事人生普遍现象的思考，因此含有哲理性。主人公触景生情，览物感怀，由物及人，一语双关地道出了自己的体验和看法。

后三句"莫教偏，和月和花，大教长少年"，表达了主

花卉写生图之三（局部）　五代后蜀 黄居寀

人公的人生期望。

"莫教偏"，是希望花开不谢、月圆不缺，更含有人生不老、花容月貌不衰之意。主人公深切希望人生能与长开之花、长圆之月一样，总是青春永驻、久美不变的。以"少年"概括景物、人生的青春，颇为形象。

全词篇幅短小，语言明白如话，但含蕴却极为丰富深刻。从观景，到抒怀，到表达人生希望，意脉贯通，层次清晰，主题集中，格调高雅，富于启发性和哲理性。词的写法风格虽与李煜词切近，然而情调却与李煜不同，非李煜所作是显然的。

云山楼阁图　宋 佚名

乌夜啼

无言独上西楼，

月如钩。

寂寞梧桐深院，

锁清秋[1]。

剪不断，理还乱，

是离愁。

别是一般滋味在心头。

此词调名，又作《相见欢》《上西楼》《秋夜月》《西楼子》。题又为"离怀""秋闺"。

此词作者，一说为李煜，一说为后蜀后主孟昶（chǎng）。

宋黄升《花庵词选》在调名下注："此词最凄惋，所谓'亡国之音哀以思'。"

校注

1. 锁清秋：被清冷的秋色笼罩。

赏析　独上西楼：剪不断理还乱的离愁

此词，又题为"离怀""秋闺"，均不确切。实则此词抒发词人故国之思、亡国之恨，深切凄婉，是李煜降宋后所作，也是他的代表作。

上片侧重写景，但以景寓情，浸含词人强烈的主观感受，不言愁而愁情自见。

首句"无言独上西楼"，语极平淡，而蕴意极为深沉丰富。"无言"，表现了词人孤独寂寞、无人共语的处境和心境；"独上"，描绘词人登楼的形态情状，透露出情境的凄惨。这与"旧时游上苑""车如流水马如龙，花月正春风"（《望江南》）的景象真是天壤之别。这位过惯了豪侈淫逸生活的风流帝君，而今"一旦归为臣虏"（《破阵子》），就陷入了"旦夕只以眼泪洗面"（《默记》）的凄惨境地，"无言独上西楼"即是降君情状的真实描写。

"月如钩"，是"无言独上西楼"的时间交代和氛围布置。夜已深，弯月悬在天空，可以想见这月夜景象是朦胧幽冷的。以钩喻月，比喻恰当。残月照着词人，更烘托出一种孤寂凄凉的情状。

词人也曾警告自己"独自莫凭栏"（《浪淘沙令》），那是亡国之君欲望故国故土而又不敢望，担心思见而不得会引起更大痛苦的矛盾心情的表现。而此时，词人却在夜深人寂、月色朦胧之时，一个人默默"上西楼"，这正是知其不可为而为之，恰是词人内心思念故国故土而难以自制的表现。

朦胧月下眺望故国故土是枉费心机的，他便把自己的情思寄托在一钩弯月。这月不仅照着身系异地的词人，也照着南唐故国，借着望月，可以寄托他对故国的神思。

他的心绪恋着故国故土，然而俯首眼前，却是"寂寞梧桐深院，锁清秋"，这是词人的现实处境，幽居深院之中，秋日的凄清笼罩着，词人空对着梧桐打发着寂寞的时光，这正是身为系囚的亡国之君的生活处境和心境。

他身为臣虏，没了人身自由，恋国思乡的情绪也是遭忌的，所以只能暗中月夜登楼望月，寄托自己的心思，而此时无限的苦状和复杂的心绪也都表现在"无言"中。

"锁"字用得极妙，既是写秋，又是现实处境，把词人的万千愁绪及悲凉心境生动形象地表现出来。

上片虽在写景，实则写人，写词人的主观感受和情态心绪，正所谓"一切景语皆情语也"（王国维《人间词话》）。下片抒情。

"剪不断，理还乱，是离愁"，把抽象复杂的心理情绪用生动的比喻具体鲜明地表达出来。突出了"离愁"的连绵不绝、复杂、难以节制梳理的特点。

结句"别是一般滋味在心头"，是词人深沉的感叹，是对自己难以名状的苦况的巧妙表达。表现出特殊境遇中难以说破或不想说破的特别心绪，这是沦为臣虏的词人与众不同的心理情绪和感触。这种情绪的表达既真切深沉，又委婉含蓄。

全词以极平常、极朴素的语言，表达了词人极复杂、极难以表达的情绪心境，描绘出一个完整和谐的艺术境界，借景衬人，以景寓情，情景交融。词以白描见长，以简洁的章法语句表达真切自然的情感，音韵流畅，比喻恰当，是李煜的代表作。

陶潜赏菊图（局部）　北宋　赵令穰（传）

长相思

一重山，两重山，

山远天高烟水寒，

　　相思枫叶丹[1]。

菊花开，菊花残，

塞雁高飞人未还[2]，

　　一帘风月闲。

题注

此词作者，一说为宋邓肃。题一作"秋怨"。

校注

1. 枫：落叶乔木，其叶经秋而变为红色，因称"丹枫"。丹：红色。此句语意双关，是说相思到枫叶红的时候，同时又以枫叶红比衬相思之苦。
2. 塞雁高飞：一作"雁已西飞"。

赏析　秋夜难眠：相思红了枫叶

此词抒写秋怨相思之情，哀怨婉转，情深意长。

上片前三句"一重山，两重山，山远天高烟水寒"，描绘出山远天高、云烟寒冷的秋日景象，为抒写离怨相思布置氛围。"山远天高"，暗示所思之人的远离；"烟水寒"，既是秋日景象，又浸含抒情主人公心绪的悲凉。相思之情寓于景物描写中，前三句为点明"相思"题旨做好铺垫。

后一句"相思枫叶丹"，采用以景代时的手法，以"枫叶丹"的秋景点明相思到秋天的时间，而"枫叶丹"又正比衬相思之苦。秋天来了，枫叶红了，景象美好，而所思之人不能与己共赏佳景，相思遗憾之情便油然而生。景愈美，而人愈惨，人不遂意，景难遂心，"枫叶丹"更加重了"相思"苦。

下片仍以景衬人。

"菊花开，菊花残"，通过菊花的开落说明时间的推移，也暗示相思的日重。

"塞雁高飞"更与"人未还"构成了比照。秋天来了，塞雁南飞，将有归宿，而离人却未得回还，这人不如雁的悲凉心境是相思的加重。菊与塞雁都是能代表秋景的物，景物的描写是紧扣着秋日的，很能体现出季节的特点。

相思之苦，心绪悲凉至此已渲染很重，然而"一帘风月闲"的描写又使这离别相思更深一层。表面看这是写景，实则仍是写情，是写抒情主人公月夜的思念。因相思而难以成眠，帘外风月是那样宁静安闲，而观望风月的人却难以心情平静，这风月拂照着自己，是否也能拂照远离之人呢？相思之苦风月是否能够体会，是否能够传达给离人呢？这浓重的相思又怎样才能遣发呢？这景物的描写中透露出抒情主人公无限的忧伤哀怨，给人以充分想象的空间。

全词借景抒情，以物衬人，把秋怨与相思相结合，手法委婉含蓄，而情蕴深沉绵长，具有很高的艺术价值。

西子浣纱图（局部）　五代南唐 周文矩

浣溪沙

转烛飘蓬一梦归[1]，

欲寻陈迹怅人非[2]，

天教心愿与身违。

待月池台空逝水[3]，

荫花楼阁谩斜晖[4]，

登临不惜更沾衣。

题注

此词作者一说为南唐冯延巳。

校注

1. 转烛：一种能转动的灯。蓬：蓬草，枯后根断，遇风飞旋，故又称飞蓬。

2. 陈迹：往事遗留的痕迹。

3. 逝水：逝去的流水，常用以比喻过去的时间或事物。

4. 荫花：一作"映花"。谩：通"漫"，弥漫。斜晖：傍晚的日光。

赏析　登临感怀：身与愿违的人生怅恨

此词抒写人生不如意的怅恨，情绪未免消沉。

上片三句直道人生不如意的种种遭际。

流浪在外，居无定所，行踪不定，就如转动的走马灯和随风飘转的飞蓬一样，连做梦都想归回故乡家中。可是归回家乡，欲寻往昔的陈迹，却又物是人非，令人深感失望怅恨。人生不如意，苍天不怜恤，总是不遂人愿，总是令身与愿违。

词人开篇即将人生如梦、物是人非、身与愿违的几种怅恨倾泻出来，给人以深刻的印象。

下片转为借景抒情，写登临的感怀。

登临所见，望月的池台下流水白白地淌着，荫蔽花影中的楼阁布满了惨淡的落日斜晖。这傍晚优美的景象在词人的笔下变得凄凉，这是因为词人此时的心境悲伤低沉，这种主观的情绪折射到客观的景物上，景物的氛围便反映了词人的心绪。

这种氛围烘托了词人"登临不惜更沾衣"的形象。这形象虽不甚鲜明，但其泪沾衣的表现却透露了他登临池台楼阁的心境感怀，他已悲伤落泪，悲凉的心境再也难以抑制，竟形之于外了。

全词虽情调未免消沉，但抒写失意人的遭际处境、心绪心态却很真实。手法灵活，曲直搭配，显示了一定的艺术技巧。

寒鸦图（局部） 北宋 李成

更漏子

柳丝长[1]，春雨细，
花外漏声迢递[2]。
惊寒雁[3]，起寒乌[4]，
画屏金鹧鸪[5]。

香雾薄，透重幕[6]，
惆怅谢家池阁[7]。
红烛背，绣帷垂[8]，
梦长君不知。

题注

此词见《花间集》，为唐温庭筠作，注"大石调"。

校注

1. 丝：一作"絮"。

2. 漏声：古代计时器铜壶滴水的声音。迢（tiáo）递：远。

3. 寒雁：一作"塞雁"。

4. 寒乌：一作"城乌"，即乌鸦。

5. 画屏：以彩画为饰的屏风。鹧鸪：乌名，此指画屏上彩画的鹧鸪。

6. 重幕：一作"帘幕"。

7. 谢家：泛指闺中女子。晋代谢奕的女儿谢道韫（yùn）、唐代李德裕妾谢秋娘均有名，后人因以"谢家"指代闺中女子。

8. 绣帷：一作"绣帘"。

赏析 漏声惊春夜

　　此词抒写寂守空房的女子的惆怅情怀。

　　上片描绘女主人公春夜惊惧难眠的情状。

　　已是春季，柳条长垂，春雨细细，春花已放，环境已经有了温暖和生气。但闺中却有难眠的女子，听着远处花丛外传来的铜漏滴水的声响。听到远来的漏声，说明夜深人寂。声传远，说明闺中女子未入眠。她听着漏声，仿佛觉得寒雁和寒鸦，以至于画屏上的金鹧鸪都被惊醒了，飞起来了，仿佛静夜又喧闹起来了。

　　然而这并非实写，而是女主人公的感觉和联想，是蒙眬状态下的心境。因听漏声而"惊"，已是"春雨细"之时，却起寒雁、寒鸦，这都是女主人公惊惧寒凉的心态心绪在外物身上的投影。

　　情寄于外物，外物也就反映了女主人公的心境心绪，主观与客观、情与景融合在一起，这情状为进一步抒写女主人公的惆怅情怀做了铺垫。

　　下片描绘女子寂守空帷的怅悲。

　　帘幕重重，香气弥散，家居池阁，说明女主人公生于富贵之家，生活环境条件是优越的，她何以"惆怅"呢？词中并没有明言，但于"梦长君不知"中做了暗示。空寂一人，心意懒散，只想以睡梦捱过时光，梦中是欢乐还是悲伤，远离的人是不知的，言外之意只有自己体验着。

"君不知"，或者是指"君"猜测不到，或者暗示"君"对自己的不关心，这情形透露出女主人公无限的难言隐痛。为远离的"君"而寂守、而梦思，然"君"却不能理解知晓，这是何样的苦况，何样的凄惨呢！这就不难理解这位女子的"惆怅"了。

全词通过环境氛围描写和女主人公情境心态描写，来表现女主人公相思惆怅的情怀，表达了女主人公对远离之人的怨愤。手法委婉含蓄，是婉约词的佳作。

仙姬文会图（局部） 五代南唐 周文矩

南歌子

云鬟裁新绿[1]，

霞衣曳晓红[2]。

待歌凝立翠筵中[3]，

一朵彩云何事下巫峰[4]。

趁拍鸾飞镜[5]，

回身燕扬空[6]。

莫翻红袖过帘栊[7]，

怕被杨花勾引嫁东风。

题注

此词一说宋苏轼作，题作"舞伎"。

校注

1. 云鬟：乌云一般的鬓发。裁：安排，意谓插戴。新绿：指新柳、鲜花之类。

2. 霞衣：艳丽的衣服，指舞蹈时穿的霞帔。曳（yè）：拖。晓红：清晨红日升起时的红光。此句形容舞衣鲜红光亮。

3. 凝立：一动不动地站立。

4. 巫峰：即巫山，在今四川巫山县东南。据《文选·高唐赋序》说，楚襄王曾梦见巫山神女，神女自称她出来时"旦为朝云，暮为行雨"。彩云下巫蜂，借巫山神女喻舞女之光彩照人。

5. 鸾飞镜：饰有飞鸾的镜子。鸾，鸟名。

6. 扬：飞扬、飘扬。

7. 帘：用布、竹、苇等做成的遮蔽门窗的用具。栊（lóng）：窗上棂木。

赏析　舞伎之美：彩云嫁东风

　　此词描绘舞伎表演舞蹈的情景。

　　上片一、二句"云鬟裁新绿，霞衣曳晓红"，描绘舞伎装扮衣饰的艳丽。只见她乌云一般的鬟发插戴着各种鲜花，鲜艳的霞帔闪着红光，真是光彩照人。继而写她出场准备表演的情景，在翠筵豪华的场面里，她出场凝立，全神贯注准备表演，那神态真有如巫山仙女下凡来到人间。词人通过神女飘逸的神态比衬出舞伎婀娜的身容体态。

　　下片一、二句"趁拍鸾飞镜，回身燕扬空"，是描绘舞蹈时的情形。她在饰有鸾鸟的镜前随着音乐节拍翩翩起舞，接着回转身躯旋转起来，那轻盈的舞姿仿佛春燕扬空，轻捷而优美。当她舞动红色的衣袖，更是令人心往神醉，神思颠倒，以至令观舞者产生奇思异想："莫翻红袖过帘栊，怕被杨花勾引嫁东风。"千万不要舞出了门窗之外，否则真怕随着飞扬的杨花跟着东风飞去啊！这奇思异想，虽未免夸张，却从侧面表现了舞伎舞蹈的绝妙超群。

　　词中对舞伎的仪容舞技极尽赞美，多处运用比喻、夸张来加强对舞伎表演的描绘。基本按表演过程描写，真实形象，而手法灵活，层次明晰。此词不以情景交融、委婉细致为长，其风格确如郑振铎所云"不类后主"。其流利挥洒确像苏轼之词。

鹧鸪天（二首）

一

节候虽佳景渐阑[1]，
吴绫已暖越罗寒[2]。
朱扉日暮随风掩[3]，
一树藤花独自看。

云鬟乱，晚妆残，
带恨眉儿远岫攒[4]。
斜托香腮春笋嫩，
为谁和泪倚阑干。

水墨写生图（局部）　南宋 法常

二

塘水初澄似玉容，
所思还在别离中[5]。
谁知九月初三夜，
露似珍珠月似弓。

深院静，小庭空，
断续寒砧断续风[6]。
无奈夜长人不寐，
数声和月到帘栊[7]。

题注

王国维认为："'可怜九月初三夜，露似珍珠月似弓'，此二句乐天《暮江吟》后二句，见白氏《长庆集》卷十九，后主不应全袭之。且《鹧鸪天》下半首平仄亦与《捣练子》不合。显系明人赝作。"

王仲闻指出此词二首还袭用了元稹和王涣的诗句，"朱扉日暮随风掩"乃唐元稹《晚春诗》中"柴扉日暮随风掩"之袭，"所思还在别离中"乃是唐王涣《惆怅诗》中"所思多在别离中"之袭。王仲闻指出："后主词用前人诗句者，仅'车如流水马如龙'一句，此二首袭用成句如是之多，几成集句，非后主所宜为，显是伪作。"

校注

1. 节候：一作"节气"。阑：将尽。

2. 绫：像缎子而比缎子薄的一种丝织品。罗：质地稀疏的丝织品。吴越盛产丝织品。

3. 朱扉：红色的门，一般指富贵人家。

4. 远岫攒：眉紧聚在一起，即皱眉。

5. 还：一作"犹"。

6. 寒砧：一作"声随"。砧因天冷而凉称寒砧。此指击寒砧发出的砧声。砧，捣衣石。

7. 帘栊：此处指窗。

此词（二首）都抒写离别相思的愁怨，但情境不同，前一首与伤春感怀结合，后一首与悲秋情绪相关联。

一、伤春

上片写节气变化引起的环境变化和女主人公生活处境的变化。

"节候虽佳景渐阑"，点出暮春的景象，虽然仍是春天，却是春暮，春天美好的景象已将消失。这令人感伤。

"吴绫已暖越罗寒"是写衣服的季节特征，穿着像缎子的绫做的衣服已有些热，而穿稀薄的罗衣又有些冷，生活用度难以调剂。随着节候环境生活变化的描写，女主人公不遂心如意的心绪已透露出来。

三、四句"朱扉日暮随风掩，一树藤花独自看"，描绘出女主人公独居孤处的寂寞。天晚了，虽是红门富贵之家，却无人管理，红门只是随着风吹而关闭；虽有"一树藤花"，却无人相伴观赏，只能自己"独自看"。这是何等的苦况。

下片描写女主人公的相思之苦，主要通过其形容情态的描写表现出来。详见《捣练子》（"云鬟乱"）词"赏析"。

二、悲秋

上片开篇即点出别离相思的主题。

"塘水初澄"，清澈照人，是秋天池水的景象，而这样一塘秋水，在女主人公看来就像是心上人的面容。这种比喻联想是与女主人公的相思之情联系着的。

"所思还在别离中"，点明了"塘水初澄似玉容"的比喻联想的原因，两句是倒置因果的写法。思其人而想其容，借助初澄的塘水含蓄地写出了女主人公思念之人的"玉容"。

"谁知九月初三夜，露似珍珠月似弓"，描绘出秋夜秋月悬空、寒霜结露的景象，比喻恰当，寒露与秋月的形象鲜明。虽是秋月美景，却是一片凄清寒凉的气氛。

"谁知"则点明这秋夜的景象并非与女主人公无关，而是她身处亲见的环境，并且与她的心境情绪联系在一起。她不仅感受到了秋夜的寒凉凄清，更在内心产生了一种悲哀与委屈，所以才发出"谁知"的问语，这问语恰是她相思愁怨的一种表现。情寓于景中，交融在一起。

下片描写女主人公独处难眠的情景。

院深人寂，小庭空冷，已令女主人公感到孤独寂寞了，而"断续寒砧断续风"，更使她感到寒凉和凄苦。寒砧捣衣声历来用以表现对远别在外的亲人的相思，传达独处女子的相思怨苦。

这秋夜断断续续的冷风寒砧之声传入这孤寂的小庭深院，更增加了一种凄凉的氛围，造成女主人公的"无奈夜长人不寐"，秋夜不仅寒凉，而且漫长，加之风送寒砧之声的搅扰，女主人公真是苦极了，而这苦况又无以对话诉说，无法解脱苦况之时偏又传来几声恼人的砧声。"数声和月到帘栊"，是"不寐"的女主人公听到和看到的景象，把女主人公"不寐"的情状从侧面交代出来。

此首把直接抒写女主人公相思之苦与景物环境描写结合起来，通过写景表现女主人公的处境环境，揭示女主人公的心理情绪，情与景的描写相互配合。又以捣衣人映衬女主人公，烘托出女主人公的心境情绪。手法灵活巧妙。惜其词多袭前人成句，恐非李煜所作。

烟岚秋晓图（局部）　北宋 范宽

青玉案

梵宫百尺同云护[1]，
　渐白满苍苔路。
破腊梅花李蚤露[2]。
　银涛无际，
　玉山万里[3]，
　寒罩江南树。

鸦啼影乱天将暮，
海月纤痕映烟雾[4]。
修竹低垂孤鹤舞[5]。
　杨花风弄，
　鹅毛天剪，
　总是诗人误。

此词见《精选古今诗余醉》(卷十四),署李后主作,无据。原题"山林积雪"。此词描绘山林雪景,笔意浅近,与李煜词风格明显不同,明显为伪作。

校注

1. 梵(fán)宫:即梵宇,佛寺。同云:下雪前均匀遍布的阴云,亦作彤云。

2. 蚤(zǎo)露:即早开。

3. 玉山:覆雪似玉的山。

4. 纤痕:细痕。

5. 修竹:长竹。

赏析 雪满江南

此词描绘山林的雪景。

上片一、二句"梵宫百尺同云护,渐白满苍苔路",写落雪情景。山中的佛寺高入云霄,周围阴云密布。逐渐雪花飘落,使布满苍苔的林路变得雪白。

雪中腊梅花放，争奇斗艳。积雪像银涛无际，玉山万里，一片雪白，这景象颇为壮观。而温暖的江南因之而被寒气笼罩。

上片笔涉梵宫、苍苔路、腊梅、玉山、江南树，把林中落雪景象点染出来。

下片一、二句"鸦啼影乱天将暮，海月纤痕映烟雾"，大雪纷飞，如烟似雾，傍晚噪鸣的乌鸦因飘动的雪花"影乱"不清，夜晚海上的明月也因烟雾的遮挡而微露弱光，朦胧昏暗。

长竹枝被积雪压得弯曲，那样子就像孤鹤在舞蹈。用"杨花风弄，鹅毛天剪"来形容这样的大雪也不恰当，看来诗人的笔墨也难免失误了。

此词从不同角度用不同手法描绘林中积雪的景象，有正面的白描，有侧面的映衬，有生动的比喻，极尽夸张。惜文辞虽工，但情蕴不足，风格颇不似李煜之词。

雕台望云图 南宋 马远（传）

秋霁

虹影侵阶，

乍雨歇长空[1]，万里凝碧[2]。

孤鹜高飞[3]，落霞相映，

远状水乡秋色。

黯然望极，动人无限愁如织。

又听得，

云外数声，新雁正嘹呖[4]。

当此暗想，

画阁轻抛，杳然殊无[5]，

些个消息。

漏声稀，

银屏冷落，那堪残月照窗白。

衣带顿宽犹阻隔。

算此情苦，

除非宋玉风流[6]，共怀伤感，

有谁知得？

题注

此词《类编草堂诗余》题作"秋晴",以为南朝陈后主作。《词品》（卷二）、《词谱》（卷三十四）以为宋胡浩然作。

校注

1. 乍（zhà）：忽然。

2. 碧：青绿色。

3. 鹜（wù）：鸭子。

4. 嘹（liáo）呖（lì）：清晰响亮的鸣叫声。

5. 杳（yǎo）然：远得不见踪影。

6. 宋玉风流：宋玉为战国楚辞赋家。《昭明文选》收有《高唐赋》《神女赋》《登徒子好色赋》，一般认为是他的作品。《登徒子好色赋》中登徒子曾言宋玉"体貌娴丽，口多微辞，又性好色"；《高唐赋》载宋玉曾向楚襄王讲述先王与巫山神女云雨相会之事；《神女赋》也极尽美辞赞颂巫山神女的飘逸美貌。故此有宋玉风流之说。

赏析　云外新雁：杳然无消息

　　此词描绘秋日雨晴后的景象，表达主人公离别相思的愁怨。

　　上片前三句"虹影侵阶，乍雨歇长空，万里凝碧"，描绘出长空雨停、彩虹架空，广阔天空一片青绿的景象。

　　继而描绘水乡秋色远景："孤鹜高飞，落霞相映，远状水乡秋色。"晚霞映衬着高飞的孤鹜，这水乡秋色虽然美好，却未免黯然孤寂，"动人无限愁如织"。

　　心绪纷烦难于排解，偏"又听得，云外数声，新雁正嘹呖"。这雁的鸣叫，正又加重了人的"无限愁如织"。

　　上片以雨后水乡秋色为环境背景，以高飞的孤鹜和嘹呖的新雁相比照，表达出抒情主人公"无限愁如织"的悲秋情绪。

　　下片起首转为回忆："当此暗想，画阁轻抛，杳然殊无，些个消息。"忆想所思之人当日轻离"画阁"，一去无消息。

　　想而今自己夜寒难眠，加之残月照窗明引起的悲凄，以及因之身体瘦损、衣带顿宽的遭遇，无限的悲怨涌上心头。

　　"算此情苦"，除了那风流情种的宋玉有相通的"共怀伤感"，还有谁能够体会得了呢？言外之意，相思之苦唯己体味得了，而他人是很少相知的。

上片以写景为主，描绘出水乡雨后秋色，同时寓情于景，以物衬人，抒发出主人公触景伤情的无限愁怨；下片描写主人公与所思之人的离别情景以及别后自己冷寂的处境，表达出浓重的离别相思的苦情，较上片情感表达更为深沉。

全词格调未必高，但描写尚属真实，手法技巧也富于变化，是否是李煜的作品，尚有待于做进一步的证实。

李煜诗词全集

刘孝严　译注

附册 李璟集

中信出版集团 | 北京

目　录

词集

应天长　003
一钩初月临妆镜

望远行　010
碧砌花光锦绣明

浣溪沙　017
手卷真珠上玉钩

浣溪沙　023
菡萏香销翠叶残

补遗

浣溪沙　033
风压轻云贴水飞

浣溪沙　039
一曲新词酒一杯

帝台春　045
芳草碧色

诗集

游后湖赏莲花　053

保大五年元日大雪，同……登楼赋　056

佚句　064

文集

恤民诏　070

赐周宗诏　074

赐陈况手札　079

赐周继诸金锄手札　084

答喻俨等手札　088

赐宋齐邱书　092

上汉帝书　095

奉大周皇帝书　100

让太子表　104

上周世宗第一表　108

上周世宗第二表　116

谢遣王崇质等归国表　126

进奉钱绢茶米等表　131

进买宴钱第一表　138

进买宴钱第二表　144

请令钟谟归国表　150

请改书称诏表　156

李璟李煜词赏析　163

南唐二主世系图　211

南唐二主年表　215

画家小传　235

桃枝栖雀图 宋 佚名

词集

十八学士图（局部） 宋 佚名

应天长

一钩初月临妆镜[1]，

蝉鬓凤钗慵不整[2]。

重帘静[3]，层楼迥[4]，

惆怅落花风不定[5]。

柳堤芳草径[6]，

梦断辘轳金井[7]。

昨夜更阑酒醒[8]，

春愁过却病[9]。

题注

此词牌下原注："后主书云：先皇御制歌辞，墨迹在晁公留家。"

宋陈振孙《直斋书录解题》卷二十一云："《南唐二主词》一卷，中主李璟、后主李煜撰。卷首四阕，《应天长》《望远行》各一，《浣溪沙》二，中主所作。重光（煜）尝书之，墨迹在盱江晁氏，题云：'先皇御制歌辞。'余尝见之，于麦光纸上作拨镫书，有晁景迁题字。今不知何在矣。余词皆重光作。"陈氏所记与《南唐二主》所注相合，卷首四词当确系李璟之作。

校注

1. 一钩初月：指状似弯钩的月。一说指女子状如弯月的愁眉。钩，又作"弯""湾"。初月，一作"新月"。妆镜：一作"鸾镜"。

2. 蝉鬓：一作"云鬓"，指梳成蝉翼状的鬓发式样。凤钗：钗头作凤形的钗，是古代女子簪发用的首饰。慵：懒。此句描绘梳着蝉翼状鬓发样式、戴着凤头簪子的女子懒散无心梳洗的情状。

3. 重帘：一作"珠帘"，指带衬里的窗帘。静：一作"净"。

4. 层楼：一作"重楼"，参差错落的高楼。迥（jiǒng）：遥远，或说对比鲜明。

5. 惆怅：伤感，失意。落花：飘落之花。

6. 柳堤芳草：又作"绿烟低柳""绿阴低柳"。

7. 梦断：一作"何处"，梦止，梦醒。辘（lù）轳（lú）：架在井上的一种能绞动的取水装置。金井：井栏有精美雕饰的井，此指宫廷园林中的井。

8. 更阑：更尽，天将亮时。古代以"更"作为夜间计时的单位，从晚八时至第二天早六时，一夜分为五个更次，每个更次约两小时，五更尽时天将亮。阑，尽。

9. 过却：又作"胜却""胜过"，超过、胜过。

赏析　伤春自怜：花落风不定

这首词是李璟拟失意宫女口吻写出的宫女伤春自怜之作。李璟是个"天性儒懦"（宋龙衮《江南野史》），待人宽缓，能"宾礼大臣，敦睦九族"（宋马令《南唐书》卷四引徐铉语）的君王。这首词写宫女伤春自怜，也一定程度地表达了李璟对失宠宫女的同情和对恣情君王的批评，这就从一个侧面展现了李璟的性格。

开头两句"一钩初月临妆镜，蝉鬓凤钗慵不整"，描绘宫女晚妆的情态。夜幕降临，新月初升，宫女在妆镜前准备晚妆。妆镜映出她那缥缈如蝉翼的鬓发和那凤飞展翅的金钗，华美的发式和头饰映得这位宫女更加美艳。试想这样的美女如果晚妆时再精心打扮一番，一定会更加光彩照人，可是，实际的情形却并不是这样，"慵不整"写出了这位美丽的宫女原欲整妆却终于未整的情形。这是出人意料的一种表现，这种表现透露出这位宫女此时的心境，暗示出这位宫女怀有难言之隐。

这两句词的描写是朴实直白而又准确精细的，不仅交代了情节发生的时间、地点，布置了环境氛围，设计了人物场面，而且为全词定下了感情基调，妆饰华贵的女子却深藏着无限的忧愁，她反常的情态表现透露出她心境的悲凉。她不是寻常女子，华贵的妆饰发式表明她是宫女，而她的情境又暗示出她不是一个宠盛的宫女，而是一位失意的宫女。

"重帘静，层楼迥，惆怅落花风不定。"三句进一步描绘失意宫女的处境和心情。"重帘静"，是写宫女的居处环境，虽有华美的"重帘"，却没有生活的欢乐气息，她处在冷寂孤独的深宫之中。"层楼"是描写君王居处的宫殿，富贵华美，重叠赫烨，令人羡慕向往。可如今，这"层楼"是可望而不可即了。一个"迥"字，写了宫女居处与君王宫殿相距的遥远，这个"迥"字更深层的含意是宫女与君王情感和关系的疏远。这是宫女处境和心情的决定因素。落花飘飞决定于风的力量，这"落花"就是宫女，这"风"就是君王，正是君心不稳，造成了宫女的落花之悲，造成了宫女的迷惘惆怅。

借写景而点出宫女身世遭遇，通过暗喻传达出抒情主人公内心的思绪情感，表达出宫女的幽怨，写法是委婉含蓄的，而情感又是真实、细腻、深沉的。以景衬人，借景抒情，情景交融，手法巧妙而自然，语言简洁而含蕴丰厚。

"柳堤芳草径，梦断辘轳金井"，描写宫女梦的情景和过程。在梦中，她曾有过与君王漫步柳堤芳草径的美好时光，然而好景不久长，当他们相会在辘轳金井时却突然梦断。这两句使词的意境由实而虚，但又是虚中有实。梦的虚境是由宫女的实境引发而来，梦中的"柳堤芳草径"和"辘轳金井"不仅是实境的描绘，而且是宫女现实处境的折光。而"梦断"又恰恰是宫女现实不幸失宠遭遇的曲折表现。梦境与梦断的描绘使全词又有虚实相生之妙。

末尾两句"昨夜更阑酒醒，春愁过却病"，又转入直白的描绘和直接的抒情。昨夜的以酒浇愁，与今夜的慵于梳妆，相互联系照应。春愁与惆怅一脉相承，而"过却病"更加重了"春愁"的表现，突出了全词的主题，起到了归结全篇，篇末点题的作用。

通观全词，先写今夜情境，后追溯昨夜情境，是采用了倒叙逆写的手法。白描与暗写相配合，实境与虚境相映衬，写景与抒情相融合，今境与昨境相照应，首尾相救，过片不断，手法多变而结构完整。语言简洁朴素，而意境却又含蓄隽永，堪称词家名作。

仙姬文会图（局部） 五代南唐 周文矩

望远行

碧砌花光锦绣明[1]，

朱扉长日镇长扃[2]。

余寒不去梦难成[3]，

炉香烟冷自亭亭[4]。

辽阳月[5]，秣陵砧[6]，

不传消息但传情[7]。

黄金窗下忽然惊[8]：

征人归日二毛生[9]。

题注

《望远行》原为唐教坊曲，原是小令，《金奁集》入《中吕宫》。北宋演为慢调，《乐章集》入《仙吕调》，又入《中吕调》，句读小有出入。

据宋陈振孙《直斋书录解题》卷二十一定此词为李璟作。

校注

1. 碧砌：青石台阶。碧，又作"玉""绕"，青玉。花光：鲜花烂漫、光彩夺目。锦绣明：一作"照眼明"。

2. 朱扉（fēi）：红漆门扇。朱，一作"珠"。长日：白天，应是夏季白天，或漫长的岁月。镇：整。长扃（jiōng）：即长闭，长时间关闭。扃，用以关闭门户的横木，此用为动词，意为关闭。全句，一作"朱扉镇日长扃"。

3. 余寒：一作"夜寒"。不去：一作"欲去"。梦：一作"寝"。

4. 亭亭：此处形容香烟袅袅升腾的样子。

5. 辽阳月：一作"残月"。辽阳，今辽宁省辽阳一带地区。

6. 秣陵：地名，今南京。砧：捣衣石，此指捣衣之声。

7. 但：只。

8. 黄金窗：宫中嵌有华丽装饰的窗户。窗，一作"台"。

9. 二毛：花白头发。花白头发系白发与黑发相间杂，故云。

赏析 思妇怀远：当月光与砧声重逢

此词抒写思妇怀念远戍亲人的心情。

开头两句"碧砌花光锦绣明，朱扉长日镇长扃"，描绘了截然相反的两种景况，形成了强烈的对比与反衬。

一方面是青石为阶，花团锦簇，阳光明媚，一派生机盎然的景象；一方面又是朱门紧闭、门扃长关，一片孤寂与冷清的情形。同一环境中两种对立景象的共存，透露出抒情女主人公的身世处境及心情情绪。

"碧砌""朱扉"所描绘的是一个富贵家庭的环境，而"碧砌花光"无人赏，"朱扉"不开"镇长扃"又表现出这个富贵之家的萧索景象，暗示出朱门主人心绪的低落。这是借写景以写人，是以景衬人。写"碧砌花光"是为了反衬和突出"朱扉""长扃"，把抒情女主人公思妇的身世处境交代出来，并给人以深刻的印象，引发人的思考。

"余寒不去梦难成，炉香烟冷自亭亭"，承续前二句展开描绘，境界由外而入内，时间由昼而至夜，描写对象由景和环境而至人。展现在读者面前的是思妇寂守空帏、夜寒难眠、孤苦凄凉的情形。

"余寒不去梦难成"是直白描绘思妇的心境情状和居住环境，"炉香烟冷自亭亭"则是入细描绘思妇的心态表现，两句在描写方面构成由表及里的顺承关系。正是因为余寒梦难成，思妇百般无奈之中才把目光和心绪集中到炉香之上，这是长夜难熬之人的常见表现。

"炉香烟冷"，说明时间已久，思妇凝视已久，而当此时，思妇却又依稀感到已冷的香烟还在袅袅升腾。这景象无疑是一种幻觉，是彻夜未眠、精疲力竭后迷糊不清状态下的一种幻觉，这种幻觉实际上又是思妇极度忧思孤凄心境的反映。

由居处的"余寒"之感，到感觉炉香的"烟冷"，由物而及人，又由人而及物，实际上表现的都是思妇这个人的心冷心寒。这是通过人的感觉而状物，又是借状物而写人，造成了物我相映、物我交融的艺术效果。

"辽阳月，秣陵砧，不传消息但传情"，点明思妇之所思，交代思妇彻夜难眠的原因。这三句境界扩大了，由朱扉深闺拓展到北国江南；意绪更明确了，点出了梦难成的深层原因在于思夫之"情"。但在表现手法上仍然是委婉含蓄的，仍是借物以写人，借声以渲染情。

"辽阳月"，暗中关合着远戍辽阳的征人，明面上说的是"月"，内心中想着的却是人。本是想人，却又托言于月，可见思妇的心态是委曲羞涩的。"秣陵砧"，借助江南女子捣衣声烘托思妇的愁绪。女子捣衣做军装，为使征人身不凉，江南女子和思妇的处境心情是一致的。"秣陵砧"暗示出江南女子和思妇的共同命运，具有普遍性和典型性。

"辽阳月"借助视觉，"秣陵砧"借助听觉，构成征夫与思妇南北遥相对应的局面，而"不传消息但传情"一句则把两者关联起来。辽阳征夫与秣陵女子，遥隔万里，消息不传，但借助明月与砧声，却可以传达情意。这是思妇的遐思与联想，也是思妇的忧怨与痴情。

这里词人借鉴了古人经常用以表现征夫思妇离愁别怨之情的手法，以"月"和"砧"构成新的意境。唐李白的《子夜吴歌》："长安一片月，万户捣衣声。秋风吹不尽，总是玉关情。何日平胡虏，良人罢远征。"唐沈佺期《独不见》中也有"九月寒砧催木叶，十年征戍忆辽阳。白狼河北音书断，丹凤城南秋夜长"的描写。李璟借鉴前人手法，借月轮与砧声以传达和渲染征人思乡与思妇念夫的情感，并化出新的意境。

结尾两句"黄金窗下忽然惊：征人归日二毛生"，借助思妇的设想来表达思妇与征人久别重逢、悲喜交集的情景。

李璟准确地把握思妇心理和意识的流程，在思妇相思至极时为其安排一设想情节：突然一日征夫归来，出现在黄金窗下，两人久别重逢，惊喜万分，然而相对而视，双双又是青春已逝，鬓发斑白，于是悲哀蓦地涌上心头。

这情景令人感动，也令人深思。这虽是设想，却反映着思妇的真实心理，是思妇真情实感的表现。这里思妇的心态是矛盾的，心理是复杂的。而这种设想，又仅仅是设想，令人悲哀的是征人并未真的归来，那么这种设想的落空，给思妇造成的还将是更深痛的悲哀！

这种设想，看似为全词作一欢喜的结束，实则伏下了更深沉的悲哀，那思妇日夜思念的辽阳征人能否归来也是难以预料的，思妇的相思因而也难以终止。

此词体制虽小，但内容含蓄却很深挚丰厚。李璟采用对比反衬、烘托渲染、联想假设等手法由外入内、由表及里地刻画了贵家女子思念远戍征人的心理状态和意识流程，从一个侧面反映了边关戍事给思妇造成的沉重的精神压力。

汉唐以来，边事频繁，至唐已有边塞诗出现，并取得了一定成就，在中国诗歌史上留下了许多佳作。但在词作之中，唐五代词还多写宫廷生活、男女情欢的内容，李璟以词写思妇念夫之情，从侧面反映边戍生活，对拓展词境有一定贡献。但所写侧重思妇相思之苦，强调男女个人悲剧，对边戍生活缺乏明确描写，开掘不深，社会主题不突出，这也是李璟词的不足之处。

竹禽图　北宋 赵佶

浣溪沙

手卷真珠上玉钩[1]，

依前春恨锁重楼[2]。

风里落花谁是主[3]？

思悠悠[4]。

青鸟不传云外信[5]，

丁香空结雨中愁[6]。

回首绿波三楚暮[7]，

接天流[8]。

题注

此词调名，又作《山花子》《摊破浣溪沙》。

据宋陈振孙《直斋书录解题》卷二十一—定李璟作。

校注

1. 真珠：一作"珠帘"，指珠帘。《漫叟诗话》云："李璟有曲：'手卷真珠上玉钩'，或改为'珠帘'……非所谓知音。"又唐李白《捣衣篇》有句云"真珠帘箔掩兰堂"，此可谓"真珠帘"的略称。玉钩：玉制的帘钩。

2. 依前：同以前一样。锁：闭锁。重楼：一作"眉头"。即层楼、高楼。

3. 是：一作"似"。主：主宰者。

4. 悠悠：长远不断的样子。

5. 青鸟：《艺文类聚》引《山海经》曰："三危之山有青鸟居之。"注云："青鸟主为西王母取食者，恒自栖息于此山也。"又引《汉武故事》曰："七月七日，上于承华殿斋，正中，忽有一青鸟从西方来，集殿前。上问东方朔。朔曰：'此西王母欲来也。'有顷，王母至。有二青鸟如鸟，夹侍王母旁。"又明陈继儒《太平清话》云："青鸟形如鸠鸽，红顶长尾。"诗词中往往把青鸟当作传达消息的信使。

6. 空：一作"暗"。

7. 绿：一作"渌"。三楚：又作"三峡""春色"，古地区名，秦汉时战国楚地分为三部分，称为三楚。《汉书·高帝纪》注引三国魏孟康《汉书音义》称旧名江陵为南楚，吴为东楚，彭城为西楚。三楚约当今长江中下游地区。莫：同"暮"，昏暗。

8. 接天流：水流接天，谓长远貌。

赏析 伤春离怨：青鸟不传信，丁香雨中愁

这首词抒写江南贵家女子的伤春之情、别离之怨、怀人之思。通篇情景交融，表达女子的离愁别怨及伤春感慨极为细腻真切，是李璟词中佳作。

上片侧重写女主人公触景生情。她清晨起来，玉手卷起名贵的珍珠窗帘，挽挂在玉制的帘钩上，这是用白描的手法描绘出女主人公的动作情态，虽似平淡，却很逼真。"手卷真珠上玉钩"，窗外景色自然就展现在女主人公的眼前，但词人并未具体描绘这窗外的景象，而是直接抒写女主人公浓重的"春恨"。

"依前春恨锁重楼"，是女主人公触景生情的写照，也是女主人公心态流程的展示，这"春恨"是久长而非偶然的，这"春恨"不仅蕴蓄在内心，而且弥漫四周，笼罩了层层叠叠的"重楼"，因而是极为浓重的。这"春愁"的久

远与浓重，均由卷帘观景而引发，由其行而至其情，由景而至情，只是写其行用白描实写，而写景则暗出虚写。这样的艺术处理真实细腻而又精练简洁。

前两句女主人公的情态心绪已勾勒出来，继之"风里落花谁是主？思悠悠"则从侧面入细刻画女主人公的心理。写法上是从女主人公视觉角度写出"风里落花"之景，同时连带而出"谁是主"的女主人公之思、之问。这设问的句式不仅表现了女主人观察景物多么认真细致，而且也表现了女主人公思虑的深细敏锐。是见景起意，借花思己，物我交融。这里"风里落花"正是女主人公自身命运遭际的映衬和写照。"谁是主"，正是女主人公借问落花而表达的对自身命运遭际的思考。这种对人生的思索，女主人公并没有寻找到答案，她更难以解脱，因此，这人生探究的结果带来的是更深沉的哀怨和忧愁。"思悠悠"三字把此时女主人公无限忧思的情状准确地传达出来。

词的下片，按照女主人公情感意识的流程进一步描写女主人公的哀怨离愁。在对景难言的情况下，女主人公又联想到神话传说中的信使青鸟，寄希望于青鸟能传来远人的信息。可是"青鸟不传云外信"，希望又落空了，这多么令人沮丧，女主人公心境的悲凉与失望通过青鸟的不如人意传达出来。

"丁香空结雨中愁"，既是写景，也是抒情，也是视觉与感觉相结合的写法。女主人公看到丁香的花蕾在雨中受淋，不觉又引动了身世的同感，产生了物我的共鸣，她心绪的悲凉因之进一步渲染出来。这雨中丁香与"风里落花"也构成鲜明的比衬，并且从不同方面对女主人公的身世心境加以烘托，造成悲剧的氛围。

结末两句"回首绿波三楚莫，接天流"，描绘女主人公顾望长江，欲排遣忧愁而仍然不能的无奈和绝望的心情。滔滔大江"绿波三楚"，"接天流"，这景象境界弘阔、气势磅礴雄浑，与"风里落花"、雨中丁香的小景恰成反照。而如此境界所寄托的女主人公的情感就更加深沉，她欲借大江的巨浪淘洗掉自己内心的忧思怨恨，这又是何等强烈的愿望。但现实中她又失望了，大江只顾东去，"接天流"，而不理睬这位怀思伤春的女子，她只能眺望江水远去，而心中的忧愁苦闷仍不能排解。

通篇词旨委婉含蓄，而手法巧妙灵活。有实有虚，有正有侧，有巨有细，有明有暗，从不同方面映衬烘托和抒发女主人公的伤春离怨之苦。"风里落花"和雨中丁香是从正面烘托女主人公的不幸，青鸟不传信和大江不顾停是从反面强化女主人公的不如意，都是从侧面描写。而"手卷真珠""回首绿波"是对女主人公的直接描绘，"依前春恨""思悠悠"是女主人公心绪直接的抒发，都是从正面入笔。"依前春恨锁重楼""风里落花谁是主""丁香空结雨中愁""回首绿波三楚莫"都是把写景与抒情相交织，情景交融。

全词意脉贯通，层层渲染烘托，手法角度多变，显示了高超的艺术技巧。

荷亭奕钓仕女图（局部）　五代南唐　周文矩

浣溪沙

菡萏香销翠叶残[1]，

西风愁起绿波间[2]。

还与韶光共憔悴[3]，

不堪看[4]。

细雨梦回鸡塞远[5]，

小楼吹彻玉笙寒[6]。

多少泪珠无限恨[7]，

倚阑干[8]。

题注

此词调名，又作《山花子》《摊破浣溪沙》。题一作《秋思》。

此词作者，宋马令《南唐书》卷二十五《王感化传》载："感化善讴歌，声韵悠扬，清振林木，系乐部为歌板色。元宗嗣位，宴乐击鞠不辍。尝乘醉命感化奏《水调》词，感化唯歌'南朝天子爱风流'一句，如是者数四。元宗辄悟，覆杯叹曰：'使孙、陈二主得此一句，不当有衔璧之辱也。'感化由是有宠。元宗尝作《浣溪沙》二阕，手写赐感化……后主即位，感化以其词札上之，后主感动，赏赐甚优。"据此和宋陈振孙《直斋书录解题》卷二十一，此词当为李璟作。

校注

1. 菡（hàn）萏（dàn）：即荷花，是荷花的别名。销：通"消"，消失、消散。翠叶：指翠绿的荷叶。全句说荷花的香气已经散尽，翠绿的荷叶已经枯残。

2. 绿波：一作"碧波"。

3. 还与：一作"远与"。韶光：又作"容光""寒光"，美好时光，喻指美好的青春年华。憔悴：形容人瘦弱，面色不好看。

4. 不堪看：不忍看。

5. 鸡塞远：一作"清漏水"。鸡塞，鸡鹿塞的简称，地名。据《汉书·地理志》，此地在朔方郡窳（yǔ）浑县西北（今内蒙古磴[dèng]口西北哈隆格乃峡谷口）。一说在今陕西横山县西。这里用以泛指边塞。

6. 吹彻：吹完最后一曲。笙：一种管乐器，常见有大小数种，由若干根带簧的竹管和一根吹气管装置在一个锅状的座子上制成。全句说在小楼上吹罢最后一曲，寒夜已深，饰有玉的笙已经冰凉。

7. 多少泪珠：一作"簌簌泪珠"。无限恨：又作"何限恨""多少恨"。

8. 倚：一作"寄"，靠。阑干：即栏杆。又"倚阑干"后有二段注，上段为："冯延巳作《谒金门》云：'风乍起，吹皱一池春水。'中主云：'干卿何事？'对曰：'未若陛下"小楼吹彻玉笙寒"也。'"此语见宋马令《南唐书》。下段为："荆公王安石问山谷黄庭坚云：'江南词何处最好？'山谷以'一江春水向东流'为对。荆公云：'未若"细雨梦回鸡塞远，小楼吹彻玉笙寒"，又"细雨湿流光"最妙。'"下段注见无名氏《雪浪斋日记》，其中"细雨湿流光"句乃南唐冯延巳《南乡子》词中句。

赏析　梦远笙寒：连荷叶一同憔悴

　　这是一首抒写思妇离愁别怨、悲秋自伤的小词。在同类题材的词作中，是颇为前人称道的名作。

　　词的上片从景物写起，通过联想和类比，移情入景，传达出女主人公触景生情、悲秋自伤的情绪。

开篇二句"菡萏香销翠叶残，西风愁起绿波间"，描绘出一幅荷花残落、西风骤起的景象。

盛夏已经过去，荷花不仅消散了香气，而且还枯萎残落了。荷池再不是宁静的绿水，而是被肃杀秋风搅起了波澜。夏秋景观的变化，不仅被思妇观察到了，而且引起了思妇深切的感触。

用一"愁"字，不仅使客观无情的西风具有了人的主观心态情感的特征，是拟人化手法的体现，更是一种情景交融的手法表现。

思妇目睹秋日残荷、西风绿水的景象而产生的心境的悲凉，通过景物描绘透露出来。既是触景而悲秋，又是悲秋而观景。景物描绘中浸含着思妇内心深沉的心理感受，情与景巧妙地交织在一起。

三、四句"还与韶光共憔悴，不堪看"，是进一步抒写思妇对秋景的观感。

荷香散尽，荷叶凋零，夏去秋来，美好的时光过去，艳美的花姿已经枯萎，这是客观自然景象的变化，然而用一个"共"字，却又牵连进了思妇命运的同感。"共憔悴"所表现的不再单单是荷花景象，更有思妇的共鸣。

与美好时光的过去相伴的还有青春的消失，那荷花的枯萎正映照着思妇的憔悴。思妇从季节的变化、景物的变化，更强烈地感受到了自己的变化。

"不堪看"，不仅是破败的景象令人难以目睹，而且也是思妇自觉容颜令人不堪端详。这一语双关的句子，传达出思妇内心极度的悲秋自伤的情绪。

上片采用即景生情、融情于景、人物比照、语意双关的手法，抒写思妇悲秋自伤的情绪，委婉含蓄而又深沉细腻。下片转写思妇对远人的怀念，情调更为沉重。

"细雨梦回鸡塞远"，描写思妇因怀念戍守边关的远人从而感思成梦的情景。

感思成梦是相思之重、相思之苦的必然结果，梦中梦见了日夜相思的戍守边关的远人，是在梦幻的境界中慰藉了现实中思妇对远人的怀思。然而好梦难久，醒来时细雨迷蒙令人生寒，远人依旧在边关难以相聚，这现实与梦境，这现实与思妇的心愿反差有多么大，感受着这巨大反差的思妇此时的心境又是多么的凄惨！

这一句借写景、写梦造成思妇心愿与现实的对比反差，以委婉的手法传达出思妇内心极度的悲凉。写现实也不直写，而以"鸡塞"指代，借用典故来暗写。鸡塞，即是鸡鹿塞，此借指遥远的边关，即是思妇怀念的远人戍守的地方。梦给予思妇以希望和慰藉，现实却令思妇惨然和绝望，这极度的愁怨无由抒发，只能借在小楼里吹笙来表达。

"小楼吹彻玉笙寒"一句中，小楼，给人以孤独的印象；吹彻，是吹到最后一曲；玉笙，是饰有玉的名贵美笙。

笙的簧由铜片制成，要烘暖了吹起来才声清音正。吹得久，簧上着了水汽，就音不合律，不能再吹。"玉笙寒"，即是指玉笙吹久，不能再吹了。

这一句承上句，描绘思妇细雨迷蒙之夜梦醒后为排遣满怀愁怨而吹笙的情景：夜深人寂，小楼独守，吹笙诉怨，这情境更加凄凉。加之怀人遥远，曲罢笙寒，愁怨无法尽诉，思妇心境悲怨达到极点，这样"多少泪珠无限恨"就成为思妇自然的心态表现了。

这是思妇愁怨的直白抒写，然而这"无限恨"仍是无法表达的，怀人遥远，玉笙难诉，她只能独倚栏杆，远眺鸡塞，借目光传达内心的愁苦和盼望。

下片通过思妇的夜梦、吹笙、落泪、倚栏，从不同表现方面传达出思妇处境的孤独、心境的凄苦，刻画思妇心态更为深细。这种描写既是上片描写思妇情状的继续，又是对上片思妇触景生情、见物共鸣心态的深入剖析。正因为怀思远人，心境危苦，方才有见景起意、顾物自怜、悲秋自伤的表现。

全词充满思妇愁怨哀伤之情，意脉贯通。上片借景引情，情景交融；下片侧重写人，以景衬人。情与景、人与荷、思妇与远人、梦境与实境相互交织映衬，意境深沉，情调和谐。又以普通景物和情事来烘托、渲染思妇愁怨的心绪，更易于引起人们的共鸣。

词中"细雨梦回鸡塞远，小楼吹彻玉笙寒"二句，宋代词家王安石以为比李煜"一江春水向东流"造意为佳。"菡萏香销翠叶残，西风愁起绿波间"二句，近代词家王国维更以为"大有众芳芜秽，美人迟暮之感"，认为颇具战国楚屈原《离骚》遗风。可见此词思想和艺术对后人都有深远的影响。

果熟来禽图 南宋 林椿

补　遗

唐风图卷之鸨羽（局部）　南宋　马和之

浣溪沙

风压轻云贴水飞[1]，

乍晴池馆燕争泥[2]。

沈郎多病不胜衣[3]。

沙上未闻鸿雁信[4]，

竹间时有鹧鸪啼[5]。

此情惟有落花知。

此词一说为宋苏轼作。

此词题又作"春恨""春情""春晴"。

苏武牧羊图　南宋　李迪

校注

1. 轻云：一作"轻霜"，此指低空飘动的云气。

2. 乍晴：雨后初晴。池馆：池沼馆阁。

3. 沈郎：即沈约。《南史·沈约传》载，沈约久任南朝梁要职，仍未满足，欲掌国家大政，梁武帝未准。沈约乃求外放，又未见许，遂有牢骚，给友人徐勉写信，称自己年老多病，"百日数旬，革带常应移孔，以手握臂，率计月小半分"。表示意愿辞官，归老林泉。不胜衣：连一件罗衣也承受不起，极言体弱。

4. 沙上：指沙渚、沙滩之上。未闻：一作"不闻"。鸿雁信：鸿雁传来之信。《汉书·苏武传》载，汉武帝时，苏武出使匈奴，被匈奴扣押，流放在北海。汉昭帝时，匈奴与汉和亲，汉向匈奴求索苏武等人。匈奴诡称苏武已死。后汉朝使臣称汉天子射上林苑中，得雁，雁足系有帛书，说苏武等在某泽中。匈奴单于闻听大惊，才答应放还苏武等。故后人有鸿雁传信之说。

5. 竹间：竹林中。时有：一作"时听"。鹧（zhè）鸪（gū）：我国南方一种鸟名。背部和腹部黑白两色相杂，头顶棕色，脚黄色。常栖息在长有灌木丛和疏树的山地，鸣时常立于山巅树上。明李时珍《本草纲目》说："鹧鸪……多对啼，今俗谓其鸣曰：'行不得也哥哥。'"往往唤起离人相思的情绪，古代诗词表现离怀别感时常言及此鸟。

赏析　唯有落花知此情

　　此词抒写伤春相思之情。

　　上片以活跃的春景反衬抒情主人公伤春寂寞的心境。

　　前二句"风压轻云贴水飞，乍晴池馆燕争泥"，描绘出刚刚雨住天晴的景象。雨虽住，但风未停，云气在水面上飘动。雨后泥湿正是春燕筑巢的好机会，所以池馆的春燕正欢快地争相啄泥筑造新居，这是一种生机勃勃的景象。景物描写很有特点，极其准确。

　　然而，与自然界的勃勃生机相反，抒情主人公却是另一番境况。"沈郎多病不胜衣"，他像思虑过重的沈约，身材瘦损，体弱多病，竟至于弱不禁风，力不胜衣，这情景是何等的惨。在春暖活跃的环境氛围中，抒情主人公孤独瘦弱的形象显得更为突出，与环境是这样的不谐调，反差是这样巨大。虽未言及伤春，但伤春之意已经透露出来。

　　下片借物写人，表达相思之苦。

　　"沙上未闻鸿雁信，竹间时有鹧鸪啼"，仍是一种意境描写。"沙上"与"竹间"，水陆相映；"鸿雁"与"鹧鸪"，一飞一鸣。这种意境并非单纯地由景物构成，而含有更深刻的蕴意。借物传情，借典言事，表达了词人凄苦的心境。"鸿雁"传信是自古以来的传说，是相思顾盼的离人寄情的信物，然而一个"未闻"，即把这失望的情绪点染出来，也使整个的意境变得冷落空寂；鹧鸪本是相对而啼的鸟，但鹧鸪的啼鸣声却似"行不得也哥哥"，只会唤起离人的惆怅。在清幽的竹林中，时有时无的鹧鸪声更会令人倍感凄凉。

下片描绘的意境与上片的景象形成了鲜明的比照，春意消失了，生机没有了，剩下的便只是清冷孤寂。抒情主人公伤春的忧怨便在景物变化的描写中进一步表达出来，但这样的环境氛围令抒情主人公倍增寒凉的心绪。

"此情惟有落花知"，人间没有知音知己，伤春苦怀无人倾诉，这是何等的凄惨呢！从"鸿雁"传信、鹧鸪对鸣的寄托中，词人透露相思离怨之苦；从"此情惟有落花知"的情境中，词人更进一步表达出知音不在、无比孤独寂寞的痛苦。

全词寓情于景，情景交融。上片借景反衬抒情主人公病弱的形象，下片借景烘托抒情主人公凄凉孤寂的心绪。通过景物环境的变化表达伤春之悲，又融入典故以透露相思之苦，构思巧妙，手法委婉含蓄，表现出很高的艺术技巧。

水墨写生图（局部）　南宋　法常

浣溪沙

一曲新词酒一杯，
去年天气旧亭台[1]。
夕阳西下几时回！

无可奈何花落去，
似曾相识燕归来。
小园香径独徘徊[2]。

此词题作"春恨"。又见宋晏殊《珠玉词》。

宋胡仔《苕溪渔隐丛话》后集卷二十《王君玉》："《复斋漫录》云：晏元献赴杭州，道过维扬，憩大明寺。瞑目徐行，使侍史读壁间诗板，戒其勿言爵里姓氏，终篇者无几。又俾诵一诗云：'水调隋宫曲，当年亦九成。哀音已亡国，废沼尚留春。仪凤终陈迹，鸣蛙只沸声。凄凉不可问，落日下芜城！'徐问之，江都尉王琪诗也。召至，同饭，饭已，又同步池下。时春晚，已有落花。晏云：'每得句，书墙壁间，或弥年未尝强对。且如"无可奈何花落去"，至今未能对也。'王应声曰：'似曾相识燕归来。'自此辟置馆职，遂跻侍从矣。"载证此词为晏殊作。

校注

1. 亭台：一作"楼台"。
2. 香径：花径，散发花香的小路。

赏析　故地重游：燕归人未归

此词明白如话而情致缠绵，虽有伤春惜时之意，实则抒写忆旧怀人之情，是晏殊的得意之作。

上片写主人公故地重游、念旧思昔、睹物怀人的心态感受。

"一曲新词酒一杯，去年天气旧亭台"，仍是去年的季节天气，仍是旧日的亭台，这是今时故地重游时的所见所感，语意实绾合着今昔，叠印着时空。天气和亭台今昔相同，并无变化，这是主人公直观的心态感受，而言外之意则深含着主人公今非昔比的叹惋。

"一曲新词酒一杯"与"去年天气旧亭台"两句实是语句倒置。"去年天气旧亭台"侧重描绘重游故地时所见之物，所感之氛围环境，并作今昔的比较；"一曲新词酒一杯"，则是对往昔场面人物的回忆。歌唱着新制的词曲，品尝着醇清的美酒，那场面是何等的欢快，令人陶醉。可以想见当时歌者的动人，听者的动心，更有不能言传的动情场景。而今这一切都成为过去，季节天气依旧，环境亭台依旧，而往昔的场面人物却都没有了，往昔的美好热烈，今日的惨淡冷清，是多么鲜明强烈的对比。

以"一曲新词酒一杯"置于"去年天气旧亭台"之前，突出了往昔的场面，强调了去年欢宴场景的热烈难忘，因而加重了念昔的分量，也透露了今不如昔的叹惋。

"夕阳西下几时回"，既是主人公对与所怀思之人分别情形的回忆，也是对所怀思之人的怀念顾盼。古时相别往往在傍晚夕阳残照之时，"夕阳西下"正是以景物环境暗示往昔分别的情景，可以想见欢宴之后的离别该是多么缠绵，执手挥泪，信誓旦旦，情真意切，而今独游故地，景象依旧，人却杳然，怎能不令怀人者触目神伤？"几时回"的顾盼呼唤，吐露了主人公难以藏抑的怀人之情。

下片描绘暮春景象，表达伤今感怀。

"无可奈何花落去，似曾相识燕归来"两句，对仗精警工整，含蕴丰富深刻。"花落去"与"燕归来"都是暮春的景象，也是今昔共同的自然景观，但词人分别冠以"无可奈何"与"似曾相识"之后，就灌注了词人的主观情感，表现了主人公的今昔之感。

"花落去"是自然现象，也是客观规律；"无可奈何"是主人公的感受叹惋，这叹惋的背后是对自然规律的不可改变，主观上对惜花护花无能为力的伤感。"燕归来"反映着自然界的变化，而"似曾相识"却是主人公的一种似是而非的恍惚之感，是主人公怀人之思在归燕身上的折射。燕已归来，但这燕并不是主人公的知己，而是"似曾相识"并未相识的外物，"似曾相识"的燕已归来，而所怀之人却未归，这言外之意是不言自明的。

这两句将主人公主观的心理感受与客观景物的变化结合在一起，融情于景，借物传意，寄寓了花落事已去、燕归人未归的深切叹惋，使句中意蕴象征、情境更为深邃。

"小园香径独徘徊"既是主人公故地重游、追索往事陈迹的表现，又是主人公思昔伤今感叹未止的表现。这"小园香径"可以想见也曾是他与所怀之人幽会散步的地方，然而今日重游，往日相伴之人已不在，唯有自己独行，主人公心境的悲凉惨然因之而出。

"独徘徊"是主人公今日的处境，也是主人公心境的反映，心境恍惚，欲寻难寻，欲离不忍离，矛盾复杂的心绪使他行止难决，唯有徘徊。"独徘徊"把主人公的动作情态形象地描绘出来。

"独"字，点明题旨，词中描写的场面景物，听曲、饮宴、天气、亭台、落花、归燕、小园、香径等，均是主人公"独"自所见、所忆、所感，一字而贯通全篇。

全词没有华丽香艳之词，语句明白浅近如话，未有雕琢之迹。手法委婉，情蕴深厚，和谐自然，是婉约词的佳作，也是晏殊词作的代表。

花鸟长卷图（局部） 宋 佚名

帝台春

芳草碧色，萋萋遍南陌[1]。

飞絮乱红[2]，

也似知人[3]，春愁无力。

忆得盈盈拾翠侣[4]，

共携赏凤城寒食[5]。

到今来，

海角逢春，天涯为客。

愁旋释，还似织。

泪暗拭，又偷滴。

谩倚遍危栏[6]，

尽黄昏，也只是暮云凝碧[7]。

拚则而今已拚了[8]，

忘则怎生便忘得。

又还问鳞鸿[9]，试重寻消息。

此词题又作"春恨""春感"。

王仲闻案此首乃宋李甲所作。甲字景元，明蒋一葵《尧山堂外纪》等遂误作李景（璟）。

校注

1. 萋（qī）萋：形容草长得茂盛的样子。陌：田间道路。

2. 飞絮：一作"暖絮"，飘飞的柳絮。乱红：红花烂然的情形。

3. 似：一作无此字。

4. 盈盈：众人聚集情景。拾翠：典出三国魏曹植《洛神赋》："或戏清流，或翔神渚，或采明珠，或拾翠羽。"古代女子常以彩色羽毛为装饰品，故女子常到水边捡拾翠鸟羽毛，后指女子春游情景。

5. 凤城：旧时京都的别称，谓帝王所居之城。寒食：《后汉书·周举传》载："太原一郡，旧俗以介子推焚骸，有龙忌之禁。至其亡月，咸言神灵不乐举火，由是士民每冬中辄一月寒食，莫敢烟爨。"又清明前一天（一说清明前二日）为寒食，相传晋文公为悼念介之推抱木焚死之事，定于该日禁烟寒食。

6. 谩：一作"谩伫立"。散漫随意。

7. 凝碧：形容暮云凝聚成一块，呈碧绿色。

8. 拚（pàn）：舍弃，不顾惜。

9. 鳞鸿：即鱼雁，指书信。古乐府《饮马长城窟行》："客从远方来，馈我双鲤鱼。呼童烹鲤鱼，中有尺素书。长跪读素书，书中竟何如？上言加餐食，下言长相忆。"后因以素鲤、鲤素指代书信。又，《汉书·苏武传》："昭帝即位。数年，匈奴与汉和亲。汉求武等，匈奴诡言武死。后汉使复至匈奴，常惠请其守者与俱，得夜见汉使，具自陈道，教使者谓单于，言天子射上林中，得雁，足有系帛书，言武等在某泽中。使者大喜，如惠语以让单于。单于视左右而惊，谢汉史曰：'武等实在！'"后遂有雁传书之说，以雁足喻指传送书信的使者。

赏析　行客思乡：飞絮乱红愁无力

此词抒写远游在外的行客思乡怀人的苦情。

上片以写景开笔，描绘了南方春天芳草青青遍四野、柳絮飘飞花烂然的景象。然而这生机勃勃的景象却并未引起主人公昂扬的情绪，"也似知人，春愁无力"，表达了主人公伤春的愁怨。情与景相反衬，写景之美是欲抑而先扬，本意是要突现主人公伤春的愁怨。此时虽未明言主人公客居异乡的身份，但从他反常的情绪表现已透露出他特殊的境况，给人造成悬念。

"忆得盈盈拾翠侣，共携赏凤城寒食"则转入对往昔的回忆。古人有以翠羽为饰的习俗，女子们因之而时常结伴去捡拾翠鸟的羽毛，那是轻松愉快的生活场面，可以想见会有少女们的嬉戏欢笑。而寒食节与伙伴们手拉着手，相携到京城游赏自然是难得的机会，也是十分的美事。这两件事都给主人公留下了美好而深刻的印象，令他难以忘怀。回忆往昔欢乐的场景，既是怀人思乡的表现，又暗寓主人公现实处境的不如意，这就把开篇表达的"春愁"引向深入，透露出主人公客处异乡的悲哀。

上片后三句"到今来，海角逢春，天涯行客"，点明伤春、思乡怀人的情绪产生的原因。原来主人公远离故乡，漂泊在天涯海角，成为行客游子，又恰逢春暮，遂由伤春而触发思乡怀人之情。主人公对现时处境遭遇的说明，透露出主人公漂泊异乡无限悲凄的心境情绪，为下片集中抒写主人公的心绪做好铺垫。

下片换头即写主人公怀愁垂泪的情状："愁旋释，还似织。泪暗拭，又偷滴。"表现出主人公愁绪无尽，而又处境艰难的景况。一愁刚释，一愁又结，没有止境。而因愁而生的泪水又不能公开，只能暗中擦拭，偷偷滴落，暗示身不由己的处境，这情状当然十分凄惨。

正是处境的艰难，他才一遍又一遍地倚栏，眺望故乡，排解愁怨。然而这样做仍使他失望，故乡望不到，愁郁排解不了，满目所见是黄昏阴云密布，更使他感到压抑和愁烦。

"拚则而今已拚了，忘则怎生便忘得"，表现了主人公极其危苦矛盾的心境，该想的办法都想了，该抛弃的念头也都设法抛弃了，可就是所怀思的故乡和人，怎么也不能忘却。

尽管处境艰难，愁郁难解，他思乡怀人的游子之情总不能消退，因此在苦境中、绝望中，他又开始求索："又还问鳞鸿，试重寻消息。"他还是要寻找归乡之路，还是要打探故乡乡亲的消息。魂系故乡，情寄亲人，这位"天涯行客"的游子挚情至此抒写殆尽。

全词围绕思乡怀人的主题展开描写，上片由伤春而至忆昔，再至思今，造成情景反衬，今昔比照，点出思乡怀人的原因。下片集中表现主人公思乡怀人的情态、心境，把主题引向深入。表现主人公危苦矛盾的心绪尤为深刻。词中词语虽有晦涩难懂之处，但中心集中，手法技巧配合得还自然，大体也是较好的作品。

白蔷薇图　南宋　马远

诗集

莲池水禽图之二　五代南唐 顾德谦

游后湖赏莲花

蓼花蘸水火不灭[1]，水鸟惊鱼银梭投。

满目荷花千万顷，红碧相杂敷清流[2]。

孙武已斩吴宫女[3]，琉璃池上佳人头[4]。

题注

此诗见《全唐诗》卷八，署嗣主（李）璟。具体写作时间不可考。

校注

1. 蓼（liǎo）：草本植物，花淡红或白色，花序为穗状或头状。此指蓼花状的灯。蘸（zhàn）：液体沾染他物。此指水沾染灯。

2. 敷（fū）：铺开，摆开。

3. 孙武已斩吴宫女：据《史记·孙子列传》载，孙武以兵法见于吴王阖庐，吴王命其试勒兵之法，并命以宫中美女试之。孙武以吴王二宠姬为队长，宠姬不听调度约束，孙武遂斩吴王宠姬，法度方行。

4. 琉璃：矿石质体有色半透明的材料。此用以形容湖水碧绿凝滞的样子。

赏析　游湖赏莲：花火相映，红碧相衬

此诗描绘诗人游后湖观赏莲花所见的景象。

从"蓼花蘸水火不灭，水鸟惊鱼银梭投"的描写看是夜里观花，观花与观灯是同时的。湖面浮着似白泛红的蓼

花形的灯，虽浮在水面，沾了水，灯火仍然亮着，闪着光。灯光里，水鸟捕食着湖中的鱼，惊得鱼儿翻动跳跃，像银梭在迅速飞动。这相对看来是总写远景，灯火与湖水相映照，水鸟与惊鱼在搏击，虽是夜暗之时，却很有生气，很有动感。

中间两句"满目荷花千万顷，红碧相杂敷清流"，描绘后湖莲花盛开的景象。莲花在夏季开花，花色淡红或白，清洁高雅。诗人并未对莲花作精雕细刻的描写，而是写出了湖荷局面的宏阔，写出了红花绿叶与清流映衬的色彩。这种描写与夏夜观花的特定情境相关。看不清，因而不能入细描绘。

最后两句"孙武已斩吴宫女，琉璃池上佳人头"，仍是瞄准湖灯来写。写美人头造型的灯，却联想到孙武斩宫女之事，虽力求新意，却未免与观灯的情境相忤，令人大煞风景。故宋刘斧《摭遗》云："识者谓非吉语。"这大约与李璟赏灯观花时的低沉心绪有关。

从此诗看，李璟的诗不如词，意境技巧均属平平。

保大五年元日大雪，同太弟景
遂、江王景逿、齐王景达、进士
李建勋、中书徐铉、勤政殿学士
张义方登楼赋

珠帘高卷莫轻遮[1]，往往相逢隔岁华。
春气昨宵飘律管[2]，东风今日放梅花。
素姿好把芳姿掩[3]，落势还同舞势斜。
坐有宾朋尊有酒[4]，可怜清味属侬家[5]。

重屏会棋图　五代南唐　周文矩

（画中从左至右依次为江王李景逖、晋王李景遂、中主李璟、齐王李景达）

题注

此诗见《全唐诗》卷八。题中云"保大五年"即南唐中主李璟保大五年（947）。时李璟三十一岁。这一年李璟以三弟景遂为皇太弟，以四弟燕王景达为诸道兵马元帅，改封齐王。

宋陶穀《清异录》亦载云："保大五年元日，大雪，李主（璟）命太弟以下展燕赋诗。命中人就私第赐李建勋继和。时建勋方会中书舍人徐铉、勤政殿学士张义方于溪亭，即时和进。乃召建勋、铉、义方同宴。夜艾方散。侍臣皆有诗咏。徐铉为前后序，仍集名手图画，书画尽一时之技。真容高冲古主之，侍臣法部丝竹周文矩主之，楼阁宫殿朱澄主之，雪竹寒林董源主之，池沼禽鱼徐崇嗣主之，图成皆绝笔也。"但考保大五年中主李璟始封景遂为太弟，不应元日即此称呼。

又徐铉《徐公文集》（十八）御制《春雪诗》序云："皇上御历之七年，太弟以龙楼之盛，入奉垂旒云云。"与宋陆游《南唐书》本纪相合，故元日与弟景遂等宴雪赋诗当在保大七年己酉（949），《全唐诗》此诗题云"保大五年"为误。

又《徐公文集》后序载此次宴雪赋诗"奉和者二十一首，而侍宴者十有四人"。中主李璟及他人诗见宋郑文宝《江表志》，徐集（五）有《春雪应制》一首、《进雪》诗一首。

《全唐诗》此诗题云"汪王景逖"，应为"江王景逖"，景逖乃中主李璟之五弟。（夏承焘《南唐二主年谱》）

宴雪赋诗前，中主李璟与诸弟间为继父位事曾关系紧张，陆游《南唐书·景达传》载："（景达）稍长，神观爽迈异他儿，烈祖（李昪）深器之，受禅，封信王，烈祖欲以为嗣，难于越次，故不果。烈祖殂，景迁已前死，元宗（李璟）称疾固让景遂，欲以次及景达，承先帝遗意。既迫于群议不得行，乃立景遂为太弟，景达自燕王徙封齐王，为诸道兵马元帅中书令。"故南唐先主李昪卒前李璟曾多次辞太子位。即位后仍守父训，立景遂为太弟，而景遂则"固辞"不受，"终恐惧不敢安处"（陆游《南唐书·景遂传》）。

可见中主李璟与其兄弟在为主位辞让之时存在着极为紧张的关系。此次展燕赋诗实有很深刻的政治背景。

校注

1. 珠帘：以珍珠连缀而成或以珍珠为装饰的帘子。

2. 律管：律吕箫管。中国古代音乐分为"六律"和"六吕"，合为"十二律"。管指箫管乐器。此处律管指代音乐。

3. 素姿：指雪花飘落的样子。芳姿：形容梅花开簇的样子。

4. 尊：通"樽"，酒器。

5. 侬（nóng）：我。

赏析　登楼赏雪：东风今日放梅花

此诗描绘南唐中主李璟与兄弟聚会、登楼赏雪的情景。

诗作于南唐中主保大七年（949）。时逢元日（正月初一），江南春气放暖，李璟与太弟景遂、江王景逿、齐王景达相聚，兄弟间矛盾相对有所缓和，情感更为接近，又值大雪，奇景于江南稀有，故有雪中登楼、展宴赋诗之举，为南唐盛事。李璟触景感怀而作此诗。

首二句"珠帘高卷莫轻遮，往往相逢隔岁华"，是诗人感于登楼而回顾往事。他希望龙楼珠帘高高卷起，不要轻易放下，这样就可以更长更好地赏览楼外的景色。而更为难得的是兄弟相聚，相逢聚会一次往往要隔岁经年，实为不易，而今得以相聚，共赏雪景，唯愿长久。慨叹于兄弟相聚之难，方有"珠帘高卷"的心愿。

据史载，李璟与兄弟间在南唐国主位承继问题上虽有紧张微妙的关系，但他对兄弟还颇有情感，力求保持亲密关系，并照顾到各自的利益。"往往相逢隔岁华"既有对皇室兄弟间隔膜的慨叹，也表现李璟对今时聚会的珍惜。这两句反映了皇室生活的特点和人与人之间的关系。

三、四句"春气昨宵飘律管，东风今日放梅花"，渲染出春日的氛围。江南春节前后天气已经放暖。既是元日赏雪，"昨宵"即应是除夕夜，从"飘律管"的描写可知南唐宫廷除夕夜有隆重热闹的聚宴，宴上箫管悠扬，音乐不断，令诗人兴奋未已，故元日赏雪方有昨宵听乐的回想，而昨宵之乐又与今日"东风""放梅花"的奇景相映衬，诗人的兴奋愉快在景物、场面的描写中透露出来，是寓情于景的写法。

五、六句"素姿好把芳姿掩，落势还同舞势斜"，是写落雪的情景。虽是咏雪，却未明言，而以"素姿"指代，并与梅花的"芳姿"相比衬，写雪的色"素"，写雪落的"势"，勾勒出雪景静态和动态。虽也求新意，但此二句对江南雪景的描写实在不能算是精到。"素姿好把芳姿掩"，比衬雪梅还算可以；而"落势还同舞势斜"不仅语意未明，且韵律也不谐美。元日大雪的景象展现不够突出鲜明。

　　末二句"坐有宾朋尊有酒，可怜清味属侬家"，由写景转为写场面人物，造境立意亦属平平。"可怜清味属侬家"一句，与全诗格调尤为不谐。

　　此诗虽为登楼赏雪而作，实则侧重表现帝王之家的宫廷生活，写景咏雪并未见新意，其艺术成就不高。

烟岚秋晓图（局部） 北宋 范宽

佚句

（一）

灵槎思浩荡[1]，老鹤倚崆峒[2]。

（二）

苍苔迷古道，红叶乱朝霞。

（三）

栖凤枝梢犹软弱，化龙形状已依稀[3]。

题注

《全唐诗》（卷八）存李璟诗佚句六句。

校注

1. 灵槎（chá）：神异的木筏。神话中往返于天河与大海之间的交通工具。槎，木筏。晋张华《博物志》："旧说云：天河与海通，近世有人居海渚者，年年八月，有浮槎来去，不失期。人有奇志，立飞阁于槎上，多赍粮，乘槎而去。十余日中，犹观星月日辰，自后芒芒忽忽，亦不觉昼夜。去十余日，奄至一处，有城郭状，屋舍甚严，遥望宫中多织妇，见一丈夫牵牛渚次饮之，牵牛人乃惊问曰：'何由至此？'此人具说来意，并问：'此是何处？'答曰：'君还至蜀郡，问严君平则知之。'竟不上岸，因还如期。后至蜀，问君平，曰：'某年月日，有客星犯牵牛宿。'计年月，正是此人到天河时也。"

2. 崆峒：山名，在今甘肃平凉市西，属六盘山。古籍对崆峒山确切位置记载多歧异。《史记·五帝本纪》载黄帝"西至于空桐，登鸡头"，唐司马贞《史记索隐》云"空桐"，"一曰崆峒山之别名"。唐张守节《史记正义》引《括地志》云："空桐山在肃州福禄县东南六十里。晋葛洪《抱朴子内篇》云：'黄帝西见中黄子，受九品之方，过空桐，从广成子受自然之经。'即此山。"《括地志》又云："《庄子》云：'广成子学道崆峒山，黄帝问道于广成子，盖在此。'"崆峒当指代学道问道之处。

3. 化龙：典出《后汉书·费长房传》："（长房）曾为市掾（管理市场的官员）。市中有老翁卖药，悬一壶于肆头（市上），及市罢，辄跳入壶中。市人莫之见，唯长房于楼上睹之，异焉……长房遂欲求道……随从入深山。"后"长房辞归，翁与一竹杖，曰：'骑此任所之，则自至矣。既至，可以杖投葛陂中也。'……长房乘杖，须臾来归，自谓去家适经旬日，而已十余年矣。即以杖投陂，顾视则龙也。"后因以"化龙"指代竹子。

赏析　红叶乱朝霞

　　李璟诗佚句六句，分属三首诗。

　　（一）组二句，其诗题未可知。《全唐诗》（卷八）引宋李颀（qí）《古今诗话》云："璟割江之后，迁都豫章，每北望忽忽不乐，作诗有此句。"《古今诗话》所云不知何据，如实，南唐割江北之地与周在南唐中主中兴元年（958），则此诗当作于此年或此年后。今存佚句"灵槎思浩荡，老鹤倚峥嵘"，表达出借神筏以渡，问道仙人的意向，与诗人此时遭割地之耻，又无治国之方的处境心情似有联系。

　　（二）组二句"苍苔迷古道，红叶乱朝霞"，《全唐诗》

（卷八）注云："庐山百花亭刻石。"写作时间及全诗内容也难以知之，唯此二句描绘僻远之地古道覆苍苔的荒凉景象，及朝霞映照红叶灿烂火红的景象，难以推知深意。

（三）组二句"栖凤枝梢犹软弱，化龙形状已依稀"，《全唐诗》（卷八）注云："十岁咏新竹。"据此，此诗当作于吴睿帝顺义五年（925）。宋马令《南唐书》亦云："（璟）有文学，甫十岁，吟新竹诗云：'栖凤枝梢犹软弱，化龙形状已依稀。'人皆奇之。"故此二句是描绘"新竹"景象，新竹还不够挺壮，凤落新竹，新竹还软弱难承，但其化龙成杖的形状却已大体显现出来。描写虽不新奇形象，但富有借竹写志的意向，对于十岁的少年来说也属不易。

雪树寒禽图（局部）　南宋　李迪

文集

恤民诏

《春秋》，日食、地震、星孛、木冰，感召靡爽[1]。比灾异频仍，岂人君不德以致之耶？抑亦天心仁爱而谴告之也？朕甚惕焉。

曩者兵连闽越，武夫悍将，不喻朕意，务为穷黩，以至父征子饷，上违天意，下夺农时[2]。咎将谁执？在予一人。

其大赦境内，穷民无告者，咸赐粟帛。

　　《春秋》记载的日食、地震、彗星、树木枝条结满冰雪，对外物的感应没有差错。这些灾异接连频繁地出现，难道是做君王的不修德政而招致的吗？还是上天仁爱而用以谴责警告我呢？我很担忧。

　　从前在闽越地区接连用兵，那些士兵与暴戾的将领不理解我的心意，滥用武力从事征战，以至于父亲参战，儿子运送军粮，对上违背天意，对下使百姓耽误农事季节。这罪过归咎于谁呢？归咎我一人。

　　要赦免国中罪人，对穷困没有依靠的人，都赐给他们粮食和布帛。

此诏书见《全唐文》卷一二八。李璟即位后，连年灾异不断，李璟以为是上天对德政不修的警告，于公元 950 年，下此恤民之诏，大赦境内，境内贫穷无告者，赐以粟帛。此为抚恤百姓之诏书。

校注

1. 星孛（bèi）：彗星。木冰：树木枝条结上冰雪。感召：感应。爽：差错、过失。
2. 闽越：当时地名，在今福建省和广东省。

赏析　愿归咎我一人

李璟的这篇诏书是他有感于自然灾害频繁，而内自反省，认为诸灾异情况是对自己不修德政的警示，于是决定大赦境内，赈济衣食无告者。

此诏文笔精练，层次分明，并引经据典以证文义，具有较强的论辩力量。

八达游春图　五代后梁　赵喦

赐周宗诏¹

嵩岳降灵，诞生良弼，佐我先朝，施及朕躬²。尚赖保釐，底于成绩³。乃遽尔请罢，岂朕不能优礼勋旧而致然也？

昔萧何守巴蜀，高祖无西顾之患；寇恂守河内，光武无分民之嫌⁴。今任公以何、恂之事，宜强饭扶力，以副朕意。

于嘻！国之安危，憔兹淮甸⁵。慎始成终，非公而谁？所请宜不允。

嵩山之神降福，才诞生了你们这些忠良之臣，辅佐我朝先王，并延及我本人。我还要依靠你们治理国家安定天下，建立光辉业绩。现在你却突然提出辞去镇守之职，难道是我没有以优厚的礼节对待前朝功臣才这样的吗？

从前萧何镇守巴蜀之地，汉高祖同项羽争战便没有后顾之忧；寇恂镇守河内郡，光武帝便解决了镇守治理河内一地的嫌难。现在把萧何和寇恂那样的重任委托给你，你就应该努力加餐，为国尽力，才称我心愿。

唉！国家的安危，只在这淮河流域地区。千万要有始有终，此重任如果不是你，又有谁担当得起呢？你的离职之请是不能答应的。

题注

本诏书见《全唐文》卷一二八。公元 955 年，东都扬州留守周宗请求卸职回京师，李璟作此诏以鼓励他，希望他继续留守扬州。

校注

1. 周宗：吴及南唐大臣。南唐时曾任内枢使、侍中、镇南军节度使、司徒诸职。为大、小周后之父。

2. 嵩岳：即嵩山，因其为五岳之一，故称。在河南省。弼（bì）：辅助、辅佐，此指辅佐之人。施（yì）：延续、扩展。朕躬：指自己。

3. 保釐（lí）：治理安定。底：达到，此指做出、建立。

4. 萧何：秦汉时人，辅佐刘邦建立汉朝，曾任汉丞相，汉之律令典章，多为萧何所制。楚汉相争时，何留守关中，为汉补兵送粮饷，军得不匮，诏书中"萧何守巴蜀"二句即指此。高祖：即刘邦，秦末起义，楚汉相争，战胜项羽，建立西汉王朝。寇恂：东汉人，曾任河内太守、颍川汝南太守等。任河内太守时镇压农民起义。诏书中"寇恂"二句即指此。河内：东汉郡名，在今河南省黄河两岸。光武：即东汉光武帝刘秀，曾随其兄起兵反王莽，于公元 25 年即帝位，在位三十三年。分民：分封土地时，其居民也划归其人。

5. 淮甸：指淮河中下游地区。

赏析　非公而谁

李璟的这篇诏书主要说明不准许周宗辞去东都留守一职，以及这样做的原因。

诏书先言要依恃这些老臣治理国家、成就功业之意，然后把周宗镇守东都同萧何守巴蜀、寇恂守河内相类比，并认为他镇守东都同萧、寇之事同等重要，最后指明镇守东都之事非他莫属。

这种层层递进、步步紧逼的写作手法，使对方无可辩驳。文章具有较强的逻辑性，令人信服。

竹涧焚香图　南宋　马远

赐陈况手札[1]

欲以绫绮衣赐卿，卿必不受，今赐朕自服绸缣衣三十事，卿其领之。

今译

想把绫绸织锦的衣服赐予你，你一定会不接受，现在把我已经亲身穿过的三十件丝绸衣服赏赐给你，希望你能接受。

蚕织图（局部） 南宋 梁楷

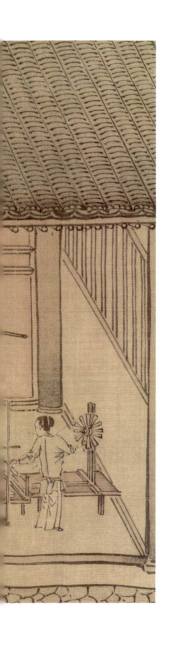

此手札见管效先《南唐二主全集》。
李璟在严寒季节见陈况衣服单薄，便亲书
此信并赠以衣服。

校注

1. 陈况：况，一作"贶"。南唐时隐
   士。曾以诗赠南唐中主，中主授
   官，固辞不受。

摹卢鸿草堂十志图卷之金碧潭　宋 佚名

赐周继诸金锄手札[1]

是朕苑中自种药者，今以赐卿，表卿高尚之节。

今译

这把金锄是我在园林中亲自种药时所使用的工具，现在把它赐给你，以表彰你的高尚节操。

题注

本手札见管效先《南唐二主全集》，这是南唐中主李璟赐给周继诸金锄时所附的字条。

校注

1. 周继诸：南唐时隐士。

周颂清庙什图之时迈　南宋　马和之

答喻俨等手札

昊天不吊，降此鞠凶[1]。

越予小心，常恐弗类于厥德，用灾于厥躬，故退处恭默，思底于道[2]。

而壅隔之蔽，以为卿忧，惟予小子，实生厉阶[3]。

今译

上天不善，降下这最大的灾凶。

我平时谨慎小心，经常担心美德不立，上天因此把灾祸降临到自己身上，所以每当退朝独处时，便恭敬而沉静地思考自己的作为是否合于道。

可是因为下情被阻绝而形成的蒙蔽，已成了你们的忧虑，这是因为我而萌生的祸端。

题注

此手札见管效先《南唐二主全集》，是回复喻俨等人的书信。

校注

1. 昊天：皇天、上天。吊：善。鞠（jū）凶：极凶，最大的灾凶。二句化自《诗经·小雅·节南山》"不吊昊天""昊天不庸，降此鞠讻"句。

2. 类：善，美好。恭默：恭敬而沉静。底：致，达到。

3. 雍隔：阻断不通。厉阶：指祸端。

赏析　因我而生的祸端

此手札所言因天降灾凶而反思平时小心奉职致道的情况，并指出灾凶产生的原因。因此可见其勤职爱民情况之一斑。

高士图（局部）　五代南唐　卫贤

赐宋齐邱书[1]

明日之行，昔时相许。朕实知公，故不夺公志。

今译

明日的行动（指归隐九华之事），以前曾答应过你。我深深地了解你的心意，所以不强迫你改变志向。

题注

本书见管效先《南唐二主全集》，乃南唐大臣宋齐邱于公元 942 年请求归隐九华时，李璟写给他的信。

校注

1. 宋齐邱：一作"齐丘"，五代十国时吴、南唐时人，曾任镇南军节度使、中书令、左丞相、大司徒、太傅等职。

货郎图　五代前蜀　李昇（传）

上汉帝书¹

　　先因河府李守贞求援，又闻大国
沿淮屯军，当国亦于境上防备²。
　　昨闻大朝收军，当国寻已彻备。
　　其商旅，请依旧日通行。

今译

开始由于河府李守贞请求军事援助，又听说贵国沿淮河岸边大量驻扎军队，因此我国也在边境上予以防备。

昨天听说贵国撤兵，我国不久也撤出防守驻军。

那些商旅之人，请允许他们像以前那样来往通行。

题注

本文见《全唐文》卷一二八。公元 948 年九月，后汉护国节度使李守贞反于河中郡，向南唐求援，李璟遣润州节度使李金全为北面行营招讨使，兵攻沭阳，两国呈军事对峙之势。十一月兵退海州，便以此书遗后汉隐帝，请复通商。

校注

1. 汉帝：即五代时后汉隐帝，公元 948—950 年在位。

2. 河府：即河中，当时地名，在今江苏北部、山东南部。李守贞：后汉护国（地名）节度使，公元 948 年反叛后汉。大国：指后汉国。当国：本国，指南唐。

赏析　大军已退，商旅可行

此文先言造成两国边境局势紧张的原因，再言局势缓和的情况，并提议开放边境，允许商旅通行。

周颂清庙什图之昊天有成命　南宋　马和之

奉大周皇帝书[1]

愿陈兄事，永奉邻欢。

设或俯鉴远图，下交小国，悉班卒乘，俾乂苍黔，庆鸡犬之相闻，奉琼瑶以为好，必当岁陈山泽之利，少助军旅之须[2]。

虔俟报章，以答高命。道涂朝坦，礼币夕行。

今译

愿意以事奉兄长之礼事奉您，永远（同贵国）结为友好邻邦。

如果您对我国的情况进行审视并为长远考虑，同我国结交，就要班师回国，使百姓和平安定，两国边境安宁得鸡犬之声相互听得见，那么我国就纳厚礼同贵国交好，并且一定要每年进献山川之物产，以稍稍资助军卒的需用。

恭敬地等待着您的回复，以便对您的命令予以答谢，道路一旦通达，贡献的币帛马上就送到。

此文见《全唐文》卷一二八。公元 956 年正月，周主率兵南侵，大破南唐军，陷滁州后，李璟遣使奉此书到徐州，向周主求和，言愿以兄事之，岁贡方物。"奉大周皇帝书"即是尊奉周主为兄的书信。

校注

1. 大周皇帝：即后周世宗柴荣，公元 954 — 959 年在位。
2. 俾（bǐ）乂（yì）：使其治理。苍黔（qián）：百姓。琼瑶：美玉，此指赠予对方的厚礼。

赏析　以兄事周

在南唐军屡遭失败、周兵深入其地的情况下，李璟在此信中以兄事周主和年奉重币为条件，请求周世宗撤军。

态度恭顺，言辞恳切，真乃"国之将亡，其言也谦"也。

周颂清庙什图之思文　南宋　马和之

让太子表

古之立太子者，所以崇正嫡，息觊觎[1]。

如臣兄弟，禀承圣教，实为敦睦，愿寝此礼。

古代立太子是为了尊崇君王正妻所生的长子，平息其他公子的非分之望。

像我们弟兄，禀受承继的是圣贤的教诲，互相亲厚和睦，希望废止这种立太子的礼节仪式。

题注

此表见管效先《南唐二主全集》。公元 940 年八月，李昪以李璟为太子，李璟即写此表相让。

校注

1. 觊（jì）觎（yú）：非分的愿望、企图。

风雨牧归图 北宋 赵佶

上周世宗第一表[1]

臣闻舍短从长，乃推通理；以小事大，著在格言。实征自古之来，即有为臣之礼，既逢昭代，幸履良途。伏惟皇帝陛下体上圣之姿，膺下武之运，协一千而命世，继八百以卜年[2]。化被区中，恩加海外，虎步则时钦英主，龙飞则图应真人[3]。

臣僻在一方，谬承余业，比徇军民之欲，乃居后辟之崇[4]。虽仰慕华风，而莫通上国。伏自初劳将帅，远涉封疆，叙寸诚则去使甚艰，于间路则单函两献。载惟素愿，方俟睿慈。遽审大驾天临，六师雷动[5]。猥以遐陬之俗，亲为跋履之行[6]。循省伏深，兢畏无怕，岂因薄质，有累蒸人[7]？

伏惟皇帝陛下义在宁民，心惟庇物，臣倘或不思信顺，何以上协宽仁？今则仰望高明，俯存亿兆，虔将下国，永附天朝[8]。已命边城，各令固守，见于诸路，皆俾戢军[9]。仰期宸旨才颁，当发专人布告[10]。伏冀诏虎贲而归国，巡雉堞以迴兵[11]。万乘千官，免驱驰于原隰；地征土贡，常奔走于岁时[12]。质在神明，誓于天地。庶使阖境荷咸宁之德，大君有光被之功。凡在照临，孰不归慕？

谨令翰林学士户部侍郎臣钟谟、工部侍郎文理院学士臣李德明奉表以闻[13]。仍进金器一千两，银器五千两，锦绮绫罗二千匹，及御衣、犀带、茶茗、药物等，又进犒军牛五百头、酒二千石。

田垄牧牛图（局部） 南宋 佚名

我听说弃短扬长才算得是通达之理；让小的侍奉大的，才是至理名言。史实证明，自古以来就有做臣下的应遵从的礼节，当今又是清明时代，有幸走上康庄大道。我想到皇帝陛下您身上，既体现了才德最高的资质，又有极高的才能继承先王的功业，且应天命而生，您有和洽治理天下千年并且连续统治八百代的征兆。您的德化普及境内，恩德又施于海外，就威武气势来看，您即是应时而生的君主帝王。

我在偏远的天之一方，错误地承继了先人的遗业，等到顺从军民的要求，才登上君王的高位。虽然仰慕中原的风俗习尚，可是并未同贵国有交往之事。我考虑到贵军初来，而远离家乡进入我们的疆界之内，想稍表我的款诚之意，可派遣使者很难，如果在小路上接触，就害怕信被打开。长存此愿望，正等待圣明慈爱。突然大驾亲征到此，天子之军声势雄壮，如同天雷震动。只为我这偏远之地的普通人，您亲自跋山涉水进行征伐。我更深刻地反省自己，担心害怕不知罪之所在，难道是因为我一人，而累及众人吗？

我考虑到陛下您的意思是保护百姓而使他们安宁，我如果仍然不考虑依顺之事，又怎么同您的宽大仁爱相融洽呢？现在对上我将依靠您，对下我则以百姓为意，忠心地带着我的国家，永远依附于您的国家。我已经命令边境城镇，让他们各自固守，遇到贵军各路人马，都让他们息兵不得出战。企盼您的圣旨发布下来，当派专人各处传告。我也希望您下诏让勇士回国，让士兵按边城之路退回。使众官兵和军车免除在原野上驰骋的劳累；我则把我国土地出产的财物每年按季节献给您。此意的证明就是神明，誓言向天地而发。如果使全国百姓都享受安宁，您就有了光耀天下的功德。凡是恩德所达到的地方，又有谁不仰慕而来呢？

谨命令翰林学士户部侍郎臣子钟谟、工部侍郎文理院学士下臣李德明敬奉上表而让您听闻。敬献黄金千两，白银五千两，织锦细纱绫罗两千匹，以及皇上所穿之衣、犀牛皮衣带、茶叶、药物等，又进献犒赏军队所用牛五百头、酒两千石。

题注

此文见于《全唐文》卷一二八。南唐中主李璟于公元 956 年二月上《奉大周皇帝书》，许诺以事兄之礼事之、岁贡方物以后，周仍未撤军，而是连陷南唐数地，于是李璟又遣钟谟、李德明使周献此称臣表，此为写给周世宗的第一份表章。

校注

1. 周世宗：即后周世宗柴荣，公元 954 — 959 年在位，在位期间曾多次率军南征，攻城略地，迫使南唐去帝号称臣。

2. 上圣：才德最高的人。下武：有盛德能继承先王功业。一千、八百：均言国运之长。命世：有治世之才的人。卜年：以占卜预测享国的年数。

3. 区中：指国境之内。虎步、龙飞：喻帝王应时而兴。真人：指帝王。

4. 余业：前人留下的事业。后辟：指君主。

5. 六师：即六军，古天子有六军，后泛指军队，此为尊称。

6. 退陬（zōu）：偏远的角落，此为自谦之语。跋履：登山涉水。

7. 蒸人：众人、百姓。

8. 亿兆：指众百姓。下国：指南唐。天朝：指后周。

9. 戢（jí）军：息兵、收军，约束军队。

10. 宸旨：帝王的旨意。

11. 雉（zhì）堞（dié）：指城墙。

12. 原隰（xí）：广平低湿之地。

13. 钟谟：南唐中主、后主时人，曾任翰林学士、户部侍郎、礼部侍郎等，两次出使后周。李德明：钟谟同时代人，曾任兵部员外郎、工部侍郎、文理院学士之职，曾以副使身份使周。后因提议尽献江北地于周议和而被诛。

赏析 永附天朝

　　本表首先赞颂了周世宗的长久帝运和被及海内外的恩德，接着言及自己误承帝业后对周朝的仰慕之情和无由相交之状，之后表示在周主亲征、天师雷动的情况下，自己将"虔将下国，永附天朝"，并提到对唐军的制约措施，要以此换取周师"虎贲归国"之举，最后指明奉表使者和所贡物品的情况。

纺车图卷绢本　北宋　王居正

上周世宗第二表

伏自上将远临，六师寻至，始贡书于间道，旋奉表于行宫[1]。虔仰天光，实祈睿旨。伏闻朝阳委照，爝火收光；春雷发音，蛰户知令[2]。惟变通之有在，则去就以斯存。所以徘徊下风，瞻望时雨，载倾捧日，辄叙攀鳞[3]。伏惟皇帝陛下受命上元，门阶中立，仗武功而戡乱略，敷文德以化远人，故得九鼎应基，复昌于宝位，十年嘉运，允正于璇衡，实帝道之昭融，知真人之有立[4]。

臣幸因顺动，敢慕文明，特遣翰林学士、尚书户部侍郎臣钟谟，尚书工部侍郎、文理院学士臣李德明，同奉表章，且申献赆[5]。请从臣事，仍备岁输，冀阖境之咸宁，识人君之广覆。不遥日下，恭达御前，既推向化之诚，更露繾绻之愿[6]。

臣伏念天祐之后，率土分摧，或跨据江山，或革迁朝代，皆为司牧，各拯黎元[7]。臣绍是克嗣先基，获安江表[8]。诚以瞻乌未定，附凤何从[9]。今则青云之候明悬，白水之符斯应，仰祈声教，俯被遐方，岂可远动和銮，上劳薄伐，有拒怀来之德，非诚信顺之心[10]？

臣自遣钟谟、李德明入奏天朝，具陈恳款，便于水陆，皆戢兵师[11]。方冀宽仁，下安亿兆。旋进历阳之旌旆，又屯隋苑之车徒[12]。缘臣既写倾依，悉曾止约，令罢警严之备，不为捍御之谋。

其或皇帝陛下未息雷霆，靡矜葵藿[13]。人当积惧，众必贪生，若接前锋，偶成小竞，在其非敌，固亦可知。但以无所为图，出于不获，必于军庶，重见伤残。岂唯渎大君亭育之慈，抑乃增下臣咎衅之责[14]。进退维谷，夙夜靡遑。

臣复思东则会稽，南惟湘楚，尽承正朔，俾主封疆[15]。自皇帝陛下允属天飞，方知海纳[16]。虽无外之化，徒仰祝于皇风而事大之仪，阙卑通于疆吏。惟凭元造，猥念后期[17]。方今八表未同，一戎慈始，倘或首于下国，许作外臣，则柔远之风，其谁不服[18]？无战之胜，自古独高。

臣幸与黎人，共依圣政。蚩蚩之俗，期息于江淮；荡荡之风，广流于华裔[19]。永将菲薄，长奉钦明。白日誓心，皇天可质。虔输肺腑，上祈冕旒[20]。仰俟圣言，以听朝命。今遣守司空臣孙晟、守礼部尚书臣王崇质，部署宣给军士物，上进金一千两，银十万两，罗绮两千匹[21]。

今译

自从您上国的将军和大批军队远来鄙地，我便开始从小路上派人献书，又在您京城以外的宫殿中向您奉上奏章。恭敬地仰望陛下的容颜，以盼望您圣明的旨意下达。我听说早晨的太阳自然普照大地，火炬便失去了光亮；春天的霹雳震响，蛰伏而眠的生物便了解了上天的命令。只要有了随宜变更决断，那么何去何从便可决定了。我之所以在风向的下端徘徊，是为了盼望及时雨；竭心尽力像拥戴太阳般来拥戴您，是为了依附您来成就功业。我考虑到皇帝陛下您受命于上天，居立于地之中央，凭借武功来平定叛乱，广施文明道德来教化远方之人，所以得到帝王的基业，使帝位重新昌盛兴旺，多年的美好运气，正与星象之兆相合，真是帝王之道的光明远大，知道是真正的君主将要即位。

值得庆幸的是我能顺潮流行事，能仰慕文德光耀，特派遣翰林学士尚书户部侍郎臣下钟谟、尚书工部侍郎文理院学士臣下李德明一起向您敬奉表章，并申述所敬献的礼物。请允许臣下我的请求，每年按时进献礼物，只是希望保证我整个境内的安宁，以使百姓了解君主之恩覆盖之广远。不以帝都为遥远，而送达到您的面前。已经表示出向往德化的诚心，更表露了发自内心的愿望。

下臣我想到自天祐年间后，国境之内四分五裂：有人占据江山土地，有的人变更以前的朝代名号自立为主，皆为官府，各自拯救百姓。我也由此承继先人基业，在江南得到安居。确实因为流离之民尚无明主可以依从，我想依附圣明的帝王又无人可从。现在帝王征候已经明了，我信守不移之词以此为明证。祈盼声威教化，使恩泽布于远方，怎么可以车驾远行，亲自辛劳轻易征伐，拒绝不用加以招来的品德，责难虔诚的归顺之意呢？

我自从派遣钟谟、李德明到天朝启奏以后，把内心想法都诚挚恳切地陈奏给您，同时在水陆两方面约束军队。只是希望您能宽厚仁爱，让臣民百姓安宁。不想您很快就派兵进驻历阳，又以军车步卒屯驻在隋苑。因为我已经写明要倾心依附，即全部按约定去做，命令守军停止警戒巡行，不做防御的打算。

或许皇帝陛下您没有停止雷霆之怒，尚未同情葵藿的向阳之性。人们如果总是害怕，一般人便一定会贪生怕死，此时如果两军前锋交战，偶然形成小小的争斗，虽然我军不是对手是本已知道的。但只是空为谋划而无所获，却一定对军卒造成伤残。岂止是亵渎君王对军卒养育的慈心，或许也增加了下臣我的罪责。在这种情况下前进和后退都处于困难境地，白天夜晚都没有不惶恐的。

下臣我又想到东面是会稽，南面乃湘楚之地，全部拥戴您改正朔为新帝，使其成为一疆之主。自从皇帝陛下您确实成为新帝，方才知道您心怀宽广有容。即使没有顺应外界的变化，只是祝愿皇风绵长。可是侍奉皇帝的礼仪，还没有使其通达到边疆的官吏。只有凭借皇帝您所做之事，在应到的时间之后才达到。现在远方之地尚未统一，以武力统一之事才开始，倘若从下国开始，允许我为境外的臣属，那么以此作为招来远方之邦臣属的风尚，又有谁不归附呢？不战就能取胜，从古以来就被尊崇为上策。

臣下我所幸的是同百姓一起依从圣明之政。纷乱繁扰的情况，将被止息在江淮流域；平坦广远的风气，广泛流传于华夏大地。各地将永远把微薄之礼，长久地奉献给圣明的皇帝。白日见证下的誓言心意，皇天可以作证。真诚献出肺腑之言，向皇帝乞求。等待圣上的话，听从朝廷的命令。现在派暂代司空之职的臣下孙晟、暂代礼部尚书之职的臣下王崇质，安排宣布供给军卒的东西，向上进献黄金一千两，白银十万两，罗绮两千匹。

题注

此文见于《全唐文》卷一二八。公元 956 年二月，钟谟等奉第一表后，周世宗未予回复，且继续进攻南唐，连陷东都扬州以及泰州，于是南唐中主李璟又于三月上此二表，请求尽承正朔。

校注

1. "始贡书"二句：指遣使献《上周世宗第一表》之事。行宫：帝王外出时所居帝城外的宫室。

2. 爝（jué）火：火把、火炬之火。蛰（zhé）户：冬季蛰伏而眠的动物。

3. 攀鳞：比喻依附帝王成就事业，也作"攀龙"。

4. 上元：此指上天。九鼎：古代象征国家政权的传国之宝，为夏禹所铸。此指帝位。宝位：指君位。璇（xuán）衡：本指饰有宝玉的天体观测仪，因其可观星象，故又指星象，此即指星象。昭融：光明长远。真人：指君王。

5. 贽（zhì）：拜见尊长时所送的礼物。

6. 日下：指帝王所居之地。繇衷：由衷，出自内心。繇，通"由"。

7. 天祐：唐昭宗及唐哀帝年号，始于公元904年。司牧：地方官，此指当时割据一方者。

8. 江表：长江以南地区。

9. 瞻乌：《诗·小雅·正月》有"瞻乌爱止，于谁之屋"句，以视乌止于谁之屋比喻人民归于谁之君，此指流离之百姓。附凤：此指依附帝王以成功业。

10. 青云：此指帝王。白水：比喻信守不移之词。和銮：帝王的车驾。怀来：招来。

11. 戢（jí）兵师：约束军队。

12. 历阳：当时地名，在今安徽南部。隋苑：当时地名，在今江苏扬州西北。

13. 葵藿：因此物有向日性，故以指赤心趋向之意。

14. 亭育：培养、抚育。

15. 会（kuài）稽（jī）：古地名，在今江苏东南、浙江西部。湘楚：今湖南、湖北。正朔：一年的第一天，古代改朝换代，帝王须重定正朔。此言新王朝。

16. 天飞：比喻帝王登基。海纳：言心胸广大、包容一切。

17. 元造：上天所造就，也指帝王所做之事。

18. 八表：八方，指远方各地。外臣：国外的臣属者。柔远：安抚远方之人，使依附。

19. 蚩（chī）蚩：纷乱的样子。

20. 冕（miǎn）旒（liú）：本为古代礼冠中最尊贵之一种。南北朝以后只有皇帝才用，故借指皇帝。

21. 孙晟（shèng）：南唐官员，历任中书舍人、翰林学士、中书侍郎诸职，中主时迁司空等。公元956年奉表使周，不辱使命，为周世宗所害。王崇质：南唐官员，曾任礼部尚书等职，公元956年以副使身份出使后周。

赏析　柔远之风

这篇上书主要讲述了如下内容：

一、表示了对周世宗的敬仰之情，并对其竭尽阿谀颂扬之能事，说他是顺天应人的真正君主，而自己以前承位江南是因为无明主可依，今天要顺应历史潮流，奉戴周主，做他的外藩。

二、一再申述把奉周主为君王、每年以藩属的身份向周贡奉物品作为请求罢兵的条件，并表示为显示诚意，避免同周军发生冲突，自己主动约束军队、遣使奉金银绢帛之物于周。

三、竭力陈述周主许己为属国对周边地区的积极影响——"则柔远之风，其谁不服？"上书还表示了对周世宗许己为外臣圣旨下达的祈盼心情。

出使北疆图（局部） 金 杨邦基

谢遣王崇质等归国表

臣叨居旧邦，获嗣先业[1]。圣人有作，曾无先见之明；王祭弗供，果致后时之责[2]。

六龙电迈，万骑云屯；举国震惊，群臣惴悚[3]。遂驰下使，径诣行宫，乞停薄伐之师，请预外臣之籍。

天听悬邈，圣问未回[4]。通宵九惊，一食三叹。繇是继飞密表，再遣行人，叙江河羡海之心，指葵藿向阳之意[5]。

皇帝陛下自天生德，命世应期。含容每法于方舆，亭育不遗于下国[6]。先令副介，密道宸慈，纶旨优隆，乾文炳焕[7]。仰认怀来之道，喜则可知；深惟事大之言，服之无斁[8]。

今译

　　下臣我辱居先王的国中，并继承了先王的事业、王位。天下出现了圣人，我却没有先见之明；没按时献上您祭祀时所用物品，果然招来对没按时纳贡的责罚。

　　皇帝您的车驾迅猛来临，成千上万的军马云集而至；全国震惊，众大臣畏惧战栗。于是我派使者驰骋而出，来到陛下都城以外的宫中，请求您停止攻伐的大军，让我成为您的藩属。

　　由于陛下您的听闻与我相距遥远，所以对您的问候尚未得到回音。致使我整夜担惊受怕，吃饭时也总在叹息。因此我便继续派遣使者飞驰送去表章，叙述我对您的仰慕拥戴之心，我的这种心情就如同江河羡慕大海、葵藿倾心太阳一样。

　　皇帝陛下您是由老天所生的盛德之人，是适应天下形势需要而降生的治世圣主。您像大地那样能容纳一切，像下国之类的国家也蒙受到您的抚育之恩。您首先遣回副使，秘密传达您的恩慈之意，旨意宽厚深远，文辞光明显耀。恭敬地认从您招来归附的方法，我的喜悦之情可想而知；我牢记着侍奉您的大国，永远顺服而不厌弃。

题注

此表见《全唐文》卷一二八。公元 956 年三月，南唐中主李璟派大臣孙晟、王崇质奉表使周，被扣留。不久又遣其归南唐，与他同时遣返的还有奉一表使周的李德明。王崇质归国后，李璟作此表遣使奉周表示谢意。

校注

1. 叨（tāo）：谦辞，承受、辱受。

2. 王祭弗供：语出《左传·僖公四年》，原作"王祭不共"，言周王室的祭品没及时供奉，此言未及时给后周进献贡品。

3. 六龙：皇帝车驾的六匹马，此指周世宗的车驾。电迈：言迅急如电。

4. 天听：皇帝的听闻，此指周世宗的听闻。悬邈：言相距很远。

5. 繇是：由是，因此。繇，通"由"。行人：使者、使臣。

6. 方舆（yú）：指大地。古人以天圆地方，故称。以其可载万物，用其比喻涵容一切。亭育：抚育。

7. 副介：副使。宸慈：帝王的慈爱、恩慈。纶旨：帝王的旨意。优隆：宽厚深远。乾文：指帝王所写文字。炳焕：光明显耀。

8. 服之无致（yì）：语出《诗·周南·葛覃》，原意为穿戴（粗细葛布服饰）而不厌弃，此言对后周的顺服永不厌弃。

赏析　圣问未回，终日惶恐

此表先回顾了自己承帝业后因未向后周纳贡而招致大军攻伐后，遣使奉书称外臣未见回音而诚惶诚恐的情况，再盛赞周世宗宽容海涵，遣使复命的深恩，并再次表示感激、顺服之意。上表言辞恳切，谦卑有礼，且多用典和比喻手法，使抽象的议论显得形象具体，结构上也层次分明。

蚕织图（局部） 南宋 梁楷

130

进奉钱绢茶米等表

臣闻盟津初会，仗黄钺以临戎；铜马既归，推赤心而服众[1]。一则显周君之雄武，一则表汉后之仁慈[2]。用能定大业于一戎，绍洪基于四百，兼资具美，允属圣君[3]。

伏惟皇帝陛下量包终古，圣合上元，子育黎民，风行号令[4]。以其执迷未复，则薄赐徂征；以其向化知归，则俯垂信纳[5]。仰荷含容之施，弥坚倾附之念。

然以淮海遐陬，东南下国，亲劳翠盖，久驻王师，以是忧惭，不遑启处[6]。今既六师返旆，万乘还京，合申解甲之仪，粗表充庭之实[7]。

但以自经保境，今已累年，供给既繁，困虚颇甚，曾无厚币，可达深诚。然又思内附已来，圣慈益厚，虽在照临之下，有如骨肉之恩，纵悉力以贡输，终厚颜于微鲜。

今有少物色，以备宣给军士。谨遣左仆射平章事臣冯延巳、给事中臣田霖，部署上进[8]。

今译

下臣我听说孟津诸侯会盟伐殷，周武王执黄钺指挥大军；铜马军既经归顺之后，汉光武帝以诚心相待而让众人敬服。第一件事显示了周武王的雄武，第二件事表现了汉光武帝的仁慈。因此周武王能凭借军事力量奠定周王朝的基业，汉光武帝能接续汉朝的基业到四百年。两个人同时具有美好品德，确实堪称圣明君主。

我想到皇帝陛下您的宽宏大量能容纳自古以来的一切，您的圣明合乎上天，您像对待儿女那样抚育百姓，号令能够很快达到各地。由于周边之人坚持迷乱错误而没有归附，便予以征伐；由于周边之人向往教化而知道归顺，便予以信任接纳。我以敬慕之心接受了您所施予的宽厚相容纳的恩德，这更加坚定了一心归附的想法。

然而我所在的淮海之隅，偏远荒僻，像这样的东南小国，却劳您车驾亲临，使帝王的大军久驻于此，因此我很忧虑惭愧，没有安歇闲暇之时。现在既然天子大军返回京师，便应该申述退兵罢战的礼仪，略备贡奉于君王中庭的礼品。

但由于自从保卫边疆交战后，至今已经多年，频繁供应所需物品，国库已经很贫乏虚损了，已经没有厚重的礼物，用来表达我深切而又诚挚的心情了。然而又想到自归附以来，圣上的慈爱非常深厚，虽然是在您的恩泽所及之中，您对我也有父母对子女一样的深恩，即使把全部力量都使出来贡奉给予，终究由于所贡太少而显得厚颜无耻。

现在有少量物品，准备给予军吏士卒。谨派遣左仆射平章事下臣冯延巳、给事中下臣田霖，安排物品贡奉之事。

题注

此表见于《全唐文》卷一二八。公元 958 年三月，周兵南侵，陷数城，至长江北岸。南唐中主李璟害怕周兵南渡，便遣使奉表请以国为附庸，尽献江北诸地，并许岁贡数十万及盐等，周主许之。于是中主遣冯延巳、田霖使周，献银、绢、钱、茶、谷共百万，以犒军。此表即是两使者贡献上述物品时所奉之表。

校注

1. 盟津：古地名，即孟津，在今河南孟津县东。史载周武王伐纣时，在此观兵，诸侯不期而至者八百，会盟于此，故称盟津。黄钺：以黄金为饰的钺，为天子所用，故后世为帝王仪仗。临戎：从军。铜马：西汉末年农民起义军的一支，为汉光武帝刘秀所败，分其军士于诸将。

2. 周君：指周武王姬发。汉后：指汉光武帝刘秀。

3. 四百：指汉朝的统治年代。兼资：并有，同时具备。

4. 终古：自古以来。上元：上天。

5. 徂（cú）征：前往征伐。

6. 淮海：指淮河以南近海地区，即东南地区。遐陬（zōu）：偏远的角落，此为自谦之语。翠盖：以翠羽装饰的华盖，即帝王的车驾。

7. 充庭之实：即庭实。周礼规定诸侯互访或朝见天子，参与聘、觐、享礼，要将礼物陈列于中庭。

8. 冯延巳（sì）：南唐官员，初为秘书郎，后进为中书侍郎，同平章事。又以左仆射同平章事使周。工诗词，至老不废，有《阳春集》。田霖（lín）：南唐官员，使周时为给事中。部署：安排、部署。

赏析　解甲之仪

　　此表以周武王会合诸侯和汉光武帝接受降军之事引出周世宗对自己归附宽容接纳事，又以此言及对周主的感激图报之情——本欲重贡方物，但因国已虚亏，只得尽其所能予以贡奉。最后落实到本表主题——所贡物品及所派使者一事上。

　　本表中心突出，线索明确醒目，以典故引出所言之事，使文章增加了趣味性、可读性。

南唐文会图（局部）　北宋　赵昌

进买宴钱第一表

臣闻圣人制礼，重尊奖之心；王者会朝，宗燕享之事[1]。是以此日，辄荐微诚。

窃以臣幸能迷复，方认怀来，决心既向皇风，注目每瞻于清跸[2]。

伏自陪臣入奉，帝诰荐临，顿安下国之生灵，俱荷大君之化育[3]。虽复寻令宰辅专拜冕旒，少倾贡奉之仪，仰答含容之德，然臣静思内附，欣奉至尊，既推示其赤心，又迴隆于乃眷，岂将常礼，可表深衷[4]？

是以别命使臣，更伸诚恳，俾展犒师之礼，仍陈买宴之仪，躬诣行朝，聊资高会，庶尽倾于臣节，如得面于天颜[5]。

伏惟皇帝陛下承天子民，溥恩广施，四海识真人之应，万方知王泽之深[6]。固以包括古今，丝纶典则，盛矣美矣，无得而称[7]！凡仰照临，孰不欢悦？

今遣客省使臣尚全恭专诣行阙，进献犒军买宴物色[8]。

下臣我听说圣人创制礼法，推崇奖励的心意，君王使群臣朝会自己时，宗奉以酒食招待宾客之事。因此我今天敬献礼品略表诚意。

我私下里认为自己能迷途知返，方才辨明被招来之路，决心在归向皇帝的教化后，集中注意于皇帝您的举动（以侍奉之）。

自从下臣我侍奉皇帝以来，皇帝的诏书一再下达，立即使我国的百姓安定下来，全都蒙受了您使之繁衍生长的恩德。虽然马上派遣辅政重臣来专门拜见您，稍稍尽我礼物的贡奉，来报答您宽厚容纳的恩德。然而下臣我想到自从依附以来，欣然侍奉您，既竭尽赤诚之意，又表示了深远隆重的关切之情。但怎么能用通常的礼节，来表达我内心的感激之情呢？

因此我要另外派遣使臣，来表达我诚恳拥戴之意，让他们献上对大军的犒赏物品，还要奉献上买宴的钱物，让他们亲自送到您皇宫外的住所处，以此物品姑且充作盛宴的资助。希望能竭尽为臣之礼节，如同能亲睹您的容颜。

下臣我想到皇帝陛下您上承天意抚爱百姓，您的恩德普遍施及天下每个人，四海之内都知道您是顺天意而生的帝王，各地都知道您恩泽的深厚。（您广施恩泽的行为、言论）本来就已包括古今，体现在典章法则中，多么丰茂盛美呀，没有用以称颂的言辞！凡是恩泽所及之处，又有谁不欢欣喜悦呢？

今派遣客省使下臣尚全恭专程到您的行宫门前，进献犒赏军吏士卒和买宴的物品。

题注

此表见于《全唐文》卷一二八。公元 958 年三月，周世宗允南唐内附后，中主李璟便遣大臣尚全恭奉此表使周。"买宴"是唐及五代时附属国入朝或皇帝赐宴群臣献钱帛的一种制度，是方镇之主或国内臣下向皇帝献纳钱物的一种形式。此文便是作为后周附庸的南唐中主李璟第一次向后周世宗献纳买宴钱时所进的表章。

校注

1. 燕享：宴享，以酒食祭神，也指以酒食招待他人。

2. 皇风：帝王的教化。清跸（bì）：皇帝出行清道戒严，禁人通行，此指皇帝车驾。

3. 陪臣：诸侯大夫对天子自称陪臣，此李璟自称为周主臣下。
   帝诰：皇帝的命令。化育：使万物生育成长。

4. 宰辅：帝王的辅政大臣，一般指宰相或三公。冕旒(liú)：指帝王。

5. 行朝：皇帝出行时临时所住之所。高会：盛大宴会。

6. 真人：指帝王。

7. 丝纶典则：丝纶，语出《礼记·缁衣》："王言如丝，其出如纶。"王言如丝纶般体现。典则，典章法则。指施恩泽的行为、言论如丝纶般体现在典章法则中。

8. 客省使：当时官名，掌管国家信使朝见赐宴、四方进奉及外国朝贡诸事。尚全恭：南唐官员，奉此表使周时为客省使。行阙：行宫前的阙门。

赏析　买宴之仪

　　表中首先申明进此买宴钱是为了遵从圣人之礼和燕享习惯，然后说明为了报答周世宗的"含容之德"和尽陪臣之义，不但要进此买宴钱，还要另派使者奉礼物犒军。上表还一再称颂周世宗的恩德，并表示了衷心侍奉之意。

　　上表层次分明，言辞恳切，态度恭顺，具有浓烈的感染力。

进买宴钱第二表

臣幸将下国，仰奉圣朝，特沐睿慈，俯垂开纳[1]。已陈鲜礼，请展御筵。因思尽竭于深衷，是敢别陈于至恳[2]。

伏以柏梁高会，宸极居尊，朝臣咸侍于冕旒，天乐盛张于金石，莫不竞输庭实，齐献寿杯[3]。而臣僻处遐陬，迥承乃眷，虽心存于魏阙，奈日远于长安，无繇亲咫尺之颜，何以罄勤拳之意[4]？

遂令戚属，躬拜殿庭，庶代外臣，获累执事。纳忠则厚，致礼甚微，诚惭野老之芹，愿献华封之祝[5]。

谨差临汝郡公臣徐辽部署宴上进献物色诣阙[6]。

　　下臣我有幸带领我的国民，恭敬地侍奉圣明的朝廷，特别蒙受了皇帝您的慈爱，又承蒙您的宽容接纳。我已经奉献了少许礼物，请在您的御宴上使用。由于考虑竭尽内心深处的敬奉之意，因此才敢向您陈述至诚之心。

　　以前汉武帝在柏梁台举行盛大宴会，武帝居于至尊之位，朝中大臣都侍奉于左右，钟磬等乐器奏出像天上的乐曲一样美妙的音乐，朝臣们没有不竞相奉上礼品、一同献上寿酒以祝贺的。可是我居于荒僻遥远之地，曾受到您多方的亲切关怀，虽然心系朝廷，怎奈京都虽不遥远，但没有机会亲睹圣颜，这又怎么能表达我对您恳切诚挚的敬仰之意呢？

　　于是我便派我的臣僚、心腹亲自到您的朝堂上拜见您，希望他们能代替我参见您手下的人。献纳的忠诚之心虽然深广诚挚，但赠奉的礼物却微不足道。我的确对自己微薄的礼品感到惭愧，但是愿意献上华封三祝一样的祝福。

　　谨差遣临汝公下臣徐辽安排宴会上所进献的物品送到您的宫殿上。

题注

本表见于《全唐文》卷一二八。公元 958 年三月，南唐中主李璟向周世宗上《进买宴钱第一表》后，旋即又上此表，又向周世宗进奉钱物。

校注

1. 睿（ruì）慈：皇帝的慈爱。开纳：免罪并接纳。

2. 深衷：内心深处的想法。

3. 柏梁：即柏梁台，汉武帝元鼎二年（前115）春起此台，在长安故城内，史载汉武帝常置酒其上，诏群臣和诗。高会：本指大宴会，此指前所言汉武帝所举行饮酒赋诗会。宸（chén）极：原指北极星，此指皇帝。天乐：本指上天的音乐，此指美妙的音乐。金石：指钟磬（qìng）类乐器。庭实：周礼规定，诸侯国间互访或朝见天子，参加聘、觐和享礼时，要将礼物或贡品陈列于中庭。寿杯：祝寿的酒。

4. 乃眷：此比喻关怀。魏阙：本为古代宫门外的阙门，是朝廷宣布法令之处，故可指代朝廷、帝王。日远于长安：《晋书·明帝纪》载，晋明帝司马绍年幼时，父亲问他：日和长安哪个远？回答：日近，举目见日而不见长安。后以此指向往帝都或皇帝而不得至（见）。咫尺之颜：此语化自《左传·僖公九年》"天威不违颜咫尺"句，后以"咫尺颜"形容离皇帝很近。勤拳：殷切诚恳。

5. 华封之祝：据传华之封人祝帝尧长寿、富有和多男儿，后人称之为华封三祝。

6. 徐辽：南唐大臣，曾封临安郡公。诣阙：赴皇帝的殿庭。

赏析　华封之祝

　　此上表主要是说，为报答周世宗涵容相纳的深恩，曾向周贡奉方物，但这些微薄的礼物尚不能表达对周主的深情厚谊，更不足以报答周天高地厚的恩情，只好献华封之祝以表心意，并再献买宴钱。表中还引汉武柏梁之会事，证明臣下向皇帝"输庭实"是古已有之的习俗。

晋文公复国图（局部） 南宋 李唐

149

请令钟谟归国表

臣谬承先业，僻在一隅，不识天命，得罪上国，困而后伏，何足可多？

许以不亡，臣之幸也。岂意皇帝陛下辱异常之顾，垂不世之私[1]。外虽君臣，内若骨肉，殊恩异礼，无得而言。退日揣循，何阶及此？

且古人有一饭之恩必报，臣窃慕之。故自结发已来，未尝敢轻受人惠，虽往事君父，亦尝以退让自居。不图今辰顿受殊遇，此臣所以朝夕惭恨，恐上报之无从也[2]。

然天地之功厚矣，父母之恩深矣，而子不谢恩于父，人且何报于天？

以此思之，则惟有赤心，可酬大造[3]。况臣尝嗟世网，别贮素怀[4]。

方以子孙托于陛下，区区之意，可胜言哉！

兼臣比乞钟谟过江，盖有情事上告；钟谟又已奉圣旨，许其放回。伏乞才到京师，即令单骑归国，庶于所奏，早奉敕裁[5]。瞻望冕旒，不胜恳祷！

下臣我错误地承袭了先王之业，居住在偏僻的一角，不识上天之命，得罪了上国，受到了困窘以后才臣服，有什么可以称赞的呢？

陛下答应不灭亡我国，是下臣我的幸运。哪里会想到皇帝陛下您会蒙辱而特别照顾我，给我以世上少有的偏私呢！您和我对外虽是君臣关系，对内却亲同骨肉一样，这不是寻常的恩义和礼节，却没有表达谢意的机会。日后揣摩，是什么缘由而这样呢？

而且古人有一顿饭之恩一定报答的事情，下臣我私下里倾慕之。所以自成人以来，不曾敢轻易接受别人的好处，即使以前侍奉我的父王，也是以谦让者自居。不想最近突然受到特别的礼遇，这是下臣我朝夕惭愧遗憾，恐怕没有机会报答的原因。

然而天地的功德深厚，父母的恩情深切，如果儿子不对父亲答谢其养育之恩，人们又怎么对老天予以报答呢？

想到这样的道理，则只有对您的赤诚之心，可以报答您极大关怀的恩情。况且下臣我曾慨叹社会上法纪礼数对人的束缚，心中另外存留着平日的情感信念。

正要把子孙托付给您，真挚诚恳之意，能说得完吗？

另外下臣我再次派遣钟谟过江北上，是有事情上报给您；钟谟又将奉您的圣旨，返回江南。我请求他刚到京师就让他一人返回南国，是希望对于我所奏请的事，能早一天得到您圣明的裁决。遥望远在京都的陛下，不停地为您诚恳地祷告祝愿！

题注

此表见《全唐文》卷一二八。公元 958 年八月，南唐中主再次遣钟谟等人使周，即上此表向周主谢恩，又请求至周后即令其归国。

校注

1. 不世：非世上所常有的、罕见的。

2. 惭恨：惭愧遗憾。无从：没有机会。

3. 大造：极大的关怀照顾。

4. 世网：指世上束缚人的法律、礼教、风俗等。素怀：平日的情怀、平素的信念。

5. 敕裁：皇帝的裁决。

赏析　不亡之恩

表中叙述了周主对南唐不灭和多方照顾的天高地厚之恩，表达了对周世宗真挚的尊奉爱戴之情，并指出派钟谟北上谢恩之意，恳求为早见圣旨，钟谟"才到京师，即令单骑归国"。

九龙图（局部） 南宋 陈容

请改书称诏表

臣闻天秩有礼，位已定于高卑；王者无私，事必循于轨辙[1]。倘臣下稍逾名分，则朝廷实紊等夷，情所难安，理须上诉[2]。

窃以臣比承旧制，有昧先机。劳万乘之时巡，方倾改事；庆千年之嘉会，固已知归。

伏惟皇帝陛下，禀上圣之姿，有高世之行。囊括四海，泽润生民，明目达聪，道款有截，东征西怨，化被无垠，已观混一之期，即仰登封之盛[3]。

而臣爰从款附，屡奉德音[4]。陛下煦妪情深，优容义切，全却藩方之礼，惟颁咫尺之书[5]。

粤在事初，便知恩遇。向者未遑坚让，今兹敢沥至诚。

且臣顷以德薄道乖，时危事蹙，献诚以奉陛下，请命以庇国人。获保先基，赐之南服，莫大之惠，旷古未闻[6]。

微臣退思，所享已极，岂于殊礼，可以久当？

伏乞皇帝陛下深鉴卑衷，终全旧制，凡回诰命，乞降诏书[7]。庶无屈于至尊，且稍安于远服[8]。

乃心恳祷，无所寄言[9]。

　　我听说上天所规定的等级位禄遵从礼节，每个人职位的高低早已确定；做君王的没有偏私，凡事都遵循规章法则。倘若下臣我稍有超越名分之处，那么朝廷的职分品位就会被扰乱，这于情于理都是不合，需要辨别清楚的。

　　下臣我私下里认为自己承袭旧制所定王位，是因为昏庸没有事先洞察天意所致。劳驾您的大军来敝地巡行时，才意识到要改变以前的所作所为；当您举行庆贺邻国臣服的庆典时，我就知道了自己的归向。

　　我想到，皇帝陛下您秉承上天赋予的最高才德，有超出世俗的品行。全部领有四海之内的领地，您的恩泽滋润所有百姓；眼力敏锐、听觉敏捷，法规齐整，兴仁义之师深受百姓拥戴，受到您的教化处所没有边际。已经看到天下统一的日子，即将看到您登泰山封禅的盛大庆典。

　　由于下臣我诚心归附，多次受到您的恩诏。陛下您覆育抚养的恩情深厚，宽厚仁爱的情义深切，完全除去对待藩属的礼仪，只颁发书信。

　　远在事情开始之前，我就领受了您的恩惠待遇。但是以前却无暇坚决推辞，至今才敢于献出我的诚挚之心。

　　而且我不久前由于德行微薄又违背规律，形势紧张处于危难之时，曾向您敬献杨诚来侍奉陛下，请求您保护好我的百姓。我继承的先王基业得到了保全，您赐给我南方之地，没有比这再大的恩惠了，这种情况有史以来不曾听说过。

微臣事后思考，所享受的恩惠已经达到极点。对于这样特殊的礼遇，怎么能长久享用呢？

特请求皇帝陛下能体察下臣我真挚的内心，依着旧礼制，凡回复给我的命令，请求以"诏书"的名称下达。这样就不会使您受委屈，而且我这个远方臣子也会心里稍感安适。

我诚心地为您恳求祷告，没有可寄托言语的地方。

题注

此表见于《全唐文》卷一二八。公元 958 年八月，南唐中主遣钟谟使周献买宴钱的同时，并献此表，请求周世宗对南唐比藩方，赐以诏书。此前周主致南唐书称"书"不称"诏"，《请改书称诏表》就是中主请求周主把今后给南唐的书信改为"诏"。

校注

1. 天秩：上天规定的品秩等级。高卑：即尊贵卑下。轨辙：法则、规章。

2. 等夷：平辈。此指辈分、地位。

3. 有截：齐一貌，整齐貌。有，助词。东征西怨：出兵征讨东方，而西方的百姓埋怨不先来解救自己。语出《书·仲虺之诰》："惟王不迩声色，不殖货利，德懋懋官，功懋懋赏……东征西夷怨，南征北狄怨。"指帝王兴仁义之师为民除害，深受百姓拥戴。混一：统一。登封：帝王登山封禅。因此事历来为国家大典，此指重大庆典。

4. 款附：诚心归附。德音：此指帝王之恩诏。

5. 煦妪：犹覆育、抚养。此词出于《礼记·乐记》："天地欣合，阴阳相得，煦妪覆育万物。"古人认为天以气煦覆万物，地以形体妪育万物，故称。优容：宽容。咫尺之书：指书信简牍。因古代书牍长大，故称。

6. 南服：指南方，此为南唐当时所辖之地。周制，以土地距国都远近分为五服，因此南方为南服。旷古：自古以来、远古。

7. 卑衷：谦卑诚挚的内心想法。诰命：朝廷颁布的命令。诏书：皇帝对臣下及藩属的命令。

8. 远服：指远方之人。

9. 恳祷：诚挚的祈祷祝愿。

九龙图（局部） 南宋 陈容

160

赏析　臣应谨守臣的名分

　　此表从礼节对朝纲的重要作用起笔，说明臣下的品位不能逾越名分，再由周世宗的传业，谈到对自己的礼遇之恩，而正由于这种特殊礼遇是超越名分的，所以才使自己深感不安，提出周主在向自己降诰命时，要依照上朝对藩邦之礼，改"书"称"诏"的请求。

　　此表由大前提到小前提，再到具体事例，逐层推进，最后水到渠成地得出结论，逻辑性强，中心突出。但文中大肆铺叙周主的功绩和对自己的恩惠等内容，影响了对主题的表达。

梨花鹦鹉图 宋 佚名

李璟李煜词
赏析

李璟李煜词赏析[1]

詹安泰

一、五代十国与词

十世纪前半期，我国历史上又出现了一次大分裂的局面，这就是"五代十国"时代。"五代"是指后梁、后唐、后晋、后汉、后周五个朝代。其中除后梁朱氏、后周郭氏外，后唐李氏、后晋石氏、后汉刘氏都不是汉族。自农民起义军的叛徒朱全忠起，他们在唐帝国的统治政权被农民起义军摧毁后，相继统治了北中国五十三年。这五十三年中，他们经常进行大混战，到处焚掠屠杀，弄得整个北中国都被战争与死亡的气氛笼罩着，农业生产和工商业城市都受到极其惨重的破坏。

1．本文出自詹安泰《李璟李煜词》。詹安泰（1902—1967），著名古典诗词研究家、文学史家和书法艺术家，尤精于诗词的创作和研究。——编者注

这时南方割据的九国（吴、吴越、前蜀、楚、闽、南汉、荆南、后蜀、南唐，连沙陀人刘旻［mín］在太原所建立的北汉计算，就是"十国"）都是汉人建立的国家，未受西北各部族的侵扰，诸国间的战争也少，因而人民生活得到相对的安定，仍能继续生产。特别是西蜀和南唐两个国家，吸收了关中一带和中原一带的逃亡者，使劳动力不断增加，而当时个别的统治者还积极提倡生产，务农桑，兴水利等。因此，这两国的生产力尤其发展，呈现出经济繁荣的景象，成为当时的两个经济中心地区。

词是隋、唐以来的一种新兴的配合音乐的文学体制，每首各有调名，每调各有定式，一般说，每字的平仄都有规定，后来有些调子中的某些字还规定四声（平、上、去、入）。它所配合的音乐，主要是从西北各族输入的"燕乐"。它是在我国民歌和诗体的基本句式上加以变化的一种新形式。它的产生和发展与都市经济、商业发达是分不开的。西蜀和南唐既然是当时的经济中心地区，因而词人的创作也集中在这两个国度里。

西蜀的词，备见于赵崇祚所编的《花间集》（集中除温庭筠、皇甫松外，几乎全为西蜀人或流寓西蜀者）。南唐词的集子，流传下来的只有冯延巳的《阳春集》和这本李璟、李煜父子的《南唐二主词》。

二、南唐二主简介

中主李璟

李璟（916—961），字伯玉，初名景通，徐州人，或说湖州人。本姓不明[1]，父亲李昪曾为徐温的养子，名徐知诰，后来才改姓李，名昪。璟是昪的长子，有四弟：景迁、景遂、景达和景逿。长子在传统上是应该继承父位的，因为景迁是吴王的女婿，得李昪的钟爱，又有权臣宋齐丘派拥护他[2]；景迁死后，李昪又器重景达，欲传位于他，病危时，还有密信召景达，医官吴庭绍把此事告知李璟，才使人追回密信。他们兄弟之间是矛盾重重的。所以当立他为太子时，他再三谦逊；将嗣位时，又要让给景遂；既即位了，还宣称兄弟继立[3]；即位之初，

---

1. 陆游《南唐书》《江南野史》《唐余纪传》均认为李昪是唐宪宗（李纯）第八子李恪的玄孙。《旧五代史》《周世宗实录》均认为李昪是唐玄宗（李隆基）第六子李璘的后裔。《新五代史》《十国纪年》《十国春秋》均认为李昪出身微贱，先世不是唐代的宗室。《吴越备史》则以为李昪本是湖州人，姓潘。夏承焘《南唐二主年谱》引《江南别录》所载李昪第四子景达先娶李德诚女事，证明李昪如果本来姓李，必不和李德诚通婚。从这许多不同说法看来，李昪本姓是什么还是一个疑问。
2. 见《江南录》。
3. 据马令《南唐书》、陆游《南唐书》和《五国故事》。

就改元"保大",希望不动干戈,保持太平[1]。就这些情况看来,一方面可以看出李璟在统治集团内部的处境是相当困难的,另一方面也可以看出他的性情毕竟比较温厚,和一般做了帝王就任意杀戮的有所不同。

李璟于943年(二十七岁)继李昪做南唐的小皇帝。958年因受周威胁,遣使上表,愿以国为附庸,才去帝号,称南唐国主(史称中主或嗣主)。961年卒,在位凡十八年。在这十八年中,初时还有他父亲的余威,将士用命,扩地很广,在原有的二十八州外,更攻取了建、汀、漳、泉、剑等州,共三十五州,号为大国,声势很壮[2]。955年以后就不同了,他奉表称臣于周,周世宗(柴荣)下诏数南唐罪状,一再亲征南唐;久在酝酿着的以宋齐丘为首和以钟谟为首的党争又达到尖锐化的境地,太弟景遂为太子弘冀所毒杀,不久弘冀也死,家庭的变化也更加复杂。在这样内外矛盾都在急剧转化的时候,南唐国势之所以日就削弱以至于萎靡不振,就是完全可以理解的了。因此,李璟自955年以后的六年中实处于相当危苦的境地。

李璟本来就是一个"天性儒懦,素昧威武"的

---

1. 见《钓矶立谈》。
2. 据马令《南唐书》和《建国谱》。

人[1]，在政治上的失败是毫无足怪的。可是，他"多才艺，好读书"[2]，"时时作为歌诗，皆出入风骚"[3]，而当时南唐文士如韩熙载、冯延巳、李建勋、徐铉等又时在左右，相与讲论文学，因而他在文学艺术上却有相当高的成就。遗憾的是，他没有什么集子（各书均无著录）。流传下来的著作，在文章方面，只有后人辑录的书、表、小札等十七篇[4]，还未必都是李璟自己写的；在诗词方面，诗只有《全唐诗》录出的一首七律，一首不完整的七古和一些断句，词只有《直斋书录解题·南唐二主词·一卷》中所指出的开头四首——《应天长》《望远行》和两首《浣溪沙》而已[5]。

---

1. 见《江南野史》二。
2. 见陆游《南唐书》二。
3. 见《钓矶立谈》。
4. 《全唐文》录十二篇，管效先《南唐二主全集》增入简短小札、书、表五篇，共十七篇。
5. 陈振孙《直斋书录解题》二十一，《南唐二主词》一卷："中主李璟、后主李煜撰。卷首四阕：《应天长》《望远行》各一，《浣溪沙》二，中主所作，重光尝书之，墨迹在盱江晁氏，题云：'先皇御制歌词。'余尝见之，于麦光纸上作拨镫书，有晁景迂题字。今不知何在矣。余词皆重光作。"

后主李煜

李煜（937 — 978），初名从嘉，字重光，号钟隐、莲峰居士等[1]，系李璟第六子。他天资聪颖，好读书，"精究六经，旁综百氏"[2]，又喜欢佛教[3]，文章、诗、词样样通，还"洞晓音律，精别雅郑"[4]，工书，善画，尤精鉴赏[5]：可以说是一个相当全面发展的文学艺术家。他十七岁时，和周宗的女儿娥皇结了婚（即昭惠后、大周后）。娥皇长得很漂亮，通书史，善音律，兼擅歌舞，因此李煜夫妇间的感情很好。娥皇死时，李煜曾亲撰诔文，里面对她的容貌、体态、才能，以及两人之间的恩爱生活都有生动具体的描写；李煜有不少诗歌都是为了娥皇作的[6]。娥皇死时，李煜二十七岁，过了三年，立娥皇的妹妹为小周后。其实，小周后当她姊姊抱病时已经入宫和李煜私通了，煜词中三首《菩萨蛮》都可能为小

---

1. 李煜的别号很多，有钟山隐士、钟峰隐居、钟峰隐者、钟峰白莲居士、莲峰居士等，考详夏承焘的《南唐二主年谱》。
2. 见徐铉《骑省集》二十九，《大宋左千牛卫上将军追封吴王陇西公墓志铭》。
3. 见陆书十八《浮屠传》、《江南余载》下等。
4. 同本页注释2。
5. 考详夏承焘《南唐二主年谱》。
6. 马书六《女宪传·昭惠周后》。

周后作[1]。

李煜本是一个爱好文学艺术的人，又过着这样的生活，于是就凭着他的特殊条件从各方面来制造美丽的气氛：如以销金红罗罩壁，以绿钿刷隔眼，糊以红罗，种梅花其外；梁栋、窗壁、柱栱、阶砌并作隔筒，密插杂花；又于宫中悬大宝珠之类[2]，充分表露出帝王家豪奢生活的面貌。

尽管李煜做了小皇帝，过着豪奢的生活，他对待家人的性情还是很真挚、仁厚的。不过他和他父亲的具体情况却有不同：他父亲的兄弟之间存在着许多矛盾，处境相当困难；他呢，几个哥哥都早卒，对他继承父位方面根本没有什么矛盾。因此，李煜在年轻时和做小皇帝后若干年还可以过着美满、愉快的生活。他对待妻子兄弟都很好，看来都有相当深厚的感情。当然，他这种感情的建立，也可能受了他的诸父间的深刻矛盾，和他长兄弘冀毒死叔父景遂后不久自己也死去（弘冀在毒死景遂之后一个月也死，恐非善终，史迹已无可考），这些客观事实的影响。他除写挽辞和悼诗伤痛他的儿子仲宣的

---

1. 马书六《女宪传·继室周后》指出"花明月暗笼轻雾"首；《古今词话》更指出"铜簧韵脆锵寒竹"首（《古今词话》引《南唐书》提出两首，实则《南唐书》仅指出"衩袜步香阶"两句）；夏承焘认为"蓬莱院闭天台女"首也可能是为小周后作，我同意这种看法。
2. 据《五国故事》上、《清异录》、《默记》中。

夭折和自称鳏夫作长文悲悼大周后之死以外，他的八弟从益出镇宣州时，他率带一些臣子饯别绮霞阁，赋诗并作《送邓王二十六弟牧宣城序》送他[1]；他的七弟从善朝宋，被宋太祖（赵匡胤）留在汴京时，他上表请求从善归国，宋太祖不许，他很难堪，罢掉四时的宴会，并作《却登高文》以见意，其中有这样的句子："怆家艰之如燬，萦离绪之郁陶。陟彼冈兮企予足，望复关兮睎予目。原有鸰兮相从飞，嗟予季兮不来归！空苍苍兮风凄凄，心踯躅兮泪涟洏！无一欢之可乐，有万绪以缠悲。"凄恻酸楚，不堪卒读。这就不是没有深厚感情的人写得出来的了。他这时期，还写了不少伤离惜别的小词。这种种的表现，求之过去的封建帝王是很不易得的。

李煜二十四岁（961）继承父业做南唐国主，那时正当宋太祖建隆二年，南唐已奉宋正朔称臣了。就当时南唐的情势看，已处在一个属国的地位，即使李煜是一个具有政治长才的君主，也还不易挽救国家的颓势，何况他只是一个既不能任用贤能又不能整军经武的文学艺术家？这样，他对于北方强大的宋，就只有年年纳贡（甚

1．按，从益系李璟第八子，序称"二十六弟"，诗称"二十弟"，均不符合。（序和诗自相矛盾，必有一误。）这种称谓，或系连堂、从兄弟合计以夸示家门的昌盛，不是同父之子的行次。

至有一年中就遣使至宋进贡三次的[1]），委曲求全；吟咏宴游，苟且偷安；同时，崇奉佛教，"以无为之心，示好生之德"[2]，来求得精神上的安慰。南唐之不能复兴，我想，他应该是看到的（徐锴临死时，对家人说："吾今乃免为俘虏矣！"李煜很器重徐锴，怕不会没有这种认识的）。他最大的希望，不过是不受眼前亏，拖延些时间，不要自己做亡国的俘虏而已。因此，他在位十五年中，宋怎样挟制和压迫，他完全接受（如迫使南唐后主降称江南国主，贬损仪制，改变朝服，降封子弟，等等，都是有辱国体的大事，他都忍受下去），只有诏他入朝一事，他就不敢冒险。等到宋遣曹翰带兵出江陵，曹彬、李汉琼、田兴祚带水军相继进发，潘美、刘遇、梁迥复带水军浩浩荡荡地攻打南唐了，他才感受到严重的威胁，一面叫他弟弟和潘慎修大量进贡，一面筑城聚粮，准备固守；宋兵已夺取池州了，他才下令戒严，不奉宋的正朔，表示不臣事于宋；直至宋和吴越会师围金陵，他才命陈大雅突围召朱令赟带十五万兵和宋兵交锋（可以说自李煜在位以来，真正和宋以兵锋相见于战场上的这是第一次，但也是最后的一次）。这一切，都可以看出他如何企图苟全生命，如何骇怕战争，他保全南唐的信心是如何的低

1．见《十国春秋》十七。
2．韩熙载上表中语。

落。朱令赟既然战死，他命张洎（jì）作蜡丸帛书求救于契丹又不能抵达，眼见亡国俘虏的命运已经逃不掉了，他想到囚徒生活的痛苦，也曾意图自杀，但他又怎能有自杀的勇气？等到金陵城陷，他就带领殷崇义（即汤悦）等肉袒出降，并子弟等四十五人随宋兵北上。第二年正月到达汴京，白衣纱帽待罪于明德楼下，受宋封为右千牛卫上将军、违命侯。时宋开宝九年（976），他刚好是三十九岁。

从此以后，李煜在汴京过着俘虏的生活了。在他过着两年多的俘虏生活中，曾上表宋太宗（赵光义。赵匡胤于李煜到汴京那年的十月死去，弟光义继立，改元太平兴国），请派他的旧臣潘慎修做他的书记，其中说：“臣亡国残骸，死亡无日，岂敢别生侥觊，干挠天聪？只虑章奏之间，有失恭慎。”[1] 又在寄给金陵旧宫人的信中说：“此中日夕只以眼泪洗面。”[2] 又徐铉见他时，他相持大哭，默不作声，忽然长叹：“当时悔杀了潘佑、李平！”[3] 可以看出他当时是怀着多么悲苦和悔恨的心情！他这种心情很真实地刻志在他这时期的小词中，因而他这时期的小词最具有感染人的力量。

1．见王铚《四六话》。
2．见王铚《默记》《乐府纪闻》。
3．见王铚《默记》上。

978 年即太平兴国三年，七月七日，李煜四十一岁生日的时候，赵光义就叫弟弟赵廷美赐牵机药毒死他。七夕赐药，服后毒发，死时已是八日的时辰了。他死的原因，一般都认为他入宋后还写《虞美人》《浪淘沙》等词。真的，李煜是一个最忠实于文学艺术创作的人，文学艺术在他整个生命中占着很重要的地位，特别是词，他把词作为抒发真情实感的工具，他写这些词可能是速死的原因之一。不过，李煜既然有悲苦和悔恨的心情，即使没有写这些词，怕也是很难得到善终的。

　　李煜著有文集三十卷，杂说百篇[1]。"文有汉魏风"[2]，"时人以为可继典论"[3]。但书多散失[4]。文章可考见的有《大周后诔》《却登高文》《送邓王二十六弟牧宣城序》《上宋太宗乞潘慎修掌记室手表》《即位上宋太祖表》《乞

---

1. 据徐铉的李煜墓志铭。
2. 见《江南别录》。
3. 见马书五《后主书》。
4. 宋时已不全。王尧臣等《崇文总目》别集类二有《李煜集》十卷，别集类五有《江南李王诗》一卷。尤袤《遂初堂书目》有《李氏条说》，又乐曲类有《李后主词》。郑樵《通志略·艺文六》有《杂说》六卷，注：李后主撰；《艺文八》有《李后主集》十卷、《李后主集略》十卷。元脱脱等《宋史·艺文志四》有南唐后主李煜《杂说》二卷（夏承焘谓应从《通志》作六卷），《艺文志七》有《李煜集》十卷，又《集略》十卷、诗一卷。明陈第《世善堂藏书目录》下尚有《李后主集》十卷。到清康熙时编纂《全唐诗》，于后主煜下就说"集十卷，诗一卷失传"了。

缓师表》《书述》《书评》《南唐金铜蟾蜍砚滴铭》《答张泌谏手批》《遗吴越王书》和《批韩熙载奏》。有人认为其中《即位上宋太祖表》《乞缓师表》是当时的词臣写的,《南唐金铜蟾蜍砚滴铭》真伪尚难判定[1]。诗可考见的,有《全唐诗》所录十八首,并断句三十二句。其中《渡江望石城》一首,与事实不甚符合,有人认为是吴王杨溥作[2]。流行最广远,影响最大的是他的词。李煜词专集始见于宋尤袤《遂初堂书目·乐曲类》,是否即徐铉在李煜墓志铭中所称的"文集三十卷"之内,已不可考。和他父亲的词合编的《南唐二主词》,始见于宋陈振孙《直斋书录解题》二十一。王国维校补南词本《南唐二主词跋尾》认为南词本《南唐二主词》,即是《直斋书录解题》所著录、宋长沙书肆所刊行的本子。由于封建文人认为词是小道,辑录不很认真,往往真伪淆杂,而后来的人,又意在辑佚,宁滥勿缺,因而里面也羼入了一些别人的词。可是李璟、李煜父子词的真实面貌却从这本集子里可以清楚地看出来,我们要欣赏它、研究它、评价它,乃至批判地接受它,这本集子还是替我们提供了应有的材料的。

1．说见夏承焘《南唐二主年谱》。

2．《江南余载》《江表志》《五国故事》均以为是杨溥作,李调元《全五代诗》以此诗归入杨溥诗中。

三、南唐二主词作鉴赏

李璟词

李璟现存的四首词中的具体表现是：《应天长》写孤零无依的苦闷，《望远行》写所怀未遂的心愿，《浣溪沙》两首写无比深长的愁恨。而这些思想感情的表现，都是以男女之间的情事作为抒写的内容的。这种不是直截了当地表现作者的思想感情，是艺术创作的特点之一，尤其在小词里更普遍地使用了这种间接的表现方法。尽管作品里所描绘的生活现象不一定是实际情况，然而从它里面所体现出来的思想感情和作者所要表达的思想感情应该是一致的。

我们知道，李璟虽然做了小皇帝，他在未即位以前和已即位以后，有不少时候的处境是很困难的。假如当那心里很不好过而又不便把事情明白说出的时候，就会运用小词这种文学形式具象而又曲折地表露出来。这几首小词都可能是在这些情况下产生出来的，因为里面包蕴着这样的思想感情。我们如果从他困难的处境特别是周对他的胁迫这些历史事实联系起来看，就可以摸出一些线索（仅仅是作为产生这些思想感情的线索看，穿凿附会地比附历史事实，那是不妥当的）。

四首都具有很充实的生活内容,《浣溪沙》两首更渗透悲愤的情调,应该是他后期的作品。这两首小词已明确地标志着作者特有的艺术风格:第一,词句间很少修饰,已摆脱了"镂玉雕琼"的习气;第二,层次转折多,又能灵活跳荡,没有晦涩或呆滞的毛病;第三,意境阔大,概括力强,拆开来看,各个句子都有独立的意境,合起来看,却从各种各样的意境中来表现同一的主题;第四,感慨很深,接触到自己的感受时,都倾泻出无可抑遏的热情。

这一切,在和他同时的词的结集——《花间集》[1]里是找不到的。《花间集》里,像韦庄的作品,也少修饰,但意境不很阔大;像温庭筠的作品,也有层次转折较多的,但词句雕炼修饰,陷于晦涩呆滞,很不好懂;像鹿虔扆的《临江仙》,感慨也深,但色彩很浓,也多修饰,而且他的四首作品中只有这一首有较深的感慨,此外都是旖旎风流之作。

李璟词这种特有的风格,可以说是他艺术独创性的表现,因此他流传的词虽很少,而历来对它的评价却相当高。例如王安石对"细雨梦回鸡塞远,小楼吹彻玉笙

---

1. 赵崇祚编《花间集》,欧阳炯作序,在后蜀广政三年(940)四月,时李璟二十四岁。

寒"的评价，甚至认为高于李煜的"恰似一江春水向东流"（《雪浪斋日记》）。这当然是王安石个人主观的看法，但总可以看出后人对李璟词抬到怎样高的地位。

王国维在《人间词话》里说："词至李后主而眼界始大，感慨遂深，遂变伶工之词而为士大夫之词。"我认为李煜词这种特征，有部分是受他父亲的影响，继承他父亲的传统而加以发扬光大的。

当然，他们父子的小词所以有这样卓越的成就，和他们的具体环境、文学素养以及内外矛盾斗争的种种现实生活是分不开的。他们父子具有同样的特殊条件，而李煜过了两年多的俘虏生活，这又是李璟所没有的遭遇，因而李煜词的成就更超过了李璟。我们当然不能以一个人的生活情况来规定他的艺术成就，但如果在其他的一切条件大致相同的情况下做比较的说明，生活实践便有极其重要的意义。

以上略谈李璟词的具体表现及其特殊风格。

李煜词

李煜的词，流传下来比较可靠的有三十多首。这三十多首词中，跟着他的实际环境、生活方式、思想感情的转变，相应地体现出几种不同的面貌：

一、写豪华生活和艳情生活的。这是他过着很愉快的生活时的写作，声色豪奢，风情旖旎，爱和美支配他整个的人生观。他这类作品仍有几种不同的类型：

一种是着重生活现象的刻画，在活跃明亮的形象中显示出妩媚的情态，散布着芳香的气味，给读者以丰富多姿、鲜明突出的画面。例如《玉楼春》：

> 晚妆初了明肌雪，春殿嫔娥鱼贯列。笙箫吹断水云间，重按霓裳歌遍彻。　　临春谁更飘香屑？醉拍阑干情味切。归时体放烛光红，待踏马蹄清夜月。

无数装扮得很美丽的宫人，在宫廷里，成行成列地在奏乐、在歌唱，直至踏月归去，这是多么鲜明突出的画面！又如《浣溪沙》：

> 红日已高三丈透，金炉次第添香兽，红锦地衣随步皱。　　佳人舞点金钗溜，酒恶时拈花蕊嗅。别殿遥闻箫鼓奏。

对舞厅的豪华布置，舞女紧密活跃的步伐和婉转翻腾的姿态，以及舞后欢饮、饮醉撒娇的情况，都很细致生动地刻画了出来。而开首从"红日已高三丈透"说起，说明这是通宵达旦的情况；结尾以"别殿遥闻箫鼓奏"收束，说明这是帝王家里普遍的生活方式，更使人可以从中联想到其他许多类似的生活现象。这类描写生活现象的艺术手法，应该说是相当成功的。

另一种是在精刻细致地描写人物活动的同时更多地表达出他的心理活动的情态，这类写法，更具有感染人的力量。例如《菩萨蛮》：

> 花明月暗笼轻雾，今朝好向郎边去。刬袜步香阶，手提金缕鞋。　　画堂南畔见，一向偎人颤。奴为出来难，教郎恣意怜。

在一个娇艳的花正开在朦胧淡月、迷蒙轻雾之中的环境里，一个女子决定向一个男子求欢，双袜踏地，一手提鞋，带着慌张的神情而又轻轻地朝着一定的方向跑，到了画堂的南边，偎着她心爱的人微微地发抖，然后从火热般的爱情里说出自己的心里话。这样描写男女幽会的情景，是具有多么强大的吸引力！这简直是冲破了抒情小词的界域而兼有戏剧、小说的情节和趣味了。又如同一个调子的"蓬莱院闭天台女"首、"铜簧韵脆锵寒竹"首，虽然场合不同，表现手法也微有区别，但如前首的"潜来珠琐动，惊觉银屏梦。脸慢笑盈盈，相看无限情"，后首的

"眼色暗相钩，秋波横欲流"等句，由于作者有深入的体会和精刻的描写，使人觉得这一切的活动都是合情合理的，因而也能给人以比较深刻的印象。

又一种是从眷恋所欢爱的人出发，写自己离开那人以后的内心活动，即依据这种内心活动来塑造人物形象、描绘周遭景物的。这类写法，是作者从自己的深刻体验中、仔细观察中，经过形象思维的作用，把握了人们情感中最本质的东西，通过艺术形象集中地表现出来的。所写的虽是个人的感受，内心的活动，由于题材是经过选择和提炼的，具有一般意义的，因而也就增强了它动人的力量，成为抒情小词最普遍的写作方法。（因为后人普遍地采用这种方法写小词，有的就变成一种空套——公式。但这是后来的情况，我们总不能把李煜词也看成由公式出发。）例如《喜迁莺》：

晓月坠，宿云微，无语枕频欹。梦回芳草思依依，天远雁声稀。　　啼莺散，余花乱，寂寞画堂深院。片红休扫尽从伊，留待舞人归。

许多景物、形象和活动，总是为了表达自己苦忆离人和急待归来的心情。

李煜在这期的作品中，由仅仅描写客观的现象到着重心理的刻画，其间虽然也有浅深之分，高下之分，虽然也标志着作者创作活动的过程，可是，一般说来，内容充实而意味不够深厚，描写精细而笔触未能沉着，这和他在这时期的生活实践是有密切关系的。

二、写别离怀抱和其他的伤感情调的。李煜在做俘虏以前，尽管可以获得一切的物质享受，但由于家愁国难日渐深重，现实生活的本身对他有不同程度的威胁，他在文学上也累积了更深的修养，因而他表现在作品里的感情就比较深厚，而在艺术成就上也达到了更高的境界。例如《捣练子令》：

深院静，小庭空，断续寒砧断续风。无奈夜长人不寐，数声和月到帘栊。

这词是写离怀别感的，自始至终没有一句不从这样的感情出发，拆开来看，句句都是可以独立抒发这种感情的境界。然而通首总共只有二十七个字，接触到人物本身的只有"无奈夜长人不寐"七个字。作者把其他许多足以引动离怀别感的情景——院静、庭空、寒风阵阵、砧声断续、月照帘栊都集中起来，向这不寐人侵袭，使这不寐人离怀别感的深度和强度都突现在读者眼前。这样地运用深刻的艺术构思，这样地运用高度概括的艺术手法，应该说是李煜在小词的创作上一种异常杰出的成就。

古典作家在极短小的篇幅中能够表达出很深厚的感情，往往是在真实的生活基础上经过匠心独运、千锤百炼的成果，是不能轻易看过的。不但有比较严谨的声律限制的小词是如此，即小诗也是如此。如历来人们所爱赏的被称为"自然高妙"的李白的小诗："床前明月光，疑是地上霜。举头望明月，低头思故乡。"我们也应该从作者能够集中"床""月光""霜"这各种都能够引动故乡怀思的具体情景而看不出他的斧凿痕迹这方面来理解它的"自然高妙"，来学习作者"自然高妙"的手法。如果撇开作者的生活内容、艺术构思和表现手法种种不讲，那么，为什么在林林总总的小诗小词中人们独独传诵这类的小诗小词就成为不可理解的了。又如《清平乐》：

> 别来春半，触目柔肠断。砌下落梅如雪乱，拂了一身还满。　　雁来音信无凭，路遥归梦难成。离恨恰如春草，更行更远还生。

这首词写怀念远人的情绪的饱满，艺术技巧的熟练，更容易看出，因为每一个意境都联系到人的具体活动和感受，和前首写出许多景象而仅仅一句接触到人物本身的有所不同。这里值得提出来说明的是结尾用随处生长的春草来比离恨这一点。"离恨恰如春草，更行更远还生"，不仅如辛弃疾的"旧恨春江流不断，新恨云山千叠"（《念奴娇》）一样说出了愁恨很多，同时还如欧阳修的"离愁渐远渐无穷，迢迢不断如春水"（《踏莎行》）一样说出了所以积成很多愁恨的情况；而以"野火烧不尽，春风吹又生"的春草来比象愁恨，更能够说出旋生旋灭、排除不了的意味，这是值得我们仔细体会的。（各人的具体情况不同，具体表现也就必然有所区别，我们不能因此就得出谁高谁下的结论。）

李煜这时期词的特点，就是有深刻的具体内容，有更高的艺术技巧。上举两首是比较突出的例子。除此以外，如《采桑子》中的"不放双眉时暂开"（"庭前春逐红英尽"首），"琼窗春断双蛾皱"（"辘轳金井梧桐晚"首），《谢新恩》中的"一声羌笛，惊起醉怡容"之类，感人的力量虽然比不上前面两首，总不是前期过着豪华生活和艳情生活时所能体会得到的境界。如《乌夜啼》中的"世事漫随流水，算来一梦浮生。醉乡路稳宜频到，此外不堪行"，就不仅是感到生活的威胁，简直是意图逃避当时的现实生活了。这里的"醉乡"是有意识地作为麻醉的场所，和前期的"同醉与闲平，诗随羯鼓成"（《子夜歌》）的境界显然是不同的。至于"一旦归为臣虏，沈腰潘鬓消磨。最是仓皇辞庙日，教坊犹奏别离歌，垂泪对宫娥"（《破阵子》）这种对现实生活的态度，已含有"愿世世无生帝王家"的悲凉之感了。（后人指责他这时还对着宫娥垂泪。我认为从这里也透露出无谁告语，只有跑不掉的宫娥相对痛哭的凄惨情状。）这期作品中也有一些和亡国以后的作品不易分辨得清的。如"风回小院庭芜绿"（《虞美人》）首中的"依旧竹声新月似当年""满鬓清霜残雪思难任"，已深深地体现出哀痛的心情，有人就认为是李煜做了俘虏后在汴京忆旧之作（沈际飞就这样说过）。但我们看他整个作品中所刻画的许多景象，似乎不是过囚徒生活的人所能具有的，也可能是看到国家大势已去的时候的写作，这就要等到将来拥有充分的证明材料后才能够加以确定。

三、写囚徒生活和哀痛心情的。这是李煜入宋后的作品，这时期的作品，"深哀浅貌，短语长情"（陆时雍评《古诗十九首》语），无论就思想内容说，就艺术技巧说，都达到了小词的最高境界。不但像那"烂嚼红茸，笑向檀郎唾"的富有情趣的描写一去不复返，连那"不放双眉时暂开"的和愁带闷的描写，"世事漫随流水，算来一梦浮生"的强求解脱的描写，"离恨恰如春草，更行更远还生"的婉转缠绵的描写也都用不着了。他除非不写，写出来的都是大开大阖，从大处落墨（这不等于抽象、空洞），并不是点滴的景象、心境的体现。他也回忆到旧日的美好生活，然而所写的是："船上管弦江面绿，满城飞絮滚轻尘，忙杀看花人。……千里江山寒色远，芦花深处泊孤舟，笛在月明楼。"（《望江梅》）"还似旧时游上苑，车如流水马如龙，花月正春风。"（《望江南》）是足以代表某种生活现象的。他也写心情的难过，然而所写的是："多少泪，断脸复横颐。……肠断更无疑。"（《望江南》）是强烈地冲激出来的情状。他也写梦里的人生，然而所写的是："故国梦重归，觉来双泪垂！……往事已成空，还如一梦中。"（《子夜歌》）"梦里不知身是客，一晌贪欢。"（《浪淘沙》）是和泪揉在一起的梦，排不去的往事的梦，值得咒诅的梦。他也写愁恨，然而所写的是："自是人生长恨水长东。"（《乌夜啼》）"人生愁恨何能免？销魂独我情何限。"（《子夜歌》）"问君能有几多愁？恰似一江春水向东流。"（《虞美人》）不仅仅是点滴片段的愁恨，而是无比深长的愁恨，是浩渺无边的愁恨。因此，他在这时期的作品所表现出来的是：意境大，感慨深，力量充沛，具有非常强大的感染力。不仅是凄清，而且是悲慨；不仅是沉着，而且是郁结，成为李煜词的最显著的特征，成为李煜词独创的风格。

李煜这时期的词还有一点值得注意的，就是它的具体内容往往通过对比的写法来表达出当时的心情。例如《望江南》词，就是从梦里的繁华景象中引出怕提旧事、怕听细乐的悲痛心情的。又如《浪淘沙令》（"帘外雨潺潺"）就是从当时难堪的生活感受和不识趣的贪片刻欢乐的梦中情景的对比中，来引出他不敢凭栏望故国的悲哀情绪的。又如《虞美人》（"春花秋月何时了"）就是从不堪回想故国的景物情事和现在生活情况的对比中来抒发他当时的深长愁恨的。

最后，还应该指出：李煜这时期作品的独创风格的形成，他的囚徒生活是其中的主要原因之一。他以一个过惯小皇帝生活的人，一旦变成了俘虏，这从最高到最下的地位的距离真是太惊人了，这种情况不是一般词人所能具有的。在这样苦乐悬殊的对比之中，即使赋性顽钝、毫无文学修养的人也会感到很难堪，也会追思过往、考虑将来，何况李煜同时还是一个多愁善感、具有敏锐的感觉、深厚修养的文学艺术家？他胸中所盘郁着的个人的悲痛愁恨必然是非常多的。他把胸中盘郁着的东西倾泻（就形式上看是压缩）在若干短短的小词里，加上他更高的艺术技巧，忠实于艺术的创作，这就形成了他所特有的艺术风格。

李煜词的创作过程及其各个时期的具体表现大约是如此。

四、李煜抒写愁、恨的词为什么会取得人们的爱好呢？

李煜词中表现愁、恨的思想感情的在三分之二以上。他入宋后的全部作品都是这种表现固不必说，他做小皇帝时也还不少是这类的作品。可以说，这是他的词取得人们爱好的主要因素。为什么写愁、恨的东西会取得人们的爱好呢？

第一，因为他的这类作品都是真情实感的流露，没有歪曲生活或者粉饰生活，因而他这类作品的具体内容首先就给人以合情合理的感觉，觉得在这样的情境之下必然会产生这样的思想感情，这就具有一定程度的典型意义和体现出人所共有的特征，能够感动不同时代的各个不同社会集团的人们。

比方说，离开亲爱的人的愁思，失却欢乐生活的悲叹，由帝王变成囚徒的哀痛，这都是生活的真实。读这些词的人，有这种生活的固然会激起同情心，没有这种生活的也会撇开它们的具体事件来接受它们的真情实感。

李煜词中如《清平乐》（"别来春半"）写别愁，《捣练子令》（"深院静"）写离怀，《虞美人》（"春花秋月何时了"）和《浪淘沙令》（"帘外雨潺潺"）两首写亡国后做囚徒的悲痛，都是十分真实的心情的抒发，因而具有很大的感染力。

第二，因为他的这类作品中有些还蕴藏着对不合理生活的抗愤情绪，对美好生活的殷切眷恋，表明了这是在横遭压抑的情势之下所产生出来的愁苦。这种愁苦的产生，在历史时代里是完全合乎生活实际和客观规律的。写的虽然是个人的特殊情况，在精神实质上也反映出一般现实生活的规律性，因而就具有说服人的力量。

例如《浪淘沙》（"往事只堪哀"）写勃郁不平的心境和美好生活的回忆，《望江梅》（"闲梦远"）写对南国美丽景物的依恋，《乌夜啼》（"林花谢了春红"）写对剥夺美好生活的深长怨恨，都是以自己的无可奈何的感受向人们提出了真诚的诉说，而这样的诉说，是会使人们忘却了他的身份地位而同情他的不幸遭遇的。

第三，因为他这类作品所表现的愁、恨，在对抗性的社会里一向是容易打动人心的，"欢愉之辞难工，而穷苦之言易好"（韩愈《荆潭唱和诗序》句），这种符合实际的传统观念也就支持了他们成为一种优良传统。

就李煜的阶级地位说，谁都明白他是南唐的最高统治者，在他的作品中如《浣溪沙》（"红日已高三丈透"）、《玉楼春》（"晚妆初了明肌雪"）、《破阵子》（"四十年来家国"）等，也明显地刻志着他的这种阶级地位。可是，由于他在作品中所表现的愁、恨，正是人们在现实社会中最易感受到的愁、恨，最易引为同调的愁、恨，人们读他这类作品时就会以赞叹其他作品中所表现的愁、恨一样的眼光来对待他们。

这种长期遗留下来的传统观念，不是短期内可以完全改变的，我们研究祖国的文学遗产，值得称赞的，也委实是表现这种情绪的作品居多。古典作家的杰出成就和过去评论古典作家的标尺，也倾向于这方面。歌颂升平的"台阁体""试贴诗"之类，一向就没有什么艺术的生命力而为人们所唾弃。

赵翼曾说："国家不幸诗家幸，赋到沧桑句便工。"这可以代表一种对古典诗词的传统看法。这么一来，李煜这类作品之所以能够取得人们的爱好，就成为完全可以理解的了。

五、李煜词的艺术特征

李煜词的艺术价值很高，这一点是大家承认的。我们在上面分析具体作品时也着重指出这一点。以下我想比较概括地来谈谈李煜词的艺术特征。

李煜词的艺术特征，有部分是受他父亲李璟的影响，上面已经提到。李璟词的独创风格如少修饰、多感慨等都作李煜词的先导，都或多或少对李煜词有影响。比李煜年纪较大的冯延巳（冯延巳 903 年生，比李煜大三十四岁）是当时一个作词的名手，又常出入宫廷，他的词虽然色彩较浓，假借较多，还不脱"花间"的面貌，但具有较丰富的感情，其中还有寄托自己怀抱和对时事的感触的[1]，这就把词的作用扩大了，不是"花间"一般

---

[1] 冯延巳《蝶恋花》词，张惠言《词选》说其中三首"忠爱缠绵，宛然骚、辨之义。"（陈廷焯《白雨斋词话》同意张氏的评语。）刘熙载《艺概》说："韦端己诸家词，留连光景，惆怅自怜，盖亦易飘扬于风雨者。"冯煦《阳春集序》更说他"若《三台令》《归国谣》《蝶恋花》诸作，其旨隐，其词微，类劳人、思妇、羁臣、屏子郁伊怆悦之所为。……周师南侵，国势岌岌。……翁（指延巳）负其方略，不能有所匡救，危苦烦乱之中郁不自达者，一于词发之，其忧生念乱，意内而言外，迹之唐、五季之交，韩致尧之于诗，翁之于词，其义一也。"这些说法，对冯延巳词的思想内容的评价虽未免太高，但冯延巳词中有抒写自己怀抱和对时事的感触的因素是应该肯定的。

词人所可及[1]。这种作风，对李煜也可能有启发作用。李煜大胆、真率、明朗、自然的写作，多少还带有民歌的情趣，又作品中主人公的主动性很强，也是民歌的一种特色，可见李煜除了对历来的文人作品具有深厚的修养外，还向民间文学吸取了不少的养料。此外，他同时兼长音乐、书、画等，对他作品中的声音美和形象美，当然也起着相当大的作用。他和通书史、善音律的周后结婚，和有文学修养的兄弟和词臣等经常酬唱，也应该对他的文学艺术成就有或多或少的关系。

李煜词的艺术特征，具体表现在下列几方面：

一、自然真率，直写观感。李煜所有的词都是由自己的亲切感受出发，大胆抒写，绝无拘束，使词中的情事、景象等都展现在读者的眼前，具有强烈的感染力。这境地，不仅是一般文人的小词达不到，一般文人的诗也不易达到，多少带有民间文学的风貌，因而使人感到有一种特别新鲜的味道。这在李煜词的创作方法上是最突出和最成功的地方，是值得我们特别重视的。

过去的人在评价李煜词中接触到他的艺术特征的有几种说法：周济的《介存斋论词杂著》说："李后主词如生马驹，不受控捉。"又说："毛嫱、西施，天下美妇人

---

1. 王国维《人间词话》："冯正中词虽不失五代风格，而堂庑特大。"这说法是对的。

也，严妆佳，淡妆亦佳，粗服乱头，不掩国色。飞卿，严妆也；端己，淡妆也；后主则粗服乱头矣。"况周颐的《蕙风词话》说："五代词人……其铮铮佼佼者，如李重光之性灵，韦端己之风度，冯正中之堂庑，岂操觚之士能方其万一？"王国维的《人间词话》说："词至李后主而眼界始大，感慨遂深，遂变伶工之词为士大夫之词。"又说："词人者不失其赤子之心者也。故生于深宫之中，长于妇人之手，是后主为人君短处，亦即为词人所长处。"又说："阅世愈浅则性情愈真，李后主是也。"吴梅的《词学通论》说："二主词，中主能哀而不伤，后主则近于伤矣，然其用赋体不用比兴，后人亦无能学者也。"

这几种说法，各人所看的角度虽然不同，李煜为什么有这样的艺术成就，或没有说出，或说得不对，可是，对李煜的艺术特征却都有接触到，或者从他的整个风格看（如周济），或者从他的真情实感看（如周颐、王国维），或者从他的表现手法看（如吴梅）。我们如果总合起来看，李煜词的艺术特征还是很显著的，那就是，他能够大胆地、真切地、毫无掩饰地用直抒胸臆的表现手法写出具有强烈感染力的作品。（吴梅在所引《虞美人》下解释"赋体"是"直抒胸臆"。）现在且举个例子看：

四十年来家国，三千里地山河；凤阙龙楼连霄汉，玉树琼枝作烟萝，几曾识干戈？　一旦归为臣虏，沈腰潘鬓消磨。最是仓皇辞庙日，教坊犹奏别离歌，垂泪对宫娥！（《破阵子》）

这是他临要亡国时的写作，写自己一辈子在南唐宫廷里不懂得战争是怎么一回事，一旦做了俘虏，必然是身体瘦削，鬓发斑白；而尤其难过的是慌慌张张，辞别太庙的时候，教坊女乐还奏起别离的歌曲，面对着宫娥流泪的情事。这是多么真实、坦率、具体、明朗的自白！就是没有什么文学修养的人，读了之后也可以有相当深刻的印象。我们再看《花间集》里这一首词：

金锁重门荒苑静，绮窗愁对秋空。翠华一去寂无踪。玉楼歌吹，声断已随风。　烟月不知人事改，夜阑还照深宫。藕花相向野塘中，暗伤亡国，清露泣香红！（鹿虔扆《临江仙》）

这是写亡国哀痛的。作者的地位和写作的对象当然和上举的不尽相同，我们要比照说明的是前后两首词的风格完全相反。李煜的词很具体、很坦白，整个景象、情事都清清楚楚地在作品里跃现出来。而鹿虔扆的词却总是若即若离，吞吞吐吐，使人读后不易了解其中的具体情况究竟怎样，只感到是一种亡国哀痛的表白。鹿虔扆是后蜀的臣子，这小词哀痛后蜀得，哀痛其他任何国家都得。这就使人从鹿词所得到的印象，和从李词所得到的印象截然不同。当然，我们不能要求在一首抒情小词里记载许多历史的事实，我们也不能以词里描述具体事状的多少来判定他们的艺术价值的高下，鹿虔扆这首词在有文学修养的人读起来，在给人以亡国哀痛的总的印象之外，还加上一些衬托的境界和周遭的景物，形成更加浓厚的值得哀痛的气氛，也是一篇很成功的作品。不过正如上面所说的，鹿词的好处不是一般人所能理解的，而李词即使没有什么文学修养的人读了也可以得到相当深刻的印象。这就说明了李煜词所以能够获得许多人的爱好，他这种独创的风格是起着很大的作用的。

二、突出事象的特点，强调人物的活动。抓住事物的特质，加强作品主人公的主动性和活动力，使作品中的现象都成为有意识的活动，给人以新鲜的而又具有强力的感觉，这也是李煜词的艺术特征之一。这种特征的获得，和李煜对某些生活的亲切感受与深刻认识是分不开的。举例来说，如：

晓妆初过，沉檀轻注些儿个。向人微露丁香颗，一曲清歌，暂引樱桃破。　　罗袖裛残殷色可，杯深旋被香醪涴。绣床斜凭娇无那，烂嚼红茸，笑向檀郎唾。（《一斛珠》）

这一首词自开头至煞尾没有一句离开了作品主人公的活动——早上梳妆好了，注了些沉檀，向人微微地露出舌尖，张开小口唱了歌；唱完了歌喝喝酒，酒沾了罗袖、污了口，酒喝多了就娇困地靠在绣床上，嚼嚼红绒，笑向心爱的人吐了去。把作品主人公的形貌、情态、声音、笑容，乃至撒娇、唾绒的细微末节都活灵活现地在读者跟前搬演着。这样的精刻细致而又具有戏剧情趣的描写，正是作者深入地体会了这种生活，发现到所描写的对象的个性特征，把作品的重心集中在这种个性特征上，极其明朗地把主人公的一切活动描绘出来的一种高度的艺术手法的表现。"花间"词人也有写类似这样的题材的，例如毛熙震的《后庭花》：

轻盈舞伎含芳艳，竞妆新脸。步摇珠翠修蛾敛，腻鬟云染。　　歌声慢发开檀点，绣衫斜掩。时将纤手匀红脸，笑拈金靥。

写的方面也不少，也相当细腻。然而读起来总觉得是一般歌妓的情况，显不出作品中人物性格的特征。问题就在于作者不是抓住作品主人公的（或者是在这个场合的）特有之点，从一般出发，观察力不够集中，不能加强作品主人公的主动性，因而就削弱了作品的感染力。比方：上段所写的"轻盈""芳艳""新脸""步摇珠翠""修蛾""腻鬟云染"等都是可以套用在一般的漂亮女人身上的，不仅可以套用在一般的歌女身上；下段写得比较生动具体，可是像"绣衫斜掩""纤手匀红脸"这类的情况，仍是一般歌女的动作，不算那个场合中特有的动作。自然，毛熙震这里所描写的舞伎生活和李煜所写的对象是不同的，但李煜也有写集体歌舞的小词，如《玉楼春》（"晚妆初了明肌雪"），我们仍然可以看出那个场合中的特有之点。像毛熙震这样的小词，在《花间集》里还算是较好的，和李煜词比较起来仍然不无高下之分，这就可以看出李煜词的另一种独创风格和艺术成就。

李煜在创作上突出事物的特点和作品主人公的主动性，也表现在写一般的情况上。例如，写愁眉不展，他用的句子是"不放双眉时暂开"（《采桑子》）；写落红满地，他写的句子是"片红休扫尽从伊"（《喜迁莺》）；写女人向男子求欢，他用的句子是"今朝好向郎边去"（《菩萨蛮》）。把一般的情景写成有意识的活动（从另一方面说，把有意识的活动从一般的情景中表现出来），就加深了句子里所含蕴的意味，加强了作品里人物活跃的气氛，从而就增加了作品感染人的强力。这些地方，虽然是极微小的表现，但它是整个表现手法中的一个环节，也是值得我们注意的。

三、艺术概括性高。把一般体现在个别之中，通过个别表现一般，使读者从个别的表现中看到一般的意义，这也是李煜词的艺术特征之一。这种表现手法和上面说的写特有的东西，看似相反而实是相成的。不从个别出发来表现事物，则所表现的事物不可能深刻、突出，不可能给读者以较深的印象；同样，所表现的事物不能体现出一般的意义，则没有某一类人共有的特征，也不可能具有感染人的力量。因为人的生活不是孤立绝缘的，一种性格的形成，一种动作或心理的表现，都不可能和生活实际不相联系，而生活实际是复杂的、多方面的，只要真正深入生活、忠实地反映生活，就可以通过个别的形象、性格种种概括出某一类人共有的特征。李煜在这方面的创作是很成功的。例如上面举出的《破阵子》和《一斛珠》，写的都是特殊的情事，由于前一首鲜明、深刻地体现出一个风流小皇帝临要亡国时的仓皇失措、无谁告语的可怜相，后一首精细生动地刻画出一个歌姬轻巧玲珑的活动和邀宠取怜的情态，这就会使读者恍如置身其中，亲切地感到这一类人物的真正面貌是如此，精神实质是如此。通过这些情景的描写很自然地会联想到那一般亡国的风流小皇帝如萧宝卷、陈叔宝之类的下场，以及一般的宫廷歌姬的实际生活，而不是把作品中所描绘出来的景物情事当成个别的现象看待。我们再举一个例子看，如：

> 林花谢了春红，太匆匆！无奈朝来寒雨晚来风。　胭脂泪，留人醉，几时重？自是人生长恨水长东！（《乌夜啼》）

作品的具体内容也还是个人的感触，一时的现象，然而它的概括力更强，概括面更广了，使读者所感受到的是一切美好的东西横遭暴力的摧毁，不只"林花"的命运是如此，其他同"林花"一样命运的都是如此。这样的描写，就成为优秀的典型形象，具有人所共有的特征，具有足以感动不同时代的各个不同社会集团的一切人的力量了。有人孤立地截取"自是人生长恨水长东"一句说这是颓废色彩、悲观主义的表现，这种说法，我是不同意的。只要美好的东西横遭摧毁的不幸情事或者是意外的不幸情事还存在一天，"恨"就存在一天。作品里表现的分明是在某种情况之下所产生的某种心情，没有那种情况当然就引不起那种心情。李煜词有悲观、颓废的色彩，这是可以肯定的，也是应该批判的。但最好是，从他做小皇帝时候的作品，只表现了一些宫廷享乐游宴和个人与个人之间的愁闷，甚至意图逃避现实（如《一斛珠》《玉楼春》《子夜歌》"寻春须是先春早"、《乌夜啼》"昨夜风兼雨"等句）这种总的倾向毫无积极振作的意义来加以说明。他做俘虏后的作品表现悲哀怨恨，是合乎生活逻辑的，即使是"人生长恨水长东"这种极其强度的表现，也很难作为他悲观、颓废的依据。因此在历史上，人们只是嗤笑"此间乐，不思蜀"的刘禅[1]，对李煜这一时期作品的表现，是不会给以过分的责备和过高的要求的。

和上面这种表现相类似，李煜的艺术概括性很高的另一种表现，是剌取某部分最突出的生活情景来反映出某种生活的全貌（这和突出事象的特点是有区别的）。例如：

闲梦远，南国正芳春：船上管弦江面绿，满城飞絮滚轻尘，忙杀看花人。　　闲梦远，南国正清

1.《三国志·蜀志·后主传》注引《汉晋春秋》："司马文王（昭）与禅宴，为之作故蜀技，旁人皆为之感怆，而禅喜笑自若。……他日，王问禅曰：'颇思蜀否？'禅曰：'此间乐，不思蜀。'"

秋：千里江山寒色远，芦花深处泊孤舟，笛在月明楼。（《望江梅》）

把整个南国最美妙动人值得留恋的具体情景，从芳春、清秋两个季节中的一些最突出的景物情事中勾画出来，使了解南国生活的读者感到这些情景确实足以代表南国最美好的风光，未到过南国的读者也不能不受到这些情景的感动而向往南国的美好生活。这类写法，有人仅仅理解为选择题材的问题。其实从艺术构思说，实是作者经过深刻的体验、仔细的思考之后，加以概括集中的成果。我国过去有成就的诗人或词人在创作活动过程中都要经过这个阶段的，即是从许多美好的情景中提炼出自己印象最深同时又最能引人入胜的东西来表现那全部的美好生活（反之，表现丑恶生活的也一样用这种手法）。这种提炼，首先就要具有高度的概括力，比之个别字句的精练更难能也更重要，特别是在写小诗、小词方面。如果不首先注意这点而专用力于精练字句（字句当然也要精练），就可能成为形式上的追求者，是不能取得杰出成就的。我们虽然不能认为这是李煜的独得之秘，但李煜词这种表现是他艺术概括性很高的一种表现，还是应该指出的。

李煜的艺术概括性很高的又一种表现，是以简单的句子概括了丰富的内容。如前面说过的《捣练子》（"深院静"），全首仅仅二十七个字就包蕴着许多引动别离怀感的情景。又如《浣溪沙》（"红日已高三丈透"），描写的对象只是一时一地的情况，由于作者一开首就从太阳升得高高说起，末了又从"别殿遥闻箫鼓奏"收束，就拉长了这种纵情逸乐的时间和扩大了它的空间，给读者的印象是通宵达旦、到处一样的宫廷生活的情况。这都是李煜具有高度集中的艺术概括力的表现。

四、形象性很强。李煜词的又一个特征，就是他善于塑造真实生动的形象。这是一般的成功作品所具有的，也是读李煜词的人首先就会感觉到的。一般形象的塑造不说它，值得提出的是他写人物的心理活动，写人生的观感，写自己的哀愁等抽象的东西，几乎无不通过具体形象显示出来，这就使得他的作品具有更浓厚的艺术趣味和更加感动人的艺术魅力。例如《菩萨蛮》（"花明月暗笼轻雾"）写的是偷情的行为和心理的活动，是在一个十分幽深寂静的环境中进行着轻微细致的工作，然而由于作品的形象性很强，使整个场面充满了生动活跃的气氛。又如《喜迁莺》（"晓月坠"）写的是思念离人、急盼归来的一种无奈和焦迫的心情，也是在一个深静的环境里产生的，然而由于作品的形象性很强，就形成了一个多姿多彩、有声有色的境界。

李煜词最为人所传诵的是他入宋后写愁恨之作，而在这些作品中感染力最为强烈的仍然是形象的真实和生动。如果没有"流水落花春去也，天上人间"，则当时一往情深的心境无由映现出来；如果没有"恰似一江春水向东流"，则当时自己浩渺无边的愁怀也无从窥见。正因为作品感染力的强弱，系于形象性的强弱，因此，有些地方，不必说出愁恨的心情，只写出一些具有愁恨心情的人的动作，读者就能够通过这种形象看出他当时的愁恨心情。如"凭栏半日独无言，依旧竹声新月似当年"（《虞美人》），"灯残漏断频欹枕，起坐不能平"（《乌夜啼》）之类。更有些地方，即使不必写人的动作，单写一些景物的形象，也可以使人清楚地看出人的境况和心情。如《谢新恩》中的"粉英金蕊自低昂"，仅写出"自低昂"这一形象，就透露出无心欣赏、无谁共赏的情况；《采桑子》中的"百尺虾须在玉钩"，仅写出"在玉钩"这一形象，就透露出孤居独处、无谁怜惜的情况。上面说过，李煜是强调作品中主人公的主动性的，在这里还必须补充一点：如果仅仅是强调人物的活动而没有塑造出真实生动的形象，那也不可能深刻地反映生活，不可能强力地感动读者。

五、艺术语言的创造和生动口语的运用。这是李煜词取得艺术成就的一个主要因素。具体表现在下列两方面：

（一）单纯明净。李煜词有相当复杂的生活内容，有各种各样的表现方式，然而他所运用的语言，却是单纯、明净的。单纯明净不等于简单肤浅，是一种锻炼加工的结果，是一种艺术语言的创造。这种语言的使用，不仅有其健康语言的基础，和作者一系列的表现手法都有关系，是作者独有风格的一种最明朗的标志。比如，上面提到的《一斛珠》（"晓妆初过"）、《浣溪沙》（"红日已高三丈透"）、《菩萨蛮》（"花明月暗笼轻雾"）等首，写的都是宫廷里的豪华生活和艳情生活，一般说来，是免不了要用金碧辉煌的装饰和香粉胭脂的涂抹的。照一些书籍的记载看，李煜在当时的宫廷里也实在是过着豪奢逸乐的生活，到处都是华美艳丽的场面。可是，李煜在这些作品里却摒弃了许多装饰、涂抹的用法，用的都是单纯明净的句子，有时还吸取一些生动的口语如"酒恶"之类。这就说明了李煜创造艺术语言的天才是杰出的，他对怎样才是美妙动人的艺术语言的理解，在当时来说，也高人一等。就当时一般的创作风格看，"花间"词人的"镂玉雕琼""裁花剪叶"[1]是一时的风尚，《花间集》里所

---

1. 见欧阳炯《花间集》序。

收录的作品，除韦庄外大多是这种作风。温庭筠最讲究雕饰，而在当时的评价也最高[1]。温庭筠的词，虽然很精工，但一般都是镂金错彩，最难理解的。他许多堆金叠玉、炫耀眼目的例子不举，现在举一首《菩萨蛮》来看：

> 水精帘里颇黎枕，暖香惹梦鸳鸯锦。江上柳如烟，雁飞残月天。　　藕丝秋色浅，人胜参差剪。双鬓隔香红，玉钗头上风。

这在温词中是一首相当美妙的作品。照我的看法，大概是写他曾经在一个美丽香软的地方歇宿过，这地方是在江边，第二天破晓的时候，那女子打扮得很齐整——穿上漂亮的衣服，簪上玉钗，还戴上"花胜"，划着小艇，穿过花港，摇摇荡荡地送他到岸上。头两句是说那个地方有很好的设备，有水晶帘、玻璃枕，还有又香又暖足以惹起好梦的鸳鸯被，但他在哪里歇宿就没有交代清楚；第三、四句是说在一个足以引动离愁的风景凄清的早上，但有什么人在那儿做什么事又没有交代清楚（这两句是情景交融的写法，是篇中最警策、最动人的

---

1. 见欧阳炯《花间集》序说："在明皇朝，则有李太白之应制《清平乐》四首，近代温飞卿复有《金荃集》，迩来作者，无愧前人。"在李白之后独提温庭筠，温氏的地位之高可见。

句子。杨柳、残月、飞雁都是和离愁有关的景物，韦庄《荷叶杯》的"惆怅晓莺残月，相别"，柳永的"杨柳岸晓风残月"，都可证明。即李煜的《喜迁莺》也是通过"晓月""雁声"等景物来抒写别情的。有人不联系离别的情况看，只理解为表现凄清之感。我认为这样的理解是比较空洞的）；第五、六句是说有某种色泽和某种装饰，但指的是何等样的人也没有交代清楚；最后两句是说双鬟隔开了又香又红的东西和玉钗在头上颤动，但究竟是什么人、在什么地方、有什么活动，更没有交代清楚（有人从张惠言的说法推演下去，认为上句是双鬟插花把香红隔开了，象征离别，下句是风吹透玉钗，象征情意贯通，因而肯定这词和"小山重叠"首同样是一个女子自伤身世孤零的表现。我不同意这种看法。"小山"首因花面交映而感到容颜易衰谢，因双双鹧鸪而感到空房难独守，那是很明朗的，而且是合情合理的写法。这首呢，姑无论明指隔香红而言双鬟自相隔，明指动玉钗而言两边情意通，是很牵强的解释，即使在字句上可以这样解释，把隔离现象和相思情意缩小到这样的程度，还表达什么深长的情思？我认为这样的看法是不符合实际的，虽然我的见解也未必就是正确）。通首只摆摆景物和现象，人物活动的情况一点也没有表露出来。这么一来，作品就成为景物现象的罗列和堆砌，即使创造了很美妙的艺术语言，也失却它应有的作用了。这么一来，就使得历来读这词的人都莫名其妙，乱猜一通了。自张惠言的《词选》以下直到现在，接触到这词的人都把它当成梦境来理解。如果把梦境理解为一种回忆，那还可以讲得通，而其实理解它是写梦境的人都是从第二句的"梦"字出发的。（沈雄的《古今词话》曾说过"暖香、惹梦是枕名"的话，当然不会看成这词是写梦境的，但上句说"颇黎枕"，这句又指枕名，也不确。）这就未免把这词神秘化了。当然，这责任要由温庭筠自己负。

从这里，我们可以看出当时的"花间"代表人物温庭筠的创作风格和李煜是不相同的。（这是就总的方面说，温词也有比较浅白明朗的。）

李煜入宋以后的作品，由于生活作风、思想感情的转变，表现手法也更加熟练，对于艺术语言的创造达到了更高的境地。如《子夜歌》（"人生愁恨何能免"）、《望江南》（"多少泪"）、《望江梅》（"闲梦远"）、《虞美人》（"春花秋月何时了"）、《浪淘沙令》（"帘外雨潺潺"）等首，包蕴着的内容有许多不容易明白说出的，但读起来竟像脱口而出，随笔写成，看不出一点锻炼的痕迹而自然达到单纯明净的境地。这类艺术语言的创造，是值得我们注意的。

（二）精炼准确。李煜词在语言方面之所以能够达到单纯明净的境地，是和他用字造句的精炼准确分不开的。词人用字造句，一般说来，都是经过精炼的工夫的，特别是写小词，篇幅很短，更需要精炼。可是，如果精炼不结合准确，不从准确出发，精炼就会成为艺术技巧的玩弄，为精炼而精炼，专讲形式美，和内容不发生联系。有些小词，读起来死气沉沉，毫无感人的力量，其毛病就在于脱离准确而专讲字句的精炼。就另一方面看，最准确的写法就是最自然的写法（自然不等于朴素）。如果有一些矫揉造作的痕迹就是不能恰如其分地写，不能达到自然的境地，也即是写来不准确。准确的标尺是作品的生活内容，即描写的对象和情意。离开了生活内容就没有什么叫准确。同样，精炼的目的也应该是为要更准确地表现生活内容的。我们如果孤立地看精炼，温庭筠的词是很精炼的，像上面所举的《菩萨蛮》，有许多美丽的句子。然而整篇看来，却令许多读者看不出其中的生活内容是什么，那精炼就失却了准确性，失却了它在作品中应有的作用。我们看看李煜的《长相思》：

云一绹，玉一梭，淡淡衫儿薄薄罗，轻颦双黛螺。　秋风多，雨相和，帘外芭蕉三两窠。夜长人奈何！

上片也写一个女子的装束和情态。但给予读者的印象，不仅是一个女子的这种装束和情态而已，同时还可以看出她苗条的身材，富于感情的内心，以及她的整个标格和丰韵，觉得这是一个值得爱慕的女子。这原因，就和作者运用精炼准确的字句有关。如里面用了两个"一"字，一个"儿"字，一个"轻"字，两组重叠字"淡淡"和"薄薄"，都能够使得这个人物形象更加有"亭亭玉立"的风致，整个标格和丰韵都从中透露出来。也许有人认为这首词不一定是李煜写的，材料本身有问题。我们再看上面已经举出的《一斛珠》（"晓妆初过"）一首吧。这首词写的是一个小巧玲珑、邀宠逞娇的歌女。李煜就抓住了要表现这类人物现象的特征，用"轻注些儿个""微露""暂引""斜凭""笑……唾"等，没有用一个表现粗重的动作或者浓艳色泽的字眼，使人看到、听到、感受到的和他所要表现的人物形象，都十分和谐，完全一致，这就是李煜创造了精炼准确的字句的功效。

以上略谈李煜词在艺术上的成就。

总之，我们可以这样肯定地说：李煜词有高度的艺术成就，李煜是我国历史上最杰出的词人之一。

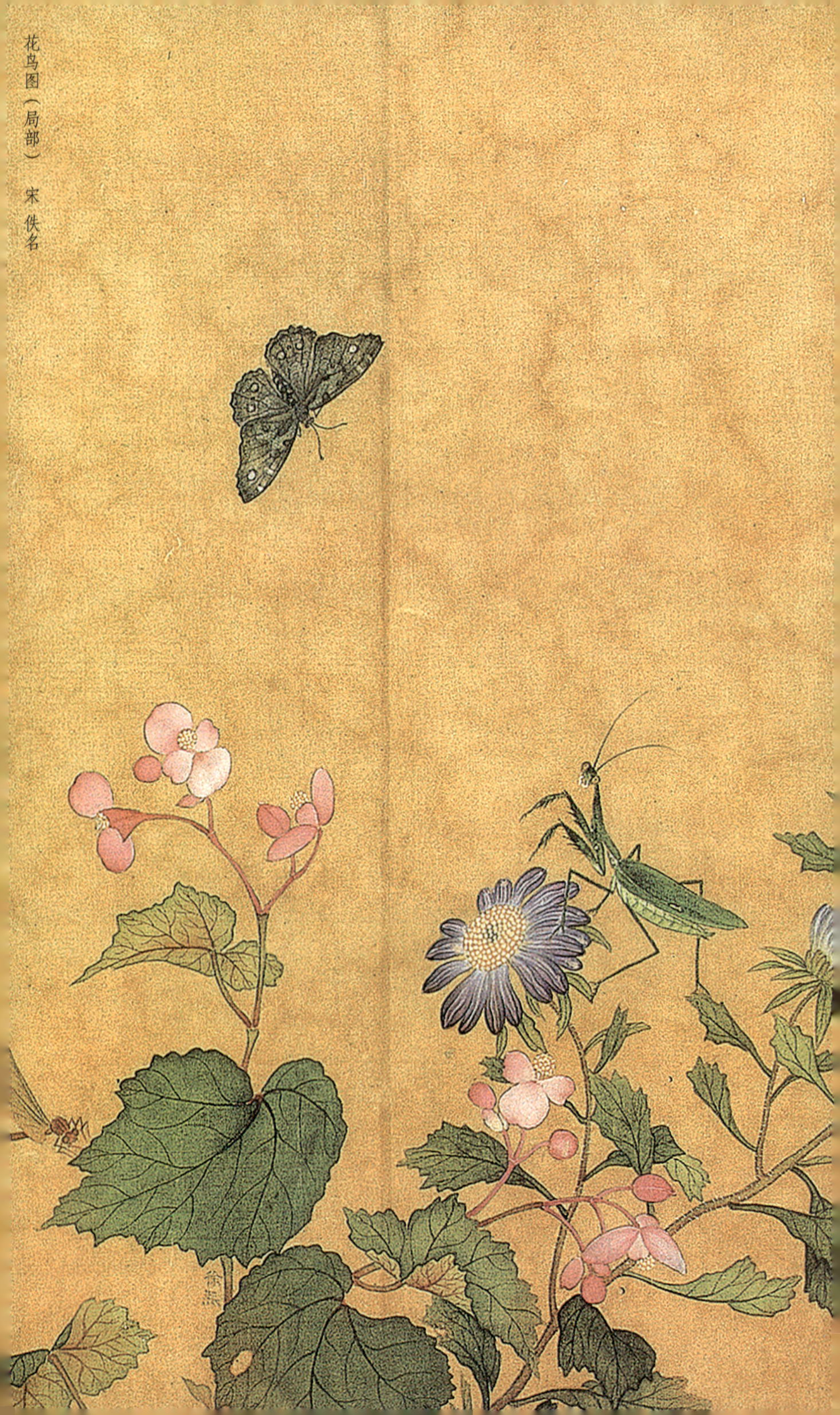

花鸟图（局部） 宋 佚名

南唐二主
世系图

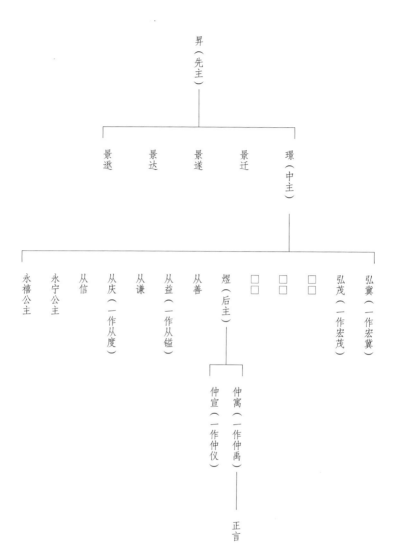

昇（先主）

景逖　景达　景遂　景迁　璟（中主）

永禧公主　永宁公主　从信　从庆（一作从度）　从谦　从益（一作从镒）　从善　煜（后主）　□□　□□　□□　弘茂（一作宏茂）　弘冀（一作宏冀）

仲寓（一作仲禹）　仲宣（一作仲仪）

正言

花鸟图（局部）　宋　佚名

南唐二主
年表

公元916年　李璟出生

中主李璟生。

先主李昪27岁，任升州江宁（今江苏南京）刺史。

韩熙载14岁。

冯延巳13岁。

距朱温篡唐、建后梁已9年。

公元917年　李璟1岁

李昪治升州有方，徙润州（今江苏镇江）团练使。

徐铉生。

公元918年　李璟2岁

七月，李昪入广陵平乱。

十一月，越主刘岩改国号为汉，史称南汉。

公元919年　李璟3岁

李璟次弟景迁生。

四月，杨隆演建国称吴王。以徐温为大丞相、都督中外诸军事、东海郡王，以其养子李昪为左仆射、参政事兼知内外诸军事。

公元920年　李璟4岁

五月，吴主杨隆演卒，徐温立其弟杨溥为吴王。

公元 921 年　李璟 5 岁

李璟三弟景遂生。

十二月，契丹大举南侵。

公元 922 年　李璟 6 岁

正月，晋王李存勖大破契丹军。

公元 923 年　李璟 7 岁

四月，李存勖称帝，国号大唐，史称后唐。

十月，后唐灭梁。

公元 924 年　李璟 8 岁

李璟四弟景达生。

契丹屡扰幽州。

公元 925 年　李璟 9 岁

李璟吟《新竹诗》云："栖凤枝梢犹软弱，化龙形状已依稀。"官驾部郎中。

后唐灭前蜀。

公元 926 年　李璟 10 岁

三月，蜀后主王衍全家被杀。

四月，后唐生乱，李存勖中流矢而死。

公元 927 年　李璟 11 岁

三月，赵匡胤生。

十月，徐温卒。

十一月，吴王杨溥称帝，加李昇都督中外诸军事。

公元 928 年　李璟 12 岁

正月，后唐拒认吴王称帝，吴与后唐绝交。

公元 929 年　李璟 13 岁

十一月，李昇始专吴政。

腊月，吴主加李昇中书令，领宁国节度使。

公元 930 年　李璟 14 岁

李璟在庐山瀑布前筑读书台，庐山百花亭刻石刊有其诗句："苍苔迷古道，红叶乱朝霞。"

十月，李璟赴江都，任兵部尚书、参知政事。

冯延巳 27 岁，与李璟来往。

公元 931 年　李璟 15 岁

十一月，李璟为司徒同平章事、知中外诸军事，留江都辅政。

公元 932 年　李璟 16 岁

二月，李昪建礼贤院，收聚图书，延揽士大夫。

十一月，吴以李昪为丞相、太师。李昪辞丞相、太师。徐铉 15 岁，始仕吴。

公元 933 年　李璟 17 岁

李璟次子弘茂生。（长子弘冀生年无可考。）

公元 934 年　李璟 18 岁

闰正月，孟知祥称帝，定都成都，国号蜀，史称后蜀。

二月，后唐凤翔节度使潞王李从珂以"清君侧"为名举兵东下，闵帝李从厚奔往卫州。

四月，后唐李从珂兵至洛阳，即帝位，是为废帝。派人杀李从厚。

十一月，李璟自江都还金陵，为吴镇海军节度副使。

公元 935 年　李璟 19 岁

三月，李璟弟景迁为同平章事、知左右军事。

十月，王继鹏杀闽惠宗，自立为帝，向后唐称臣。

十月，李昪为尚父、太师、大丞相、大元帅，进封齐王，以升（治今南京市）、润（治今江苏镇江）等十州为齐国。李昪辞尚父、丞相。李璟被封王太子。

公元 936 年　李璟 20 岁

十一月，吴主诏李昪置百官，以金陵府为西都。

十一月，契丹主耶律德光册石敬瑭为大晋皇帝，晋割幽（今北京）、蓟（今河北蓟县）等十六州与契丹。

十一月，契丹与晋南下攻唐，唐军大溃。石敬瑭率军进逼洛阳，唐废帝李从珂携传国宝登宣武楼自焚。后唐亡。

李煜大周后生。大周后为大司徒周宗继室女，小字娥皇。

潘佑生。

公元 937 年　李璟 21 岁　李煜出生

一月，李昪改金陵为江宁府（今江苏南京），建太庙、社稷、宫殿，置左右丞相，其余百官如吴制。

五月，李昪遣使修好于契丹。

六月，李璟弟景迁卒，年 18 岁。

七月七日，李煜生。

八月，吴主杨溥禅位于李昪。

十月，李昪称帝，自称是唐室后裔，国号唐，史称南唐，都金陵。

十月，李璟为诸道副元帅，封吴王。

冯延巳 34 岁，为吴王李璟掌书记。

李璟徙封齐王。

七月，晋主石敬瑭称契丹主为"父皇帝"，契丹主令晋主自称"儿皇帝"。

十一月，吴睿帝杨溥被害。

公元 939 年　李璟 23 岁　李煜 2 岁

李昪改原名徐知诰为李昪。

公元 940 年　李璟 24 岁　李煜 3 岁

七月，李昪立李璟为皇太子，兼大元帅，录尚书事。

十月，李昪巡东都，命李璟监国。

后蜀赵崇祚编词集《花间集》。

公元 942 年　李璟 26 岁　李煜 5 岁

四月，冯延巳为元帅府掌书记。

公元 943 年　李璟 27 岁　李煜 6 岁

二月，李昪服金石卒，年 54 岁。李昪在位七年，兵不妄动，南唐得以休养生息。(陆游《南唐书·烈祖本纪》)

三月，李璟即帝位，是为南唐中主。改元保大。

三月，南汉晋王刘弘熙杀殇帝刘玢，即帝位。

七月，李璟与兄弟在先主枢前立誓，约兄弟世世继立。

七月，冯延巳为谏议大夫、翰林学士。

公元 944 年　李璟 28 岁　李煜 7 岁

正月，李璟下诏，以弟齐王景遂总理政务。

八月，李璟幸饮香亭赏新兰。

十二月，冯延巳为翰林学士承旨。

公元 945 年　李璟 29 岁　李煜 8 岁

三月，闽将李仁达等占据福州，称藩于南唐。

八月，南唐克建州，闽主王延政投降，闽亡。

十月，南唐皇太后宋氏卒。

后晋赵莹、张昭远等人撰成《唐书》，为与北宋欧阳修等撰《唐书》相区别，后人称《旧唐书》。

公元 946 年　李璟 30 岁　李煜 9 岁

正月，冯延巳为平章事、集贤殿大学士。

六月，冯延巳为宰相。

十二月，契丹军入大梁（今河南开封），后晋出帝石重贵投降，后晋亡。

公元 947 年　李璟 31 岁　李煜 10 岁

正月，契丹主耶律德光入大梁，废石重贵为负义侯，将其移居至黄龙府（今吉林农安）。

正月，李璟以景遂为皇太弟；以弟燕王景达为诸道兵马元帅，改封齐王；以长子弘冀为副元帅，封燕王。

二月，契丹主耶律德光身着汉服衣冠，改国号为辽。后晋刘知远称帝。

三月，吴越救福州，南唐兵败。

四月，辽主耶律德光卒于北归途中。

六月，刘知远以汴州为东京、开封府，改国号曰汉，史称后汉。

公元 949 年　李璟 33 岁　李煜 12 岁

元日，李璟与弟景遂等宴雪赋诗。

公元 951 年　李璟 35 岁　李煜 14 岁

正月，后汉郭威称帝，国号周，史称后周。

九月，南唐灭楚。

十二月，后周败辽、北汉。

公元 952 年　李璟 36 岁　李煜 15 岁

二月，南唐设科举。

五月，后周太祖郭威亲征后汉，攻克兖州（今山东兖州），后汉主慕容彦超投井身亡。

五月，后蜀相毋昭裔出私财立学馆，刻版印《九经》，蜀中文学繁盛。

十二月，南唐复行贡举。

公元 954 年　李璟 38 岁　李煜 17 岁

正月，后周太祖郭威死，养子郭荣（柴荣）即帝位，是为世宗。

三月，后周与北汉战于高平（今山西晋城东北）。周世宗自引亲兵督战，宿卫将赵匡胤身先士卒，杀北汉骁将张元徽。后周胜。

十一月，李煜纳大周后。大周后时年 18 岁，通书史，善音律，尤工琵琶。

公元 955 年　李璟 39 岁　李煜 18 岁

正月，后周疏通胡卢河，由留后戍守，从此辽不敢渡胡卢河。

十一月，后周下诏历数南唐罪，讨伐南唐。

十二月，后周败南唐兵于寿州（今安徽寿县）。

十二月，李煜为沿江巡抚使。

公元 956 年　李璟 40 岁　李煜 19 岁

正月，后周攻打南唐寿州，久攻不克，周世宗下诏亲征。

二月，南唐战败，遣使求和，后周不答。又遣使向后周奉表称臣，后周不许。

三月，南唐江北诸州一半被后周占据，南唐再次向后周请求去帝号、割濒淮六州等，后周仍不许。

四月，后周赵匡胤再败南唐兵，南唐军精卒殆尽。

十月，后周以赵匡胤屡建大功，擢升为定国军节度使兼殿前都指挥使。

公元 957 年　李璟 41 岁　李煜 20 岁

四月，后周班师回大梁。

十一月，后周世宗帅兵亲攻南唐，屡胜。

公元 958 年　李璟 42 岁　李煜 21 岁

正月，后周发民夫开凿鹳水（今江苏淮安西），数百艘巨舰从淮河入长江，南唐大惊。后周攻打楚州（今江苏淮安），南唐楚州防御使张彦卿所部将士千人皆战死。

三月，李璟立燕王弘冀为皇太子。弘冀为人妒忌刻薄，李煜不敢干预其事，以经籍自娱。

三月，后周世宗亲临长江督战，南唐遣使请和，后周许。李璟向周世宗上表称唐国主，割让江北诸地十四州。

五月，李璟改名景，以避后周庙讳。去帝号，称国主，将后周奉为正统，改用后周年号（显德五年）。

十二月，后周兵部侍郎陶穀出使南唐，辞色傲慢。中韩熙载美人计，仓皇返国。

李煜长子仲寓生。

公元 959 年　李璟 43 岁　李煜 22 岁

六月，后周世宗柴荣卒。子柴宗训继位，时年 6 岁。

七月，南唐铸大钱"永通泉货"，以一当十；又铸"唐国通宝"，以一当二。

八月，南唐太子李弘冀鸩杀李璟弟晋王景遂。

九月，李弘冀卒。

九月，李煜（从嘉）为吴王，以尚书令知政事，居东宫，李煜开崇文馆招贤纳士。

十二月，辽使至南唐，被后周刺杀。辽与南唐绝交。

公元 960 年　李璟 44 岁　李煜 23 岁

正月，后周赵匡胤发动陈桥兵变，即皇帝位，国号宋。后周存国十年而亡。

三月，南唐、吴越等遣使贡宋。

四月，南唐太子太傅冯延巳卒，年 57 岁。

公元 961 年　李璟 45 岁　李煜 24 岁

正月，南唐以韩熙载为兵部侍郎、勤政殿学士。

三月，李璟迁都至南昌。见城邑狭隘，群臣思归，李璟亦悔迁都。复议还都金陵，未起程，李璟卧病，不再进膳，只饮蔗浆、嗅藕花。

六月，李璟病卒，年 45 岁。

七月，宋太祖赵匡胤"杯酒释兵权"。

七月，李璟丧还金陵。李煜继位，是为南唐后主，改原名从嘉为煜。

十月，李煜派韩熙载使宋，助葬宋皇太后。宋遣使贺南唐主新立。李煜始换紫袍见宋使。

李煜次子仲宣生。

公元 962 年　李煜 25 岁
正月，南唐葬李璟于顺陵。

公元 963 年　李煜 26 岁
正月，宋太祖遣使赐南唐羊马橐驼。

三月，宋太祖出师平定荆南，李煜遣使以牛酒犒劳宋师。

七月，李煜和大周后作《霓裳羽衣曲》。

十一月，宋太祖祭祀南郊，李煜遣使助祭。

公元 964 年　李煜 27 岁
三月，南唐命韩熙载监考。

九月，韩熙载为兵部尚书。

十月，李煜与大周后次子仲宣卒，年3岁。大周后卧病。大周后之妹小周后入宫。

十一月，大周后病卒，年28岁。

公元965年 李煜28岁

正月，李煜作《昭惠周后诔》。葬大周后于懿陵。

正月，宋败蜀军，蜀主孟昶投降，后蜀亡。

公元966年 李煜29岁

正月，宋平定蜀全师雄之乱。

八月，宋命南唐致书南汉，约共奉宋国。南汉主大怒。

公元967年 李煜30岁

三月，李煜命两省侍郎、谏议大夫、给事中、中书舍人及集贤、勤政殿学士每晚分别在光政殿值夜，与其畅谈，有时直至深夜才结束。

公元968年 李煜31岁

三月，韩熙载为中书侍郎、百胜军节度使兼中书令。

五月，南唐生饥荒，宋赐李煜米十斛。

九月，宋太祖赵匡胤命李煜致书南汉，让其献湖南旧地，南汉主不从。

十一月，李煜立小周后为国后。李煜作"刬袜下香街，手提金缕鞋"等词句，传至宫外，群臣多作诗讥讽。

李煜在群花间建亭，雕镂华丽，空间极小，仅容李煜与小周后在其中酣饮。(陆游《南唐书·后妃诸王列传》)

小周后易妒，后宫多有遭其迫害者。

公元 969 年　李煜 32 岁

二月，李煜游北苑，与群臣宴曲赋诗。

二月，辽穆宗被近侍所杀。辽世宗次子耶律贤即位，是为辽景宗。

三月，辽景宗施行宽政。

六月，李煜遣其弟李从谦贡宋。

十一月，李煜在青龙山狩猎，休息于大理寺，亲自审讯囚犯登录罪状。

李煜在宫中建造十余座佛寺。出余钱募民及道士为僧。都城僧人达万人。李煜沉迷佛法，进谏之人皆获罪。(陆游《南唐书·浮屠列传》)

公元 970 年　李煜 33 岁

七月，韩熙载卒，时年 68 岁。

八月，李煜致书南汉主，让其归附宋国。南汉主大怒，答书甚不逊。

公元 971 年　李煜 34 岁

二月，宋灭南汉。

三月，南唐遣使至宋，贡西域大食国所送礼物。李煜又遣弟李从谦贡奉珍宝器用金帛，并买宴，数量较之前加倍。

十月，宋屯兵汉阳，南唐大惧。李煜遣弟郑王李从善贡宋，请去唐号，称江南国主。

公元 972 年　李煜 35 岁

二月，李煜遣使入宋，贡长春节钱三十万，米麦二十万石。

闰二月，宋召李煜入朝，李煜不从，只增岁贡。

公元 973 年　李煜 36 岁

四月，宋遣使至江南，得江南地图，知江南十九州形势。

十月，内史舍人潘佑上疏，极论时政。李煜震怒，将潘佑下狱。潘佑自缢而死，年 35 岁。户部侍郎李平亦以切谏，缢死狱中。

公元 974 年　李煜 37 岁

五月，李煜上宋太祖表，请求弟从善归国，宋不许。作《登高赋》。

九月，宋伐江南。

十月，李煜遣其弟从益贡宋，帛二十万匹，白银二十万两。遣潘慎修买宴，帛万匹，钱五百万。又筑城聚粮。

十一月，宋辽议和。

公元 975 年　李煜 38 岁

正月，宋师围金陵。

三月，李煜登城见宋师围城，知被欺蔽，诛皇甫继勋。

七月，宋与吴越会师围金陵。宋遣返李从益促李煜投降。李煜命陈大雅突围，召洪州节度使朱令赟起兵十五万援金陵。朱令赟火烧宋师，因风变反烧己，不战自溃。朱令赟赴火死。

九月，李从镒至江南，李煜欲降，陈乔、张洎谏止。张洎作蜡丸书求救于契丹，未果。

十月，南唐遣徐铉贡宋，以乞缓师。宋太祖按剑谓铉曰："不须多言，江南亦有何罪？但天下一家，卧榻之侧，岂容他人鼾睡。"

十一月，李煜作降书。

十一月二十七日，夜半，金陵城陷。李煜开门奉表，肉袒出降。

正月，宋押李煜及其子弟、官属等人至都城汴梁（今开封）。宋太祖亲临明德楼，因李煜曾奉宋正朔，便不宣读捷报，只令李煜等人白衣纱帽到楼下待罪。随后赦免李煜，并赐冠带器币鞍马等物。后又封李煜为右千牛卫上将军、违命侯。以徐铉为太子率更令，以张洎为太子中允。

十月，宋太祖赵匡胤卒，其弟赵光义即帝位，是为宋太宗。

十一月，宋封李煜陇西郡公。

公元 977 年　李煜 40 岁

二月，李煜言贫，宋增其月俸，赐钱三百万。又命光禄寺丞徐元梅、右赞善大夫潘慎修为李煜记室。李煜与金陵旧官人信中说："此中日夕只以眼泪洗面。"

四月，宋葬太祖赵匡胤于永昌陵，辽遣使助葬。

公元 978 年　李煜 41 岁

七月，辛卯（初八），李煜被毒杀，年 41 岁。赠太师，追封吴王。先前，宋太宗曾命李煜故臣徐铉前往李煜居所探望，当时李煜头戴纱帽身着道服，二人相扶大哭，李煜长叹"悔杀了潘佑、李平"。七月七日（七夕），李煜庆生，命故妓作乐，声闻于外。宋太宗闻后大怒。又传"小楼昨夜又东风"及"一江春水向东流"等句，一并被定罪。当日，宋太宗派秦王赵廷美赐李煜牵机药，李煜次日卒。

十月，宋以王礼葬李煜于洛阳北邙山。故臣徐铉作墓志。小周后悲不自胜，亦卒。

李煜之子李仲寓，归宋后授右千牛卫大将军，拜郢州刺史，为政宽简，士民安乐。淳化五年（994）卒，年36岁。

李仲寓之子正言，早卒，无嗣，李煜之后遂绝。

瑞鹤图（局部） 北宋 赵佶

画家小传

贯休（832—912）

唐末至五代前蜀僧人、诗人、画家。又称贯休法师，字德隐，俗姓姜氏，婺州兰溪（今浙江省兰溪市）人。出身诗书官宦人家，七岁出家，晚年入蜀。精通诗画，尤擅画罗汉，胡貌梵相，曲尽其态。与僧齐己、皎然皆以诗闻名，并称为"唐三高僧"。代表作有《十六罗汉图》。

徐熙（886—975）

五代南唐画家，金陵（今江苏南京）人，一说钟陵（今江西进贤）人。出身"江南名族"。随李煜归宋后不久病故。性情豪爽旷达，志节高迈，一生未仕。擅画花竹、禽鱼、蔬果、草虫，擅用"没骨法"作画，用粗笔浓墨草写枝叶萼蕊，略施杂色，使色不碍墨，不掩笔迹，清新洒脱。花鸟画与黄荃齐名，"黄家富贵，徐家野逸"。代表作有《玉堂富贵图》《雪竹图》等。

李昇（生卒年不详）

五代前蜀（907—925）画家。字锦奴，成都人。工画蜀川山水。初得张藻员外山水一轴，品玩数日，说："未尽妙矣。"遂出意写蜀境山川平远，心思造化，意出先贤。存世有《岳阳楼图》《货郎图》等。

黄荃（903—965）

五代后蜀画家。字要叔，四川成都人。任检校少府监并主画院事。擅画花鸟、竹、佛道、人物和山水。擅用勾勒法作画，先以细淡的墨线勾画轮廓，然后填色，富丽工巧。花鸟画与徐熙并称，"黄家"（黄荃、黄居寀父子）为当时北宋宫廷花鸟画的标准。代表作《写生珍禽图》，笔法精细，形象生动，设色柔丽和谐。

周文矩（907？—975）

五代南唐画家，建康句容（今江苏句容市）人。后主朝（961—975）任翰林待诏。擅绘人物仕女，多以宫廷贵族、文士生活为题材，兼画山水、屋木、佛道。多用"战（颤）笔"画衣纹，用笔深远，繁富而工。代表作《仙姬文会图》《重屏会棋图》。

赵喦（生卒年不详）

五代后梁画家。一作赵岩，原名赵霖，字秋巘，陈州（今河南淮阳）人。驸马都尉，后任租庸使、户部尚书，居中用事。后梁亡后投奔温韬，却被其斩首献后唐庄宗李存勖。善绘事，精鉴赏，于唐末乱世重金收集名画五千余幅，所画人马格韵超绝。代表作有《八达游春图》《调马图》等。

顾德谦（生卒年不详）

五代南唐画家。建康（今江苏）人。好画道释人物，善画动植物。李煜评："古有恺之，今有德谦，二顾相望，继为画绝矣。"所绘人物神韵清劲、笔力雄健。代表作有《萧翼赚兰亭图》《莲池水禽图》等。

顾闳中（生卒年不详）

五代南唐画家，后主时任翰林待诏。工画人物，与周文矩齐名。用笔圆劲，间以方笔转折，设色浓丽，善于描摹神情意态。传世代表作为《韩熙载夜宴图》，据《宣和画谱》载，此画为顾闳中奉后主之命，潜入韩熙载府第，窥其纵情声色的夜生活，凭目识心记绘成，刻画出韩熙载复杂的心境，为古代人物画杰作。

卫贤（生卒年不详）

五代南唐画家。长安（今陕西西安）人，后主时为内廷供奉。善画界画及人物，长于楼观殿宇、盘车水磨，能"折算无差"，构图严谨，刻画精细，被称为唐以来"第一能手"。李煜为其《春江钓叟图》题《渔父词》二首。代表作有《闸口盘车图》《高士图》。

董源（937？—962？）

五代南唐至北宋初画家。名一作元，字叔达，钟陵（今江西进贤）人，曾任北苑副使，别号董北苑。擅画山水，为南派山水画开山。擅用披麻皴，线条圆润细长，缀以点子皴，描绘出江南山峦土厚林茂、草木滋生的特色，平淡天真。与李成、范宽并称为"宋三家"。代表作有《夏景山口待渡图》《潇湘图》《夏山图》《溪岸图》等

巨然（生卒年不详）

五代南唐画家、开元寺僧人。钟陵（今江西进贤）人，也可能是建业（今江苏南京）人。随李煜入宋。师从董源，专画江南山水，以长披麻皴画山石，笔墨秀润爽朗，和董源并称"董巨"。代表作有《萧翼赚兰亭图》《层岩丛树图》《秋山问道图》等。

黄居寀（933—993?）

五代后蜀至北宋初画家。字伯鸾，成都人，黄筌之子，历仕后蜀、北宋，任翰林待诏。善绘花鸟，用笔劲挺工稳，填彩浓厚华丽。代表作《山鹧棘雀图》。

范宽（950?—1032?）

北宋画家。字中立，一说名中正，字仲立，京兆华原（今陕西耀县）人。因性情宽厚豁达，时人呼之为"宽"，遂以范宽自名。擅画山水，喜雪景，北方山水画派代表人物之一。所绘峰峦浑厚，势状雄强，抢笔俱匀，人屋皆质，得山真骨。与董源、李成并称为"宋三家"。代表作有《溪山行旅图》《雪山萧寺图》等。

赵昌（959?—1016?）

北宋画家。字昌之，广汉（今属四川省）人，一作剑南人。擅画花果、草虫。初师滕昌祐，后以没骨花鸟自成一派，所画写实传形，自号"写生赵昌"。代表作有《写生蛱蝶图》。

惠崇（965—1017）

北宋僧人、诗人、画家。福建建阳人。诗专精五律，多写生活琐事、自然小景，忌用典、尚白描，力求精工莹洁，有诗作《北宋九僧诗》；工画鹅雁鹭鸶，尤工小景，善为寒汀远渚、萧洒虚旷之象。苏轼为惠崇画作《春江晚景》题诗："竹外桃花三两枝，春江水暖鸭先知。"

燕文贵（967—1044）

北宋画家。文贵一作贵，又名燕文季，吴兴（今浙江湖州）人。曾至汴梁卖画，后被举荐入翰林图画院，得太宗赏识。擅画山水、屋木、人物，所画景物清润秀雅，善将山水与界画相结合，岸边水渚多与楼阁台榭相接，点缀以人物。刻画精微，笔法峭丽，境界雄浑，人称"燕家景致"。代表作有《江山楼观图》《溪山楼观图》等。

高克明（生卒年不详）

北宋画家。绛州（今山西新绛）人，仁宗时（1022—1063）任画院待招。工画山水。代表作有《雪意图》。

王居正（生卒年不详）

北宋画家。乳名憨哥，河东（今山西永济）人，画家王拙之子。善画仕女，注重写实。传世作品有《调鹦鹉士女图》《纺车图》卷等。

李公麟（1049—1106）

北宋画家。字伯时，号龙眠居士，庐州舒州（今安徽桐城）人。进士出身，官至朝奉郎。工诗能文，擅画人物、道释，多用线描，运笔如行云流，不设色，人称"白描"；尤精画鞍马，形神兼备。代表作有《五马图》《临韦偃牧放图》《赤壁图》等。

张敦礼（？—1107）

北宋画家。开封府（今河南省开封市）人。驸马都尉。善画人物，笔法细密，神采如生，可鉴善恶。代表作有《九歌书画》卷等。

赵佶（1082—1135）

宋徽宗，北宋第八位皇帝（1100—1126在位），自称教主道君皇帝，书画家、诗人、词人和收藏家。擅绘花鸟，以精细逼真著称，提倡诗、书、画、印相结合。书法瘦逸而遒劲，自号"瘦金书"。

张择端（1085？—1145？）

北宋画家。字正道，东武（今山东诸城市）人。徽宗时任翰林待诏，丢官后以卖画为生。性习绘事，工于界画，尤善舟车、市桥、郭径。代表作为风俗画《清明上河图》，描绘当年汴京近郊清明时节的生活景象，真实生动，具有重要的历史价值。

苏汉臣（1094—1172）

北宋画家。汴京（今河南开封）人。宣和时任画院待诏，南渡后为承信郎。师从刘宗古，擅画佛道、仕女，擅描绘婴儿嬉戏和货郎担，用笔工整细劲，着色鲜润。代表作有《秋庭戏婴图》《妆靓仕女图》《货郎图》等。

王希孟（1096—1119？）

北宋画家。政和年间入翰林书画院，得宋徽宗指导。擅作青绿山水。18岁时作《千里江山图》，全卷纵51.5厘米，横1191.5厘米，青绿设色，气势开阔，笔墨工致，布局得宜，表现了自然山水的秀丽壮美，是北宋青绿山水画中的巨作。

赵令穰（生卒年不详）

北宋画家。字大年，汴京（今河南开封）人，宋太祖五世孙。擅画设色平远小景，多写陂湖、水村、烟林、凫雁，优雅清丽。兼画墨竹、禽鸟，思致殊佳。代表作有《风云期会图》《文会图》《鸟雀图》等。

夏明远（生卒年不详）

南宋画家。画院待诏。工画花鸟、人物、山水。代表作有《山水图》《楼阁图》等。

赵黻（生卒年不详）

南宋画家。黻，又作"芾"，京口（今江苏镇江）人。擅绘人物、江南景致。画风追仿北宋写实求真的笔墨，注重山水意境的表达，气韵生动，笔力雄厚。代表作《江山万里图》以长卷形式描绘了长江的壮丽景色。

杨邦基（？—1181）

金代画家。字德懋，华阴（今陕西华阴）人。金熙宗天眷二年（1139）进士，曾任翰林直学士、秘书监兼左谏议大夫，修起居注。能属文，擅画山水人物。传世作品有《聘金图》《出使北疆图》。

赵伯驹（1120？—1182？）

南宋画家。字千里，汴京（今河南开封）人。宋太祖七世孙。与父赵令穰、弟赵伯骕均为著名画家。宋室南渡后流寓钱塘（今浙江杭州），以画扇为高宗赏识。工画山水、花鸟，尤擅金碧山水，笔法秀劲工致，着色清丽。代表作有《江山秋色图》等。

赵伯骕（1124—1182）

南宋画家。字希远，应天府（今河南商丘）人，宋宗室，赵伯驹之弟。官至和州防御史，曾以副使身份出使过金国。工画金碧山水，擅花鸟，精界画，笔法清细繁复，格调柔丽雅洁。代表作有《万松金阙图》《番骑猎归图》等。

李迪（生卒年不详）

南宋画家。河阳（今河南省孟州市）人，任画院副使，历事孝宗、光宗、宁宗三朝（1162—1224）。工花鸟竹石、鹰鹊犬猫、耕牛山鸡，长于写生，其画鸠"作寒冷状，精俊如生"，画鹡鸰"翘翘欲起"，间作山水小景。代表作有《雪树寒禽图》《风雨归牧图》等。

马和之（1130—1170）

南宋画家。钱塘（今浙江杭州）人，绍兴年间进士，官至工部侍郎。擅画人物、佛像、山水，自创柳叶描（一作马蝗描），笔法飘逸高古，人称"小吴生"（吴生指吴道子），被誉为御前画院之首。代表作有《唐风图》《豳风图》等。

刘松年（1131？—1218）

南宋画家。号清波，钱塘（今浙江杭州）人。任画院待诏，赐金带。工画山水人物，师从张敦礼，笔法俊秀，着色妍丽，精致细微。与李唐、马远、夏圭合称为"南宋四家"。

梁楷（1150—？）

南宋画家。东平须城（今山东东平）人，南渡后流寓钱塘（今浙江杭州）。宁宗嘉泰间（1201—1204）任画院待诏，后将金带悬壁，离职而去。好饮酒，酒后不拘法度，号称"梁疯子"。师贾师古，擅画人物、山水、道释、鬼神，用笔简练豪放，生动传神。代表作有《泼墨仙人图》《六祖伐竹图》《李白行吟图》等。

马远（1160—1225）

南宋画家。字遥父，号钦山，原籍河中（今山西永济附近），侨寓钱塘（今浙江杭州）。与曾祖父、祖父、兄、子马麟均为画院待诏。擅画山水，下笔遒劲严整，设色清润，大斧劈皴，用不同线描表现各种水势。所画多为"边角之景"，人称"马一角"。与李唐、刘松年、夏圭合称为"南宋四家"。代表作有《踏歌图》《水图》《梅石溪凫图》《西园雅集图》等。

夏圭（1180？—1230？）

南宋画家。又作夏珪，字禹玉，钱塘（今浙江杭州）人。宁宗时任画院待诏，赐金带。北派山水代表人物之一，取法李唐，善用秃笔带水作大斧劈皴，称为"拖泥带水皴"。笔简意足，清旷俏丽，景色含蓄动人，清幽深远。所画山水取景多为"半边"之景，有"夏半边"之称。与马远、李唐、刘松年并称为"南宋四家"。

马麟（生卒年不详）

南宋画家。钱塘（今浙江杭州）人。马远之子。宁宗嘉泰年间（1201—1204）授画院祗候。画承家学，擅画人物、山水、花鸟，用笔圆劲，轩昂洒落。代表作有《层叠冰绡图》《静听松风图》等。

林椿（生卒年不详）

南宋画家。钱塘（今浙江杭州）人，孝宗淳熙年间（1174—1189）任画院待诏，赐金带。工画花鸟、草虫、果品，笔法精工，设色轻淡妍美，"极写生之妙，莺飞欲起，宛然欲活"。代表作有《梅竹寒禽图》《果熟来禽图》《枇杷山鸟图》等。

李嵩（1190？—1230？）

南宋画家。钱塘（今浙江杭州）人。木工出身，少年时被宫廷画家李从训收为养子，历任光宗、宁宗、理宗三朝画院待诏。工画人物、花鸟、山水，尤擅界画，以农村风俗画居多，代表作有《货郎图》《花篮图》等。

陈容（1200？—1266）

南宋画家、书法家。字公储，号所翁，临川（今属江西）人。理宗端平二年（1235）进士，曾为国子监主簿、福建莆田，太守官至朝散大夫。擅画墨龙，泼墨成云，噀（xùn）水成雾。代表作《九龙图》。

法常（1210？—1280？）

宋末元初僧人、画家。俗姓李，法名法常，号牧谿，四川人。擅画佛像、人物、花果、鸟兽山水、树木等，随笔点墨，简当不费妆缀，颇具禅意。其洒脱自由的风格备受日本推崇，被评为"日本画道的大恩人"。代表作有《松猿图》《远浦归帆图》《潇湘八景图》等。

译注者 | 刘孝严

东北师范大学教授。长期从事中国古代文学的教
学与研究工作，代表译注《李煜诗词全集》。

主要作品

著作

《南唐二主词诗文集译注》（吉林文史出版社）

主编或合编

《中华百体文选》（中国文史出版社）

《中国古代文学作品选》（东北师范大学出版社）

《中国古典文学辞典》（吉林教育出版社）

《中外文学年表》（吉林教育出版社）

《中国古今工具书大辞典》（吉林人民出版社）

《中国历代经典名著导读》（吉林人民出版社）

策　划　｜　作家榜
出　品　｜

出 品 人 ｜　吴怀尧　周公度
　　　　　　　邵　飞　胡云剑

产品经理 ｜　宗建华　李　谨
美术编辑 ｜　董亚茹
封面设计 ｜　梁昌正
产品监制 ｜　陈　俊
特约印制 ｜　朱　毓

投稿邮箱 ｜ dxwh@zuojiabang.cn

渠道合作 ｜ 021-60839180

官方微博 ｜ @大星文化　@中国作家榜

作家榜官方网站 ｜ www.zuojiabang.cn

作家榜官方微博 ｜ @中国作家榜（每天都在免费送经典好书）

本书图片如涉及使用版权等事宜请联系 ｜ 021-60839180

下载作家榜 APP
百大名著·随心畅读

作家榜官方微博
经典好书免费送

图书在版编目（CIP）数据

李煜诗词全集 / (南唐) 李煜著；刘孝严译注 . --
北京 : 中信出版社 , 2021.8
（作家榜经典名著）
ISBN 978-7-5217-3320-4

Ⅰ . ①李… Ⅱ . ①李… ②刘… Ⅲ . ①古典诗歌—诗
集—中国—南唐 Ⅳ . ① I222.743.2

中国版本图书馆 CIP 数据核字 (2021) 第 134644 号

李煜诗词全集

著　者：［南唐］李煜
译 注 者：刘孝严
出版发行：中信出版集团股份有限公司
　　　　　（北京市朝阳区惠新东街甲 4 号富盛大厦 2 座　邮编　100029）
承 印 者：浙江新华数码印务有限公司

开　本：889mm×1194mm　1/32　　　印　张：23.875　　字　数：439 千字
版　次：2021 年 8 月第 1 版　　　　印　次：2021 年 8 月第 1 次印刷
书　号：ISBN 978-7-5217-3320-4
定　价：139.00 元

版权所有·侵权必究
如有印刷、装订问题，本公司负责调换。
服务热线：400-600-8099
投稿邮箱：author@citicpub.com